Für den, der bleibt.

Ein Vermächtnis-Roman !

Inhaltsverzeichnis:

- 6 Max
- 25 Max und Erwin
- 50 Max und Finn
- 60 Max, Luise und Sonia
- 69 Max und Else, der Anfang vom Ende ihrer Ehe
- 77 Max, Luise und Bernhards Ankunft
- 101 Max und Bernhards Geburtstag
- 132 Max und Else, wie Alles begann
- 158 Max und Bernhards Auftritt
- 187 Max ist wieder daheim
- 193 Erwin ereifert sich
- 200 Max und Erwin in Griechenland
- 206 Max und Erwin, wie Alles begann
- 215 Max und Erwin überlegen Folterszenarien
- 232 Max beim Inder
- 251 Max und die Verkaufsgenies
- 256 Willys letzter Coup
- 278 Max und das Grauen
- 286 Max auf dem Amt
- 299 Max und Erwin, Amtsbesuchsnachbetrachtung
- 317 Max, die Frauen und die Kränkung
- 326 Max und Erwin feiern Abschied
- 347 Max und Finns Unfall
- 377 Max und die Dame im Zug
- 387 Max, die Besuche bei Finn und die Dameninfektion
- 405 Max und der Sozialbetrug
- 414 Max und die Herbstdämonen
- 426 Max, Finn die Resignation und das Rätsel
- 445 Max und das Wunder

Impressum:

Bibliografische Information der Deutschen Nationalbibliothek:
Die Deutsche Nationalbibliothek verzeichnet diese Publikation in der Deutschen Nationalbibliografie; detaillierte bibliografische Daten sind im Internet über dnb.dnb.de abrufbar.

© 2017 Felix Huber

Herstellung und Verlag:
BoD – Books on Demand, Norderstedt

ISBN:
9783743164727

Die ersten Zeilen widme ich meiner Frau,
die mit viel Geduld und Zuspruch mein
Schreiben begleitet hat,
vielen Dank für die Unterstützung liebe
Andrea.

Wie ist mein Roman zu verstehen,
wieso habe ich die Bezeichnung
Vermächtnisroman benutzt ?
Nun, es lagen mir drei Dinge am Herzen die
dies erklären.
Der Wortteil Vermächtnis lässt sich in ein
allgemeines und ein recht spezielles
Anliegen splitten.
Das Allgemeine gründet sich darin,
kuriose Geschichten die tatsächlich
passiert sind für die Nachwelt
festzuhalten.
Das spezielle Vermächtnis ist tiefer
gehend und soll jedem der sich hier
wiederfindet, in angedeuteter oder auch in
ausführlicher Form, eine Erinnerungsbibel
an die Hand geben.

Niemals geht man so ganz
irgendwas von mir bleibt hier
es hat seinen Platz immer bei dir.
(Songtext von Trude Herr)

Für alle Anderen ist es, so hoffe ich,
ein unterhaltsamer Roman.

Es sei abschließend noch hinzugefügt:
Weder im Denken noch im Handeln stimmt der
Großteils des Romans mit meiner Person
überein.

1. Max

Er sah sie eher zufällig.
Sein Blick fiel aus der Küche in Richtung Hauseingang und da sah er sie kommen.
Das mussten sie sein, sie sahen genau so aus wie es Willy beschrieben hatte, richtige Totengräberfiguren,
genau so sahen sie aus, die Leute vom Amt.
Das passte wirklich.
Eigentlich hatte er schon eher mit ihrem Kommen gerechnet, schließlich hatte er ja um ihren Besuch gebeten, sie also schon erwartet und sich darauf einstellen können. Aber jetzt, wo er sie sah, beschlich ihn schon ein merkwürdiges Gefühl.
Sie kommen also zu zweit, wie bei Willy !
Aber ausgerechnet heute mussten sie kommen, heute wo er sich doch so unwohl fühlte, wo er deshalb auch schon etwas länger liegen geblieben war, vielleicht auch wegen einer unbewussten Vorahnung.
Jetzt war es also soweit !
Als sie klingelten zuckte er unwillkürlich zusammen, das überraschte ihn, er dachte er wäre gefasster. Nein, in dieser Verfassung würde er nicht öffnen,
nein nicht heute, nein und abermals nein !
Er erklärte sich außer Stande, beim besten Willen, sich heute einzulassen auf ein Gespräch, mit den ‚Verwaltern des Todes', so hatte sie Willy benannt, natürlich maßlos übertrieben. Für Willy eine viel zu vornehme Ausdrucksweise, normal hätte man Arschlöcher oder Arschgeigen als Willys bevorzugte Bezeichnung erwarten können.
Willy hatte ihn auch schon genauestens informiert wie das Gespräch bei ihm

abgelaufen war, obwohl er es eigentlich gar nicht so genau wissen wollte, aber Willy hatte nicht locker gelassen und sich aufgedrängt. Wahrscheinlich musste es einfach aus ihm heraus, so wie ein Furz, wenn er quer steckt und Einen quält.
Das war Willy-Jargon.
Max wusste, dass er über kurz oder lang nicht um das Gespräch herum kam.
Sie würden wiederkommen oder er musste zu ihnen und das war ihm noch unangenehmer, mit dem Gedanken konnte er sich überhaupt nicht anfreunden.
Nein, wenn es schon sein musste, dann bei ihm daheim, mit Heimvorteil sozusagen.
Den er jetzt allerdings vergab, wenn er sie abwies, das war ihm klar. Aber es ging heute einfach nicht, er fühlte sich zu schlecht, sei's drum.
Er hielt sich die Ohren zu und wartete. Durch seine Hörmuscheln drang ein zweites längeres Klingeln. Er fing an zu zittern und setzte sich, wartete eine Weile, stand auf und schaute vorsichtig aus dem Fenster.
Da sah er sie gehen, zwei mittelgroße, schwerfällige, männliche Personen mit Aktenkoffern und Hüten.
Nun hatte er also den ersten Schuss vergeben, blöde Sache, aber er war heute einfach nicht gut drauf, er spürte den Blues. Sein Unwohlsein hatte sich schlagartig verstärkt, er fühlte sich matt und niedergeschlagen, dazu hatten sich nun Spannungskopfschmerzen und feuchte Hände gesellt. Dabei ging es nur um eine Kleinigkeit, wenn man so wollte, ein simpler Antrag, kein Grund sich zu beunruhigen oder zu ängstigen,

zumindest was das amtstechnische,
das Formelle betraf. Dahingehend hatte er
keine Bedenken, nein, sein Kummer betraf
den Inhalt der Eingabe, eine durchaus
ernste Angelegenheit, es ging nicht direkt
um sein Leben, aber indirekt doch wieder
schon und da konnte er eigentlich keine
Rücksicht nehmen, schon gar nicht auf
seine Launen. Aber er hatte es trotzdem
getan, trotz aller inneren Antriebs-
versuche und Gewissensbisse, die sich
jetzt verstärkt melden. Vielleicht
spielte auch in seinem Unterbewusstsein
mit, daß er noch eine Galgen-Frist hatte,
ein wesentlicher Unterschied zu Willys
Situation damals. Bei Willy hatte das Amt
aktiv werden müssen, er aber hatte noch
Zeit, eine Spanne von ca. 5-6 Monaten,
gemäß seiner letzten Hochrechnung.
Wenn Max keine Lust hatte, wie heute,
konnte er sich entziehen, noch folgenlos,
aber die Uhr tickte und irgendwann in
nächster Zeit musste er da durch,
ob morgen oder übermorgen.
Willy hatte die Hosen runter gelassen und
das musste er auch tun, ohne wenn und
aber, das war ihm klar. Willy als Dialysepatient im Rollstuhl hatte keine Kohle
mehr gehabt, nichts mehr flüssig um seine
Behandlung bezahlen zu können.
Da musste das Amt aktiv werden und die
Situation abklären.
So, so, sie sind also nicht mehr in der
Lage die Dialyse-Behandlung selbst zu
zahlen, dann wollen wir mal, kamen sie
nach einer kurzen Vorstellung ihrer
Person, überaus korrekt mit Ausweis-
vorlage, zur Sache !
Einer hatte gefragt und der Andere den

Fragebogen ausgefüllt. Willy brauchte nur zu antworten und letztlich als Bestätigung zu unterschreiben. Neben dem ganzen nebensächlichen Kram, den sie sowieso schon wussten, wie z.B. Familienverhältnisse, ging es natürlich besonders um Willys finanzielle Lage. Wir benötigen entsprechende Nachweise ihrer Vermögenssituation, Kontoauszüge, Rentenbescheid, Deklaration herumliegender Goldbarren, aller Wertgegenstände, wie auch immer, für die Kostenübernahmeerklärung. Kurz und gut eine Aufstellung ihres gesamten Vermögens. Und bitte auch vollständig, nicht geschönt und nicht getrickst, dabei unbedingt auch an sonstige Werte denken, wie teure Uhren, Edelsteine, Immobilien etc. Mit einem Augenzwinkern, wahrscheinlich als kleine Geste ihres guten Willens gedacht, fügte der Lange noch hinzu: und bitte daran denken, keine Übertragungen, Schenkungen usw. an Frau, Kinder, Freunde etc. vornehmen. Wir müssen und werden das natürlich genaustens überprüfen, auch über zurückliegende Zeiträume. Sie wissen, daß wir die Zahlungen an die Krankenkasse nur übernehmen können, wenn sie uns ihre Vermögenswerte offen legen und überschreiben, vorbehaltlos, damit wir wenigstens einen teilweisen Kostenausgleich vornehmen können. Das ergibt sich aus der 6.Novelle des Krankenversorgungsgesetzes. Wir weisen außerdem daraufhin, dass es nach der 3. Ausgabe des überarbeiteten Ethik-Gesetzes möglich ist, Ihnen, auf Antrag, die Möglichkeit der Sterbehilfe anzubieten, die derzeit noch

von der Krankenkasse übernommen wird.
Die Leistungen diesbezüglich beinhalten
eine würdevolle Begleitung durch einen
Geistlichen (falls gewünscht), sowie
natürlich die ärztliche Beaufsichtigung
und Überwachung des Sterbeprozesses.
Und nicht zu vergessen, das Sozial-
Zusatzpaket, (Abschiedsessen und Getränke
in passendem Rahmen, mit max. 10 Personen
ihrer Wahl), das allerdings übernommen
wird von der hiesigen Sozialbehörde !
Nach den vorliegenden Krankheitskriterien
sind wir gezwungen ihnen dies anzubieten
bzw. darauf hinzuweisen. Dies ist in
keinster Weise eine Aufforderung diese
Leistungen in Anspruch zu nehmen,
das möchten und müssen wir ausdrücklich
klarstellen, sagte der etwas Kleinere und
klopfte dabei Willy verständnisvoll auf
die Schulter.
Henkersmahlzeit !
schrie Willy und spuckte auf den Boden,
äh, pfui Deibel, schämt euch !!
Wir tun nur unsere Pflicht, rechtfertigte
sich der Längere, und bitten sie, sich
zusammen zu nehmen, sonst wird das nichts,
verstehen sie. Ruhig bleiben und sich
nicht aufregen, setzte er fordernd hinzu,
trat vor Willy und sah ihn ernst an.
Dann fuhr der Kleinere nach einem kurzen
Luft holen mit der Ansprache fort.
Sollten sie in eine, nach ärztlichem
Ermessen unwürdige Lebenssituation
geraten, z.B. Intensivstation mit lebens-
ungünstiger Perspektive, was bei ihnen als
DialysePatient nicht unwahrscheinlich ist,
die Beiden nickten sich zu und grinsten,
was Willy sehr irritierte, müssen wir

sowieso von der Möglichkeit der fremdbegleiteten Sterbehilfe Gebrauch machen. Nochmals, wir tun nur unsere Pflicht und sind, wie bereits erwähnt, angewiesen sie hinreichend zu informieren. Das haben wir hiermit auch getan und bitten sie, dies hier auf diesem Formblatt mit ihrer Unterschrift zu bestätigen.
Willy unterzeichnete widerwillig mit zittriger Hand, dabei immer noch rätselnd wie er ihr Zunicken zu interpretieren hatte.
Aber mehr noch blieb die abschließende Bemerkung des Längeren an ihm haften: Eine schöne Wohnung haben sie, weitläufig und mit Balkon, da lässt es sich sicher gut leben !
Das in etwa, war der Besuchsverlauf, jedenfalls hatte es Willy so geschildert, bemüht auch ja kein Detail auszulassen, wobei er sicher den ein oder anderen Wutausbruch seinerseits unterschlagen hatte. Aber letztlich hatte er soviel Instinkt gehabt es nicht ganz auf die Spitze zu treiben. Es ging schließlich um sein Überleben.
Bei Max aber war die Situation eine Andere, nicht ganz so dramatisch, noch nicht. Er war zwar auch krank, schwerkrank sogar und nur die Dialyse hielt ihn noch am Leben, aber er brauchte keinen Rollstuhl, war überhaupt ansonsten körperlich noch gut in Schuß und finanziell für die nächsten Monate gesichert !
Noch !!
Bei ihm war es diese krankhafte, höchst aggressive Blutverfettung, die nur noch wirksam mit einer LDL-Apharese behandelt werden konnte. Das Fett wurde mittels

Dialyse einfach herausgefiltert.
Die Behandlung als Solches war kein Problem, die Finanzierung dagegen schon. Vor ein paar Jahren war das noch nicht so, da übernahm die Krankenkasse noch sämtliche Kosten. Das war vor der neuen Finanzkrise, die ganz anders war als die Vorherigen, die waren im Vergleich dazu ein laues Lüftchen. Diesmal war die Finanzkrise zu einer viel gewaltigeren, globaleren Krise ausgeufert, Tsunamihaft, Alles mit sich reißend. Finanz- sowie Immobilienblasen platzten, Schulden konnten nicht mehr zurückgezahlt werden, die Konjunkturen gingen in den Keller und eine ganze Reihe von Industriestaaten standen kurz vor dem Bankrott. Der Euro wankte mächtig und war eigentlich nicht mehr zu retten. So kam es zu einer ständig neuen Anpassung der Sozialgesetzgebung. Irgendwann war man dann an dem Punkt, daß jeder seine medizinische Versorgung großteils aus Eigenmitteln finanzieren musste. Zuschüsse wurden nach einem Katalog anteilsmäßig gewährt. Eine Dialyse für über 70-jährige war hierin nur noch zu 10 Prozent zuschussfähig. Wer seine Behandlung nicht mehr finanzieren konnte wurde ein Fall für das Amt. Er hatte die ganze Zeit gehofft, daß er nicht in die Lage kommen würde, so wie Willy, sondern dass irgendwann ein paar billige Pillen den Dialyse-Reinigungspart ablösen könnten, Problemlösung durch Fortschritt sozusagen. Aber es kam bisher nichts auf den Markt und die Hoffnung wurde mehr und mehr von Ernüchterung abgelöst. Seine finanziellen Mittel hatten bis heute noch gereicht, aber bald, in ein paar Monaten

schon, war Schluß, das war eine einfache
Kalkulation und schon lange glasklar,
monatlich neu durchgerechnet und
schwarz auf weiß belegbar.
Natürlich hatte er versucht zu sparen,
aber auch die Renten waren gesenkt worden.
Es reichte gerade so zum Leben, da war zum
Sparen nichts mehr drin. Dabei hatte er es
selbst versaut, er hätte nicht in diese
Situation zu kommen brauchen. Aber er
dachte halt zu lange, er könnte mitspielen, im großen Konzert der Börsen-
player und baute auf die wunderbare
Geldvermehrung. Bis der Suchtdämon die
Kontrolle übernahm und er zockte was das
Zeug hielt. Anfangs lief es auch gut, aber
nach und nach häuften sich die Verluste.
Jedenfalls war irgendwann Alles weg und
nur die Rente war ihm noch geblieben.
Gott sei Dank konnte die nicht ausbezahlt
werden, sonst wäre die auch verloren
gewesen, gnadenlos verspekuliert. Das war
schon ein paar Jahre her, aber es nagte
noch schwer an ihm, und jetzt sowieso.
Da kam schon öfter eine heftige Depression
über ihn und er fühlte sich so elend,
daß er ernsthaft an Suizid dachte.
Aber es kam nicht dazu, wahrscheinlich
hing er doch zu sehr an diesem bisschen
Leben das ihm noch blieb.
Und wie, nicht nur wahrscheinlich,
wenn Einer am Leben hing, dann er.
Oft genug hatte er mit Erwin darüber
gesprochen, was wohl kommen könnte,
danach. Jedenfalls nicht Himmel oder
Hölle, da war sich sein Freund Erwin
sicher.
Ja, seine Zockerei !
Vielleicht sollte er heute das Thema bei

Erwin nochmals anschneiden, überlegte Max, als er den beiden verhinderten Besuchern nachsah, wie sie Richtung Hauptstraße aus seinem Blickfeld verschwanden.
Oder besser nicht, es würde reichen, wenn er von den beiden Amtsträgern berichten würde. Das würde Erwin schon genug in Wallung bringen, das Aktienthema war zudem oft genug auf dem Tapet gewesen und er würde Erwin damit nur auf die Nerven gehen, zu recht, denn es war absolut ausgelutscht, wenn es ihm auch noch stark nachhing.
Er trödelte bis zum Nachmittag vor sich hin. Zu einer Tätigkeit die seine volle Konzentration erforderte war er nicht in der Lage, Niedergeschlagenheit hatte sich auf sein Gemüt gelegt. Ein schleichend sich steigerndes schlechtes Gewissen, alle Vorsätze über Bord und damit die mühsam von ihm aufgebaute Chance der Amtsbesuchsvermeidung so leichtfertig vergeben zu haben nahm ihn gefangen.
Der erste Elfer war verschossen.
Er hätte doch mehr den inneren Schweinehund bekämpfen und sich gegen seine tief eingebrannte Abneigung auflehnen müssen. Aber die Aussichten auf eine freiwillige Aufgabe seiner Souveränität und die damit verbundenen möglichen Folgen waren für ihn einfach inakzeptabel und unmenschlich, wenn ihm auch letztlich wahrscheinlich nur noch diese eine Überlebenschance bleiben würde.
Es gab, nach seiner analytischen Betrachtung, nur wenige Möglichkeiten:
   1. Er blieb souverän und konnte über sein weiteres Leben selbst bestimmen, dazu brauchte er aber die

wirtschaftlichen Grundlagen.
Diese konnten nur:
a. Durch ihn selbst geschaffen werden (Lotto-Gewinn, Millionärsheirat, Manna vom Himmel, Gold im Garten)
b. Durch fremde Unterstützung geleistet werden, d.h. Die Familie müsste herhalten
b.a. Sein Enkel Finn (Hatte bereits Zuschuß signalisiert, daher viel Hoffnung)
b.b. Seine Tochter Luise mit Ekel-Schwiegersohn Bernhard (Bisher keine Anzeichen, daher wenig Hoffnung).
2. Die zwangsläufige Aufgabe seiner Souveränität, da er seine Behandlung nicht mehr selbst finanzieren konnte.
a. Das Amt zahlte und er konnte in seiner Wohnung bleiben (Idealzustand nach Punkt 1).
b. Das Amt zahlte, aber er musste aus seiner Wohnung
(Nicht sehr positiv, da er dann sicher irgendwohin in eine freie Amtseinzimmerwohnung umgesiedelt würde, der kleine Albtraum).
c. Das Amt zahlte zwar, befand aber, daß seine Lebensperspektive so gering war, daß ein Ableben mittels Erlösungsspritze angesagt war (Scheußlicher Gedanke, der große Albtraum).

So war die Situation, so und nicht anders. Zusehends nervöser werdend schaute er nun des öfteren auf die Uhr, die Erwin-Zeit herbei sehnend. Es war aber erst 15:28, eindeutig noch zu früh um zu Erwin zu gehen. Der hielt mittags sein Schläfchen und Marta würde ihm dann natürlich sowieso

nicht öffnen, also musste er sich noch
mindestens 2 Stunden die Zeit vertreiben.
Er könnte versuchen ein Buch zu lesen oder
eine Platte auflegen um sich dabei etwas
zu entspannen. Die Entscheidung fiel auf
Lesen, zur Abwechselung einen Kriminal-
roman. Aber er konnte sich nicht lange
konzentrieren, denn das durchdringende
Läuten des Telefons brach unvermittelt in
seine Lesewelt. Genervt nahm er das
Telefon in's Visier und überlegte kurz.
Läuten lassen war jetzt auch Quatsch, raus
ist raus, also konnte er auch abnehmen.
Wahrscheinlich ist es wieder Luise,
wer sonst. Mürrisch stand er stöhnend auf
und nahm ab.
Sie war es dann auch.
Vati, Du denkst doch noch an Freitag,
also Morgen, an den Geburtstag von
Bernhard, das hast Du doch nicht vergessen
oder ?
Du kommst doch ?
Du hast fest zugesagt, denk bitte dran !
Ein Geschenk habe ich schon gekauft,
darum brauchst Du dich nicht zu kümmern.
Wir haben dir ein Zimmer in der Pension
gleich um die Ecke gebucht, die kennst du
ja.
Aha, dann bringt ihr mich jetzt also schon
um die Ecke !
Guter Witz oder ? hä, hä,
unterbrach Max mit einem amüsierten Lachen
ins Telefon ihren Redeschwall.
Keine Antwort von Luise.
Passt doch, um die Ecke bringen,
legte Max nach !
Also Vati, sei bitte nicht so sarkastisch,
lass auf jeden Fall deine berühmt-
/berüchtigten Späße wenn du hier bist.

Denke dran, es sind jede Menge Leute da
die dich nicht kennen, blamiere uns also
bitte nicht.
Was heißt hier blamieren, die Pinkel
werden doch Spaß verstehen, entgegnete Max
amüsiert.
Und trink morgen bitte nicht zu viel,
du weißt, dass du nichts mehr verträgst.
Ja mein Kind, das muss ich nachher nochmal
testen, ich gehe nämlich gleich zu Erwin,
Plaudertermin, weisst du.
Du meinst wohl eher Süffeltermin, wie du
es nennst, sicher mit ein paar Gläschen
Bordeaux, setzte Luise süffisant hinzu.
Kann sein, es kommt drauf an was Erwin aus
seinem Keller auf den Tisch zaubert,
aber ein guter Roter wird es schon sein,
da hast du recht, leider kann ich selbst
mir ja einen Bordeaux schon lange nicht
mehr leisten.
Mach wie Du denkst, aber sei bitte
vernünftig, denke an morgen, die Fahrkarte
hast du ja.
Betretenes Schweigen seitens Max, dann
vernehmliches Rascheln.
Vati, die hast du doch ???
Ja, natürlich, senil bin ich schließlich
noch nicht, die liegt hier auf der
Kommode, neben der Knarre.
Knarre, welche Knarre ?
Wieder reingefallen, hä, hä.
Mein Gott, so langsam mache ich mir
wirklich ernsthaft Sorgen um dich,
kam es seufzend von Luise.
Machen wir lieber Schluß bevor du noch so
einen grässlichen, sogenannten Witz raus
lässt.
Na endlich, dachte Max.
Dann also bis morgen, um 12:43 bin ich am

Gleis 11.
Ja, bis dann, beendete Luise mit einem Seufzer das Telefonat.
Max begab sich zur Couch, machte es sich bequem, nahm erneut den Krimi zur Hand und brauchte ein paar Minuten um sich einzulesen. Nach drei gelesenen Seiten meldete sich wieder das Telefon.
Ja, was ist denn noch ?? entfuhr es Max als er Luises Stimme erkannte.
Und denk bloß an deine Blutdrucktabletten, am besten du legst die jetzt schon zur Fahrkarte, mach das bitte, versprich mir das !!!
Ja, ist gut, ich lege gleich zwei dazu, mehr brauche ich sicher nicht, dann bin ich ja wieder zuhause.
Übrigens, könnte mich nicht Finn abholen, der kommt doch auch oder ?
Ja natürlich kommt der auch, aber ob das mit dem Abholen klappt kann ich dir nicht versprechen, du weißt der muss arbeiten. Jedenfalls holt dich jemand ab, ich werde mit ihm reden, wenn es bei ihm nicht geht werde ich kommen, du musst dir deshalb keine Sorgen machen, ich organisiere das. Also bis morgen und nochmal, trinke nicht soviel, halte dich bitte bei Erwin zurück, du bist krank, das weißt Du, ich würde meinen lieben Paps gerne in einem vorzeigbaren Zustand präsentieren,
kam es von Luise in fordernder Tonlage.
Ja, ich weiß, fang nicht schon wieder an, immer die gleiche Leier, das hast du mir vorhin schon gesteckt, antwortete Max, jetzt leicht angesäuert.
Du mit deiner Trinkerei, was ist denn schon dabei, wenn wir uns treffen, uns über alte Zeiten austauschen und dabei ein

bisschen Wein genießen, davon stirbt man nicht gleich, legte Max lauter werdend nach.
Vati, bitte, jetzt lass uns nicht streiten, ich bin heute nicht gut drauf, kam es, spürbar genervt, von Luise.
Wieso, was fehlt dir denn, wir streiten doch nicht, bist du krank ? fragte Max, wobei er sich im Ton zurücknahm.
Nein, ich habe nur eine leichte Migräne, wie so oft in letzter Zeit und ich habe Angst, daß die sich verschlimmert, und das darf nicht passieren, bloß nicht, er freut sich doch schon so.
Max hörte deutlich wie bekümmert seine Tochter war.
Und was willst oder kannst du da machen ? fragte er besorgt.
Ich habe gute Pillen dagegen, das wird schon, kümmere du dich nur darum, daß du fit bist und ich mir nicht auch noch Gedanken um dich machen muß. Beim letzten Besuch warst du vorher auch bei Erwin und dann warst du, gelinde gesagt, hinüber.
Ich will doch nur, daß du gesund und ausgeruht zu uns kommst, wenn du schon kommst, was ja leider nicht all zu oft vorkommt, kam es beschwichtigend von Luise.
Max spürte, daß er ihr jetzt besser entgegenkam als in eine Grundsatzdebatte einzusteigen, also versprach er ihr Zurückhaltung zu üben und beendete das Gespräch.
Er nahm wieder das Buch zur Hand und sah auf die Uhr, jetzt fehlte nur noch eine knappe Stunde. Zu wenig Zeit zum Lesen beschloß er und eigentlich hatte er auch keine Lust mehr dazu, es gingen ihm jetzt

zu viele andere, seine Konzentration
störende, Gedanken durch den Kopf.
Sollte er schnell noch bei Willy
vorbeigehen und sich doch Alles noch
einmal bis ins kleinste Detail erzählen
lassen ? fragte er sich. Aber das würde
länger dauern, zu lange. Willy ließ sich
nicht mit einer Stunde abspeisen,
da musste er schon mehr Zeit mitnehmen.
Aber warum sich eigentlich jetzt zwanghaft
eine Beschäftigung suchen, man kann sich
das Leben auch unnötig schwer machen,
hakte er weitere Überlegungen ab.
Nein, er würde sich gemütlich auf den Gang
zu Erwin vorbereiten und wenn er dann noch
Zeit hatte, sich durch das Fernsehen
berieseln lassen, Kochsendungen liefen von
morgens bis abends.
Er ging zum Kleiderschrank.
Zu Erwin konnte er nicht in jedem Aufzug
kommen, da musste er schon etwas Sauberes,
Frisches anziehen.
Und sich rasieren ! Unbedingt !
Erwin hasste es, wenn sich jemand hängen
ließ und erst recht, wenn man sich
äußerlich vernachlässigte.
Daher wählte er mit bedacht, eine
rostbraune Cordhose, die sah noch gut aus
und dazu passend, seiner Meinung nach
geradezu ideal, ein gelbes Hemd mit Weste,
legte die Kleider bereit und rasierte sich
naß, wie er es gewohnt war.
Er schnitt sich in letzter Zeit öfter,
in einer Häufigkeit die er früher nicht
kannte, die eindeutig zunahm, das war
nicht zu leugnen. War es Unsicherheit,
seine zittrige Hand oder dieser poröser
werdende Gesichtsacker mit immer neuen
Hügeln und Furchen die es zu bewältigen

galt ?
Eine Frage, die bohrend in sein Bewusstsein drang und nach Antwort verlangte. Einer Antwort die er nicht geben wollte, denn die einzige die ihm bisher eingefallen war, hieß: das Alter. Und nach oder mit dem Alter, was kommt dann ?
Der Tod, dieses grässliche Monster, mit dem er absolut nichts zu tun haben wollte, dem er aber irgendwann unvermeindlich begegnen musste, gewollt oder ungewollt. Er hielt inne und besah sich genau den neuerlichen kleinen Einschnitt in seiner Wange. Unwillkürlich wanderten seine Augen und seine Hand abwärts. Bis an jenen entscheidenden Punkt an dem es anzusetzen galt. Er hatte es in der Hand. Er könnte jetzt kurzerhand die Klinge herausnehmen und einen festen Schnitt machen, einen letzten, gezielt an der Kehle angesetzt, nur ein kurzer Ruck, damit würde er endlich seinem Gegenüber im Spiegel den Garaus machen und diese Altersfratze ein letztes Mal gesehen haben.
Wie das wohl wäre ?
Wie weit würde das Blut spritzen ?
Bis auf den Spiegel oder würde es nur aus der Wunde herausquellen und ihm über die Brust laufen, wie ein Lavafluß ?
Womöglich würde er zusammenbrechen und das Blut aus der Halswunde würde direkt auf den Boden laufen, eine Lache bildend.
Er befühlte seine Gesichtshaut, betrachtete sie genau, ging näher ran und tastete sie mit den Fingern ab. Die Haut war welk und faltig, er musste sie mit einer Hand straffen.
Nur Mut du Feigling, rief der Dämon,

die grässliche Tat fordernd.
Jetzt spürte er erst wie er zitterte.
Er schloß die Augen und hielt dagegen.
Nein, so würde er sich nicht aus dem Staub machen, so nicht, wenn schon,
dann subtiler, mit einem Giftbecher in der Hand, so wie man es aus der Literatur kennt, aber dann gefüllt mit einem guten Roten, der das Gift nicht schmecken lässt und noch ein letztes Mal Genuss bereitet.
Oder einfach das Angebot vom Amt, das sicher bald kommen würde, wahrnehmen und sich die Spritze geben lassen, einschlafen und nicht mehr aufwachen. Dann wäre auch gleich von Amts wegen Alles geregelt und man regelrecht ordnungsgemäß entsorgt.
Nein, auch das würde er nicht können.
Er konnte einfach nicht bewusst sterben, ob von eigener oder fremder Hand.
Nicht wie Karl, nein !
Der hatte Mut, der hatte den Strick gewählt, und wie !!
Fachmännisch, da hatte Alles gepasst.
Aber Max, Max wusste nicht mal wie man einen Knoten macht, er scheiterte ja schon an einem simplen Krawattenknoten, lachhaft.
Nein, er musste schon tot umfallen, es hinderte ihn einfach die höllische Angst vor dem Sterben, immer schon gehabt und nie überwunden und sein bisheriges, relativ langes Leben hatte offenbar noch nicht gereicht um ihn davon zu befreien.
Die Angst, sie war einfach da, mehr oder weniger als Dauerzustand und hatte ihn im Griff, bewusst oder unbewusst.
Ich gehe gerne, ich habe genug gelebt,
78 Jahre sind genug.
Nein, eben nicht, er hatte nicht genug

gelebt, er konnte gar nicht genug leben !!
Alles andere war Käse, dummes Geschwätz.
Mein Gott, was für eine verdammte
Scheiße !!
Allein, dass er sich jetzt ständig damit
beschäftigen musste, weil dieses
verdammte, alte Hirn immer wieder davon
anfing und ihm keine Ruhe ließ, wie sollte
er da noch schlafen, wie leben ?
Da stand er nun wieder, wie so oft,
vor dem Spiegel und quälte sich mit den
bekannten, immer wieder kehrenden
Eingebungen seiner Dämonen.
Und wie so oft war ihm heftig der Schweiß
ausgebrochen, stand ihm auf der Stirn,
tropfte von der Nase und von seinem
Oberkörper. Mist, jetzt muß ich auch noch
duschen, ärgerte er sich und setzte sich
auf den Rand der Badewanne. Langsam und
mit Bedacht rieb er sich den gröbsten
Schweiß ab. Als er wieder mehr Ruhe in
sich aufkommen fühlte, stieg er in die
Wanne und duschte sich. Lieber hätte
er jetzt ein entspannendes Bad genommen,
aber dafür war die Zeit zu knapp.
Schon lustig, dachte er, vorher zu viel
Zeit und jetzt zu wenig, irre.
Danach zog er sich an und musterte sich im
großen Spiegel. So gefiel er sich, jetzt
konnte er zufrieden aus dem Haus gehen.
Aber vorher mußte er noch ein Alibi-
fläschchen aus dem Keller holen,
es sollte schließlich so sein wie immer.
Dazu gehörte seinerseits das rituelle
Mitbringen einer billigen Flasche
Fuselwein, er konnte sich eben sonst
nichts leisten. Es war nur eine Geste
seitens Max, ein Willkommenswein, als
bescheidener Beitrag zu ihrem

zweiwöchentlichen Donnerstagstreff.
Den Wein nahm Erwin meist mit spöttischem Kommentar entgegen und reichte ihn an seine Haushälterin Marta weiter.
Da nimm, zum Kochen,
ließ er dabei oft abfällig verlauten.
Erwin trank vorwiegend Bordeaux und zwar vom Besten, daher war es keine Frage welcher Wein auf den Tisch kommen würde.
Es wurde Zeit und er ging aus dem Haus.
Als er am Briefkasten vorbeikam sah er den großen braunen Umschlag. Er nahm ihn und ging damit in's Haus zurück, öffnete, ja riss den Umschlag förmlich auf und fand darin ein Anschreiben mit Vorladung und Fragebogen. Nun musste er doch zu Ihnen, der Heimvorteil war endgültig dahin.
Jetzt aber rasch zu Erwin, sonst komme ich noch zu spät, stellte er mit einem Blick auf die Küchenuhr fest und machte sich schnellen Schrittes auf den Weg.

2. Max und Erwin

Als er ankam traf er Marta, Erwins
Haushälterin, Lebensgefährtin oder was
auch immer, Max war sich darüber noch
nicht ganz im Klaren, seine Fantasie
lieferte ihm da manchmal die seltsamsten
Eingebungen, am Hauseingang.
Sie kam offensichtlich vom Einkaufen.
Max bot sich an den Korb mit den
Lebensmitteln zu nehmen, aber sie winkte
nur ab und schloß auf.
Aus dem Wohnzimmer dröhnte ihnen der
Fernseher entgegen. Sie traten ein und
schauten sich um, von Erwin keine Spur.
Marta rief, aber es rührte sich nichts.
Da öffnete sich die Kellertür und Erwin
kam mit einer Flasche Bordeaux,
laut rufend auf sie zu:
Ja, ja, was ist denn, was soll der
Krach !!
Marta, warum schreist Du hier so rum ?
Senor Max ist da und der Fernseher ist so
laut.
Ja, ist ja gut, gehe in die Küche und
bereite das Essen vor. Ist der alte Gauner
jetzt endlich wieder aufgetaucht,
stellte er in mürrischem Ton, mit Marta in
die Küche gehend, fest.
Max fand dabei erst einmal keine
Beachtung, so als wäre dieser gar nicht
anwesend, wie Luft. Er nahm es gelassen
und ordnete es als kleine Trotzdemo ein,
er kannte das von Erwin.
Der stellte die Flasche in der Küche ab,
trat dann wortlos, mit ernstem Blick,
auf ihn zu und legte ihm die rechte Hand
auf die Schulter.
Sag mal, mein Freund, wieso vereinbaren

wir eigentlich Termine, wenn Du sie doch nie einhälst ?
Wir hatten den Donnerstag festgelegt, aber die letzten 3 Wochen war kein Max zu sehen oder irre ich mich da, hä ?
Musste er dringende Geschäfte erledigen, womöglich eine feine Dame ausführen die ich nicht kenne ?
Erwin grinste spitzbübisch.
Oder hat er im Lotto gewonnen und war auf den Malediven, Fischlein gucken ?
Aber schön verkleidet hat er sich wieder, denn das Dress kenne ich nur zu gut, stellte Erwin fest, dabei einen Schritt zurücktretend und Max von oben bis unten taxierend.
Also, nächstens mehr Disziplin, ich bitte darum. Und schließlich gibt es auch noch Telefon, Brieftauben sind bekanntlich abgeschafft.
Dann hob er die Hand und sagte in bestimmendem, warnendem Ton:
Komme er mir nicht mit Ausreden, ich will davon gar nichts hören.
Max hielt ihm den mitgebrachten Wein hin und entgegnete nur knapp, auf Erwins Bemerkungen nicht eingehend:
Heute wieder nur vom Besten.
Aha, sehr interessant, bemerkte Erwin schmunzelnd, dabei das Etikett studierend.
Ein exzellenter, echter Karstwälder Hirschpiss, gegen die Verkalkung, das Vergessen, die Demenz, speziell für dich, erklärte Max schelmisch grinsend und deutete dabei mit dem rechten Zeigefinger an seine Schläfe.
Aber bestimmt auch bestens zum Einreiben bei Ischias geeignet, mein Lieber, entgegnete Erwin lachend und zeigte auf

sein rechtes Hinterteil.
Erste Gerüche aus der Küche krochen Max in die Nase. Aha, Marta ist anscheinend mit der Suppe fertig, sicher hatte sie schon Alles vorbereitet und wohl auch seinen Besuch einkalkuliert, registrierte er erwartungsvoll. Es gab immer eine Suppe vor dem Essen, Erwin war absoluter Suppen-Narr. Diesmal roch es arg nach Curry.
Denke dran, daß wir jetzt einen hungrigen Wolf im Hause haben, also ein Gedeck mehr, rief ihr Erwin zu, wohl um sicher zu gehen, daß Marta auch wirklich genug auf den Tisch bringen würde.
Sie hat heute leider wieder keinen Kaviar gekriegt, also gibt es nur Hausmannskost, aber es riecht doch wieder fantastisch, gelle mein Lieber !
Marta hatte noch nie Kaviar gekriegt, deshalb war Max sich auch diesmal nicht sicher ob ihn Erwin verarschen wollte oder es tatsächlich so war. Letztlich war Max das aber auch egal, es gab eh immer ein gutes Essen, nicht immer ausgezeichnet, aber fast, immer mindestens gut.
Ja, antwortete Max und hob dabei demonstrativ den Kopf, den Küchenduft einsaugend.
Es riecht lecker, ich bin gespannt.
Sie gingen in's Wohnzimmer und Erwin machte es sich in seinem Sessel gemütlich. Das Einzige was jetzt zu hören war kam aus der Küche, die Töne waren leise und unaufdringlich, den Fernseher hatte Marta direkt nach ihrem Eintreffen abgestellt.
Max blieb noch einen Moment stehen, dann ging er auf und ab, dabei sich neugierig umsehend. Erwin ließ ihn gewähren und sah ihm seinen suchenden Blicken hinterher.

Komm setz dich zu mir, das rumgetrippel macht mich nur nervös. Erwin deutete dabei auf den Sessel neben ihm und Max folgte seiner Aufforderung.
Was nehmen wir denn heute als Apero, ich denke wir nehmen mal einen Metaxa oder willst du lieber einen Ouzo, was wäre denn meinem alten Süffelkamerad heute genehm ?
Nein danke, heute keinen Apero, versuchte Max abzulehnen, dabei demonstrativ müde abwinkend, ich habe morgen noch einen schweren Tag.
Aber Erwin hatte schon eingegossen, seinen Einwand einfach ignoriert und sagte:
Also ein Ouzo, das muss sein !
Ein Willkommenstrunk für den verlorenen Sohn, das bist du mir schuldig mein Freundchen.
Erwin hob das Glas zum Anstoßen und Max konnte sich jetzt nicht entziehen, das war klar. Mitten in ihrem Ritual wurden sie durch Marta unterbrochen, die aus der Küche rief:
Senor, nur noch 5 Minuten, Suppe dann fertig.
Na, Maxi, dann lass uns schnell das kleine Schlückchen Teufelswasser, viel mehr ist es ja eh nicht, zu uns nehmen, bevor wir uns Martas Festmahl zuwenden und Eines sage ich dir, wenn Du schlechte Nachrichten hast, dann behalt sie bis nach dem Essen für dich, vorher will ich nichts hören, ist das klar ?
Ich sehe dir doch an, dass es in dir rumort und raus will. Lass uns beim Essen über Frauen, Musik, das Fernsehprogramm oder sonst was reden, Hauptsache irgendetwas Belangloses, meinetwegen auch Blödsinniges, wie Fußball, danach kannst

du dich meinetwegen auskotzen.
Sie tranken in einem Zug leer und stellten die Gläser ab. Eine ziemlich klare Ansage war das, so wie er es von Erwin gewohnt war, frei raus und ohne Rücksicht auf Verluste. Max fügte sich widerspruchslos, der Ablauf war so auch in seinem Sinne, sie würden noch genug Zeit haben um Max's Problemfelder zu beackern.
Wie du willst, dann lass uns über die Beatles plaudern, du könntest dazu ein paar frühe Aufnahmen auflegen, schlug er deshalb vor.
Erwin schaute ihn ungläubig an.
Aber doch nicht zum Essen mein Guter, das passt doch überhaupt nicht.
Bei frühen Aufnahmen wie 'I wanna hold your hand oder dizzy miss lizzy' fällt einem doch das Ohr ab. Was hat dieser Mensch nur für einen Geschmack, wie halte ich das mit diesem Kerl überhaupt schon so lange aus ? Entsetzte sich Erwin, dabei wild mit den Händen durch die Luft fuchtelnd.
Nein, da brauchen wir was Anderes, ein paar schöne melodische Jazzstücke, ich werde mal schauen. Du bist und bleibst ein Barbar, lernst einfach nichts dazu, es ist zum Verzweifeln.
Kopfschüttelnd ging Erwin zu seiner Plattensammlung und wühlte.
Da haben wir's doch, das ist das Richtige. Er hielt eine Platte hoch, als wollte er sie der Sonne zeigen und legte dann auf.
In Jazz war Max nicht so bewandert, er ließ es über sich ergehen, aber er vermutete, der Trompete nach zu urteilen, daß es sich um eine Scheibe von Miles Davis handelte. Er wollte Erwin auch nicht

befragen, das hätte nur einen längeren Monolog über Max's erbärmliche musikalische Jazzkenntnisse nach sich gezogen, das hatte er bereits oft genug erlebt. Diese Vorlage wollte Max zumindest heute vermeiden. Und noch etwas Anderes wollte er heute auch unbedingt vermeiden, nämlich zeit- und alkoholmässig über die Strenge zu schlagen, er hatte sich unbedingte Zurückhaltung auferlegt. Zu dumm auch, daß er diesen Geburtstag vor sich hatte, aber es würde ja noch weitere Treffen geben und es war vielleicht ganz gut sich selbst zu beweisen, daß es auch mal normal ablaufen konnte, ohne ausuferndes Sauf- und Fressgelage, sagte er sich, allerdings nicht ohne eine gehörige Portion Wehmut.
Das Essen war durchschnittlich, so zumindest empfand es Max, der Fisch war jedenfalls schon mal besser.
Das Tisch-Gespräch verlief wie gewünscht belanglos und glitt nicht in Problemthemen ab, obwohl sie manchmal fast hinein geschlingert wären. Besonders als es über die Musik in die 60er-Jahre ging und sie auf die Studentenrevolte zu sprechen kamen, wieder einmal. Erwin präsentierte sich gerne in seiner Rolle als Revoluzzer, war aber in Wirklichkeit nie richtig dabei gewesen, da einfach zu feige und zu faul. Dann zitierte er immer wieder die Slogans, wie z.B. ‚Unter den Talaren Muff von 1000 Jahren', mit einer fast schon stolzen Attitüde, so als ob er sie erfunden hätte. Da war man dann doch schon gefährlich Nahe mit der Politik beschäftigt, einem Lieblingsereiferungsthema von Erwin.
Zum Glück gelang es aber Max geschickt

wieder davon abzulenken. Ihm fiel eine Anekdote ein, mit der er Erwin ein bisschen ärgern, zumindest kitzeln, konnte. Warum nicht ? dachte Max, wer austeilt muß auch einstecken können. Und Erwins Arroganz etwas stutzen, ihm ab und an einen kleinen Seitenhieb für seine Frechheiten zu verpassen, das musste von Zeit zu Zeit einfach sein.
Mein Guter, wenn wir schon bei den alten Zeiten sind, wie war das denn damals, als wir diesen fürchterlichen Suff mit Rüdiger und Michael im ‚Gasthaus Sommer' gemacht und du diesen kleinen Skandal verursacht hattest ? fragte Max scheinheilig.
Jetzt hör bloß auf mit den alten Geschichten, das war doch nicht der Rede wert.
Na, na, wie man's nimmt, ich kann mich noch genau erinnern, wie der Adam getobt hat, mein lieber Erwin !
Alles bloß hochgespielt. Der Adam, der wollte doch nur sein Herrenklo neu renoviert haben. Ich kam dem doch gerade recht, wehrte sich Erwin energisch.
Na ja, Du hast die Wand aber ganz schön versaut, dazu auch noch falsch geschrieben und das als angehender Akademiker.
Ja, mein Gott, das kann doch mal passieren, mit mind. 16 Schoppen Bier in Bauch und Hirn geht halt auch mal was schief. Da kann man mal ein p mit einem b verwechseln, ich jedenfalls finde das nicht tragisch.
Wo hattest Du den Spruch eigentlich aufgeschnappt, von dir war der doch im Leben nicht: Lieber Schamlippen küssen, als Schlamm schippen müssen,
da bist du doch selbst nicht drauf

gekommen, nie und nimmer, gib's ruhig zu ?
Nein, da hast du recht, das stimmt, aus Berlin hatte ich den mitgebracht, beim Pissen in einer Pinte hat der mich angesprungen, war direkt vor meiner Nase in die Wand geritzt und ging mir nicht mehr aus dem Kopf, wahrscheinlich weil er sich so schön reimte. Der hat mir so gut gefallen, daß ich den deshalb dann auch des öfteren beim Anbaggern von irgendwelchen Weibern benutzt hatte, natürlich meistens im Suff. Ich hielt mich dann für besonders clever und unwiderstehlich. Besonders in abgewandelter Form, so in der Art: Morgen früh möchte ich lieber deine Schamlippen küssen, denn ich arbeite auf dem Bau und will nicht wieder Schlamm schippen müssen
oder: lassen sie mich nicht Schlamm schippen müssen, lieber würde ich doch ihre Schamlippen küssen usw.
Und wie war die Wirkung, hast du auch die Eine oder andere Lady damit rumgekriegt ?
Manchmal, die Ausbeute war eher dürftig, gestand Erwin, jetzt im Erzählmodus.
Da fällt mir übrigens spontan noch so ein Berliner Kneipenpissspruch ein:
Kick nich meinen Sack so von de Seite an.
Der ist mehr akademisch verstehst du, Wortspielerei, Sack so von, wie Saxophon. Ist doch lustig oder ?
Erwin, ich bitte dich ! Entrüstete sich Max.
Ja, ja, ist ja gut, aber das war schon ausgesprochenes Pech damals, daß gerade der Adam zum Pissen kam, sonst hätte der mich nie gekriegt. Schließlich war die Kneipe noch ziemlich voll, aber immerhin nicht so voll wie ich, was nun absolut

keine Kunst war. Na ja, ausgebessert und neu gestrichen, dann war es ja wieder in Ordnung. Nur die Rita, die war stinkig, auf die war ich doch damals so scharf. Die meinte mit so einem Deppen wie mir will sie nichts mehr zu tun haben. Später hätte sie gerne, aber da war ich schon mit der Biggi zusammen.
An die Sache hatte ich überhaupt nicht mehr gedacht, ist mir jetzt aber wieder klar vor Augen, gestand Erwin !
Wo holt dein altes Gedächtnis das nur immer her, diese uralten Geschichten ? Aber wie dem auch sei, Hauptsach gudd gess, wie der Saarländer zu sagen pflegt. Jetzt leg ich dir die Beatles auf, aber nur die ruhigen melodischen Titel, ich habe da eine feine Zusammenstellung und du darfst mich mit deinen neuen Horrormeldungen bombardieren. Komm, wir gehen wieder in's Wohnzimmer, beendete Erwin seinen Vortrag und stand auf.
Nein, ich will dich gar nicht mit Problemen belämmern, es ist Alles in Butter, beschied ihn Max und folgte seiner Aufforderung. Gemächlich wechselten sie den Ort und nahmen in ihren Sesseln Platz. Max wartete bis ihn Erwin erneut aufforderte und wie erhofft ging seine Rechnung auch prompt auf.
Komm, erzähl schon, ich kenne dich doch gut genug um zu merken, wenn dir etwas auf der Seele brennt. Ist es der Geburtstag, liegt dir der im Magen, der ist doch jetzt bald oder ?
Ja, Morgen schon, aber da liegt mir nichts im Magen.
Doch, die ganze Sippschaft liegt dir im Magen, das weiß ich doch,

mach mir nichts vor. Wer ist es denn, deine Tochter oder dein hoch geschätzter Schwiegersohn, dieser Angeber ?
Der Enkel jedenfalls bestimmt nicht, an Finn hast du ja den Narren gefressen. Ich tippe auf Bernhard, den Mann von Luise, den Werbefuzzy, stimmt's ?
Nein, nein, da liegst du falsch, ganz falsch.
Sei doch froh, daß sie diesen Werbefritzen abgekriegt hat, fuhr Erwin unbeirrt fort, Max's Beteuerungen ignorierend.
Der versorgt sie wenigstens ! Der vorher, wie hieß der noch, Robert oder so, der Künstler, der Herr Meister Immerblank, der hat sich doch nur von euch aushalten lassen und dazu noch schamlos gevögelt was er kriegen konnte, war hinter jedem Rock her, hinter Jeder die nicht schnell genug auf den Bäumen war. Der Bernhardiner ist zumindest in der Beziehung stubenrein. Ich verstehe ja, dass du ihn nicht leiden kannst. Mir ginge der auch auf die Nerven, nachdem was du so von dem erzählt hast. Aber wie gesagt, Hauptsache die Versorgung stimmt und treu ist er auch. Blöd nur, daß er diese Göre aus erster Ehe eingebracht hat, das verwöhnte Früchtchen, aber damit hast du ja fast nichts zu tun.
Sonia, so heißt das Miststück und der Ex heißt bzw. hieß Roberto und nicht Robert. Mein lieber Erwin, so langsam bist du es, der mir auf die Nerven geht mit diesem Verwandtschaftsgespräch. Ich bin hergekommen, weil wir Donnerstags die alten Zeiten ein bisschen hochleben lassen wollten und nichts sonst, protestierte Max halbherzig, nicht ganz mit der Wahrheit herausrückend, denn schließlich lag ihm

noch die Amtsgeschichte im Magen.
Die galt es noch mit Erwin zu verdauen.
Aber heute, sollte er sie heute überhaupt noch thematisieren, war jetzt der richtige Zeitpunkt ?
Aber Max, ich sehe dir doch an der Nasenspitze an, dass etwas im Argen liegt, also raus damit, wenn nicht die Familie was ist es dann ? wiederholte sich Erwin ihn eindringlich ansehend.
Komm jetzt, es reicht, lass uns Musik hören und quäle mich nicht so.
Max hatte sich blitzschnell entschieden das Amts-Thema für heute auszusparen, er befürchtete, daß es ihm heute zu sehr auf die Nerven gehen und ihm zu viel Energie abverlangen könnte, die er für morgen womöglich dringend bräuchte.
Auch fühlte er sich nicht ausgeruht genug, er könnte das Thema heute sicher nicht mit der nötigen Gelassenheit angehen und noch dazu Erwins spitze Einlassungen über sich ergehen lassen. Außerdem würde er dann wahrscheinlich sein Gelübde nicht einhalten können und das wäre fatal, denn während des Essens war bereits die erste Flasche Bordeaux geleert worden und jetzt stand die Nächste an.
Aha, Musik hören und trinken, zur Strafe könnte ich dir ja deinen Mitgebrachten anbieten, was hälst du davon ?
Vielleicht würde dir so eine kleine Folter ein wenig auf die Sprünge helfen.
Nun ja, dann lassen wir es eben gut sein, wenn du nicht willst, dann wird eben nichts mit Problembeackerung entließ ihn Erwin, zu Max Erleichterung, aus seiner Befragung. Ich gehe noch Eine holen und dann legen wir musikalisch los.

Erwin ging in den Keller und Max Blick wanderte in die Küche.
Marta war mit Aufräumen beschäftigt, er konnte sie dabei schön von hinten beobachten und bot ihm damit eine Gelegenheit die er sich nicht entgehen lassen konnte. Max musste ihr immer auf den Hintern gucken, er faszinierte ihn, zog ihn magisch an, erregte ihn, vom ersten Tag an als er sie sah. Noch schön prall, das konnte man erahnen. Sie hatte nur einen dünnen Rock an und besonders beim Bücken kam seine Phantasie in Wallung. Auch ihre Brüste schienen noch recht fest und schön groß, wie er das so abschätzen konnte. Sie war nur 27 Jahre jünger als Erwin. Ob er sie auch vögelte ? Zumindest vorstellen konnte er sich das, aber er hatte sich noch nie getraut Erwin direkt zu fragen, obwohl die Manneslust bei ihren Gesprächen ein Dauerthema war, immer wieder mal eingestreut und lustvoll von allen Seiten beleuchtet. Erwin hatte Marta eines Tages aus Spanien mitgebracht. Carlos, sein Hausverwalter auf Teneriffa hatte sie für Erwin engagiert, damit sie ihm im Urlaub im Haushalt zur Hand ging. Tja, und dann hatte er sich so daran gewöhnt, sie gefragt, wahrscheinlich ein bisschen überredet, wohl auch mit ein paar Euroscheinchen gewunken, bis sie einwilligte und es so weit kam, daß sie dauerhaft bei Erwin blieb, bis heute.
Erwin hatte Geld, nicht wie Max.
Sein Freund hatte Alles, zumindest fast Alles, richtig und er, nicht nur fast, sondern wirklich, Alles falsch gemacht, zumindest im finanziellen Bereich, Max's Dilemma. Dabei hatte er auch richtig Geld,

vor seiner Zockerzeit. Soviel Geld,
daß er damit in Ruhe hätte sein Alters-
leben genießen können, trotz Krankheit.
Erwin kam keuchend, außer Atem,
schwerfällig die Kellertreppe hoch,
eine neue Flasche in der Hand, es war ein
Cotes du Rhone.
So, danach ist aber Schluss, heute wird
nicht gesoffen, heute wird gesittet
gelebt, gelle mein Bester.
Und hoffentlich noch lange, ergänzte Max.
Was soll die bedeutungsschwangere
Bemerkung, wird mein Mäxchen jetzt
schwermütig, aus heiterem Himmel oder
was ?
Meine Freunde vom Amt, sie wollten heute
zu mir, ich habe sie gesehen und nicht
aufgemacht. Dann habe ich einen Fragebogen
mit Formular im Briefkasten gefunden, zum
Ausfüllen und Abgeben.
Jetzt war es doch aus Max heraus-
gesprudelt, aller Vorsätze zum Trotz.
Er biss sich auf die Zunge.
Aha, das steckt dir also quer, die vom
Amt, die waren da und wollten den feinen
Maxe bis auf's Hemd ausquetschen,
die Sauhunde, stürzte sich Erwin,
befriedigt Max doch noch diese Neuigkeit
entlockt zu haben, auf das neue Thema.
Komm, die können nun wirklich nichts
dafür, das sind nur einfache Angestellte,
ersetzbar, austauschbar. Die haben ihre
Direktiven, es ist halt so. Ich bin ja
selbst schuld, ich hätte ja mein gutes
Geld nicht zu verzocken brauchen.
Max konnte jetzt nicht mehr zurück, der
Teufel war aus der Flasche.
Und die Scheidung nicht zu vergessen mein
Lieber, setzte Erwin hinzu !

Damit hast du auch nicht gerechnet und erst recht nicht mit deinen neuen Freunden, dem Bluthochdruck und dem Dialysen-Fett. Aber natürlich, in erster Linie die Moneten, das war schon bitter. Schade, schade, auf mich hast du ja nie gehört, was habe ich dich immer beschworen, dir in's Gewissen geredet, aber nein, du musstest ja immer noch Einen drauf haun. Nach jedem Gewinn und war er auch noch so klein, immer wieder voll rein. Das war dein Hauptproblem, zu viel, zu gierig und dann Alles auf ein Papier und zu allem Übel auch noch auf diese Teufelszertifikate, Optionen mit Verfall. Erwin wurde jetzt lauter und redete sich in Rage. Dabei baute er sich mit einer Drohgebärde vor Max auf und tippte ihm mehrmals auf die Brust.
Max fühlte sich an das amerikanische Werbeplakat der Army erinnert,
we want you !
Aber du warst dir ja immer so sicher, setzte Erwin seine Anklage fort.
Nein, nein, keine Sorge, die haben 10 % Abstand zum Verfall, da passiert nichts, garantiert. Nichts, nichts war und ist sicher in diesem Geschäft, verdammt nochmal. Das du das nie begriffen hast, als halbwegs intelligenter Softwarefritze, das habe ich nie verstanden. Das schöne Geld, futsch, alles futsch. Und der Rest, der noch übrig war, was war damit, hä ? fragte Erwin und sah ihn vorwurfsvoll an. Tja, der hat gerade noch gereicht zum Leben und für den Unterhalt an Else und Luise, wie du mir erzählt hast.
Ja, ja, gebe ich ja Alles zu, gestand Max mit hängendem Kopf, zusammengesunken im

Sessel sitzend und die Hände wie zum Gebet gefaltet.
Nur die Rente und die Lebensversicherungen waren mir noch geblieben. Und dann kam die Scheidungsvereinbarung mit Else. Die Lebensversicherung musste ich zur Hälfte an sie abgetreten, dafür konnte ich die Rente behalten. Dass die Lebensversicherungen mal nicht mehr so rentabel sein würden, hat dann den Deckel noch drauf gesetzt. Es hätte ja auch tatsächlich gereicht zum Leben, bei normalen Bedingungen, aber mit der Krise, gestand Max ziemlich kleinlaut, mit verzagender Stimme, hatte doch keiner gerechnet. Die Krise war schuld.
Fehlplanung oder Dummheit nennt man das, ganz einfach, von wegen Krise, nicht die Krise alleine war schuld,
gestehe dir das ruhig mal ein, widersprach Erwin, machte eine wegwerfende Handbewegung, wandte sich um und setzte sich wieder.
Sagen wir eher Schicksal, das klingt charmanter, erwiderte Max zaghaft.
Noch Essen ? Kam Marta fragend aus der Küche und damit ihre Konversation unterbrechend, was Max Zeit zum durchzuschnaufen und überlegen gab.
Nein, es war fantastisch, du hast wieder wunderbar gekocht, unserem Maxi läuft noch das Wasser im Maul zusammen, aber uns ist der Appetit für's Erste vergangen, antwortete Erwin und nickte ihr dabei entschuldigend zu.
Tja, mein Freund da musst du jetzt wohl durch, fuhr er, wieder an Max gerichtet fort. Ich kann dir jeden Tag eine warme Mahlzeit anbieten, zum Mitwohnen ist meine

Wohnung zu klein. Aber das wäre dir wohl egal, eine noch so kleine Wohnung, wahrscheinlich sogar wenn du nur eine Schlafcouch oder eine Luftmatratze hättest, würdest du Lustmolch in Kauf nehmen, wenn ich nur die gute Marta mit dir teilen würde.
Spekulierst du da drauf, hä ?
Erwin sprang bei diesen Worten auf und klopfte ihm jetzt dezent mit der Faust wieder auf die Brust.
Marta sah entsetzt zur Decke, ließ ein Madre mia verlauten und verschwand mit schnellen Schritten zurück in die Küche.
Zugegeben, nicht übel der Gedanke, gestand Max lachend. Dann griff er erneut das Ausgangsthema auf, er fühlte sich angegriffen und es drängte ihn nach Rechtfertigung, nach Klarstellung.
Da kannst du doch gar nicht mitreden, wie es ist, wie man sich fühlt, wenn man soviel verloren hat und dazu noch krank ist. Du bist ja prima durch die Krise gekommen, hast nie Fehlspekulationen gehabt, lebst wie ein Fürst, kannst dir eine Haushälterin leisten, trinkst nur den besten Rotwein, keine Sorgen, Alles paletti, Alles wunderbar gelaufen.
Ich hatte auch meine Fehlgriffe, täusche dich da bloß nicht ! Aber egal, kommen wir lieber wieder zu deinem aktuellen Problem. Wann ist es eigentlich so weit, wann genau läuft denn deine Galgen-Frist ab, für wie lange reicht deine Kohle noch ?
Wollte dir nicht Finn, dein Enkel, unter die Arme greifen ?
Ja, schon, nur weiß ich nicht ob ich das wirklich annehmen soll, das wäre irgendwie doch arg beschämend, darüber mache ich mir

im Moment keine Gedanken, es reicht noch
für ein paar Monate, dann sehe ich weiter.
Bevor ich nicht meine Wohnung verlassen
muss ist das Alles kein Thema und das ist
hoffentlich noch lange bis hin. Aus
jetziger Sicht sieht es jedenfalls nicht
danach aus und Finnstütze hin oder her,
ich habe es alleine versaut und deshalb
muss ich da auch alleine durch, so sehe
ich das. Und dazu gehört, daß ich mich
jetzt dazu durchringen muß als Erstes
diese Formulare auszufüllen. Mir graut
zwar mächtig davor, die Hosen runter
lassen und mein ganzes Hab und Gut
offenlegen zu müssen, ein regelrechter
Offenbarungseid, aber was will ich machen,
mir bleibt nichts Anderes übrig, außer auf
ein Wunder zu hoffen, erklärte Max
resigniert und spürte wie Müdigkeit nach
und nach Besitz von ihm ergriff.
Und wie sieht es konkret aus ?
Los jetzt rück schon raus, Zahlen auf den
Tisch, forderte Erwin energisch.
Max pausierte kurz, nicht um
nachzurechnen, die Zahlen waren ihm aus
dem Eff eff geläufig, nein, er überlegte
ob er Erwin so tief in's Vertrauen ziehen
sollte. Aber wenn nicht Erwin, wen sonst ?
entschied er sich.
Nach meinen Berechnungen reichen meine
Ersparnisse für Pillen und Dialyse noch
maximal ein halbes Jahr, dann brauche ich
die Sozialversorgung oder ich kann mich
gleich selbst umbringen, erklärte Max und
spürte wie die Existenzangst in ihm hoch
kroch und sich auf seine Stimme legte.
Keine schlechte Idee, wird ja heutzutage
durch die Abkratzprämie schön gefördert,
Alles zum Wohle der Gesellschaft,

unnötigen Sozialballast abwerfen, damit die Gesunden weiter in Sauß und Brauß ihrer Wellness nachgehen können,
bellte Erwin empört dazwischen.
Sehr amüsant ! Wirklich sehr aufbauend. Du kannst so erfrischend lebensbejahend sein, so motivierend, einfach umwerfend.
Ich kann dir sagen, eine schöne Scheiße kommt da auf mich zu, mein guter Erwin. Sei du nur froh, dass du noch eine Versicherung für deine medizinische Versorgung zu einem halbwegs bezahlbaren Preis abschließen konntest.
Tja Max, daß das so kommen musste war doch klar und du warst halt auch schon recht früh krank und ich nicht, das kommt noch dazu, das hat natürlich eine Versicherung für mich enorm erleichtert, während es für dich schon fast unmöglich geworden war, zumal bei deinem schmalen Etat. Aber die Krise hat doch, tröstlicher Weise, letztlich Alle getroffen, mal mehr,
mal weniger.
Mensch Erwin, jetzt hör aber auf !
Wenn ich das höre, Alle getroffen. Willst du mich verarschen, es hat nur uns, die Kleinen getroffen, Schüler, Studenten, Rentner, Kranke und Sozialhilfeempfänger, nur da wurde doch so radikal gekürzt und gestrichen. Den Bonzen geht es doch nach wie vor prächtig, wurden großteils verschont und leben wie die Made im Speck !
Na ja, die 7 % Rentenkürzung wären wohl für dich noch verdaulich gewesen, für mich ohnehin, aber das reformierte Gesundheitswesen hat dich natürlich besonders hart getroffen, das muss ich schon zugeben, gestand Erwin kleinlaut.

Und ihr hattet halt keine starke Lobby,
es gibt eben nicht so viele Schwerkranke
mit teurer Medikamenten- und Hilfsmittel-
versorgung. Deshalb konnten sich die armen
Teufel ja auch nicht wehren, das wussten
die Schweine, diese Politikverbrecher,
und haben das ausgenutzt.
Wehren ist leicht gesagt, wie denn auch,
wenn du selbst genug mit dir zu tun hast
und froh bist, daß du überhaupt noch
lebst, trotz all deiner Ängste und Sorgen,
fuhr Max fort.
Ja, wie auch, die konnten noch nicht mal
Alle auf die Straße gehen !
Natürlich konnten die auf die Straße
gehen, aber was wollten die paar armen
Schlucker denn erreichen, die hatten doch
niemand der sich für sie einsetzte,
widersprach Max energisch.
Max !!!
Späßle gemacht !!!
Verstehst du die makabre Pointe nicht ?
Natürlich hätten nicht Alle auf die Straße
gehen können, weil sie nicht gehen konnten
sondern im Rollstuhl saßen, verstehst du ?
Mein Gott, sollte das ein Witz sein ?
Das war jetzt aber wirklich unterirdisches
Niveau, also echt zum Kotzen, ereiferte
sich Max kopfschüttelnd. Manchmal bewegst
du dich so unter der Gürtellinie, das ist
noch nicht einmal Stammtischniveau.
Du bist ein alter Zyniker, weißt du das ?
Komm, trink einen Schluck, es ist tragisch
genug, da hast du ja recht, versuchte
Erwin, jetzt in versöhnlichem Ton, seinen
Lapsus wieder gerade zu biegen.
Du hast gut reden, du kannst dir deine
paar Augentropfen locker selbst leisten,
aber bei mir geht das in die Tausende.

Ja, ja ist ja schon gut, ich wollte dir
nicht zu Nahe treten. Nicht gleich
beleidigt sein mein Sportsfreund, wegen so
einem zugegebener Maßen dummen,
kleinen Späßchen. Klar, meine Situation
ist nicht vergleichbar mit deiner, da gebe
ich dir ja recht.
Da kannst du aber Gift drauf nehmen,
mein Guter, stellte Max klar, Erwin dabei
eindringlich und ernst ansehend.
Heute gehe ich in die Apotheke und trage
die Kosten selbst, für die Dialyse habe
ich einen Dauerauftrag. Wenn ich nicht
mehr zahlen kann, also in ein paar
Monaten, brauche ich einen Kosten-
übernahmeschein von der Gesundheits-
behörde. Die schließt sich vorher mit dem
Sozialamt kurz und holt sich von dort die
Genehmigung. Dafür muss ich vorher durch
die Prüfung, daher das Ausfüllen der
Formulare, was bedeutet, Offenlegung und
Überprüfung meiner Vermögensverhältnisse.
Das ist verbunden mit rückwirkender
Einsicht in sämtliche Konten, damit sie
prüfen können ob auch ja nichts vorher
verschoben wurde. Es kann sogar bis zur
Befragung von Nachbarn, Bekannten, der
Überprüfung auf eheähnliche
Lebensgemeinschaft gehen usw.
Das ist ja regelrechte Bespitzelung,
warf Erwin entrüstet dazwischen,
das können die doch nicht machen, wo
bleibt denn da die Menschenwürde ?
Mein lieber Erwin, ich halte dir in diesem
Bereich eine gewisse Naivität zu Gute.
Der ganze Prozess mein Freund, hat mit
Menschenwürde nichts mehr zu tun.
Und was könnte am Ende stehen ?
Ich will es dir sagen.

Max stand auf, mittlerweile mit hochrotem
Kopf und kam auf Erwin zu.
Oder besser ich will es dir zeigen, sagte
er und deutete mit einer Hand sich einmal
im Kreis drehend auf die Zimmerwände.
Das mein Alter, deine geheiligten,
geliebten vier Wände würden sie dir nehmen
und dich umsiedeln, wenn es hart auf hart
kommt.
Erwin sah ihn erstaunt und verdattert an,
bis er seine Sprache wieder fand.
Max, um Himmels willen beruhige dich,
ich wollte dich nicht so aufregen, setz
dich bitte wieder und lass uns trinken,
dabei hob er das Glas als Aufforderung zum
Prosten.
Max aber setzte noch Einen drauf.
Ich kann mich nicht beruhigen und weißt du
warum ?
Weil das ein Scheißthema ist, weil, weil,
er stockte, drehte sich um, schwankte zu
seinem Sessel und ließ sich wie einen
nassen Sack hineinfallen. Dann stammelte
er, sichtlich um Fassung bemüht:
Also mein Lieber, für mich wäre wohl das
Schlimmste, die letzte Konsequenz,
die Konfiszierung meiner Wohnung und damit
ein Umzug in so ein Einzimmer-Kabuff,
das wäre der absolute Horror,
von der Aussicht auf den Einsatz der
Euthanasiespritze ganz zu schweigen.
Die ewigen Jagdgründe lassen grüßen.
Max, du sagst doch selbst, du hast noch
Reserven und es sieht noch gar nicht so
schlecht aus, komm, jetzt nicht gleich den
Teufel an die Wand malen, ermahnte ihn
Erwin.
Aber Max war jetzt in Rage und musste
seinen Frust abladen.

Du weißt ja, das Sozialamt will das
Mögliche rausholen und da es immer ein
paar Interessenten für eine 3-Zimmer-
Wohnung gibt, junge Paare zum Beispiel die
untergebracht werden müssen, könnte mir
durchaus ein Umzug bevorstehen.
Einzimmerappartements die dem Sozialamt
gehören gibt es genug, es fehlen
Mehrzimmerwohnungen. Die Rente wäre
natürlich auch abgetreten und ich bekäme
dafür ein Taschengeld.
Max saß jetzt da wie ein Häufchen Elend,
saft- und kraftlos kämpfte er mit den
Tränen.
Und wenn Du dich einfach taub stellst und
nichts meldest, fragte Erwin betont
vorsichtig.
Ja und dann, dann falle ich eben
irgendwann um und was passiert dann ?
Fragte Max provokativ zurück.
Blöde Frage, das ist doch klar was dann
passiert, gab er selbst die Antwort.
Dann lande ich entweder im Krankenhaus
oder gleich im Krematorium oder über das
Krankenhaus im Krematorium, wie auch
immer. Wenn die Ärzte eine ausreichende
Lebensperspektive bejahen, dann tritt ein
Überprüfungsprozess durch das Krankenhaus
in Kraft, wenn nicht, dann gibt es die
Erlösungsspritze und ich werde direkt in's
Nirvana befördert. Du weißt doch selbst
wie die Gesetze zur Euthanasie sich
entwickelt haben, darüber haben wir doch
auch, weiß Gott oft genug, geredet, wie
umstritten die waren, wie wir das Für und
Wider immer wieder beleuchtet haben.
Ja Max, sicher, ist ja zum Teil auch
irgendwie in Ordnung, du kennst ja meine
Meinung dazu. Wenn man Schluss machen will

kann man in ein Krankenhaus gehen und dann
seinen Willen bekunden. Wenn der
Kriterienkatalog zutrifft, man nicht
depressiv ist und sein Alter hat usw.
gibt es dann auch keine Probleme, das
finde ich akzeptabel. Nur die Kriterien
für die Ärzte bei Notfallpatienten,
Altersschwäche und Schwerkranken sind mir
viel zu locker.
Mir aus naheliegenden Gründen sowieso,
unterbrach ihn Max, jetzt wieder
gefasster.
Kriterien zur ausreichenden Lebensperspektive, dass ich nicht lache.
Ist dir nicht aufgefallen, dass es fast
keine Schlaganfall geschädigten und Koma-
Patienten mehr gibt ?
Wo sind die denn Alle hin, etwa geheilt
durch medizinischen Fortschritt, laufen
rum und freuen sich des Lebens, hast du
mal Einen getroffen, ich nicht ?
Nein, die liegen schon lange in der Gruft
sage ich dir, Dank dem ethischen, dem
gesellschaftlichen Fortschritt. Wie konnte
unsere Gesellschaft nur so kaputtgehen,
das verstehe ich wirklich nicht ?
Schluß aus Ende, jetzt wird das Thema
gewechselt, sonst werde ich noch gemüts-
krank von dem depressiven Gequatsche,
ich will und kann jetzt nicht mehr darüber
reden, es reicht, lass uns lieber noch ein
bisschen unser Lieblingsthema, die holde
Weiblichkeit, beackern.
Damit setzte Erwin den Schlusspunkt und
Max fügte sich. Auch er fühlte sich
ausgelaugt und gesprächsmüde.
Nein mein Bester, einen letzten Schluck,
ein Maul voll noch, dann mache ich mich
auf den Weg, es reicht für heute,

legte Max fest, nicht weiter auf Erwins Vorschlag eingehend.
Sie hoben die Gläser und nickten sich zu.
Auf die letzten Jahre !!
Komm ein paar Minütchen kannst du doch sicher noch bleiben, es ist noch nicht so spät und die Flasche ist auch noch nicht leer, dabei hob Erwin demonstrativ die Flasche und zeigte auf den Rest.
Nur das bisschen noch, dann machen wir Schluß, versprochen.
Na gut, überredet, willigte Max erschöpft ein. Aber dann ist wirklich Feierabend, setzte er bestimmt hinzu.
Was willst du hören, immer noch die Beatles oder jetzt doch lieber etwas Anderes ?
Nein, ist gerade richtig, gab Max knapp zur Antwort.
Er hatte sich völlig verausgabt und war jetzt wortkarg.
Sie tranken die Flasche aus und versuchten, jeder für sich, die behandelten Themen aus dem Kopf zu kriegen, aber es gelang ihnen nur bedingt, die vorausgegangene Debatte lag wie Blei auf ihrer Stimmung. Als neues, abschließendes Gespräch hatte dann Erwin keine bessere Idee als Max nochmals auf die bevorstehe Geburtstagsreise anzusprechen. Dem Abend war damit die Leichtigkeit endgültig genommen und daher war es nicht verwunderlich, dass Max sich recht schnell verabschiedete und diesmal tatsächlich nicht so alkoholisiert wie sonst und auch um einige Stunden früher das Bett aufsuchen konnte. Hinsichtlich der bevorstehenden Reise hatte das wenigstens den Vorteil ausgeruht zu sein

und nicht einen zu kränklichen Eindruck zu machen. Er würde sich eh wieder einen Sack voll guter Ratschläge von Luise anhören müssen. Die nervige Tortur war schon programmiert. Nicht unzufrieden mit sich, sogar mit einem gewissen Stolz stabil geblieben zu sein, ließ er, im Bett liegend und den Schlaf erwartend, den Abend Revue passieren. Der nächste Tag könnte kommen, er war gespannt was er bringen würde.
Vielleicht sogar das erhoffte Wunder !
In Form seiner Familie zum Beispiel, da war schließlich Finn, der ihm seine Unterstützung bereits mehrfach signalisiert hatte oder und das wäre eine echte Offenbarung, seine Tochter und sein Schwiegersohn. Er war sich über ihre finanziellen Verhältnisse nicht ganz im klaren, aber sie lebten offensichtlich nicht schlecht und vielleicht wäre daher noch ein Plätzchen für ihn frei, wo er unterschlüpfen und sich die Miete sparen könnte. Dann wäre mit einem kleinen Zubrot auch seine weitere Unabhängigkeit gewahrt. Er würde das morgen sehr, sehr vorsichtig sondieren.

3. Max und Finn

Max schlief wie ein Murmeltier.
Als er durch das Klingeln des Weckers erwachte, was durchaus ungewöhnlich für ihn war, denn normaler Weise war die Nachtruhe immer recht kurz und der Wecker brauchte nicht zum Einsatz zu kommen, fühlte er sich reichlich ausgeruht und fit für den Tag. Der Geburtstag seines Lieblingsschwiegersohnes, der ihm so was von unsympathisch war, konnte kommen.
Er sah sich in guter nervlicher Verfassung und ließ es langsam angehen, das konnte er auch, denn er hatte extra genügend zeitlichen Spielraum eingeplant, sich Reserven vorbehalten, für den Fall der Fälle. Der trat nicht ein, es gab keine Komplikationen, Alles lief planmäßig, wie am Schnürchen und er konnte sich zeitig auf den Weg zum Zug machen.
Der fuhr auch pünktlich ab, was eher selten war, und kam zur vereinbarten Zeit an. Als er suchend den Bahnsteig überblickte, sah er niemanden den er kannte, weder Luise noch Finn. Wahrscheinlich kommen sie wieder zu spät, dann muß ich mich halt gedulden, was auch sonst, die Jugend nimmt es eben nicht so genau wie wir Alten, das hätten wir uns früher mal erlauben sollen, brummelte er entrüstet vor sich hin.
Der Bahnsteig begann sich zu leeren.
Da sah er Finn.
Wie ein Athlet schoß er plötzlich aus der fernen Menge heraus und kam auf ihn zugerannt. Man sah ihm an, dass er entweder viel Sport treiben oder beruflich körperlich sehr aktiv sein musste.

Es traf Beides zu.
Hallo Opa ! rief er lachend,
beim näher kommen, winkend und außer Atem.
Hallo Finn, das freut mich aber sehr,
daß du dir die Zeit genommen hast und mich
abholst, feiner Zug von dir, empfing ihn
Max hocherfreut, dabei herzlich und heftig
umarmend. Dann trat Max ein wenig zurück,
legte seine Hände auf Finn's Oberarme,
befühlte seine Muskulatur und besah ihn
sich prüfend. So gebaut müsste man nochmal
sein, wie Finn mit seinen knapp 26 Jahren,
und vor Allem so fit, ging es Max wehmütig
durch den Kopf.
Dir scheint es ja prächtig zu gehen,
du hast eine Figur wie ein Preisboxer,
verlieh Max seiner Anerkennung Ausdruck.
Ja, ich kann nicht klagen, aber da ist
viel Fitnessstudio drin, da muß ich immer
am Ball bleiben, sonst schmilzt der Bizeps
schnell wieder dahin, das glaubt man kaum.
Sorry noch, daß ich so spät dran bin,
aber sämtliche Parkplätze waren belegt.
Ich musste lange suchen und dann noch
warten bis so ein übervorsichtiger
Lahmarsch sein Auto aus der Parklücke
herausbugsiert hatte. Gib mir mal dein
Gepäck. Finn übernahm ohne Widerstand von
Max den Koffer und die Reisetasche.
Auf dem Weg zu Finn's Wagen musste Max
ausgiebig Auskunft geben.
Na, wie isses denn so ? Was macht die
Gesundheit ? Noch alle Pillen im Schrank ?
Tassen im Schrank, mein lieber Junge, so
heißt das, antwortete Max, die anderen
Fragen ignorierend.
Weiß ich doch, ich wollte dich nur ein
bisschen hochnehmen, sagte Finn lachend
und stieß ihm sanft dabei mit dem

Ellenbogen in die Seite.
Ich habe eine Überraschung für dich,
das ist mit ein Grund warum ich dich
abhole.
Oh, eine Überraschung, da bin ich aber
gespannt mein Junge.
Eigentlich hätte ich nicht frei machen
können, aber ich wollte dir unbedingt
etwas zeigen. Natürlich auch um dich zu
sehen und etwas mit dir zu plaudern,
nicht das du meinst.
Aha, da will er mir betont noch etwas
Wertschätzung entgegen bringen, hat wohl
gemerkt, daß ich sonst meinen könnte,
er wollte nur angeberisch sein,
stellte Max fest.
Na Finn, da bin ich aber mal gespannt was
da auf mich zukommt.
Wie geht es dir denn, was macht die
Arbeit, wie ist die Auftragslage ?
Gut, die Firma läuft super an. Es kommen
immer mehr Anfragen rein, viel Mund zu
Mund Propaganda, weißt du. Ich muss halt
dran klotzen, aber jetzt weiß ich ja
wenigstens wofür. Selbständig ist schon
etwas anderes, ein großes Risiko, aber es
winkt auch eine Menge Kohle. Wie würdest
du sagen: Handwerk hat goldenen Boden.
Ist schon so, aber im Dachdeckerhandwerk
ist die Konkurrenz echt stark und schwupps
die wupps hat man sich verkalkuliert,
dann braucht nur Einer seine Rechnung
nicht zu bezahlen und schon ist es aus mit
der Herrlichkeit. Na dafür ist ja Fritz
da, das ist bei uns der Finanzmensch,
der passt schon auf, ich bin da nicht so
fit drin, das muß ich ehrlich gestehen.
Ich denke Fritz hat das gut im Griff.
Wir sind jetzt übrigens schon zu viert,

Fritz und ich und zwei Angestellte.
Wenn es weiter so brummt kann ich dir
nächstes Jahr schon finanziell ein wenig
unter die Arme greifen. Schließlich hast
du mir ja auch geholfen, in meiner
Ausbildungszeit, so gut es ging, da will
ich dir schon etwas zurückgeben. Ich weiß
ja, daß die Dialyse ziemlich teuer ist und
du nicht soviel Geld hast. Eine Schande,
dass da die Familie nicht zusammenlegt und
etwas unternimmt, entrüstete sich Finn.
Na ja, wir kennen ja beide die Situation.
Mama ist froh, dass sie selbst über die
Runden kommt. Über meinen Stiefvater
brauchen wir nicht zu reden und die Göre
denkt eh nur an sich ! Jetzt will sie auch
noch ein eigenes Pferd, ich faß es nicht,
stell dir das mal vor. Mal sehen was da
raus kommt, da bin ich extrem gespannt.
Finn, um gemütlich noch ein wenig plaudern
zu können würde ich dich gerne zu einem
Kaffee einladen, was hälst du davon ?
unterbrach ihn Max.
Nein, lass mal, gut gemeint, aber ich habe
schon einen Plan und leider nicht viel
Zeit. Ich muss mit Fritz noch ein Angebot
ausarbeiten und da will spitz gerechnet
werden. Wir sind gleich am Wagen, dann
kommt die Überraschung.
Auf dem Parkplatz angekommen nahm ihn Finn
beim Arm, blieb stehen und zeigte in eine
Reihe: Na, welcher ist Meiner, rate mal ?
Tja, ich nehme mal an der Kombi da vorne,
Handwerker brauchen große Wagen.
Daneben, völlig daneben, kam es bübisch
lachend zurück. Warte hier, ich fahre nur
schnell aus der Lücke, damit du das
Prachtexemplar in seiner vollen Schönheit
bewundern kannst, rief Finn, als er mit

schnellem Schritt zu einem gelben
Sportwagen rannte und den Wagen dann,
langsam, mit ein paar laut röhrenden
Zwischenheulern, Max vor die Füsse
bugsierte.
Na Opa, was meinst du, ist das nicht eine
heiße Karre ? fragte Finn erwartungsvoll,
stolz das Fahrerlenkrad streichelnd,
aus dem Wagen mit herunter gedrehter
Seitenscheibe zu Max aufsehend.
Max kannte die Marke nicht und konnte auch
diesbezüglich keinen Hinweis finden.
Sicher so eine Sonderanfertigung für viel
Geld, dachte er.
Hat 240 PS und macht knapp 300 Sachen,
da fliegt dir das Blech weg,
ein Wahnsinnsgerät sag ich dir.
Verrückt, dachte Max, absolut verrückt.
Komm, setz dich rein, trau dich nur,
keine Angst, ich fahre vorsichtig, rief
ihm Finn zu und öffnete demonstrativ
auffordernd die Beifahrertür. Dann stieg
er aus und verteilte Max's Gepäck, indem
er die Tasche auf die Winzigkeit von
Rücksitz quetschte und den Koffer in den
sogenannten Kofferraum zwängte. Als Finn
sah, daß Max immer noch, wie angewurzelt
stehend, ungläubig das Wunderwerk von Auto
betrachtete, ging er zu ihm, klopfte ihm
auf die Schulter und deutete bittend zur
weit geöffneten Beifahrertür. Dann stiegen
beide ein und Max kam nicht umhin seine
spontanen Bedenken zu äußern.
Aber der kostet doch bestimmt eine Menge
Geld und dazu hast du ja auch noch ein
Motorrad, ist das nicht ein bisschen viel
Luxus ?
Keine Angst, der Schlitten ist geleast und
läuft über die Firma.

Fritz hat gerechnet und gesagt das passt.
Außerdem ist mein Roller nicht mehr der
Neueste, hat auch schon 12 Jahre auf dem
Buckel, also der ist schon mal garantiert
kein Luxus.
Sie fuhren Richtung Autobahn, Finn gab Gas
und Max wurde es zunehmend mulmiger.
Aber das war Nichts gegen das was dann
kam. Als Finn erst die vollen PS auf der
Autobahn los lies, da war es ihm dann mehr
als flau und seine Augen hielten ängstlich
den Tacho im Blick.
Na, das hat doch was oder, das musst du
zugeben ?
Absolut Weltspitze das Gerät, einfach
genial, soll ich mal durchstarten ?
Finn, mir wäre es etwas langsamer lieber,
ich bin lange nicht so schnell gefahren,
eigentlich noch nie, aber toll, wirklich
toll, stammelte Max angespannt und verbarg
ängstlich seine feuchten Hände.
Wir sind gleich an der Abfahrt, dann zeige
ich dir etwas, das wird dir noch besser
gefallen.
Oh Gott, dachte Max, was kommt jetzt, kann
das Ding etwa auch noch fliegen ?
Finn fuhr auf eine Landstraße und
drosselte auf gemäßigtes Tempo herab.
Er drückte einen Knopf und das Dach
verschwand nach hinten. Es war zwar nicht
sehr sonnig, aber nicht unangenehm,
leichter, angekühlter Spätsommerwind
strich sanft über ihre Köpfe. Max stark
gelichtete Haarpracht ergab sich dem Sog
des Fahrtwindes.
Das gefällt dir schon besser oder ?
schrie Finn herüber. Und jetzt noch das,
setzte er stolz, erwartungsvoll zu Max
herüber blickend, hinzu. Max sah wie er an

der Konsole hantierte und war gespannt auf
das was kommen würde. In lautem, aber
nicht zu lautem Ton ging es Max direkt
in's Ohr, wohlbekannte Töne mit dem
unverwechselbaren Gesang der Stones
erklangen: I cant get no satisfaction.
Finn schaute verstohlen zu ihm herüber und
sang den Refrain, Max animierend,
in gedämpften Ton, nicht ohne ein paar
Textaussetzer, mit. Max brauchte etwas
Zeit, er war zu perplex, völlig überrumpelt, damit hatte er nicht gerechnet.
Dann aber legte er jegliche Zurückhaltung
ab und stieg ebenfalls gesanglich ein.
Wenn er bei einem Song textsicher war,
dann bei diesem. Den hätte er problemlos
aus dem Tiefschlaf oder mit drei Promille
singen können, ohne Fehltritt, ohne
Aussetzer. Da hatte er früher schon manche
Wette gewonnen. Die Stones waren seine
Band und das wusste Finn.
Dann kam: 'Honky tonk women´.
Max Gefühle erhellten sich, es war toll,
wie in einem erfüllten Wunschtraum seiner
jungen Jahre, fast perfekt.
Mit einem Mal sah er sich am Steuer,
auf dem Nebensitz Else mit wehenden
Haaren, die Arme in die Luft gereckt und
vor Lebensfreude sprühend.
Ach, was konnte sie so herzerfrischend
belebend sein, ihm soviel positive Energie
einflössen, mit ihrer freien, spontanen
Lebensbejahenden Art.
Die Stones legten nach:
'Lets spend the night together',
und Max schwamm auf einer Welle des
Wohlgefühls wie er es so lange nicht
erlebt hatte, es war ein absolut tolles
Feeling. Für solche Momente lohnte es sich

zu leben. Und jetzt ab Richtung Süden,
der Sonne und dem Meer entgegen.
Frischen Fisch essen, dazu einen kühlen
Pinot Grigio trinken, mit Else im Arm in
einem Restaurant sitzend und den Blick auf
das Meer genießend. Man müsste noch einmal
von vorne anfangen können, jung sein und
mit Else lets spend the night together
wörtlich nehmen dürfen.
Es überkam ihn so eine Sehnsucht.
Finn schaute prüfend herüber,
Max schien ihm stark beeindruckt,
das gefiel ihm.
Na Opa, ist das nicht ein sagenhaftes
Gefühl ?
Ja, mein Junge, das ist es in der Tat.
Was doch in so einer kurzen Zeit, während
3-4 Liedern von nicht einmal 3 Minuten mit
einem passieren kann. In welche Welten man
abgleiten kann, was ist der Mensch doch
für ein seltsames Wesen ?
ging es Max durch den Kopf.
So Opa, jetzt wird es etwas holpriger.
Er bog in einen besseren Waldweg ein.
Nach ein paar hundert Metern sah man ein
Schild:
Waldrestaurant 'Bunses Himmelreich'.
So hier können wir gemütlich ein Tässchen
Kaffee trinken und ein Stück selbst-
gebackenen Kuchen oder Torte von Gaby,
der Wirtin, essen und noch etwas plaudern.
Hier gefällt es dir bestimmt.
Sie bestellten und ließen es sich gut
gehen. Finn aß Käsekuchen und Max
Nußtorte, dazu gab es Kaffee und
Cappucino. Max überlegte ob er zum
Abschluss noch einen Roten oder einen
Schnaps wagen sollte, aber der Tag war
noch lang und das Vernunftorgan stärker

als der Alkoholdämon.
Na Opa, das war doch so nach deinem Geschmack oder ?
Da hast du recht mein Junge, eine gute Wahl war das, die Torte hat vorzüglich geschmeckt.
Und erst die Grillsachen, sage ich dir, wenn der Chef selbst aufgelegt hat und seinen Wein kredenzt, da würde dir das Wasser im Munde zusammen laufen. Schade, daß die Feier nicht hier stattfindet, aber das konnte man den Schnöseln wahrscheinlich nicht zumuten. Wir beide jedenfalls hätten mit Sicherheit unsere Freude gehabt.
Ja Finn, das glaube ich gerne, wann kommst du denn heute Abend ?
Je nach dem, ich muss sehen wie es in der Firma läuft, wahrscheinlich komme ich direkt in die Feierbude. Ich kann zwar meinen sogenannten Stiefvater auch nicht leiden, aber mir geht es so wie dir: Alles wegen Mama.
Hast du eigentlich von deinem leiblichen Vater nochmal was gehört ?
fragte Max vorsichtig, wohlwissend, daß er damit vermintes Terrain betrat.
Nein, und das will ich auch gar nicht. Das weißt du doch, frag doch nicht immer, fuhr ihn Finn prompt genervt an und sah dabei demonstrativ auf die Uhr.
So jetzt muss ich aber los, in einer halben Stunde sollte ich im Büro sein, das habe ich Fritz versprochen.
Na, wenn es eine Autobahn direkt ins Büro gäbe wärst du mit dem Flitzer in 5 Minuten dort.
Also auf, bezahlt habe ich schon.
Aber Finn, das wollte ich doch machen,

protestierte Max.
Nein, nein, ich habe dich eingeladen das übernehme ich, da bestehe ich drauf.
Dann mal vielen Dank vorerst, ich werde mich revanchieren.
Sie brauchten knapp 50 Minuten und hörten dabei noch etwas Max's Wunschprogramm, bis sie bei Luise ankamen.
Finn lieferte ihn, mit einem flüchtigen Hinweis auf seine Zeitnot und einem ‚Hallo' und ‚bis heute Abend' Luise aus dem Auto zurufend ab und fuhr direkt, trotz eines verzagten Versuchs von Luise ihn doch noch zu einem kurzen Stopp zu bewegen, weiter.

4. Max, Luise und Sonia

Max und Luise begrüssten sich mit einer heftigen Umarmung, sie küsste ihn dabei auf die Wange.
Dann nahm er sie mit beiden Händen und hielt sie vor sich, wie ein Blatt Papier, ihr dabei prüfend in die Augen sehend.
Du siehst sehr müde aus mein Kind.
Ja, das mag sein, ich habe aber auch sehr viel zu tun im Moment. Die ganzen Vorbereitungen weißt du, es soll doch Alles gut laufen. Ich habe übrigens eine gute Flasche Cognac als Geschenk besorgt, die du dann, wenn es geht ohne irgend-welche dummen Bemerkungen, Bernhard geben kannst. Ich dachte das wäre am Einfachsten.
Ja, ja, seufzte Max, für den lieben Bernhard nur das Beste.
Vati ich bin in Eile, es ist nicht mehr viel Zeit und ich habe noch ein volles Programm. Willst du dich nicht noch etwas ausruhen, lege dich ein wenig auf's Ohr, du bist doch sicher müde. Sonia ist unterwegs und wie du siehst ist Hasso auch nicht da. Er hätte dir zum Empfang sicher ein schönes Konzert veranstaltet, aber Sonia musste mit ihm in die Tierklinik. Es müssen wieder ein paar Tumore entfernt werden. Ich kann ihn einfach nicht so leiden sehen. Eigentlich hat er ja das Alter, aber wir bringen es nicht über's Herz ihn einschläfern zu lassen.
Besonders Sonia hängt so an ihm. Es ist ja auch ein so ausgesprochen braver Hund.
Und die ganzen Erinnerungen. Da darf man gar nicht an die teuren Spritzen und Operationen denken. Was der Hund uns schon gekostet hat, Luise seufzte und guckte in

die Luft. Aber er ist es uns wert, fertig, egal was es kostet, er gehört schließlich zur Familie.
Komm, ich mache dir einen Kaffee und dann kannst du ungestört noch etwas ruhen, fernsehen oder die Zeitung lesen. Du hast doch an deine Pillen gedacht, das hast du doch oder ?
Aber ja doch, natürlich, mein Luischen, gab Max die beruhigende Antwort und tätschelte ihr dabei die Wange.
Ich dachte du hättest etwas mehr Zeit, damit wir uns noch in Ruhe unterhalten können, musst du wirklich so schnell wieder weg ? setzte er fragend hinzu.
Leider ja, meine Planung war anders, aber der Friseur hatte nur noch einen Termin heute Nachmittag und ich muss unbedingt hin, guck doch nur mal wie ich aussehe. Sorry, aber das muß wirklich sein, sicher finden wir noch ein Stündchen für uns um in Ruhe zu plaudern. Das Gästezimmer ist übrigens doch frei, du musst also nicht in die Pension, wir brauchen dich nicht um die Ecke zu bringen. Luise betonte die Worte mit einem Augenzwinkern, kniff Max in die Seite und lachte.
Der freute sich über die humorvolle Anspielung und lachte mit.
Mach mir bloß nicht solche Witze heute Abend, hörst du, ermahnte ihn Luise und drohte mit dem Zeigefinger. Du weißt ja wo du das Zimmer findest, eins höher, direkt neben dem Schlafzimmer. Da kannst du nachher auch deine Sachen hinbringen oder besser lass mal stehen, ich mache das gleich. Ich weiß, die Pension hätte dir nichts ausgemacht, aber so ist es doch einfacher. Heute Abend gehen wir dann

zusammen essen in die 'Alte Schmiede',
da werden auch die Geschenke hingebracht.
Das geht wahrscheinlich so bis um 23 Uhr,
jedenfalls ist das Lokal nur solange
gemietet. Danach sollte Schluss sein,
eventuell noch ein kleiner Umtrunk bei
uns, als Abschluß. Es kommen nicht so
viele Gäste, natürlich die Familie,
ein paar Freunde, Arbeitskollegen und vor
allem natürlich sein Chef, da legt
Bernhard ganz großen Wert drauf.
Vielleicht wird es ja auch ganz familiär,
nicht so steif, lassen wir uns einfach mal
überraschen. Wenn du müde bist kannst du
natürlich schon früher die Feier verlassen. Wir bringen dich dann nachhause,
entweder es fährt dich jemand von uns oder
wir holen dir ein Taxi, das wird sicher
kein Problem. Ach was freue ich mich, daß
du da bist, mein herzallerliebster Paps,
Luise nahm Max in die Arme und drückte ihn
fest an sich. Max wurde es warm ums Herz
und er musste sich fassen, spürte wie
seine Augen feucht wurden. Er hatte ein
weiches Herz und war Sentimentalitäten
sehr zugeneigt, er kannte sich diesbezüglich nur zu gut. Allzu oft hatte er
sich schon gehen lassen, trotz energischer
Gegenwehr, trotz bestem Vorsatz.
Am schlimmsten waren Beerdigungen für ihn.
Abschied nehmen für immer. Furchtbar.
Wenn er konnte drückte er sich vor solch
traurigen Anlässen lieber. Ob bei Freude
oder Trauer, Max hatte immer sehr nahe am
Wasser gebaut.
Am liebsten hätte er Luise jetzt nicht
mehr aus seinen Armen entlassen. Er spürte
den warmen feuchten Film auf seiner Wange.
Es waren Luises Tränen, auch sie hatte

nasse Augen bekommen und konnte es nicht
verhindern, dass sich ein paar Freuden-
tränen formten und ihren Weg suchten.
Sie wischte sich das Gesicht ab und
schaute betreten zu Boden.
Entschuldige, es ist gerade so über mich
gekommen.
Aber mein Liebes, du musst dich doch nicht
entschuldigen, besser Freuden- als
Trauertränen. Max zog ein Taschentuch aus
seiner Hosentasche und tupfte ihr die
Wangen trocken.
Ach herrje, wie sehe ich denn jetzt aus,
nur gut, dass ich anschließend noch zur
Kosmetikerin gehe. Also Vati, du weißt
Bescheid, ich bin bald wieder da.
Fühle dich wie zuhause und entspanne dich.
Getränke und etwas zu essen ist im
Kühlschrank, bediene dich ruhig.
Weg war sie und Max versuchte sich zu
orientieren. Es war jetzt früher
Nachmittag und er hatte eigentlich noch
genug Zeit für einen Spaziergang,
schließlich war er schon länger nicht mehr
hier gewesen und neugierig was sich so
Alles seit seinem letzten Besuch verändert
hatte und sich ein bisschen die Beine
vertreten würde ihm ohnehin gut tun.
Er war gerade im Begriff zu gehen, kam
aber nur bis zur Tür, als ihm klar wurde,
daß er gar nicht gehen konnte. Er hatte ja
keinen Haustürschlüssel, daran hatten sie
nicht gedacht. Nach kurzer Überlegung ging
er durch die einzelnen Zimmer, in der
Hoffnung, daß sich seinen Augen etwas
Schlüsselähnliches offenbaren würde,
aber er konnte nichts derartiges
identifizieren. Zumindest was so auf den
Tischen und Schränken sichtbar herumlag

sah nicht danach aus und Schubladen öffnen wollte er nun doch nicht, das hätte einen schlechten Eindruck gemacht, man hätte ihm Schnüffelei unterstellen können. Als er so suchend durch die Zimmer ging, kam ihm der Sondierungsgedanke wieder in den Sinn. Er erweiterte seinen Rundgang und warf einen Blick in alle Zimmer die offen waren, sehr diskret und mit einem ungdruck Gefühl. Max so etwas macht man nicht, meldete sich sein Gewissen. Könnte er und wollte er überhaupt hier seine letzte Zuflucht finden ? Die Örtlichkeiten gaben es auf alle Fälle her, soviel stand nach seiner Besichtigung fest. Das ihm zugewiesene Gästezimmer könnte genauso gut auf Dauer von ihm als Wohnstätte in Beschlag genommen werden. Aber war er willkommen, würde er sich überhaupt mit seinen Lieblingsverwandten arrangieren können ? Mit Bernhard verband ihn eine abgrundtiefe Abneigung, die Göre wäre da wohl eher noch verkraftbar, zumal die eh irgendwann, hoffentlich recht schnell, aus dem Haus verschwinden würde. Nein, das Hauptproblem war sein Schwiegersohn. Wenn er mit Bernhard nicht zurecht kam waren alle anderen Überlegungen sinnlos, deshalb beschloß er sich vorerst bei diesem Besuch keine weiteren Wohngedanken zu machen und statt dessen die Beziehung zu Bernhard auf den Prüfstand zu stellen. Eine leichte Müdigkeit kam jetzt in ihm auf, auch Gedanken können eine anstrengende Wirkung entfalten, registrierte er. Mit einem kräftigen Gähnen griff er zur Fernbedienung, schaltete den Fernseher ein und knipste sich durch die Sender. Irgendwo, bei einer

Auslandsreportage blieb er hängen.
Aber das Thema, anfänglich recht vielversprechend, glitt in Belanglosigkeit ab und langweilte ihn irgendwann nur noch.
Gerade als er kurz vor dem Einnicken war wurde es laut. Zuerst draußen und dann drinnen.
Die Göre, Sonia, war zurück und hatte die Tür aufgerissen.
Max jetzt musst du dich zusammennehmen, schön ruhig bleiben, nicht aggressiv werden, redete er sich gut zu. Sonia war 16,5 Jahre alt, also voll in der Pubertät, entsprechend verhielt sie sich meistens, nämlich gereizt, schnippisch oder aufsässig oder Alles auf einmal, eben zickig pubertär.
Hi ! Du bist schon da ? Fragte sie, ihn erstaunt ansehend. Bleib nur liegen, ich muss gleich wieder weg, wir fahren schnell noch zum Gestüt. Ich hole nur meine Reitklamotten, stotterte sie ziemlich verdattert. Zum Fest bin ich wieder da, Kevin bringt mich.
Aha, sie hat wohl eine sturmfreie Bude erwartet, fuhr es Max direkt durch den Kopf und ist jetzt überrascht, daß ich schon da bin, aber das geschieht ihr recht, Schadenfreude ist doch die schönste Freude.
Wer ist Kevin und was ist mit Hasso ?
Kevin ist natürlich mein Freund, der coole Typ da draußen in dem heißen Gerät und Hasso ist gerade operiert.
Der Arme muss noch einen Tag in der Tierklinik bleiben, aber es geht ihm schon ganz gut. Sie machte eine kurze Redepause, wirkte unschlüssig, fuhr sich nervös mit dem rechten Zeigefinger über die

Unterlippe und begann mit dem linken Bein zu wippen.
Hast du ein bisschen Kleingeld, so ein Fuffi wäre nicht schlecht, Kevin braucht dringend eine kleine Benzingeldspritze ?
Max war baff, kaum da und schon anpumpen, kann das sein oder habe ich mich da eben verhört ? ging es ihm unsicher durch den Kopf.
Was ist, schließlich gehöre ich doch auch zur Familie oder ? hakte Sonia unwirsch, ihre Forderung untermauernd, nach, wohl Max's Ablehnungsgedanken erahnend, seinen Widerwillen spürend.
Nein, ich habe nicht genug dabei, tut mir leid, log Max und die Lüge fiel ihm nicht einmal schwer, es machte ihm sogar Spaß.
So weit kommt es noch, daß ich dir Miststück auch nur einen Cent gebe,
da kannst du lange warten, dachte er.
Na, dann eben nicht, dann schauen wir mal ob wir etwas finden was mir gehört, gab sie schnippisch zurück, trippelte dabei von einem Bein zum Andern und startete ihre Suche, zielsicher in der obersten Schublade einer Wohnzimmerkommode.
Nichts !
Ratsch wurde die Schublade zugepfeffert. Aber schon in der Nächsten wurde sie fündig. Ah, was haben wir denn hier ?
Na, da sieh an, sogar ein Hunni, das passt doch, das gibt noch ein Eis dazu. Sie hielt hocherfreut, Max den Schein zeigend, das Geld in die Luft und rief, jetzt bestens gelaunt: Supi, also bis später, ich muss und rannte, einen Türknaller hinter sich lassend, in ihr Zimmer.
Max hörte kurz danach noch ihre Schritte auf dem Flur und dann brauste sie ab,

mit Kevin und dem Hunni. Als sie sich von Max verabschiedet hatte und losgerannt war konnte Max seine Neugier nicht mehr im Zaum halten, stand auf und sah aus dem Fenster, um einen Blick auf Kevin zu erhaschen. Soweit er erkennen konnte war dieser etwas mitgenommen, hatte einen kleinen Ziegenbart und Piercing an den Augenbrauen. Er tätschelte Sonia beim Einsteigen auf den oberen Bereich des linken Oberschenkels. Für Max's Verständnis ein paar Handbreite zu weit oben, aber er konnte sich auf die Distanz auch verschätzt haben. Er sah wie Sonia sich zu ihrem Kevin beugte und ihn flüchtig küsste. Dann warfen sie noch ein paar verächtliche Blicke in Richtung Haus, lachten und Kevin gab Gas.
Ein heißes Gerät ist etwas ganz anderes mein dummes Kind, Finn kann dir mal zeigen wie so etwas aussieht, da ist das da draußen eine Schrottkarre.
Max konnte sich absolut nicht mit Bernhards ‚Unfall' wie er, Bernhard, sie manchmal nannte, anfreunden. Sie hatte ihn schon ein paarmal belogen und auch öfter einige sehr unflätige Ausdrücke gebraucht. Wie war eigentlich Luise damals in der Pubertät ?
Max versuchte sich zu erinnern.
Mein Gott, wie lange ist das schon her, wie schnell doch die Zeit vergeht, grummelte er Kopfschüttelnd und ließ den Vorhang wieder zurückfallen.
Luise hatte auch ihre Macken und Ausbrüche damals, aber so war sie nicht drauf wie dieses Miststück. Ja Miststück, das war die für ihn immer wieder am meisten zutreffende Bezeichnung, so sehr er sich

auch mühte ein wenig nachsichtiger zu
sein, es endete immer bei Miststück.

5. Max und Else, der Anfang vom Ende ihrer Ehe

Ja damals, das sich erinnern, zurückversetzen, rief jedesmal eine grosse Wehmut in ihm hervor, denn dann kam auch unwillkürlich die Zeit mit Else zurück. Er hatte lange geglaubt Else würde irgendwann zurückkommen und es wieder wie früher werden lassen, er hatte sich so nach ihr gesehnt. Aber mit der Zeit musste er Abschied nehmen von seinem Wunsch und das fiel ihm unsagbar schwer. Er hätte sich mehr kümmern müssen, sicher, aber vor allem war er blind geworden, blind dafür wie ihm Else langsam immer mehr entglitten war. Dabei hatte er sie doch so gut gekannt, hätte es merken, es erkennen müssen, damals, als Else in diesem Spanisch-Kurs war und ihrer Begeisterung freien Lauf ließ. Ja, das war wohl der Anfang. Wäre er doch nur einmal zu den vielen abendlichen Treffs mitgegangen. Else hatte After-School-Abende organisiert, um sich besser kennen zu lernen. Anfangs alle 4 Wochen, direkt nach dem Kurs, abwechselnde Lokalitäten, mit Partner oder Ohne, je nach persönlichem Gusto. Er war nie dabei, hatte nie Zeit, hatte immer zu viel zu tun, stand immer unter Termindruck, irgend ein Teil-Projekt forderte seinen ganzen Einsatz und er musste dran bleiben, musste, musste, die Termine und sein falscher Ehrgeiz drängten.
Als sie Eduardo ihr Haus zeigte hatte Max seine erste Begegnung mit ihm. Er war durchaus nett und sah zweifelsfrei gut aus, dazu top gekleidet, was bei ihm in

letzter Zeit nicht immer der Fall war, er war nachlässig, war schluderig geworden und hatte sein Äußeres nicht mehr so intensiv wie früher gepflegt.
Was ihm am meisten an Eduardo auffiel war der Schal. Er war doppelt um den Hals geschlungen und lässig über dem Oberkörper in einer Schleife gebunden. Max hatte das schon ein paarmal, zwar ziemlich selten, gesehen und es gefiel ihm ausserordentlich. Aber ihm fehlte die Traute sich alleine einen entsprechenden Schal zu kaufen. Zu oft, meistens bei Krawatten, hatte Else spöttelnd bemerkt, auf was willst du die denn anziehen, da hast du doch nichts Passendes für.
Aber die Teile hatten ihm halt zugesagt, ihm gut gefallen, waren ganz nach seinem Geschmack und er war zu eitel um sich als geschmacksloser Hornbause zu akzeptieren. Aus Trotz, gönnte er sich von Zeit zu Zeit einen Einkauf seiner Wahl. Es müsste ihm doch gelingen, wenigstens einmal Else zu einem freudigen Ausruf, wie:
das ist aber mal ein schickes Stück, bewegen zu können. Das war ein Ziel und daran arbeitete er, aber nur, wenn er Lust und viel Energie hatte auch eine vernichtende Kritik in Kauf zu nehmen.
Es gab Stücke, da stand er wochenlang des öfteren mit Bewunderung vor dem Schaufenster, zweifelnd, mit sich hadernd, bis die Zeit das Problem von selbst löste und das begehrte Objekt unwiderbringlich aus dem Fenster genommen war. Einmal konnte er nicht widerstehen und hatte ein rotes Sakko gekauft, das auch noch recht teuer war. Aber es war so toll, absoluter Wahnsinn, da gab es für ihn kein Halten

mehr.
Elses Reaktion war die Vernichtung an sich. Dabei hatte sie mit ihren abfälligen Bemerkungen jedes Maß verloren und war eindeutig zu weit gegangen. Das gab sie auch später zu und entschuldigte sich ausdrücklich. Sie hatte ihn als Karnevalsprinzen tituliert, einmal sogar unter Freunden. Und das, das ist mein neuer Karnevalsprinz, hatte sie Max lachend vorgestellt.
Alle hatten laut mitgelacht. Für Fred, ein spezieller, unangenehmer Zeitgenosse, Typ intellektueller Besserwisser, war das eine schöne, passende Gelegenheit einen Kübel Schmäh über ihm auszuleeren. Ob er denn auch schon eine passende Narrenkappe dazu hätte und auch als Zirkusdirektor würde er sich so sicherlich gut machen. So, in der Art, schoß Fred einen Pfeil nach dem anderen auf ihn ab. Das machte der im allgemeinen sehr gerne, also nicht nur bei ihm, wartete nur auf eine passende Gelegenheit, ergriff begierig sofort jede sich bietende noch so kleine Fehlleistung, um gnadenlos zuzuschlagen, das war schon fast ein Hobby von Fred, wofür er in der Beliebtheitsscala in ihrem Bekanntenkreis ziemlich einsam den letzten Platz unter den männlichen Personen belegte.
Aber das störte Fred nicht, er war von sich so überzeugt, strotzte nur so vor Selbstbewusstsein, befand abfällig,
daß er die Meinung der Anderen sowieso als Auswurf der Inkompetenz in Dosen hielt.
Max sann auf Rache, fühlte sich in seiner Ehre verletzt und nutzte prompt die nächste Gelegenheit dazu. Und das mit oder gerade wegen einem nicht unerheblichen

Alkoholspiegel und dann auch noch gekonnt
unauffällig, er war stolz auf sich und
seine gelungene Aktion. Vielleicht aber
doch nicht ganz so unbemerkt wie er
dachte, denn Karin war mit im Spiel und
die könnte doch gemerkt haben, daß er
absichtlich über sie gegriffen hatte,
so als wollte er sich ein paar Plätzchen
greifen, gerade als sie ihr Rotweinglas
angehoben hatte. Dann eine kleine in
voller Boshaftigkeit herbeigeführte
Kollision, welch ein unglücklicher Zufall
aber auch, kann Jedem passieren. Das Glas
glitt Karin unvermeidlich aus der Hand,
mit vollem Schwung und Erguß über Fred's
schöne Abendgarderobe, bester Zwirn
natürlich. Eine absolute Meisterleistung
und dabei noch mit mindestens 1 Flasche
Beaujolais im Bauch umso bewundernswerter,
fand Max und war mehr als zufrieden.
Natürlich entschuldigte er sich pro Forma,
heuchlerisch, bei dem armen Fred,
der nicht wusste ob er lachen oder weinen
sollte. Der war hochgeschossen wie eine
Rakete, sah dabei entsetzt an sich herab,
befühlte vorsichtig das Dilemma und
breitete die Arme aus, bereit zu einem
Wutausbruch. Seine Frau Julia, die überaus
beflissen war, winkte nur ab, schob Fred
mit einem: Alles halb so schlimm, das
haben wir gleich,
in die Küche und zeigte ihre ganze Kunst
der Fleckenbekämpfung indem sie direkt
Salz auf die nassen Rotweinstellen streute
und vorsichtig abtupfte.
Das kriegen wir schnell wieder raus,
kein Problem, ließ sie dabei verlauten,
bemüht ihren lieben Fred zu beruhigen,
um ihn zu zügeln, da sie wohl

unsicher war ob dieser nicht schon wieder
an einer Wuttirade arbeitete, die er
sicher gerne losgeworden wäre.
Sie kannte ihn schliesslich am Besten.
Schade, dachte Max, es hätte ruhig etwas
Bleibendes sein können. So konnte Max
sein, heimtückisch und verschlagen.
Verschlagen gefiel ihm, heimtückisch
nicht.
Aber der Schal, der verdammte Schal,
das ging ihm später immer wieder durch den
Kopf. Wenn er damals Einen gekauft hätte,
diesmal ein richtig schönes Teil und dann
auch noch nach Elses Geschmack, er hätte
ja dazu seine Schwiegermutter Bernadette
befragen können, hätte er Alles, Alles
gerettet, dann wäre Alles ganz anders
gekommen, da war er sich sicher.
Wenn er sich einmal aufhängen sollte,
das hatte er sich geschworen, dann mit so
einem Schal.
Er hatte damals Eduardo sogar gefragt wo
er das Teil gekauft hatte. Aber das war
irgendwo in Barcelona oder so, jedenfalls
Spanien, wo sonst, er schämte sich nachher
für die naive Frage.
Natürlich hätte ein läppischer Schalkauf
an sich nichts Wesentliches geändert und
maximal einen kleinen Aufschub geleistet,
wenn überhaupt. Aber es gab ihm einen
Halt, die Schal-Illusion machte es
irgendwie leichter, lenkte von den wahren
Gründen des Scheiterns seiner Ehe ab und
das war gut, half ihm zu akzeptieren.
Und keine Socken, er, Eduardo hatte keine
Socken an !!
Nur schöne, feine Slipper !
Die hatte er sogar beim Betreten der
Wohnung ohne Aufforderung ausgezogen und

neben die Kommode gestellt.
Eduardo war für ihn, mit seinen schönen wohlriechenden Füssen, die er wahrscheinlich mit irgendwelchen Olivenölen feinster Ausprägung eingerieben hatte, seinen Slippern und seinem Schal spontan eine ästhetische Traumvorstellung.
Wenn es nur dabei geblieben wäre, aber sie wandelte sich zu einem Albtraum. Die abendlichen After-Spanischkurs-Treffs wurden länger und länger und Else war immer besser gelaunt, auch immer gut gekleidet und von einer dezenten, betörenden Duftwolke ihres Lieblingsparfüms umgeben.
Max, stell Dir vor, Eduardo hat heute den Vorschlag gemacht, wenn wir wollten könnten wir eine Studienfahrt machen, nach Andalusien oder Katalonien. Er hat nur mal gefragt wer grundsätzlich daran Interesse hätte, also noch nichts Konkretes.
Wir haben dann in unserem After-Treff schon mal neun Personen zusammenbekommen, ist das nicht toll ? Sieben wollen uns nächstes Mal Bescheid geben. Eduardo meinte, ab einer Gruppe von sechs würde er das machen, also klappt das bestimmt. Wie ist es mit Dir, willst Du nicht auch mitkommen ?
Da war sie, die letzte, die allerletzte Chance die Beziehung zu retten. Und ich Trottel, was mache ich Volltrottel, denke wieder nur an's Arbeiten, immer nur an's Arbeiten. Sein Gehirn war total infiziert und fixiert. Er war arbeitswütig, süchtig nach Arbeitsfortschritten und deshalb begann er sich sofort auszumalen wie er in Elses Abwesenheit frei und ungehemmt seine Projekte bearbeiten konnte,

Tag und Nacht, ungestört. War das nicht fantastisch, gerade jetzt, wo er so Terminprobleme hatte, empfand er das fast schon als ein Geschenk des Himmels.
Aber, Else du weißt doch, ausgerechnet jetzt wo ich so unter Druck stehe ! Natürlich würde ich gerne mit, aber ich kann jetzt wirklich nicht. Sei mir bitte nicht böse, aber du hast doch wahrscheinlich sowieso nicht damit gerechnet oder ?
Ich hatte es aber so gehofft, seufzte sie. Aber du hast auch nichts dagegen dass ich fahre oder ?
Nein, mein Liebes, natürlich nicht, ich weiß doch wie dein Herz dran hängt, fahr du nur.
Und wie ihr Herz dran hing !!
Wenn er nur die leiseste Ahnung gehabt hätte.
Und was wird mit Luise, wie wollen wir das machen ? fragte er vorsichtig, in der Hoffnung von Else die passende Antwort zu bekommen.
Du hast ja keine Zeit, das war mir klar, deshalb habe ich schon mal mit Bernadette gesprochen.
Genau die Antwort, die Max sich erhofft hatte.
Sie kann über meine Abwesenheit kommen und bei uns wohnen, Lars hat nichts dagegen.
Ja, der natürlich nicht, dann kann sich nämlich mein Schwiegervater jeden Tag die Kanne geben, ergänzte er gedanklich.
Ja damals, stöhnte Max wehleidig, immer noch am Fenster stehend, vor sich hin.
Er drehte sich vom Fenster weg, ging schweren Schrittes zur Couch und setzte sich.

Die Arme auf die Oberschenkel abstützend, den Kopf gebeugt in den Händen haltend, starrte er auf den Fernseher ohne ihn richtig wahrzunehmen. Seine Gedanken waren immer noch von der Vergangenheit gefangen und konnten sich nicht lösen.
Immer wieder, so wie jetzt, ging es ihm durch den Kopf, zermarterte er sich das Hirn wo und wie er sie, seine geliebte Else, endgültig verloren hatte.
Nein, da war es sicher noch nicht zu spät, als dieser verdammte Kursausflug war, da hätte er noch etwas machen können.

6. Max, Luise und Bernhards Ankunft

Es klingelte.
Max erschrak, stand langsam auf, ging, noch etwas benommen, zur Tür und öffnete.
Luise war zurück und strahlte ihn frisch gestylt an.
Na, das ging aber schnell, ich dachte schon du schläfst und ich müsste doch meinen Schlüssel aus der untersten Handtaschenecke herauskramen, sagte sie zur Begrüßung und gab ihm ein Küsschen auf die Wange, die Max schon bereitwillig, geradezu auffordernd, hingehalten hatte.
Nein, die Gedanken sind mit mir ein bisschen spazieren gegangen, in die Zeit als du klein warst, sooo klein, antwortete er verschmitzt und wirkte immer noch ein wenig gedankenverloren, dabei fuchtelte er ihr mit der flachen Hand in etwa 1.50 Meter vor der Nase herum.
Ach ja, die alten Zeiten, stöhnte Luise, hoffentlich nur Positives.
Na ja, natürlich ist mir auch die Zeit mit Mama wieder in den Sinn gekommen,
der Anfang vom Ende, gestand Max.
Mein lieber, sentimentaler Vati, da hättest Du wohl doch besser ein Nickerchen gemacht oder dich beim Fernsehen oder Lesen entspannt, damit du heute abend fitter bist, aber egal, jetzt wird es Zeit zum fertig machen, wir müssen bald los, die Zeit rennt.
Du wirst sicher duschen und dich umziehen wollen, du weißt ja wo Du Alles findest oder ?
Könnte ich vorher noch einen Espresso bekommen, ich fühle mich noch ziemlich schlapp und müde im Kopf.

Ja, natürlich, ich gehe direkt in die Küche und mache Dir Einen, soviel Zeit ist noch, sagte sie, ihm liebevoll über den Kopf streichend.
Er streckte sich und grummelte vor sich hin, ich hätte doch besser ein paar Minütchen ruhen sollen, da hat sie recht.
Was hast du gesagt, ich verstehe dich nicht, rief Luise aus der Küche.
Nichts, nichts, Alles gut, ich habe nur gerade mit mir selbst gesprochen, sagte er, kam in die Küche und wartete auf seinen Kaffee. Aber der Espresso hatte es auch nicht eilig, genau wie er.
Wann kommt Bernhard eigentlich, müsste der nicht schon lange da sein ? fragte er vorsichtig.
Der kommt schon, der hat im Moment unheimlich viel zu tun. Lange kann es aber nicht mehr dauern, er muss sich ja auch noch umziehen und frisch machen, antwortete Luise und warf dabei einen kritischen Blick auf die Uhr.
Er wird sicher gleich da sein. Die Agentur nimmt ihn im Moment voll in Beschlag, er kommt zu nichts mehr, nur noch Stress und Hektik, erklärte sie weiter.
Aber du wirkst auch nicht gerade frisch mein liebes Luischen, bemerkte Max, dankbar die Vorlage aufnehmend. Er hatte nur auf eine Gelegenheit gewartet sie anzuzapfen. Schließlich kannte er seine Tochter und sah gleich, dass sie nicht ganz auf der Höhe war. Hoffentlich ist es nicht schon wieder ein Beziehungsdrama, das sie quält, das mit Alfonso hatte ihm gereicht und Luise erst recht. Aber er traute Bernhard nicht, er hatte keinen

Draht zu ihm gefunden, bis heute nicht.
Dass Luise irgendetwas verbrochen hatte
konnte er sich nicht einmal ansatzweise
vorstellen, nein, unmöglich, nicht einmal
ein Flirt, geschweige denn eine Affäre.
Sie hielt Familie und Geld zusammen, so
war sie gepolt, absolut risikoscheu und
verlässlich. Entweder hatte sie Sorgen
oder war krank, er musste es herausfinden,
die Ränder unter ihren Augen, jetzt mit
Schminke nicht mehr so zu sehen,
eigentlich ihr ganzes, so schwaches,
so mattes, Erscheinungsbild sprachen Bände
und bekümmerten ihn. Richtig erschrocken
war er, als er sie heute Mittag wieder-
gesehen hatte, wie sie so dünn, so ab-
gemagert, ja ausgemergelt vor ihm stand
und auf gute Laune machte. Es bereitete
ihm alle Mühe nicht direkt seinem Eindruck
Luft verschaffen zu können und sie frei
heraus zu fragen, warum sie so ein
niedergeschlagenes Häuflein Elend abgab.
Aber er fand es doch zu unpassend,
so direkt nach der Ankunft, sein gutes
Kind mit Fragen über ihre Befindlichkeit
zu quälen. Also nahm er sich zusammen,
beherrschte sich und verschob sein
Ansinnen, mit dem festen Vorsatz die
Heimreise erst nach einer hinreichenden
Erklärung anzutreten. Aber er kannte sich
nur zu gut, wie unberechenbar er war und
nicht immer seinen Vorsätzen folgte.
Es war genau so möglich, daß er sich,
nach einem unsinnigen Ärger, verletzt oder
beleidigt, in sein Schneckenhaus zurückzog
und sich doch wieder, ohne nachzufragen,
nach Hause verdrückte und dabei dachte:
Rutscht mir doch alle den Buckel runter,
ich habe meine eigenen Sorgen und die sind

nicht zu klein. Er hatte eine starke
Neigung unangenehmen Fragen und
Auseinandersetzungen aus dem Wege zu
gehen, das Flüchten, Verdrängen,
Aussitzen, Ignorieren hatte Methode bei
ihm. Aber jetzt tat sie ihm so leid,
wie sie so da stand und versuchte ihm
etwas vorzumachen, er konnte sie,
sein Mädchen, nicht leiden sehen.
Wahrscheinlich ist es aber so schlimm auch
wieder nicht, sagte er sich, nur keine
unnötige Panik, nicht Dinge sehen, die gar
nicht existieren, sich bloß nichts einreden. Vielleicht ist sie nur nicht gut
drauf oder wirklich nur einfach überfordert, hat Migräne oder bekommt ihre
Tage, daher ist es wohl eher nur eine
simple, plausible Frauengeschichte.
Er nippte an seinem Espresso und war
gespannt was kommen würde.
Nein, nein, Vati, Alles ist in bester
Ordnung, ich bin nur übermüdet, die ganze
Vorbereitung hängt mir noch nach, weißt
du, aber bald ist es ja überstanden,
erklärte sie und fuhr ihm sanft über die
Hand.
Trink in Ruhe deinen Espresso und dann
mache dich bitte fertig, es wird jetzt
wirklich Zeit, ergänzte sie mit Nachdruck.
Gut mein Liebes, sagte Max mit einem
Augenzwinkern, dein Wunsch ist mir Befehl.
Ich nehme den Espresso mit und trinke ihn
im Bad, aber nur, wenn du mir noch Zucker
gibst.
Oh sorry Vati, natürlich, habe ich
vergessen, wir trinken immer schwarz,
Moment. Sie kramte in einer Schublade,
wurde aber auf Anhieb nicht fündig.
Die Haustürklingel schlug an.

Sie horchte auf und unterbrach sofort ihre Suche.
Oh, es hat geläutet ! Schau doch bitte selbst mal, irgendwo liegen so kleine Zuckertütchen, wie in den Restaurants, ich nehme die immer mit, für Leute wie dich, bemerkte sie süffisant.
Das ist bestimmt der Sektlieferant, ich hole noch schnell das Geld, das habe ich schon bereit gelegt und erledige das. Es dauert nicht lange, ich bin gleich wieder da, sagte sie, huschte in's Wohnzimmer, öffnete die zweite Schublade der Kommode und hielt inne.
Dann schüttelte sie den Kopf, schloß die Schublade und öffnete die Nächste um auch diese gleich wieder zu schließen. So durchsuchte sie in Eile sämtliche Kommoden und Schränke die in Wohnzimmer und Küche standen, drehte alle Deckchen und Vasen um, wurde aber auch hier nicht fündig.
Das verstehe ich jetzt überhaupt nicht, sagte sie zur Decke schauend, schloß die Augen und versuchte sich zu konzentrieren.
Max stand an den Türrahmen gelehnt, stumm und verwundert, ihrer Suche zuschauend.
Dann klingelte es zum dritten Mal.
Soll ich schon mal an die Tür gehen und Bescheid geben, bevor die wieder verschwinden ?
Sie sah ihn stirnrunzelnd an.
Draußen das ist der Lieferdienst mit dem geoderten Sekt, das weiß ich, den habe ich für jetzt bestellt. Wir haben Barzahlung abgemacht und deshalb hatte ich das Geld schon parat gelegt, aber ich finde das verdammte Geld nicht. Bin ich denn jetzt schon senil, ich weiß doch genau, daß ich es hier deponiert hatte,

ich meine sogar einen Hunderter, zeigte sie auf die zweite Schublade der Wohnzimmerkommode. Oder doch nicht, kann ich mich so irren ? Wahrscheinlich habe ich ihn in Gedanken eingesteckt. Hast du eigentlich den Zucker gefunden ?
Ja, aber der Schein ist weg, den kannst du nicht finden. Der war da, in der Schublade, du irrst dich nicht, den hat die Göre eingesteckt.
S o n i a, was hat die ??? platzte es voller Empörung aus Luise heraus.
Ja gibt's denn das, rief sie wütend, schlug dabei mit der flachen Hand auf den Tisch, stützte die Andere in die Hüfte und stapfte energisch auf den Boden.
Das ist doch nicht zu fassen !
Nein, jetzt bloß nicht aufregen, ganz ruhig bleiben, gaaanz ruhig.
Dieses verzogene Miststück hat wirklich den Hunderter geklaut, Max, bist du sicher ?
Aber ja doch, wir haben noch miteinander geredet und es schien ihr selbstverständlich sich bedienen zu können.
Ich wusste doch nicht ?
Wenn ich das geahnt hätte, sie wollte mich zuerst anpumpen, aber ich habe nicht soviel Geld dabei.
Ja selbstverständlich, dann klaut man eben. Dieses kleine Luder, na warte, ereiferte sich Luise. Nein, ich darf und will mich jetzt nicht aufregen.
Es klingelte wieder, diesmal lange, ausdauernd, es klang nach letzter Aufforderung.
Die wollen ihr Geld, die müssen weiter.
Vati hast du zufällig soviel parat ?
Kannst du mir das Geld bis nachher

borgen ?
Wieviel denn ? Moment ich schaue was ich habe.
So um die 66, ich glaube genau 65,80.
Ja, die habe ich noch, gerade noch, hier zwei Scheine, einen Fünfziger und einen Zwanziger.
Luise rannte zur Tür, öffnete, lächelte gequält, beschied die Boten mit der Notlüge, ich war in der Garage und habe sie leider nicht gehört, bezahlte, mit großzügigem Trinkgeld, sie ließ auf 70 aufrunden und nahm den Sekt in Empfang.
Max ging ein Licht auf, jetzt schien ihm klar, wo der Hund begraben liegt, es war naheliegend, die Göre war die Ursache allen Übels, die trampelte auf Luises Nerven herum. Kein Wunder also.
Kommt das öfter vor ? fragte er, als sie wieder zurück war.
Was meinst du, denkst du ernsthaft sie klaut ? setzte Max unsicher nach.
Ja, das meine ich, du hast es doch selbst erlebt. Luise seufzte.
Es passiert immer wieder mal. Letztens hat sie es auf die Spitze getrieben, da hat sie doch die Frechheit besessen und einfach beschlossen, wohlgemerkt nicht gefragt, sondern beschlossen, das muß man sich mal vorstellen, als wenn sie das alleinige Sagen hätte, Luise unterbrach sich um Luft zu holen, sie hat also für sich festgelegt, da wir doch in einer Familie leben, gehört Alles Allen.
Ergo, also Schlussfolgerung, ist Geld, das hier irgendwo rumliegt auch ihr Geld.
Da bin ich aber explodiert und habe ihr klipp und klar gesagt, das Geld in meiner Brieftasche liegt aber nicht bloß so rum,

das geht dich nichts an, basta !
Doch ! hat sie schnippisch beharrt,
für sie zählt das genauso. Und das hat sie
jetzt wieder für sich in Anspruch
genommen, nicht zu fassen.
Und was meint Bernhard dazu, es ist ja
schließlich seine Tochter ?
Der, der will immer nur mal ein Wörtchen
mit ihr reden und meint dann noch, ja das
ist wohl die Pubertät und mit Finn hätte
ich einfach viel Glück gehabt. Bei Mädels
wäre das Alles viel schlimmer, das müsste
ich ja eigentlich besser wissen. Und
außerdem, fast wörtlich, hat er zu viel um
die Ohren um sich auch noch um solch einen
Scheiß zu kümmern. Dafür hätte ich ja nun
wirklich genug Zeit und das wäre jetzt
halt mal so, ginge sicher bald vorüber,
Alles eine Frage der Zeit bzw. des
Erwachsenwerdens, Alles nur eine Frage der
Nerven. Nein, habe ich ihm gesagt, das ist
auch eine Frage der Erziehung und daß das
schließlich seine Tochter ist und das er
auch mal seinen Vaterpflichten nachkommen
soll. Aber er hat nur abgewunken und
gemeint ich solle nicht so hysterisch
sein, er jedenfalls habe weder Lust noch
Zeit sich auch noch damit zu beschäftigen.
Er sehe das nicht so und die Erziehung
wäre mein Ding. Das wäre soweit auch in
Ordnung, würde ich auch gerne übernehmen,
aber auf mich hört sie ja nicht und wird
gleich rotzfrech, dieses verdammte
Miststück. Es ist unglaublich was sich
diese Göre rausnimmt.
So Vati, jetzt kein Wort mehr dazu,
heute ist Geburtstag, ich werde die Tage
nochmal mit Bernhard reden und nun Schluß
mit dem unangenehmen Görenthema, es ist

mir peinlich genug, dass ausgerechnet jetzt das passiert. Gleich nachher bekommst du erst einmal dein Geld zurück, entweder direkt bar von Bernhard oder wir halten auf dem Weg in's Restaurant am nächsten Geldautomaten.
Na, so eilig ist das auch wieder nicht, nur keine Hektik, morgen reicht auch noch, beschied Max. Er überlegte kurz an einer Schenkung, aber seine Barschaft war so knapp ausgelegt, daß er den Gedanken verwarf, zumal seine innere Stimme auf die Ursache des Dilemmas hinwies und die war schließlich die dunkle Seite der Familie, Bernhard und sein Früchtchen. Keinen Cent Alimente für die Nichtsnutze beschloß er, ohne weitere Überlegungen anzustellen.
Nein, nein, das machen wir so, bestand Luise auf ihrem Plan.
Ach Vati, du hättest ruhig etwas mehr Zeit mitbringen können, wenn du schon mal kommst. Kannst du wirklich nicht noch einen Tag länger bleiben, bis übermorgen wenigstens, wir haben viel zu wenig Zeit füreinander und die wird uns durch so einen Ärger auch noch vermiest ?
Nein, du weißt doch mein Liebes, warum ich heim muß, außerdem hast du morgen so viel zu tun, das würde dich nur unnötig in die Bredouille bringen.
Und dann jetzt das mit Sonia und Bernhard, ich will mich da nicht einmischen, das regt mich zu sehr auf, das müsst ihr untereinander ausmachen. Aber nun zu einem ganz anderen Thema, wir hatten doch vorhin kurz von deiner Mutter gesprochen. Sollten wir sie nicht einmal besuchen, ich muß so oft daran denken und bekomme immer ein schlechtes Gewissen deswegen.

Sieh an, jetzt wird mein Vati auf seine alten Tage noch sentimental.
Wenn es nicht so umständlich wäre, gerne. Aber schau mal, nach Argentinien, so weit, und dann steht man da für ein paar Minuten irgendwo an einem Grab in der Pampa. Und für was, nur wegen dem schlechten Gewissen ? Weil es mal wieder Zeit war ? Die Blumen sind schneller verwelkt als wir wieder im Flugzeug sitzen. Nein, das hätte sie auch nicht gewollt, da bin ich mir sicher. Ich habe sie so gut in Erinnerung und denke oft an sie, das verbindet uns viel mehr. Und bei dir ist es sicher ähnlich, du brauchst deswegen wirklich kein schlechtes Gewissen zu haben.
Luise hielt kurz inne, schaute demonstrativ auf die Uhr und mit einem, Ach du Gott, jetzt wird es aber wirklich Zeit, Bernhard kommt sicher auch gleich, es ist höchste Eisenbahn,
Vati, gehst du dich jetzt bitte fertig machen, letzter Aufruf, lenkte sie ihre Konversation mit bestimmendem Unterton wieder auf die abendliche Veranstaltungsvorbereitung. Ich gehe schnell noch in's Gästezimmer, während du im Bad bist und mache dir das Bett.
Ja, ist gut, ich gehe gleich, aber ich brauche zuerst noch einen Schluck Wasser, ich habe eine ganz trockene Kehle.
Ja, ja, mach nur, aber nicht zu lange, beeile dich bitte. Max ging in die Küche und wartete bis er hörte wie sie im Gästezimmer verschwand. Schnell öffnete er alle Schubladen, fand aber nicht was er suchte. Dann eben noch im Wandschrank nachsehen, Schnüffelei hin oder her, das musste jetzt sein, er brauchte Gewissheit,

und siehe da, Volltreffer. Er sah den Plastikzipfel aus der Tasse ein kleines Stück herausragen.
Na, was haben wir denn da ?
Aha, dachte ich es mir doch.
Keine Kopfschmerztabletten sondern starke Beruhigungstabletten, gegen Angststörungen, so ist das also, meine Tochter braucht schon Psychopharmaka, registrierte er bestürzt. Die Göre scheint sie ja ganz schön fertig zu machen. Ich muss unbedingt mit Bernhard reden, ich lasse doch mein Mädchen nicht vor die Hunde gehen.
Vati, was ist los, du wolltest doch in's Bad ? Forderte Luises Stimme aus seinem Zimmer.
Ja, ja, bin schon unterwegs.
Als er in's Bad kam hörte er das Garagentor.
Aha, der Hausherr ist eingetroffen. Dann muss ich wohl zuerst noch gratulieren, es möglichst schnell und schmerzfrei hinter mich bringen. Er ging zurück in's Wohnzimmer und traf wieder auf Luise. Sie sah ihn überrascht an, aber bevor sie auch nur ein Wort sagen konnte, klärte sie Max auf.
Tja, jetzt bräuchte ich den Whisky oder was du besorgt hast, dein lieber Gatte ist ante portas, ich habe das Garagentor gehört.
Luises Fragen fielen damit in sich zusammen. Ihr Blick wanderte auf die Wanduhr. Na, das wurde jetzt aber auch Zeit, bemerkte sie mit einem Seufzer und fügte schnell in besorgtem Ton an:
Und Vati, bitte kein Wort über Sonia, ja, versprich mir das, das würde die Sache nur schlimmer machen. Ich regele das selbst,

morgen, nach der Feier.
Es juckte ihn zwar mächtig, zu gerne hätte er Bernhard ein paar harsche Worte an den Kopf geworfen, aber statt dessen fügte er sich.
Wenn du meinst, versprochen, ich werde mich nicht einmischen, aber nur dir zu Liebe.
Gut, ich verlasse mich auf dein Wort, betonte sie ausdrücklich, ihn dabei prüfend ansehend, ging zur Couch,
bückte sich und zog eine Flasche in Geschenkverpackung hervor.
Hier, und es ist kein Whisky sondern Cognac, seine Lieblingsmarke, erklärte sie flüchtig und drückte ihm die Flasche in die Hand.
Ja schau an, mein lieber Schwiegervater ! Wie geht es dir, altes Haus, im wahrsten Sinne des Wortes ? Bernhard stand, breit grinsend, in der Tür.
Offenbar war er ihren Stimmen gefolgt.
Mir scheint, ziemlich aufgekratzt der Werbefuzzi, war Max's erster Eindruck.
Na, jetzt muß ich wohl, dachte er, auf Bernhard zugehend, in der linken Hand die Flasche und dann shake hands mit rechts.
Alles Gute zum Geburtstag, stammelte er, sichtlich bemüht, mehr fiel ihm nicht ein und zu mehr war er auch nicht bereit.
Jede Höflichkeitsfloskel war für Max eine Zumutung und bei seinem Schwiegersohn erst recht. Ein, Danke für die Einladung, wollte er noch hinterher schicken, brachte es aber nicht über die Lippen.
Danke Schwiegerpapa, sehr nett, da wollen wir doch gleich mal sehen was wir da Feines haben, bedankte sich Bernhard grinsend und riß das Papier auf !

Ah mein Lieblings-Cognac, den hat sicher Luise besorgt. Das hat sie sich gut gemerkt, ich liebe diese Marke, da hast du dich aber in Unkosten gestürzt, mein lieber Max, spöttelte er und zwinkerte dabei Luise zu.
Vielen Dank nochmals, na, nun sag aber, wie geht es dir, was treibst du so den lieben langen Tag, ist doch bestimmt langweilig, so zu Hause rum zu sitzen ohne richtige Aufgabe ?
Fragte er, Max zugewandt.
Ja, stinklangweilig, bestätigte Max knapp, in der Hoffnung, möglichst schnell jegliche Unterhaltung beenden zu können, vor allem über seine Person.
Er war nicht bereit, Bernhard auch nur einen Spalt das Fenster auf die Sicht seines Privatlebens zu öffnen.
Du solltest dir eine Hausdame zulegen, so wie dieser Egon, der macht es richtig, es ist nicht gut in deinem Alter so alleine vor sich hin zu siechen.
Dieser Mensch heißt Erwin und man kann auch zu zweit alleine sein, sehr alleine, sogar einsam, erwiderte Max mit ernstem Unterton antwortend. Bernhard ging ihm jetzt schon zunehmend auf die Nerven.
Ja, komm, jetzt wirst du auch noch philosophisch, bleib locker Schwiegervater, mahnte Bernhard.
Vielleicht sollten wir uns ein Gläschen von diesem guten Cognac zur Entspannung gönnen, schlug er, dabei wie gedankenverloren das Etikett der Flasche studierend, vor.
Mir kommt da spontan eine Idee, setzte Bernhard seine Ansprache fort, jetzt sich das Kinn reibend und dabei Max taxierend.

Max fühlte genau, daß Bernhard an einer mittleren Gemeinheit arbeitete.
Weil dir ja so langweilig ist, vielleicht hätte ich da eine passende Beschäftigung für dich. Wenn ich mir dich so genau betrachte, überlegte er laut, dabei Max mit prüfendem Blick unter die Lupe nehmend. Max fühlte sich jetzt wie ein Pferd, das man vor dem Kauf genau inspiziert.
Mit deinen Sprüchen und deinem Erscheinungsbild könnte ich dich eventuell sogar noch in der Agentur unterbringen, fuhr Bernhard weiter fort und lächelte dabei geheimnisvoll.
Ja, natürlich, Werbung für Altersprodukte, das wär's doch, rief er aus und klatschte sich mit der rechten Faust in die linke Hand, so als wäre ihm die Idee des Jahrhunderts gekommen.
Mit dem entsprechenden Gesicht dazu, deinem, ein wenig aufgehübscht natürlich, retuschiert, führte er weiter fort und sah Max, dabei den Kopf hin und her wiegend, über den gehobenen Daumen abschätzend an.
Dazu natürlich ein passender Spruch, der darf meinetwegen auch aus der Bibel sein z.B.: Es ist nicht gut, wenn der Mensch alleine ist
oder so und zu dem Bild mit dem älteren Herrn, dabei grinste er Max herausfordernd an, platzieren wir eine Flasche Single Malt, Werbung für Whisky, ausgewählten Whisky, für älteres Publikum. Max könnte den Herrn machen, dabei milde lächeln, vielleicht mit einem Augenzwinkern, so eine gewinnende Freundlichkeit im Blick, supi, das wär's doch, muß ich mir unbedingt merken. Das würde sicher jede

Menge ältere, einsame Herren ansprechen, sie animieren den Whisky zu kaufen, denn dann würde ihnen suggeriert, daß sie nicht mehr alleine wären, grandios, einfach grandios die Idee, vielleicht noch ausbaufähig, aber vom Ansatz her genial.
Bernhard stand herausfordernd vor Max und grinste ihn an. Er strotzte nur so vor Selbstsicherheit, hatte den Kopf leicht mit nach vorne gerecktem Kinn gehoben, die Brust geschwellt und dabei die Hände in den Hosentaschen vergraben. Da Max von Natur aus schon einige Zentimeter kleiner als Bernhard war, konnte sich Luise nicht des Bildes eines Herrschers der von einem Podest auf seinen Diener herab blickt erwehren. Wirklich wie Herr und Diener, kam es Luise in den Sinn, dabei mitleidig ihren Vater im Blick.
Seht ihr, das macht meinen Job aus, kreativ sein, immer und überall, dozierte Bernhard weiter, das schätzt mein Chef so an mir.
Bernhard hör bitte auf, du machst Vater lächerlich, laß das, ich mag das nicht, unterbrach ihn Luise, betont zornig blickend.
Wieso lächerlich, das ist doch nicht böse gemeint, entrüstete sich Bernhard, wirklich nicht !
Ich finde das hat was oder wie siehst du das Max ? fragte Bernhard lachend und legte dabei seine Hand auf Max's linke Schulter.
Was für ein dummer, selbstgefälliger Schnösel du doch bist, bestätigte Max sein Urteil für sich, ließ es rumoren und verweigerte, wegen Explosionsgefahr mit anschließenden Handgreiflichkeiten,

jegliche Äußerung. Wie konnte ich nur glauben mich mit diesem dummen Menschen arrangieren zu können, ärgerte er sich, wie naiv ich doch war.
Bernhard ließ sich nicht lange aufhalten und setzte zu einem neuerlichen Redeschwall an.
Ja, mein lieber Schwiegervater, das ist ein gutes Beispiel wie man kreativ sein kann. Und weil ich das so gut kann, brummt es bei mir im Moment auch so richtig, da geht die Post ab kann ich dir sagen, jede Menge Arbeit und was bedeutet das ? Fragte Bernhard, die Antwort sich umgehend wieder selbst gebend:
Jede Menge Kohle natürlich, richtig fette Kohle. Wir sind da an einem Projekt dran, ist aber noch streng vertraulich, Champagner-Werbung sage ich nur. Da ist zwar noch eine andere Agentur drin, aber die wollen und werden wir ablösen.
Der Kunde ist unzufrieden mit denen, die Kampagne läuft schlecht, kein Wunder auch, bei den Luschis, die Agentur ist echt beschissen, da sind wir ein ganz anderes Kaliber. Wenn das klappt, ich sage dir, das wäre der absolute Hammer, Großauftrag und das Beste:
Ich bin voll dabei, bereite schon einen neuen Kampagnenvorschlag vor, halte Kontakt zu den Bossen und zwar ganz oben, nicht irgendwelche Hansels aus der zweiten Reihe. Nein ! Vorstand, Aufsichtsrat, das ist meine Ebene, da sitzen jetzt meine Ansprechpartner. Weißt du, da musst du bereit sein und mitspielen, ganz oben, da wird die Luft dünn, sehr dünn.
So wie bei uns, warf Luise ein und tippte mit dem Zeigefinger auf ihre Armbanduhr,

in die Runde blickend. Jetzt heißt es
fertig machen, die Zeit drängt, in 10
Minuten will ich euch hier geschniegelt
und gestriegelt sehen. Luise funkte
energisch dazwischen und befahl weiter:
Jetzt Marsch, Marsch, in die Bäder mit
euch.
Bernhard schaute zu Max und bemerkte nur
lakonisch: Wo sie recht hat, hat sie
recht, da kann man nichts machen.
Max überlegte, ob er ihm, wie es Willy
sagen würde, die Fresse polieren sollte,
er war geladen bis unter die Haarspitzen.
Was bist du doch für ein arrogantes
Arschloch, du verblödeter Werbefuzzy,
lieber lasse ich mich vom Amt in ein
Einzimmerkabuff ans Ende der Welt
verfrachten, als mit dir unter einem Dach
zu leben, reagierte er sich innerlich ab.
Dafür saufe ich dir nachher den
Rotweinbestand weg, angefangen mit dem
Besten, was in mich reingeht, bis er mir
zu den Ohren rauskommt, nahm er sich vor.
Max war wütend.
Luise sorgte sich, sie spürte die Spannung
die sich in Max aufgebaut hatte. Jetzt nur
nicht eskalieren lassen, schickte sie als
Stoßgebet Richtung Himmel, ich muß die
Beiden jetzt schnell trennen und
beschäftigen.
Also Max, du unten, Bernhard oben,
ich habe euch Alles zurecht gelegt,
es ist Alles vorbereitet, fertig machen
und Beeilung bitte.
Max ging mürrisch in das ihm zugewiesene
Bad und trödelte vor sich hin, er brauchte
Zeit seinen unterdrückten Ärger runter zu
schlucken. Aus den 10 Minuten wurden 35,
zum Glück brauchte auch Bernhard solange,

denn Luise musste ihre Wunschkleidung, die sie für ihn ausgewählt und bereit gelegt hatte, austauschen.
Zu altmodisch, zu unmodern. Er diktierte ihr genau was er anzuziehen gedachte und Luise fügte sich, rannte los und erledigte seine Aufträge wunschgemäß, tauschte aus, wie befohlen. Dann halt poppig, bunt, geschmacksverirrt, registrierte sie, aber wenn es der Herr absolut so will, soll er doch, kann er haben.
Wie siehst du denn aus ? Kam es Bernhard spontan von den Lippen als er Luise in ihrem Kleid sah.
Das hat doch null Stil, du siehst aus wie ein hinterwäldlerisches Mauerblümchen. Kannst du nicht einmal etwas anziehen was mir auch gefällt, wenigstens heute, an meinem Geburtstag, wo mein Chef kommt, wo meine Frau repräsentieren soll, dich ein bisschen aufpeppen, das Dekollete etwas aufbauen, die Brüste verlockend präsentieren und auch mal den Hintern hervorheben, so wie das Andere auch machen ? Herrgott, das kann doch nicht so schwer sein, zur Not hilft man dann halt ein wenig nach beim attraktiv machen und hübscht sich auf, mit einer Portion Sexappeal, holt aus sich raus was geht. Aber das kann man wohl von so einem verdorrten, miesepetrigen Hausmütterchen wie dir nicht erwarten, bemerkte er verächtlich. Du brauchst keine Angst zu haben, ich werde schon nicht eifersüchtig, da bin ich lange drüber weg, schickte er einen letzten Giftpfeil hinterher.
Du bist und bleibst einfach ein Kotzbrocken, dachte Luise, gute Miene zu bösem Spiel machend. Sie wusste,

bei Kritik oder energischem Widerspruch riskierte sie einen cholerischen Anfall, das hatte sie oft genug erlebt und hätte gerade noch gefehlt, jetzt wo ihr Vati zu Besuch war, der, Gott sei Dank, sich einen Stock tiefer nach wie vor in dem ihm zugewiesenen Bad fertig machte und deshalb von all dem nichts mitbekam. Also beließ sie es und überlegte an einer für Bernhard annehmbaren Reaktion. Dann eben schauspielern, so wie Bernhard, sich nichts anmerken lassen, immer locker, immer easy, wenn's auch schwerfällt.
Ach, das ist aber schade mein Lieber, dabei dachte ich, es würde dir so gut gefallen. Aber jetzt ist es leider zu spät sich umzuziehen, zu dumm aber auch, wirklich zu dumm, das tut mir jetzt echt leid, entgegnete Luise heuchelnd.
Dabei hatte sie Alles an ihrem Outfit so toll aufeinander abgestimmt, sich bemüht und lange überlegt. Sie hätte heulen können, nach dieser niederschmetternden Kritik und war für einen kurzen Moment so schwer getroffen, daß sie aus Rache beschloß mit Migräne zu Hause zu bleiben. Aber das war nur für einen kurzen Moment, dann besann und überwand sie sich, das Spiel weiter zu spielen, denn da war ja auch noch ihr lieber Vati, vor dem sie sich keine Blöße geben wollte.
Es tat ihr richtig gut ihn in der Nähe zu wissen. So wie früher gab er ihr ein Gefühl der Sicherheit, Vati ist da und beschützt mich, wie als Kind.
Morgen ist eh wieder Alles anders, Alltag. Wäre es nur schon soweit und wenn Vati dann noch bleiben würde, ach das wäre schön, zusammen spazieren gehen und reden,

sich ein bisschen Trost und Zuversicht geben. Aber dabei musste sie vorsichtig sein mit ihrem Wehklagen, sich Zurückhaltung auferlegen, durfte ihm nicht zu viel zumuten, das war ihr schon klar, er war schließlich krank, sehr krank.
Das belastete sie enorm, oft genug bekam sie deshalb ein schlechtes Gewissen, das sie dann erbarmungslos quälte. Trotzdem, er war jetzt nun einmal da und dann musste sie ihn auch fragen wie es mit ihm weitergehen würde, allgemein und mit seiner Behandlung. Morgen würde sie allen Mut zusammen nehmen und ihn ansprechen. Aber mit dem Vorsatz kam auch direkt die Furcht vor etwaigen möglichen grausamen, hoffnungslosen, trostlosen Antworten.
Dabei war sie sich ziemlich sicher, daß er ihr die zwar eh nicht geben würde, dazu war er zu stolz, kannte sie ihn zu gut, eher würde er sie belügen, als ihr die unangenehme, sie belastende, Wahrheit zu sagen. Eine Wahrheit die sie nur schwer ertragen würde.
Das Schlimmste war die Ohnmacht, diese schreckliche Ohnmacht, die sie dazu verurteilte, nichts machen, ihm nicht helfen zu können.
Deshalb hoffte sie immer noch, daß es Bernhard, wie schon so oft vollmundig angekündigt, gelingen würde, den finalen, den befreienden, großen Wurf zu landen und sie dann endlich einmal schuldenfrei wären. In diesem Punkt drückte sie ausnahmsweise Bernhard ganz fest die Daumen und hoffte auf den ersehnten Erfolg. Einzig und alleine aus diesem Grund noch ließ sie seine Eskapaden und Ausfälle über sich ergehen.

Ohne diesen Hoffnungsschimmer hätte sie schon lange die Konsequenzen gezogen und ihn kaltlächelnd seinem Schicksal überlassen, mitsamt seiner Horrortochter. Aber wenn es wirklich eintreffen und Bernhard der große Befreiungsschlag gelingen würde, dann könnte sie sicher auch etwas für ihren geliebten Vati abzweigen. Nur danach sah es derzeit beim besten Willen nicht aus und das deprimierte sie sehr, ließ sie zu Beruhigungsmitteln greifen, was früher undenkbar war. Aber früher, ja früher, da war Schulden machen auch undenkbar. Max hatte sie immer gemahnt, ja nie Schulden zu machen. Und sie hielt auch lange stand, war aber gegen Bernhards Wahn machtlos. Nichts ging mehr, er hatte ihren Kreditspielraum bis zum Anschlag ausgereizt, sie immer tiefer in den Schuldenschlamassel hineingezogen und immer neue Kredite für immer neue überzogene, überdimensionierte Statusobjekte, wie teuere Luxusarmbanduhren oder goldene Manschettenknöpfe aufgenommen. Alleine sein Füllfederhalter, irre was der gekostet hat. Daher und das nagte, zehrte so sehr an ihr, gab es auf absehbare Zeit keine Chance Max unter die Arme zu greifen. Armer Vati, was soll ich machen, nur machen, kreisten ihre Gedanken über der verkorksten Situation, immer und immer wieder, verzweifelt nach einer Lösung suchend. Selbst Putzen gehen hatte sie in's Auge gefasst. Aber es würde zum Einen eh nicht reichen und zum Anderen war ja da noch dieser Haustyrann namens Bernhard, der eine arbeitende Ehefrau, zumal als Putze, nicht dulden würde,

das hatte er oft genug, in aggressivster Art und Weise, vor allem unter hinreichendem Alkoholeinfluß, mit massiven Drohungen, deutlich gemacht. Das bedeutete für ihn einen zu großen Imageschaden, wäre geradezu katastrophal für seine Karriereplanung. Er hatte ihr klar zu verstehen gegeben, daß nach außen hin, die glückliche, sorgenfreie und materiell bestens ausgestattete Familie darzustellen war, ohne wenn und aber, auch in Richtung Max. Gerade dort sollte die Scheinwelt aufrechterhalten werden, damit ja nichts durchsickert und sein Ansehen beschädigt wird.
Ach Vati, mein lieber, armer Vati und ich kann nicht mit dir darüber reden, nicht wie es um uns steht und nicht wie es dir geht. Ich bin so unendlich traurig, halte es nicht aus, kann dir nicht in die Augen schauen, das macht mich so fertig, so rat- und mutlos.
Luise wo bleibst du, bist du endlich fertig mit Bestäuben, hörte Luise Bernhard aus der Garage rufen und war sofort wieder im hier und jetzt.
Bernhard war mittlerweile zur Garage gegangen und saß im Auto, während Max noch im Wohnzimmer auf Luise wartete.
Ja, ich komme, du kannst schon mal den Wagen vorfahren.
Mit einem Handtuch ihre Haare reibend kam sie aus dem Bad.
Max steig schon mal ein, du kannst gerne vorne sitzen, sage ihm, ich komme direkt, beruhige ihn, bat sie ihn in mildem Tonfall.
Ich will aber nicht vorne sitzen und ich steige erst ein, wenn du da bist,

keine Sekunde bleibe ich mit deinem lieben Mann alleine, diesem Arsch mit Ohren, entfuhr es Max unwirsch.
Gut, dann eben nicht. Ich beeile mich, bin gleich fertig. Sie rannte zurück ins Badezimmer, warf das Handtuch in die Ecke und griff zum Fön. Nach ein paar Minuten gingen sie gemeinsam eiligen Schrittes zum bereits abfahrbereiten Wagen.
Max war in Gedanken immer noch oder wieder mit ihm, seinem Lieblingsfeind, beschäftigt. Er lehnte ihn schon immer ab, er konnte ihn einfach nicht leiden, nicht riechen, von der ersten Sekunde an, nicht ums verrecken und das warum hatte sich innerhalb weniger Minuten wieder einmal gezeigt. Oberflächlich und egoistisch, so sah er ihn von Anfang an und wurde immer wieder bestätigt.
Da seid ihr ja endlich !
Mehr Drive bitte und nicht so steif, rief ihnen Bernhard zu.
Das sieht man mal wieder, der Apfel fällt nicht weit vom Stamm, lästerte er weiter, dabei hämisch grinsend.
Er ließ den Wagen an und schon während er losfuhr drangsalierte er sie mit einem, für Max nur schwer hinnehmbaren, Befehlston.
Blamiert mich bitte nicht und seid nachher wenigstens ein bisschen locker. Lasst mich reden. Am Besten ihr gebt euch gut gelaunt und bleibt unter euch. Das ist jetzt nur gut gemeint. Ich habe euch als glückliche, zufriedene Familie dargestellt, so soll es auch sein und das sind wir doch auch.
Hast du verstanden mein Liebes ?
Er griff mit der rechten Hand an Luises Kinn und drehte ihren Kopf zu ihm,

damit er ihr in die Augen bzw. Sonnen-
brille sehen konnte.
Und etwas mehr liebreizende Ausstrahlung,
besonders meinem Chef gegenüber. Du
hättest ruhig eine Prise mehr Lippenstift
auftragen können. Aber wenigstens hast du
die Falten ganz gut retuschiert.
Mit einem, bist schon ganz schön alt
geworden mein Liebling, beendete er die
Konversation und gab ihr dabei einen Klaps
auf den linken Oberschenkel.
Max hatte sich nur noch mühsam im Griff
und schnaubte vor sich hin. Wenn er jetzt
nur Dampf ablassen könnte, aber er hatte
Luise Beherrschung versprochen und hielt
Wort. Irgendwann würde er es ihm heimzahlen, diesem Drecksack, schwor er sich.
Was für ein Teufel hat mich nur geritten
überhaupt zu dieser Feier zu kommen,
fragte er sich. Überredung, sie hatten ihn
einfach Alle überredet. In erster Linie
natürlich Luise, sein unglückliches
Mädchen. Dabei hatte ihn Erwin gewarnt.
Er hätte vielleicht doch besser auf ihn
hören sollen. Und dann dieser Sondierungsgedanke, die Hoffnung, daß es vielleicht
doch funktionieren könnte, mit ihm und
Bernhard. Wie konnte er das nur glauben,
war er so von Wunschdenken verblendet,
er hatte doch schon früher schlechte
Erfahrung gemacht ?
Aber was soll's, es war jetzt müßig
darüber nachzudenken, zu spät, da musste
er jetzt durch, wie auch immer.

7. Max und Bernhards Geburtstag

Die Feier verlief wie erwartet.
Im Wesentlichen bestand das Fest aus ein paar Arbeitskollegen und den Mitgliedern der Familie. Ansonsten waren nur noch zwei enge Geschäftspartner geladen. Freunde hatte Bernhard wohl Keine, was Max nicht im mindesten wunderte, ihm wurde jedenfalls niemand diesbezüglich vorgestellt. Als sie angekommen waren, die restliche Anfahrt fand ohne Konversation statt, verteilten sich Alle, außer Max, hektisch in verschiedene Richtungen. Luise steuerte direkt auf die Veranstalter zu und Bernhard begrüßte bereits den ersten Arbeitskollegen. Max hielt sich bewusst abseits, die Ansprache von Bernhard während der Anreise steckte ihm noch zu sehr in den Gliedern und wollte verarbeitet werden. Ein wenig Laufen und Schauen würde ihm dabei sicher gut tun, ihn auf andere Gedanken bringen.
Er wandelte durch den Veranstaltungsraum, besah sich das Inventar, war aber in erster Linie bemüht eine Bestandsaufnahme der angebotenen Alkoholika, natürlich insbesondere des vergärten Rebensaftes vorzunehmen. Die angebotene Auswahl sagte ihm nichts, er kannte weder Lage noch Winzer, aber er wollte nicht zu früh den Stab brechen. Als Erstes werde ich den Spätburgunder probieren, beschloß er, nachdem er seine eigene Rangliste erstellt hatte und suchte sofort zielstrebig, bemüht nicht aufzufallen, nach einer Bedienung um sich ein Gläschen füllen zu lassen. Verlegen vergewisserte er sich dabei ob Luise und Bernhard auch noch

genügend beschäftigt waren, damit er mit seinem Ansinnen nicht unangenehm auffallen würde. Er ging zur Theke und bat um einen Korkenzieher, der ihm auch,
mit verständnislosem Blick und wortloser, hektischer Geste von einem vorbei eilenden Kellner gereicht wurde. Mit einem lauten Plopp öffnete er die Flasche und sofort waren Luises und Bernhards Augen auf ihn gerichtet. Dabei verhieß Luises Gesichtsausdruck nichts Gutes, Bernhard blickte irgendwie bedauernd und schüttelte nur kurz den Kopf. Luise würde sicher gleich kommen und ihn zur Rede stellen, aber das war Max im Moment ziemlich egal. Er goß sich ein, drehte das Glas vor seinen Augen, dabei ins Licht haltend und den roten Saft bei seinen Umdrehungen nicht aus den Augen verlierend. Es schien ein ganz ordentliches Tröpfchen zu sein. Dann hielt er das Glas vor sich, besah den Inhalt noch einmal kritisch von oben, führte es an die Nase und streckte diese weit hinein, sog den Duft ein, nahm einen kleinen Schluck, den er expertenhaft im Gaumen rund laufen ließ und schloß dabei geniesserisch die Augen. Nun ja, nicht schlecht, wirklich nicht schlecht, damit lässt sich der Abend überstehen, das ist schon einmal eine beruhigende Gewissheit. Um eine ausreichende Expertise abgeben zu können reichte sein Fachwissen nicht, dafür hätte ihm Erwin einen ausführlichen Vortrag gehalten, der war der wahre Kenner, aber darauf konnte Max jetzt auch gut verzichten, er schmeckte ihm und das war vorerst das Wichtigste. Er schaute nach Luise. Gut, stellte er zufrieden fest, die ist Gott sei Dank immer noch zu

sehr beschäftigt um ihm die erste Rüge zu erteilen, sein liebes Mädchen, also hinein mit dem guten roten Saft. Max genoß und sah sich weiter um. Bernhard kam nun des öfteren vorbei und stellte Max verschiedene Leute vor. Personen die bei ihm so ein Minimum an Eindruck hinterließen, daß er sich weigerte auch nur ansatzweise irgendwelche Personalien in sein Gedächtnis aufzunehmen. Eine Arbeitskollegin von Bernhard, die man noch als einziges Objekt aus rein ästhetischen Gründen, da jung und absolut nicht hässlich, in sein inneres Erotikkabinett aufnehmen konnte, wurde ihm als Produktionsassistentin vorgestellt.
Er konnte sich darunter überhaupt nichts vorstellen, aber vielleicht hatte er sich auch verhört und es war Projektassistentin gemeint. Produktionsassistentin, kann das sein, überlegte er ?
Was die wohl produziert ?
Wahrscheinlich viel Mist, aber das war bei ihrem Körperbau egal.
Oder, na klar, Testosteron !
Sie war dafür zuständig die Männer unter Strom zu setzen, auf Touren zu bringen, immer Hochspannung, immer Druck, immer Höchstleistung, ergo mehr Produktion, clevere Taktik. Was geht mir nur wieder für ein Blödsinn im Kopf herum, kann das bisschen Wein sich schon so auswirken ?
Fragte er sich und warf einen kritischen Blick auf die angebrochene Flasche.
Aber egal, es ging ihm jetzt schon viel besser. Die unangenehmen Gespräche mit Bernhard verschwommen immer mehr im späten Rot des Burgunders. Er wollte gerade ein weiteres Glas hinterher gießen um sich der

Wirkung zu vergewissern, da kam ihm
unvermittelt Finn in die Quere.
Er stand plötzlich hinter ihm und
begrüsste ihn mit einem: Hallo Opa, na,
schon fleißig beim Rotweintasting ?
Max führte seine Hand, die schon in
Richtung Nachschenken unterwegs war, mit
einer geschickten Wendung wieder zurück,
so als wollte er den Arm nur ein wenig
strecken und hielt sie Finn entgegen.
Der ignorierte sie jedoch, trat auf ihn zu
und umarmte ihn. Dabei bemerkte er in
spitzem Ton: Nur wegen meinem
heißgeliebten Stiefvater brauchen wir uns
doch nicht in Förmlichkeiten zu zwingen
und uns die Hand zur Begrüßung zu geben
oder bestehst du drauf ?
Max war überrumpelt, antwortete aber
direkt: Nein, mein Guter, da hast du
natürlich vollkommen recht und drückte ihn
herzlich an sich.
Bernhard war mittlerweile mit der
Vorstellungsgala durch und bat, unterlegt
durch energisches Auffordern, mittels
Messer gegen Glas klopfend, doch die
Gläser zu heben und mit ihm anzustoßen.
Dann ließ er das übliche Geburtstags-
begrüssungsblabla auf die Gesellschaft
herab regnen. Ich freue mich, daß ihr
gekommen seid um mit mir bla, bla, bla,
ohne natürlich nicht die einmalige
Gelegenheit zu nutzen um sich weiter bei
seinem Chef anzubiedern, indem er sich
äußerst erfreut über dessen Besuch
bedankte und betonte wie geehrt er sich
fühlte, daß sein Chef sich die Zeit
genommen habe und seiner Einladung gefolgt
sei, dabei ihm, in freudig erregtem
Gemütszustand, den Oberkörper zuneigend

und einem kurzen Nicken, mit dem Glas, zuprostend.
Bernhards Chef war sichtlich angetan, erhob sich und setzte wiederum, anscheinend fühlte er sich genötigt die schmeichelnden Worte noch zu toppen, zu einer Lobesrede an.
Er sprach ‚vom lieben Bernhard', von seinen ‚herausragenden Leistungen', vom ‚wertvollen Mitarbeiter' und vor allem, dass er voller Hoffnung und Zuversicht sei, dass Bernhard den Anforderungen des neuen Projektes voll Rechnung tragen und sicher den Auftrag an Land ziehen werde, er hätte da sein vollstes Vertrauen. Dabei tätschelte er ihm untermalend mit der linken Hand auf die Schulter, was Bernhard sichtlich erfreute, fast schon rührte.
Sein Chef sah ihn jetzt von der Seite an und betonte, daß er durch Bernhards engagierten und couragierten Einsatz von weiteren guten gedeihlichen Jahren für die Agentur ausgehe und dabei auch Bernhard seinen Platz finden würde. Damit er auch in Zukunft genauso leistungsfähig bleiben möge, habe er ihm, als kleines Gastgeschenk, eine Golfausrüstung mitgebracht, denn Golf spielen bewirkt zunehmende Kreativität bei gleichzeitiger körperlicher Fitness bla, bla, bla. Ende der Lobhudelei, Gläser zuneigen und Applaus. Welch eine absurde Veranstaltung, befand Max und lächelte mild, so mild und geschmeidig, wie der soeben getestete Merlot im Gaumen nachhallte und sein Wohlgefühl steigerte.
Bernhard war sichtlich angetan, bedankte sich abermals bei seinem Chef und dankte, wie sich das gehört, natürlich mit der

Familie beginnend zuallererst seiner lieben, warmherzigen Frau die ihn in jeder Hinsicht so unterstützt, so viele Freiheiten lässt, die soviel Geduld mit ihm aufbringt und ohne die er das Alles nicht schaffen würde, danke, danke, danke. Seinem Chef dankte er dann nochmal, Max schätzte jetzt bestimmt zum vierten Mal, und versprach auch weiterhin das in ihn gesetzte Vertrauen zu rechtfertigen und dass er das wohl demnächst mit dem neuen Auftrag bestätigen könnte.
Oh, oh, weit aus dem Fenster gelehnt mein lieber Schleimer, aber typisch Großkotz, total von sich überzeugt, räsonierte Max. Baden gehen soll er, das würde er ihm wünschen, dem arroganten Arschloch, Max lächelte dabei und prostete Bernhard zu, gezwungener Massen, er kam nicht umhin, denn Bernhard hatte die Runde dazu aufgefordert. Reihum gingen die Gläser hoch und Max beteiligte sich lustlos an diesem Ritual. Wenn er sich verweigert hätte wäre es Luise sicher aufgefallen und er wollte ihr nicht noch mehr Kummer machen. Mit diesem Kotzbrocken hatte sie es ohnehin schwer genug. Warum war sie nur auf diese Lusche hereingefallen, war das damals eine Kurzschlusshandlung oder war Bernhard anders und hatte sich so zu seinem Nachteil verändert ?
Oder hatte Max einfach nur eine zu große Antipathie und war daher ungerecht und voreingenommen in Bernhards Beurteilung ? Er war ein Choleriker und Angeber das stand fest, aber wie war er in der Beziehung zu Luise, war er wirklich immer so widerlich oder hatte er auch seine guten Seiten und wie stand es um

ihre Finanzen ? Um so mehr er darüber nachdachte, um so mehr kam er zu der Erkenntnis, daß er darüber doch recht wenig wusste, eigentlich fast nichts.
Vielleicht sollte er Bernhard sogar eher die Daumen drücken, daß er noch viele lukrative Aufträge an Land ziehen würde, anstatt immer nur direkt loszudreschen, denn wahrscheinlich wäre Bernhards auch Luises Untergang, zumindest wirtschaftlich und das konnte er Luise nicht wünschen.
Er nahm sich vor mehr Recherchen über die wirtschaftliche Situation der Beiden in Angriff zu nehmen, diese Lücke musste geschlossen werden. Finn wäre da doch sicher eine gute erste Anlaufstelle, er durfte es nur nicht zu direkt angehen sondern versuchen die Informationen möglichst verdeckt zu ermitteln, wie ein Kriminaler, so wie Kommissar Maigret, sein Lieblingsermittler, lächelte Max in sich hinein und sein ziemlich abgesackter Rotweinspiegel assoziierte sich sofort mit dem Hinweis, daß ihm bei dem Studium der Roten auch ein Franzose aufgefallen war.
Er schaute sich suchend um und fand ihn, nur auf Max's Expertise wartend,
aber leider am anderen Tischende stehend.
Das war schlecht, sehr schlecht.
Max musste den Test missmutig auf später verschieben und schenkte sich stattdessen noch Spätburgunder nach. Dabei fiel sein Blick auf diese blonde Assistentin,
wobei seine Augen nur einen bestimmten, begrenzten, aber für die männliche Beurteilung wichtigen, Ausschnitt von ihr ins Visier genommen hatten.
Bernhard hatte sich natürlich auch ausdrücklich bei den Kolleginnen und

Kollegen, insbesondere Mona, die ihn in der Projektarbeit so selbstlos unterstütze, bedankt.
Aha, Mona heißt die Dame also und es ist doch Projekt, nicht Produkt gewesen.
Mona hatte ein rotes Kleid an, war um einiges jünger als Luise und Max stufte sie direkt als Karriereweibchen ein.
Von der Sorte hatte er in seinem Berufsleben genug kennen gelernt,
er glaubte sie daher sicher einschätzen zu können. Sie saß neben Bernhards Chef und hatte die Lobeshymnen dankend entgegen genommen. Bei Max gingen das Rot des Rotweins und das Kleid von Mona eine Symbiose ein. Je mehr Rotwein, desto mehr Musterungszwang. Es amüsierte ihn dabei zuzusehen wie Mona ihren Big-Chef anstrahlte und der schien es nicht nur zu bemerken, nein sie, und da war Max sich fast sicher, mit dezenten Zeichen,
zu ermuntern. Wahrscheinlich haben die sogar schon die eine oder andere Nummer hinter sich, dachte Max, das würde mich jedenfalls nicht wundern. Das Fahrgestell ist ordentlich, damit könnte ich mich auch anfreunden, aber die Brüste sind mir ein bisschen zu flach, damit gescannt und eingeordnet. Da läuft was zwischen den Beiden. Sie will nach oben und macht die Beine breit, kennt man ja. Gott sei Dank hatte er selbst so etwas nie erlebt,
er hatte auch nie eine Sekretärin gehabt. Seine Beziehungen waren immer subtiler. Einfach auf einer anderen Ebene,
so empfand er das zumindest, wobei das mit Else anfangs schon recht animalisch war. Es war nicht nur das Anstrahlen was ihn so sicher machte, auch andere Gesten waren

für ihn eindeutig, z.B. wie er ab und an seine Hand auf ihre Schulter legte und ihr etwas ins Ohr flüsterte, das war bestimmt nicht nur geschäftlich. Nicht so wie bei Bernhard als der rundum ging, da tat er das zwar auch, offenbar eine beliebte Geste bei den Werbefuzzys, aber das wirkte irgendwie distanzierter, nicht so intim.
Also, Alles klar !
Es würde ihn nicht wundern, wenn die Beiden gleichzeitig aufbrechen würden. Vielleicht sind die sogar nur deshalb gekommen, um ein Alibi zu haben und es nachher irgendwo gemeinsam ausklingen zu lassen.
Aber das soll nicht mein Problem sein, stöhnte Max in sich hinein, jetzt wird das Büffet getestet und Roter gesoffen bis der liebe Berni Pleite ist.
Luise war aufgestanden und kam zu ihm. Er sah schon an ihrer Miene was kommen würde, aber er würgte sie gleich ab. Keine Sorge mein Kind, ich passe schon auf.
Um abzulenken schickte Max gleich eine Frage hinterher, dabei zeigte er mit dem Kinn in Richtung Finn.
Hat er noch keine Freundin ?
Nein, im Moment hat er Keine, zumindest nichts Festes. Er sagt, er hätte keine Zeit, der Betrieb würde ihn zusehr in Anspruch nehmen und ich sollte ihn nicht immer damit nerven, ich würde das schon rechtzeitig mitbekommen. Na, bist du jetzt zufrieden oder was willst du noch Alles wissen, du Naseweis, du, spöttelte sie, ihm dabei neckisch in die Seite boxend.
Dann setzte sie sich zu ihm, schenkte ihm und ihr demonstrativ ein Glas Sprudel aus und legte ihm die Hand auf seinen Unterarm.

Mit der anderen Hand zeigte sie auf das Glas und meinte: Immer mal ein Glas Wasser zwischendurch, das tut gut und hält den Alkoholpegel unten.
Max kam nicht umhin das Glas zu nehmen und mit ihr anzustoßen.
Jetzt ist sie wieder etwas lockerer, stellte Max beruhigt fest. Bei Bernhards Lobhudelei über seine liebe Ehefrau, war sie, nachdem Finn sie kurz angestubst hatte, aufgestanden und hatte verschämt, leicht den Kopf gesenkt, in die Runde genickt. Max kannte sein Mädchen und wusste, wie sie dagegen ankämpfte ihre Beschämung zu zeigen. Schon früher war ihr die Röte sofort in's Gesicht gestiegen und das war ihr immer mega, mega peinlich, so drückte sie sich aus. Als Kind war sie dann meistens aus dem Zimmer gerannt und hatte sich eine Zeit lang nicht blicken lassen. Das konnte sie hier natürlich nicht machen, daher musste sie sich unheimlich beherrscht haben. Die Röte war auch nur noch dezent gekommen und man konnte sie mit zu stark aufgetragenem Rouge verwechseln, soweit es Max aus seiner Distanz beurteilen konnte.
Luise rückte ihren Stuhl nach hinten, stand auf, legte Max ihre Hand auf die Schulter und flüsterte ihm zu:
Ich bin gleich zurück.
Dann schob sie den Stuhl wieder vor, nahm ihre Handtasche und steuerte auf die Toilette zu. Max sah ihr gedankenverloren nach. Ein zartes Wesen und doch so stark, mein Töchterchen. Möge sie nur etwas mehr Glück im Leben haben. Mit dem ersten Mann ging es schon schief und mit diesem blickte Max auch nicht gerade optimistisch

in die Zukunft. Dabei sah es manchmal recht harmonisch aus, wirkten sie wie ein glückliches Paar. So auch nach Bernhards Rede, als er zärtlich den Arm um sie gelegt und sie an sich gedrückt hatte.
Wenn er bezüglich ihrer Ehe nachfragte erzählte sie ihm immer, dass ihre Beziehung in Takt sei. Dass es natürlich auch mal Streit gab bestritt sie nicht, zumal bei Bernhards Temperament und Ungeduld, da sei das ja wohl normal, aber man vertrage sich immer wieder und das wäre wichtig, beruhigte sie ihn.
Aber wenn er so überlegte, sich in's Gedächtnis rief, wie sich das heute auf der Herfahrt zugetragen, er sie so herablassend behandelt hatte, das gab ihm zu denken, bedrückte ihn und er sorgte sich, fühlte sich abermals aufgefordert für sich Klarheit zu schaffen.
Dabei wollte er es bislang eigentlich gar nicht so genau wissen, drückte sich, hatte Angst vor der Wahrheit. Und die musste er auch nicht jetzt hier und heute ergründen, am Besten diese Gedanken verjagen,
sich nicht den Grübeleien hingeben, schloß er energisch seine Überlegungen ab und versuchte sich wieder auf seine Umgebung zu konzentrieren.
Hören wir doch mal den Gesprächen der Werbefritzen aus der Distanz zu und genießen das Buffet, sagte er sich,
stand auf und lenkte seinen Schritt in Richtung Schlachtfeld mit den lockenden italienischen Spezialitäten.
Natürlich probierte er zuerst den zu jeder Region bereitgestellten Roten.
Aber welch eine Enttäuschung, der Wein war allgemein schlecht,

schmeckte ihm überhaupt nicht, nicht mal Durchschnitt, befand er, dabei jedes Mal das Gesicht verziehend. Also musste die Rotweinfete wohl leider ausfallen, zumal die vorher kredenzten Weine abgeräumt waren. Er probierte zwar noch ein paar Mal, aber es wurde nicht besser, nichts zu machen, schmeckte einfach nicht. Er roch, versuchte eine Note zu orten, nichts, kein Bouquet, kein Aroma, nichts, nur billige Plürre. Hätte er sich doch vorhin wenigstens noch ein Fläschchen von dem Spätburgunder gesichert oder zur Not den Merlot. Er sah hilfesuchend nach einem rettenden Engel der ihm den Schlüssel zum Rotweinparadies reichen könnte. Aber die Bedienungen waren zu beschäftigt,
er konnte partout keinen Blickkontakt herstellen und die Peinlichkeit, sich zu ihnen auf den Weg zu machen um mit einer Flasche in der Hand wieder am Buffet aufzutauchen, konnte er Luise nicht antun. Oder sollte er doch ?
Mach doch, flüsterte ihm der Alkoholdämon, ihn verunsichernd, in's Ohr.
Luise schaute zu ihm herüber.
Ihr Blick war prüfend und mahnend. Komisch, wie wenn sie etwas ahnen würde und ihn abhalten wollte. Er zwang sich zu einem Lächeln. Nein, die Rotweinparty musste wohl wirklich als abgeschlossen betrachtet werden, stellte er zu seinem tiefsten Bedauern fest, die Umstände sprachen dagegen. Sich über sich selbst und seine verpasste Spätburgunder-sicherungsaktion ärgernd widmete er sich dem Buffet. Die italienische Pasta war fein, aber nicht ausreichend. Vor allem war es mit den Tomaten,

getrocknet und in Mozzarellabeimischung, schon recht früh zu Ende.
Dann esse ich die Büffelmozzarella eben nur mit Weißbrot, macht auch nichts, beschloß er. Aber nicht zu viel von der Vorspeise, ich muss mich einteilen, sonst kommt das Lamm zu kurz, ermahnte er sich, wieder mit steigendem Stimmungsbarometer.
Na Opa, was meinst du, ob das für uns reicht, ob wir da satt werden, ich weiß nicht ?
Neben ihm stand Finn, mit gut gefülltem Teller.
Und wo ist eigentlich der Kaviar ? Fragte er lachend und sah Max schelmisch an.
Bist du wieder mit dem heißen Schlitten da ?
Ja, natürlich. Ich muss auch gleich wieder weg, aber vorher wird noch kräftig zugeschlagen, ich habe einen Heißhunger kann ich dir sagen. Du bist ja morgen noch da, ich hole dich am Vormittag zeitig ab. Wenn Du willst kann ich auch ein paar Minuten früher kommen, dann können wir wieder einen kurzen Abstecher machen und noch ein bisschen quatschen.
Na, Alles gut, schmeckt es euch ? platzte Bernhard fragend in die Runde.
Iss dich ruhig mal ordentlich satt mein Junge, bemerkte Bernhard auf den Teller von Finn blickend und legte ihm dabei kumpelhaft die Hand auf die Schulter.
Und sonst ? War doch toll, die Rede von meinem Chef, hat mich riesig gefreut, ich muss mich die Tage bei der nächsten Runde Golf nochmal bei ihm bedanken. Vielleicht lasse ich ihn dann auch mal gewinnen, ha, ha.
Bernhard lachte.

Max und Finn sahen ihm betreten schweigend zu.
Ist ja nicht so schwer, der spielt nur schlappe 35 Jahre länger als ich, kein Problem, setzte Bernhard unbeirrt fort, wieder unterlegt durch ein selbstgefälliges Lachen. Na, mit dem Schlägerset hat er schon mal gezeigt, dass er auf mich baut, das ist vom Feinsten, das könnt ihr mir glauben, der lässt sich nicht lumpen. Macht er aber nicht bei Jedem, hauchte er ihnen in vertraulichem Ton, sie Beide dabei an der Schulter greifend und sie in einen Kreis zwingend, zu. Wisst ihr, wenn ich erst den Auftrag ergattert habe geht die Post richtig ab. Dann wird nur noch Schampus gesoffen, aber echter, nur vom Feinsten, wie aus der Werbung, meiner Kampagne ! Und richtig gefeiert, was das Zeug hält. Dann gibt es Kaviar und Hummer satt sag ich euch, nicht dieses Schweinefutter, nahm sich ein Häppchen mit Oliven und Krabben und ging weiter, ließ sie einfach stehen, offensichtlich nicht an ihrer Meinung oder einer weiterführenden Unterhaltung interessiert.
Ziemlich aufgedreht dein Stiefvater, bemerkte Max.
Finn verzog das Gesicht.
Ja, in letzter Zeit immer öfter.
Ich mache drei Kreuze, dass ich nicht mehr da wohne, das hält dort kein Pferd aus.
Das glaube ich sofort, setzte Max gedanklich hinzu.
Diese Angeberei geht mir so was auf den Sack, immer nur wie toll er ist und wie erfolgreich und dann die hohlen Sprüche, dass die Agentur ohne ihn nicht überleben würde, echt beknackt.

Und mir kommt er immer so Kumpelhaft, sagt immer: Mein Junge !
Ich bin nicht sein Junge !
Ein richtiger widerlicher Arsch ist das, wie hält das Mama nur aus ?
Oh Mann und dann noch dieses Miststück von Sonia dazu, ich hasse dieses Weib,
Mama tut mir echt leid, sagte Finn, jetzt leicht erregt mit missmutigem Gesicht.
Na ja, was soll´s, ich muss ja nicht mit ihm zusammen leben, Mamas Problem.
Ja, aber so ist deine Mutter nun mal, lässt sich nichts anmerken, versucht es zumindest und leidet, hofft immer wieder auf Besserung und will nur das Gute sehen.
Wie steht es denn zwischen den Beiden, ist da noch Alles im Lot ?
Das war die Gelegenheit auf die Max nur gewartet hatte, endlich konnte er Finn relativ unverfänglich anzapfen um sich weitere Einblicke zu verschaffen.
Tja Opa, was soll ich sagen, ich kriege ja nicht viel mit, eigentlich nichts, und sie lässt ja auch nichts raus, aber ich denke so toll ist es nicht. Schau sie dir doch an, sie macht nicht gerade den glücklichsten Eindruck. Aber lass uns jetzt bitte das Thema wechseln !
Wie geht es dir denn so, was macht die Dialyse, wie oft musst du jetzt ran ?
Das gab bis jetzt aber nicht viel her, musste sich Max enttäuscht zugestehen.
Weiter bohren oder seine Frage beantworten ? überlegte er und entschied sich für Antworten.
Zweimal die Woche, das geht noch, solange es nicht mehr wird bin ich zufrieden.
Und die Kosten, hast du noch genug Kohle oder hast du schon einen Antrag gestellt ?

Max war überrascht wie direkt und konkret Finn auf den Punkt kam, er zögerte mit der Antwort.
Finn schaute Max an, sah, daß er mit der Antwort kämpfte und setzte nach: Aber bitte sei ehrlich !
Max gab jede weitere Überlegung auf und entschied sich für die Wahrheit.
Das Geld wird noch ein Weilchen reichen, aber vorsorglich habe ich mich schon mal beim Amt gemeldet.
Wie ist das mit deinem Geschäft, denkst du das läuft auf Dauer ?
Natürlich läuft das, aber du willst nur wieder ablenken, typisch Opa.
Nein, wo denkst du hin, bei mir ist Alles prima, ich komme wirklich gut zurecht Finn, beschied er ihn eindringlich.
Das war aber nicht die Frage, die Frage war ob und wie lange du die Behandlung noch bezahlen kannst.
Hab ich doch gesagt, es reicht noch, du brauchst dir wirklich keine Sorgen zu machen, Alles paletti, wiederholte Max.
Was ist das da drüben für eine Person, die im roten Kleid ?
Neuer Ablenkungsversuch, aber gut, dann will ich heute mal nicht weiter in dich dringen. Du sollst aber wissen, sobald es bei mir rund läuft, nehme ich dir die Kosten ab, ich kriege das schon irgendwie in der Firma unter, also mache dir keine Sorgen Opa, hörst du, und wenn du in Not bist meldest du dich bitte sofort, klaro !
Kam die Ansage, in bestimmendem Tonfall, mit Nachdruck, von Finn.
Welch ein guter Junge, Max fühlte sich geschmeichelt und spürte wie ihn eine sentimentale Anwandlung überkam,

es war ihm warm um's Herz geworden. Er war
drauf und dran Finn zu umarmen und ihm
seine Sympathie unumwunden offenzulegen.
So und jetzt zu deiner letzten Frage.
Wen hast du da gemeint ? kam Finn ihm
zuvor.
Max fing sich und zeigte verstohlen in
Monas Richtung.
Ach, die Mona, das ist ein kleines
Dummchen, so sieht es zumindest Mama.
Bernhard sagt die läuft bei ihm so mit und
versucht etwas von seinem Ruhm ab
zubekommen, wäre aber ne gute Kraft.
Fragt sich nur bei was ? Entfuhr es Max.
Sie lachten Beide.
Wieso fragst du nach Mona ?
Ach Finn, nur so, reine Neugier, sie ist
mir beim rumgucken aufgefallen. Aber genau
das dachte ich mir, das bestätigt meinen
Eindruck von ihr. Ihr Chef wird sie wohl
schon einmal zum Diktat gebeten haben, das
würde dann ja passen. Sicher wird sie sich
mit ihm verabschieden und er sie dann nach
hause bringen, weil das gerade auf seinem
Weg liegt. Zufälle gibt es aber auch !
Tja, nur liegst du da wohl ziemlich falsch
mit deiner Theorie, denn ihr Chef hat sich
vorhin, recht früh, verabschiedet und sie
ist, wie du siehst, noch da.
Wahrscheinlich hast du das nicht mitbekommen, weil du gerade mit dem Buffet
oder einem Rotweintest beschäftigt warst.
Oh, sieh an, sieh an, Mona ist noch da und
er schon weg, dann wird es den Beiden
heute wohl nicht passen, korrigierte sich
Max, als Versuch seine Theorie zu retten.
Eher unwahrscheinlich, dass da zwischen
denen was läuft, kommentierte Finn.
Jedenfalls habe ich von so etwas noch

nichts gehört, das hätte Bernhard sicher
schon raus posaunt und Mama hätte mir
bestimmt davon erzählt, obwohl es mich
auch nicht besonders interessiert.
Alles was mit meinem Stiefvater oder
seiner Arbeit zu tun hat ist mir ja so was
von egal.
Hast ja recht, mein Junge.
Na ihr Beiden, es scheint euch ja gut zu
gehen, Max pass auf, nicht zuviel Alkohol,
denk bitte dran.
Ja Luise, ist ja jetzt gut, lass doch
bitte endlich mal diese ewigen
Bevormundungen, ich bin alt genug.
Ich meine es ja nur gut, Alter schützt vor
Torheit nicht. Der Spruch ist schließlich
nicht umsonst in der Welt.
Opa hat gerade gerätselt ob die Mona etwas
mit Bernhards Chef hat, das hat ihn ein
bisschen vom Rotwein abgelenkt.
Aber Vati, wie kommst du denn da drauf ?
Was machst du dir überhaupt solche
Gedanken, das kann dir doch egal sein,
seit wann interessiert dich denn so
etwas ?
Na, man guckt sich die Leute halt an und
dann kommt man auf mancherlei spekulative
Eingebungen, liegt doch nahe oder ?
Wo ist überhaupt die Göre, die habe ich
noch gar nicht gesehen ?
Gott sei Dank, wenn ich so sagen darf,
fühlte er sich, durch seine Abneigung
genötigt, hinzuzusetzen.
Die war da, ist aber schon wieder weg.
Tief beleidigt. Bernhard hatte sie zur
Rede gestellt, es ergab sich zufällig und
dann ist sie mit ihrem Freund
eingeschnappt von dannen gerauscht.
Kommt ihr mit rüber zu Bernhard

oder wollt ihr hier weiter vor euch hin spekulieren wer mit wem ?
Es ist hier auch gleich Schluss, wir konnten nur bis 22:30 Uhr buchen.
Man hörte Metall auf Glas und Bernhard verkündete genau das. Gleichzeitig mit einer Einladung verbunden, gerne noch mit der Familie zu einem kleinen Umtrunk, einem Absacker, mitzukommen. Es waren noch ca. 10-14 Leute da, die rasch in Bewegung kamen und sich zu Bernhard aufmachten.
Dann gab es eifriges Händeschütteln, Dankesbezeugungen und Abgänge.
Na Finn, kommst du auch noch mit ?
Nein Opa, ich muss morgen wieder raus und das wird mir dann doch zu familiär. Mir hat das hier schon gereicht, mein Höflichkeitspotential ist für heute ausgeschöpft. Aber ich kann dich gerne mitnehmen, kein Problem.
Nein, Opa fährt mit uns, du brauchst keinen Umweg zu machen. Er fährt ja so gerne mit seinem Schwiegersohn, weißt du ?
Beschied Luise ihren Sohn lachend, und es gefiel Max wie sie lachte, befreiter als sonst, Sorgen zerstreuend.
Gut Opa, dann hole ich dich morgen um 10 Uhr ab, passt das ?
So früh schon, ich dachte Vati und ich könnten nach dem Frühstück noch spazieren gehen und plauschen. Du bist so selten da und willst so früh schon wieder weg ?
schaute sie fragend zu Max.
Mein Liebes, es geht diesmal eben nicht, es tut mir doch auch leid. Du kannst ja auch Mal zu mir kommen, ich würde mich riesig freuen. Dann wärst du Mal raus aus diesem Trott und wir könnten soviel zusammen machen. Außerdem hast du doch

morgen früh viel zu tun, an dir bleibt der ganze Mist doch hängen. Es gibt sicher viel aufzuräumen, zumal du jetzt noch Gäste bekommst.
Nein, das macht mir echt nichts aus, das kann ruhig einen Tag warten. Aber dann holen wir das nach, versprochen ?
Ja gerne, versprochen. Solange wie diesmal warten wir nicht wieder, jetzt bleiben wir dran, mein Liebes Kind.
Na gut, wenn es Finn eine Stunde später passt, dann kann er mich auch erst um 11 Uhr abholen, geht das Finn ?
Max hatte kurz entschlossen alle Varianten neu überschlagen und seinen Plan geändert um Luise doch noch etwas entgegen zu kommen.
Ich richte mich nach dir Opa, dann haben wir aber nicht mehr die Zeit noch eine Einkehr zu machen. Aber ist schon o.k., dann machen wir eben Halbe, Halbe und teilen uns die Opa-Zeit.
Ach Finn, das ist lieb von dir, ich hab ihn doch so selten, dabei sah sie Max wehmütig an.
Komm lass dich drücken, mein guter Junge. Sie trat auf Finn zu und umarmte ihn liebevoll.
Kommt ihr, rief Bernhard, wir müssen.
Ja, wir kommen, rief ihm Luise über Finn's Rücken zu.
Gut, bis gleich, ich habe dir und Max ein Taxi kommen lassen, ich muß ein paar Gäste mitnehmen und fahre schon mal vor !
Und schon war Bernhard außer Sicht- und Höhrweite.
Luise löste sich ruckartig mit überraschtem Gesichtsausdruck und offenem Mund von Finn.

Bernhard hatte sie einfach überrumpelt, sie machte einen recht verdatterten Eindruck. Die Vorgehensweise passte ihr augenscheinlich ganz und gar nicht.
Max fing die Situation auf, indem er ihr leicht an den Oberarm fasste und mit einem müden Lächeln sagte: Komm, kein Problem, dann brauchen wir uns auch nicht über sein dummes Geschwätz zu ärgern und haben wenigstens ein paar Minuten Ruhe.
Also dann bis morgen, sei pünktlich, verabschiedeten sie sich von Finn, wobei Max die Worte sprach und Luise nur mit dem Kopf nickte. Finn ging, Max hakte sich bei Luise ein und leitete sie zum Ausgang. Luise blieb weiter sprachlos, sie kochte innerlich.
Max war recht müde und sehnte sich nach seinem Bett, es war ihm jetzt Alles zuviel und was den erhofften, guten Roten betraf entschieden zu wenig.
Das Taxi wartete schon und die Fahrt dauerte nicht lange.
Vor ihrer Ankunft hatte Luise ihre Sprache wieder gefunden. Vati du kannst jederzeit in dein Zimmer gehen und dich schlafen legen, kein Problem, es ist schon Alles vorbereitet. Aber natürlich kannst du auch gerne aufbleiben solange du willst.
Ich will dir nur noch einmal sagen, du musst dir keinen Zwang antun, wir haben Verständnis, wenn du müde bist und dich hinlegen willst, du bist schließlich kein junger Hüpfer mehr. Es geht auch sicher nicht mehr so lange, hoffe ich zumindest.
Bernhard war mit dem kärglichen Rest der Gesellschaft bereits Sekt trinkend und lachend, sich aufplusternd, in bester selbstdarstellerischer Manier, zu Gange,

als sie eintrafen.
Luise zählte durch und teilte Max das Ergebnis ungefragt mit. Es sind nur noch drei Gäste übrig geblieben, außer uns, stellte sie erfreut fest.
Und wer sind die Anderen, die Mona kenne ich ja schon ? fragte Max und konnte sich dabei eines Gähnens nicht erwehren.
Der links, das ist Herbert, so ein schmieriger Mensch.
Hast du ihn nicht gerochen ? Der riecht immer so nach Schweiß, ekelhaft, da fallen die Mücken von den Wänden.
Ich glaube ein Texter oder so, ich kann ihn jedenfalls nicht abhaben. Der andere ist Jakob, Chefbuchhalter und Chefalkoholiker. Der braucht sicher nicht mehr viel, dann holt der sich ein Taxi und wenn es gut läuft, schließen sich die Anderen an. Die waren Alle schon mal hier zu Gast. Bernhard sagt er muss das ab und zu machen, damit es besser läuft, Teambuildung oder so etwas Ähnliches.
Mir ist das zuwider, aber was will ich machen, es geht vorbei und vielleicht ist es ja wirklich wichtig.
Bernhard winkte Luise mit einer Sektflasche zu und deutete missmutig mit dem Zeigefinger der anderen Hand auf den leeren Inhalt.
Ach herrje, kein Sekt mehr, ich muss mich kümmern. Wie gesagt du kannst jeder Zeit zu Bett gehen, kein Problem.
Ja, ja, mach nur, versorge du nur die Gäste und den Haustyrann, ich komme schon zurecht.
Business, wie früher, als er selbst noch aktiv war, dachte Max. Bekannte Muster, Alkoholiker, Unsympathlinge,

Schürzenjäger, er hatte Alles gesehen, Alles erlebt.
Und was war er, zu welcher Kategorie sollte er sich zählen ?
Tja, wohl mal zu der Einen, mal zu der Anderen, manchmal wohl auch zu Mehreren gleichzeitig. Er hatte zeitweise auch gut gebechert, da hatte schon die Gefahr bestanden abzudriften, da gab es so manche unangenehme Erinnerung. Unsympathisch war er sicher auch Einigen, weil das einfach gegenseitig war, nicht zu ändern, trotz allem Bemühen. Und Schürzen hatte er immer gejagt, auf die eine oder andere Weise, mit insgesamt eher mäßigem Erfolg.
Es hätte mehr sein können, sicher, aber er war diesbezüglich wohl einfach nicht clever genug. Er wunderte sich immer wieder auf's Neue, wie meistens die blödesten Typen die besten Frauen abbekamen, das war und blieb ihm einfach ein Rätsel, unergründlich. Es musste irgendetwas mit der Vorgehensweise oder mit der Ausstrahlung zu tun haben, mit ihrer, Erwin hatte das für sich auch schon analysiert und war zum gleichen Ergebnis gekommen. Jedenfalls hatte es fast nie geklappt, so wie sie es anpackten, immer nur schüchtern und ja nicht mit der Tür in's Haus fallen, warten bis die Dame bereit war und von sich aus Signale aussandte, die Initiative ergriff.
Der Angriff, das aggressive Anbaggern war nicht ihr Ding. Das konnte man aber ändern, der Versuch war es wert. Als Test hatte er es ein paarmal probiert und alle Zurückhaltung abgelegt, entgegen seiner vermeintlichen Natur, aber es ging regelmäßig in die Hose. Ganz eindringlich war

ihm noch in Erinnerung als er einmal in
der Disko an der Theke auf's Ganze ging
und nach einem charmanten Gespräch,
mit der guten Aussicht auf ein weiteres
Treffen, mit einer ziemlich gut aus-
sehenden, sportlichen jungen Dame, voll
daneben griff. Er war, man kann sagen,
notgeil und wollte unbedingt mit ihr in's
Bett und nicht wieder der Artige sein,
wochenlang vergebens baggern, bis doch
wieder so ein Fiesling schneller war, nur
weil er sich nicht traute. Nein, er wollte
mal keine Brave, keine die geheiratet
werden wollte, nur Eine für's Bett und das
möglichst schnell, quasi von der Theke
weg, die ihm am besten schon im Auto die
Hosen runter riss. Nur Sex, schmutziger,
schneller Sex war angesagt. Also nahm er
allen Mut zusammen und fragte sie ob sie
mit ihm mitkommen würde. Da schaute sie
schon unangenehm berührt und fragte, mit
ernster, prüfender Miene, zurück wie er
das denn meinte. Da hätte er eigentlich
schon den Braten riechen müssen,
aber jetzt ziehe ich das durch, egal,
dachte er. Wahrscheinlich ziert sie sich,
pro forma um den Schein zu wahren,
nur Mut, nicht nachlassen, bei den Fiesen
klappt es doch auch immer, ermunterte er
sich. Na, mit mir, zu mir, gemeinsam ein
bisschen Spaß haben, etwas trinken und
dann ab in die Kiste,
Flüssigkeitsaustausch praktizieren.
Sie schaute ihn entgeistert an, ihm wurde
mulmig, das Herz fiel ihm in die Hose.
Scheiße, wieder voll daneben gegriffen !
dachte er noch. Die letzten Silben konnte
er schon nicht mehr voll aussprechen, nur
noch stammeln, da sah er schon sein ganzes

schönes Szenario zusammenbrechen.
Wie sie immer zorniger wurde, aufstand, auf Distanz ging. Sie machte ihn an der Theke fertig, gnadenlos, so fertig, dass ihm kein Kragen mehr passte.
Du sexistisches Schwein.
So eine dumme, plumpe Anmache hätte sie noch nie erlebt. Typisch, wieder so ein Männerschwein das nur auf's Ficken aus ist. Sie schnaubte und verdrehte die Augen. Er versank in einem Meer von Scham und stammelte eine Entschuldigung nach der Anderen. Aber es half nichts, da musste er jetzt durch. Die wüsten Beschimpfungen kamen ihm endlos vor und er sah alle Gesichter verächtlich auf ihn gerichtet. Da sitzt er, seht ihn euch an, merkt ihn euch, Mädels. Ihr könnt Alle haben, nur den, lasst den in seinem Saft ersticken. Das war die Botschaft.
Irgendwann war es rum und ein Freund kam dazu, klopfte ihm auf die Schulter und sagte nur: Schneidig, schneidig, mein Alter, hätte ich dir gar nicht zugetraut, total mutig.
Das Schlimme war dann noch, dass die junge Dame, wie er, Stammgast war und sie ihn jedes Mal in der Disko an das Erlebnis erinnerte, bewusst, untermalt mit abfälligem Blick und Getuschel mit ihren Begleiterinnen, bei denen er jetzt natürlich auch unten durch war. Daß sie nicht auf ihn zeigten, war gerade Alles, das hätte noch gefehlt. Oder ein Schild um den Hals ‚Vorsicht, will nur ficken'.
Manchmal fühlte er das Schild förmlich, wie einen Klotz, der ihn runter zog, tiefer und immer tiefer, gebückte Haltung einnehmend.

Dabei war es doch nicht schlimm, er hatte
doch nichts Böses getan, nur gefragt,
nicht gegrabscht oder so.
Das Rätsel blieb und damit die Frage für
ihn: Was hatte er bitte schön falsch
gemacht ?
Einmal ehrlich und dann so was, da kriegt
man doch einen Hau fürs Leben. Sie hätte
doch einfach auch sagen können nein, heute
habe ich keine Lust oder nein, du bist
nicht mein Typ, aber doch nicht so einen
Aufstand machen müssen.
Tröstlich war, dass es bei Erwin auch
nicht funktionierte. Sie waren eben anders
gepolt und hatten es nicht drauf, jedenfalls nicht in der Art. Es blieb ihr
Rätsel. Sie waren wohl für die Braven
bestimmt und mussten ihre sexuellen
Phantasien mit Magazinen und
Daueronanieren aushalten, ausleben.
Vati, komm zu uns, du musst doch nicht so
alleine rumstehen, ich stelle dir die
lieben verbliebenen Gäste vor, du stehst
so abseits, rief Luise und winkte ihm zu.
Bernhard hatte gerade eine Flasche
Champagner aufgemacht und auch er forderte
Max, winkend auf: Max komm, wir stoßen
nochmal an, sei kein Spielverderber.
Er trottete hin, kam mehr widerwillig,
aber letztlich Luise zu Liebe, der
Aufforderung nach und ließ sich von
Bernhard ein Glas Champagner überreichen.
Der stellte Max noch einmal kurz, als
seinen ach so geliebten Schwiegervater mit
süßsaurer Miene vor und nahm dabei die
Gelegenheit war, wieder eine seiner
Schmeichelreden los zu werden.
Wie sehr ihm eine gute Zusammenarbeit mit
seinen Kolleginnen und Kollegen am Herzen

lag und wie froh er war ein solch gutes
Team führen zu dürfen.
Sein Erfolg wäre auch ihr Erfolg.
Floskeln über Floskeln, dummes Geschwätz,
nichts davor und nichts dahinter, dachte
Max.
Na, wenigstens noch einmal was
Ordentliches zum Süffeln. Guter Schampus,
nicht schlecht Herr Specht, da hätte er ja
beinahe noch etwas versäumt, eine gute
Entscheidung noch ein Weilchen auf zu
bleiben, stellte er befriedigt fest.
Dann noch ein Glas auf den Erfolg der
Kampagne und noch ein Glas auf die
Verbesserung seines Handicaps, Bernhard
war in seinem Element.
Max musste gähnen, er sah auf die Uhr und
war verwundert, dass er noch so fit war
für diese Uhrzeit, denn es war
mittlerweile kurz nach 1 Uhr.
Tapfer gehalten, aber es reicht jetzt,
konstatierte er. Weitere dumme Gespräche
von diesen Plattmachern muß ich mir nicht
länger antun und die Champagnerflasche ist
auch leer. Leider, es muß wohl die Letzte
gewesen sein, Luise schenkte Sekt nach,
registrierte Max mit Bedauern.
Einerseits also genug gute Gründe sein
Bett aufzusuchen, Andererseits fiel ihm
aber wieder diese Mona ins Auge,
wie magisch zog sie seine Blicke auf sich,
es machte ihm Spaß ihren wohlgeformten
Körper immer auf's Neue zu studieren,
sich ständig zu vergewissern, daß er auch
nichts übersehen hatte, natürlich
unauffällig, sehr diskret.
Sie hatte ihre Reize und geizte nicht
damit, wusste wie sie die Männer locken
konnte, ein Prachtweib, urteilte Max.

Die könnte ich auch noch vernaschen,
die würde ich nicht von der Bettkante
stoßen. Luise winkte ihm von der Küche zu
und beendete mit ihrem gewinnenden Lächeln
Max's aufkommende sexistischen
Halluzinationen. Sie zeigte auf die Uhr,
aber nicht auffordernd, sondern eher
bewundernd, denn sie hielt den Daumen nach
oben. Ach sein gutes Mädchen, es hatte ihm
gut getan, dass sie ihn so bedrängt hatte
noch etwas länger zu bleiben. Vielleicht
ging es ihr gar nicht so schlecht und die
Tabletten waren wirklich nur eine Hilfe in
Ausnahmesituationen. Und Eines ließ sich
doch feststellen, wenn er sich so
umschaute und das Interieur in Augenschein
nahm, Alles nur vom Feinsten, alleine die
Kaffeemaschine war ein Traum, materiell
schien es ihnen nicht schlecht zu gehen,
so wie es aussah, viel besser als er die
ganze Zeit angenommen hatte.
Nein, es sah für Luise nicht schlecht aus,
trotz aller Widrigkeiten. Warum war er
immer nur so pessimistisch ?
Sein Blick wanderte wieder unwillkürlich
zu Mona, aber die Erregtheit blieb aus.
Jetzt ist es wohl wirklich Zeit das Bett
auf zu suchen. Er horchte in sich hinein
und sein Körper signalisierte, von den
Augenlidern bis in die Beine, eine
bleierne Müdigkeit. Außerdem wäre ein
gutes rotes Tröpfchen nur noch über Luise
zu erhaschen und da hatte er, nach seinem
bisherigen Konsum, schlechte Karten.
Sie würde ihm in ihrer netten Art als
Alternative ein Sprudelwasser empfehlen,
igitt, igitt. Also verabschiedete er sich
artig und ging in sein Zimmer.
Jetzt, da er seinem Körper baldige

Entspannung signalisierte, kam die Müdigkeit fast schon wie Erschöpfung über ihn. Mühsam entkleidete er sich und suchte das Bett auf. Zufrieden schloß er die Augen und erwartete das Versinken in die Welt der Nachtträume. Leise hörte er zwar noch wie sie sich unterhielten, aber es war so leise, dass es ihn sicher nicht stören würde. Er hörte zu und das Gemurmel ließ ihn, wie erwartet, recht schnell einschlafen.
Aber die Ruhephase währte nicht lange, er schreckte auf.
Was war das, wache ich oder träume ich ?
Ein undefinierbares Geräusch war in sein Ohr gedrungen und hatte ihn geweckt. Kein Gemurmel oder Gespräch, nein, nicht eindeutig zuzuordnende Laute hatten ihn aus seiner Traumwelt in die Realität zurückgeholt.
Er sah auf die Uhr, es war kurz nach drei.
Da, jetzt hörte er es wieder.
War die Party immer noch im Gange, waren etwa immer noch Gäste da ?
Hörte sich das nach Feiern an ?
Nein, die Geräusche waren anders, ihm aber bekannt, er versuchte sich zu konzentrieren und die Laute einzuordnen.
Es war mehr ein Stöhnen.
Sollte er aufstehen und nachsehen ?
Er überlegte, hörte genauer, mit voller Aufmerksamkeit, in die Dunkelheit.
Das war Luststöhnen, ganz klar !
Sich vergewissernd setzte er sich auf und lauschte, angespannt, voll fokussiert auf jeden Laut, vor sich hin.
Ja, ja, ganz eindeutig, es war jetzt deutlich zu hören und zu orten, ein wohllüstiges Stöhnen drang in sein Ohr.

Na, das ist aber eine Freude, also scheint
die Beziehung doch gut zu funktionieren,
jedenfalls hatten sie noch Sex und wie er
hörbar vernam auch sehr befriedigenden.
Er hörte wieder genau hin und wurde immer
neugieriger.
Wie sie es wohl trieben ?
Er legte sich zurück, zog die Decke bis
zum Hals, fasste sich in die Schlafhose
und versuchte sein Glied zum erigieren zu
bringen. Sanft streichelte er es mit
beiden Händen.
Wann hatte er den letzten Sex, wie lange
ist das her ?
Mein Gott, bestimmt eine Ewigkeit.
Dabei war es für ihn immer so etwas
Wunderbares, fast schon Erlösendes,
vor allem, wenn er kam.
Und jetzt ?
Jetzt lag er hier und nichts ging.
Dafür im Nachbarschlafzimmer um so mehr,
es war nun ganz deutlich zu hören,
vielleicht war er aber jetzt auch wacher
oder seine Phantasie verstärkte die Töne
um ihn mitzunehmen, in eine Traumwelt der
Erotik in der für ihn fast noch Alles,
noch so Vieles, möglich war.
Hoffentlich schreit Luise nicht, wenn sie
zum Höhepunkt kommt, das wäre ihm
irgendwie peinlich.
Else hatte immer geschrien oder zumindest
fast immer.
Am Anfang, zu Beginn ihrer Beziehung noch
nicht, nein, da noch nicht, das Schreien
kam erst später.
Zu Beginn war noch Alles anders, als sie
die Liebe entdeckten, sich kennenlernten.
Ach Else, war das eine schöne Zeit,
stöhnte er sehnsuchtsvoll vor sich hin.

Immer wieder musste er an sie denken, besonders an damals, als sie sich kennengelernt hatten.
Dabei kam es ganz unerwartet.

8. Max und Else, wie Alles begann

Es begann mit dieser verrückten Sylvester-Fete.
Er und Erwin hatten wieder ein paar Brave abbekommen und waren schon fast fünf Monate mit Ihnen zusammen,
Ilona und Ivonne. Es lief zwar gerade nicht besonders gut mit Ivonne und ihm, aber wenigstens hatte er etwas zum knutschen, weiter ran ließ sie ihn nie.
Anfangs war sie recht nett und gefiel ihm auch, aber er hatte immer den Verdacht, dass er eigentlich nur Lückenbüßer war, Platzhalter bis etwas Besseres auftauchte.
Das war ihm damals aber ziemlich egal, er fand es immerhin besser als nichts, ein bisschen Petting war ja auch schon was.
Jedenfalls stand die Sylvester-Party an und jeder lud ein wen er so kannte.
Die Örtlichkeit hatten sie im Vorfeld in einer längeren Diskussion ausbaldowert und festgelegt. Aus verschiedenen Vorschlägen wurde schließlich, wohl mehr aus Respekt, der von Klaus, der extra aus Berlin angereist war, gewählt. Man mietete vier Holzhütten in einem Feriendorf, ideal zum Feiern und vor allem um zu nächtigen,
um ja nicht noch fahren zu müssen,
denn eine Party ohne Alkohol war für die Jungs nicht drin, absolut nicht.
Und wenn sich eine Möglichkeit des Flüssigkeitsaustauschs mit einem Mädel aufzeigen würde, hätte man dann beste Rückzugsmöglichkeiten. Die Chance, daß es dazu kommen könnte stuften Erwin und Max für sich zwar als sehr gering ein,
aber man konnte nie wissen wie die Mädels unter Alkoholeinfluß so reagieren würden.

Flirten war kein Thema und die Hoffnung
auf mehr bestand immer, sie standen
jedenfalls Gewehr bei Fuß, allzeit bereit.
Das Feiern ließ sich ideal gestalten, da
sich die Hütten recht nahe an einem großen
Grillplatz befanden und die Wettervorher-
sage Regen ausschloß. Die Temperaturen,
auch für die Nacht, waren um den
einstelligen Plusbereich prognostiziert,
also beste Voraussetzungen um lange und
ausgiebig im Freien Grillen und Feiern zu
können. Die Gruppe bestand am Ende
ungefähr aus 20 Personen. Jeder musste
etwas mitbringen, Salat, Würstchen, Sekt
etc. oder einen Arbeitseinsatz leisten.
Alles war bestens organisiert und die
Aufgaben möglichst gerecht aufgeteilt.
Ivonne hatte kurzfristig abgesagt, sie war
angeblich fiebrig und fühlte sich
dementsprechend außerstande an der Party
teilzunehmen, hätte aber nichts dagegen,
wenn Max alleine mitmachte, ja drängte ihn
regelrecht dazu. Der war daraufhin
natürlich ziemlich angesäuert, fand sich
aber recht schnell damit ab und stellte
sich auf eine feuchte Nacht mit Erwin ein,
insofern der sich von Ilona lösen würde.
Was stark anzunehmen war, denn das
Verhältnis war nicht mehr das gelbe vom Ei
und Erwin hatte deshalb schon des öfteren
andere Prioritäten gesetzt, wobei
Alkoholfeten mit Max eindeutiger Favorit
waren. Als es dann soweit war und man am
vereinbarten Treffpunkt zusammenkam,
stellte ihm Ilona, völlig überraschend,
eine kurzfristig dazugekommene Teil-
nehmerin vor. Angeblich eine Freundin von
ihr, die noch auf der Suche nach einer
Feiermöglichkeit war und bisher nichts

Passendes gefunden hatte. Da ja jetzt der Platz von Ivonne frei war, hatte sie ihr die Teilnahme an der Party angeboten,
so stellte sie es jedenfalls dar.
Hallo, ich bin Else, du musst Max sein, begrüsste sie ihn ohne Umschweife.
Max wusste nicht so recht wie er das Ganze einordnen sollte, aber egal, Ivonne wollte ja offenbar nicht mit ihm feiern, also hatte sie es sich selbst zuzuschreiben, wenn sich diese neue Lady als flirtwillig erweisen und Max darauf eingehen würde.
Somit war die Sauforgie, zumindest von Max Seite, vorerst vertagt. Jetzt galt es erst einmal abzuchecken was es mit der neuen Dame auf sich hatte,
ob sie seinem Beuteschema entsprechen und sich, wenn als passend eingeordnet,
mit ihm einlassen würde.
Deshalb taxierte er sie sofort möglichst unauffällig und nach ein paar kurzen Wortwechseln fand er, daß es sich hier durchaus um ein interessantes Begierdeobjekt handeln könnte.
Sie sah schon mal gut aus und machte einen sympathischen Eindruck, somit erste Pluspunkte. Zu einer fundierten, abschließenden Expertise sah er sich noch nicht der Lage, denn er war von der Situation erst einmal etwas überfordert. Aber es lag ja noch die ganze Nacht vor ihnen, er nahm sich vor am Ball zu bleiben.
Nachdem sie sich in den Hütten verteilt und eingerichtet hatten, wurden der Grill und die Musik angeschmissen. Daran waren Erwin und Max, gemäß vorheriger Arbeitseinteilung, maßgeblich beteiligt, so daß, zu Max's Leidwesen,

die Konversation mit dieser neuen
Schnecke, so hatte sie Erwin tituliert,
noch zurückstehen musste. Max blickte bei
ihren Grillvorbereitungen immer verstohlen
zu ihr und registrierte genau, welche
männlichen Wesen sofort um sie buhlten.
Er wägte ab und war sich nicht sicher wie
seine Chancen waren, umso wichtiger war es
also, daß er möglichst schnell wieder bei
Else präsent sein konnte. Wenn sie sich
erst einmal auf einen Anderen festgelegt
hatte, war er außen vor und hatte damit
die Arschkarte, das war klar. Deshalb gab
er Gas und setzte Erwin, der ihm zu lasch
zu Werke ging, immer wieder unter Druck.
Keine Hektik, immer gemütlich,
wir arbeiten hier doch nicht im Akkord !
Widersetzte sich Erwin bockig. Ich schon,
gab ihm Max dann zu verstehen und nickte
mit dem Kopf Richtung Else, die sich im
Moment noch in der Mädelstruppe bei dem
Zubereiten diverser Salate engagierte.
Das beruhigte Max ein wenig, denn so,
befand er, konnte er zumindest vorerst
nicht ausgespannt werden. Schnell hatten
sich verschiedene Gruppen gebildet,
es wurde palavert, man trank sich
gemütlich ein, vor allem natürlich die
angehenden Männer und beschnupperte sich.
Die Singlemänner und auch so mancher in
einer Beziehung befindliche, balzten mit
voller Energie um die Singlefrauen.
Man gab an, log dabei, daß sich die Balken
bogen, präsentierte sich Oberkörper frei,
angeblich weil es so heiß war, bei 5 Grad,
und versuchte souverän männlich zu wirken,
eben die begehrten Weibchen zu beeindrucken. Als das Feuer Fahrt aufnahm und
man sich gemütlich um die Feuerstelle

setzen konnte war auch Max's Arbeit getan und er damit frei in das Bewerbungsrennen einzusteigen, wobei Else, was er so mitbekommen hatte und er hatte viel mitbekommen, denn er hatte schon dafür gesorgt, daß er sie nicht aus den Augen verlieren konnte, zwar mit dem Einen oder Anderen männlichen Teilnehmer eine, anscheinend angenehme Unterhaltung geführt hatte, ihr Lachen ließ darauf schließen, aber Max befriedigt feststellen konnte, daß es sich wohl um den reinen Austausch von Höflichkeitsfloskeln handelte.
Er entnahm dies auch aus ihrer sichtbar auf Distanz ausgerichteten Haltung.
Jetzt stand sie bei Ilona und unterhielt sich angeregt. Sicher über Erwin, Ivonne oder ihn, denn er merkte wie sie öfter zu ihm blickten, nickten und lachten.
Zwar versteckt, aber er wusste die Zeichen zu deuten. Höchste Zeit, befand er und meldete sich bei den beiden Damen zurück.
Gott sei Dank, endlich fertig, stöhnte er und fuhr sich mit dem Handrücken über die Stirn, so als hätte er einen ganzen Wald alleine abgeholzt, show and dance.
Och du Armer, hast dich so verausgabt, ironisierte Ilona. Else lächelte nur.
Wollen wir zum Feuer gehen ? fragte Max.
Geht ihr nur schon, ich fange schnell noch meinen lieben Erwin ein, dann kommen wir nach. Max wollte Else an die Hand nehmen, aber sie hatte sich sofort von Ilona gelöst, stand distanziert neben ihm und befand: Ja, an's Feuer und etwas trinken, ich hätte jetzt Lust auf eine Cola.
Kein Problem, ich hole dir Eine, kam es von Max, wie aus der Pistole geschossen.
Schön, ich suche dann schon einmal einen

Platz am Feuer und die Cola bitte ohne Zucker.
Geht klar, bin sofort wieder da.
Max ging, vielmehr rannte in großen Schritten, zum Getränkelager, während Else zwei Plätze auf einem mächtigen Baumstamm, nahe des Feuers, sicherte. Als er zurückkam hatten sich schon die Meisten um das Feuer versammelt und es herrschte beste Stimmung. Die Musik dröhnte aus vollen Rohren und einige männliche Teilnehmer waren schon sehr schnell auf einem bedenklichen Alkohollevel angelangt.
Else nahm die Cola mit einem vielsagenden Lächeln entgegen. Danke, das ging aber schnell, ließ sie verlauten.
Max hatte sich ein Bier mitgebracht.
Am Getränkelager war er auf Erwin gestoßen, der einen äußerst lustlosen Eindruck auf ihn machte. Der hatte ihn, Max war nicht abgeneigt, zu einem ersten Schnaps genötigt. Er musste sich etwas Mut antrinken und war deshalb der Einladung ohne Umschweife gefolgt.
Als er jetzt mit Else am Feuer saß, mit ihr anstieß und ihr dabei in die Augen sehen konnte, fühlte er eine starke Erotisierung in sich aufsteigen. Unweigerlich musterte er wieder ihren Körper und hatte alle Mühe seine Erregung zu verbergen. Eine peinliche Phase des Schweigens trat ein, Else sah in die Glut und Max musste seine Phantasie zügeln. Sein Gehirn arbeitete fieberhaft an einer unverfänglichen Konversation und gerade als er sich aufraffte ein neues, belangloses Gespräch über ihre Arbeit am Nudelsalat zu beginnen kam ihm Else zuvor.
Komm tanz mit ! rief sie und wollte Max

hochziehen.
Nein, nein, tanzen geht nicht, wehrte er verlegen, aber bestimmt ab.
Gut, dann tanze ich eben alleine, du Spielverderber.
Dabei machte er nur nicht mit, weil er einen Ständer hatte. Die Angst das man ihm das ansehen könnte war zu groß.
Er sah ihr aufmerksam zu wie sie tanzte. Sie schaute zu ihm und lachte, es gefiel ihm wie sie lachte und noch besser, dass sie offensichtlich mit oder nur zu ihm lachte. Als sie ihm gegenüber mit leichtem Fuß über den Boden tänzelte trat im Feuerschein ihre graziöse Figur voll in Erscheinung. Ihre Brüste wippten beim Tanz und wölbten ihr T-Shirt verführerisch. Max sah deutlich wie sich ihre Brustnippel verlockend abzeichneten. Sein Blick war jetzt nur noch auf ihren Oberkörper gerichtet. Was er sah regte seine Phantasie dermaßen an, daß er kurz davor war verrückt zu werden. Er schloß die Augen und hoffte dadurch wieder mehr Kontrolle über sein überhitztes Ich zu bekommen. Jetzt nur keinen Fehler machen, so was läuft dir so schnell nicht wieder über den Weg, besann er sich. Bloß das Reh nicht verschrecken, sonst verschwindet es im Wald auf nimmer wiedersehen.
Was ist wenn sie nur mit ihm spielte, einfach kokett war und ihn heiß machen wollte ? Oder vielleicht sogar sollte, vielleicht ein Frauenagreement, als Test von Ivonne initiiert oder noch schlimmer, ihr Freund tauchte unvermittelt auf und April, April, verarscht. Aber selbst wenn, dann machte sie das gut, zu gut für ihn, er war ihr ausgeliefert,

es berauschte ihn förmlich.
Er schnappte Erwin, der mittlerweile mit missmutigem Gesicht aufgetaucht war und zog ihn in's Gebüsch, komm wir gehen pinkeln. Was ist das für Eine, was hast du da angeschleppt, das ist ja eine Megagranate, raunte er ihm zu.
Ich weiß nichts, nur dass es eine Freundin von Ilona und Ivonne ist. Schnapp sie dir doch, wenn du scharf auf sie bist.
Vergiss Ivonne, wer weiß was die macht, los Junge ran, versuch's, gib Alles !
Was soll schon passieren, wir sind hier nicht in der Disco. Ich sehe doch wie scharf du auf sie bist, aber pass auf und sauf nicht so viel, sonst hat sie gleich einen schlechten Eindruck, du weißt die Weiber sind diesbezüglich sehr empfindsam.
Dafür kann ich für dich mitsaufen, saufen bis zum Umfallen, Ilona hat nämlich ihre Tage und ist zickig bis zum geht nicht mehr. So eine Scheiße aber auch, ausgerechnet jetzt. Also los, ich kann dir nichts sagen, ich weiß nichts von ihr.
Als er wieder zurück war, sah er, daß Else sich zu Ilona und den anderen Singlemädels gesetzt hatte. Kaum ist man mal Pinkeln schon ist sie weg, konstatierte Max.
Wie komme ich jetzt wieder an sie ran, verdammte Hacke. Erwin, Erwin muß ein-springen. Mensch mach was, ich muss wieder näher an sie ran, beackerte er ihn.
Dann tanz doch mit ihr um das Feuer, das gefällt ihr bestimmt, das hat sie vorhin auch schon gemacht. Los fordere sie auf, das kriegst du hin. So wie Andere da rumtorkeln, das kannst du allemal und du hast schließlich kaum was gesoffen.
Das geht nicht, habe ich eben abgelehnt,

das wäre jetzt doof.
Erwin erlöste ihn.
Komm Ilona ich will auch mal um's Feuer tanzen, sagte er, trat auf sie zu, reichte ihr die Hand und zog sie energisch weg.
Damit war der Platz frei und Max konnte sich wieder zu Else setzen, gut gemacht Erwin. So einfach ist das manchmal, wenn man einen Freund hat, einen guten Freund, mit dem man sich blind versteht, wie mit einem Bruder.
Die Musik dröhnte und das Grölen hatte zugenommen.
Ich liebe Purple Haze von Jimi Hendrix, seufzte Else genussvoll.
Max verdrehte die Augen und nickte ihr wortlos zu. Nicht zu fassen, genau mein Musikgeschmack, dachte er, dabei wieder verstohlen die Silhouette ihres Körpers scannend. Klasse, einfach richtig Klasse, zum Zunge schnalzen. Was für eine Frau !
Eine, die lachte, so frei und fröhlich, so entspannt, die um's Feuer tanzte,
die Jimi Hendrix gut fand und, man glaubt es kaum, die dazu noch gut aussah.
So gut, daß Max jetzt so scharf wie Chili auf sie war.
Deine Cola ist leer, soll ich dir jetzt ein Bier holen ? fragte er.
Nein danke, bald ist Neujahr, dann gibt es Sekt, ich warte lieber noch bis dahin.
Er verzichtete auch, sich nicht wegbeamen, dezent trinken, sich beherrschen, das war jetzt die Devise, er dachte an Erwin's mahnende Worte.
Du bist die erste Frau der Jimi Hendrix gefällt. Die meisten Mädels die ich kenne stehen auf den Beegees oder den Monkees, wie kommt das ?

Sie schaute ihn von der Seite an und
antwortete selbstbewusst: Na dann kennst
du wohl nicht so viele Mädels ?
Eher wohl nicht die Richtigen !
Wow, das war eine Antwort,
Schlagfertigkeit war normal nicht seine
Stärke, das fand er jetzt aber echt gut.
Ein verstecktes Kompliment und das nicht
einmal plump, aufdringlich oder ver-
krampft, das war ihm total super gelungen.
Und Kino, wie ist es mit Filmen,
was gefällt dir da ? Setzte er mutig nach.
Französische, die liebe ich, mit Romy,
Yves Montand oder Michel Piccoli.
Aber es gibt auch gute Deutsche, die von
Fassbinder gefallen mir gut, oder
amerikanische, Rosemarys Baby z.B.
Nee, der ist mir zu gruselig, das kann ich
mir nicht anschauen.
Wir könnten uns ja mal gemeinsam einen
Film anschauen, ich lade dich ein, was
hälst du davon ?
Verdammt, er war doch eigentlich noch mit
Ivonne liiert, wie würde das jetzt
ankommen, wie würde sie das aufnehmen ?
Sie lächelte.
Vielleicht, mal sehen.
Das war Alles, die ganze Antwort, ohne
Festlegung, aber mit allen Möglichkeiten.
Er rückte näher zu ihr, leichter
Parfümgeruch kroch ihm in die Nase,
süß und doch irgendwie herb, betörend
jedenfalls. Oh Ivonne, das ist das Ende,
du bist selbst schuld, du hast sie mir
geschickt, ich kann nichts dafür, es kommt
über mich. Wenn ich sie jetzt noch berühre
und ihre Haut spüre drehe ich durch.
Vielleicht sollte ich einfach einen
Versuch starten und meine Hand auf ihre

Hand oder Schulter legen.
Oder war es klüger doch weiter in Konversation zu machen ?
Verdammt, was mache ich nur ?
Seine Augen wanderten wieder über ihren Körper und ergötzten sich an ihrer tollen Figur. Dabei registrierte er, dass sie fröstelte und eine leichte Gänsehaut hatte.
Hast du kalt, du hast ja eine Gänsehaut ?
Och, das ist nicht schlimm, das merke ich gar nicht, nein, mir ist nicht kalt.
Er zögerte kurz, dann stand er auf, kniete sich hinter sie, griff sie an den Außenseiten der Arme und rieb seine Hände an ihr.
Jetzt wird dir wärmer, du bist doch ganz kalt.
Das Rubbeln tut gut, aber lass mal sein, es reicht, mir ist wirklich nicht kalt, wehrte sie ab.
Haarsträhnen wehten ihm in's Gesicht. Es roch angenehm nach frisch gewaschenem Haar. Betört neigte er ihr seinen Kopf zu, so daß sich ihr Hals nun direkt vor seiner Nase befand. Er war gerade drauf und dran ihn zu küssen, als sie hin und her ruckelte und aufstand. Dabei drehte sie sich um und sah auf ihn herab.
Lieb von dir, beschied sie ihn lächelnd und strich ihm über den Kopf.
Wie eine Mutter die ein Kind liebkost, dachte er.
Dann zeigte sie auf eine Person gegenüber und sagte: Super, gleich gibt es Livemusik.
Wolfgang hatte seine Gitarre geholt und begann ein paar Wader-Lieder zu singen. Sie sang gleich mit und als Wolfgang nach

Musikwünschen fragte, meldete sie sich als Erstes und bestellte sich einen Song von Joan Baez. Fasziniert sah und hörte er ihr wie gebannt zu.
Erwin tauchte neben ihm auf und flüsterte ihm ins Ohr: Mensch Junge, bleib bloß dran, da ist was drin für dich, ich sag's dir.
Max roch eine starke Bierfahne und merkte an Erwins Stimme, dass er schon recht viel intus hatte.
Mach dir keinen Kopf wegen Ivonne, das ist eine dumme Schnepfe, du hast was Besseres verdient, genau wie ich. Die hier ist etwas ganz Besonderes mein Lieber, ich sage nur, schnapp sie dir, sonst lege ich mich noch ins Zeug. Mit Ilona wird das sowieso nichts, guck sie dir doch bloß an, keine Ahnung, von Nichts, dumm wie Brot, komm wir kippen Einen zusammen, ich habe da ein gutes Stöffchen mitgebracht.
Bevor es die Anderen schnallen süffeln wir zwei den schön alleine weg.
Er zog eine Schnapsflasche aus der Jackentasche und nahm daraus einen kräftigen Schluck. Max zögerte, griff dann aber auch zu, das war er Erwin jetzt schuldig. Und ein bisschen Mut antrinken konnte auch nicht schaden, er musste nur vorsichtig bleiben und nicht übertreiben.
Max, Eines sag ich dir, säusele nicht zu lange rum, und, und, ach was, mach doch was du willst.
Erwin setzte die Flasche erneut an, genehmigte sich hastig noch Einen und platzierte sich wieder am Feuer.
Ilona saß in einer anderen Ecke und führte Frauengespräche, Erwin war ihr wohl zu anstrengend geworden. Es kam öfter vor,

dass sich Erwin aus lauter Frust total
volllaufen ließ, Ilona kannte das. Er war
dann mindestens zwei Tage krank und konnte
sich an nichts mehr erinnern.
Max, komm her, los komm schon, setz dich
zu mir, nur kurz, du kannst gleich wieder
weiter flirten, nur ganz kurz, wirklich,
ich muß dir was erzählen, wirklich nur
eine Minute.
Widerwillig setzte sich Max zu ihm,
mit dem Vorsatz sich schnellstmöglich
wieder Richtung Else abzusetzen, zu seiner
neuen Traumfrau.
Weißt du was ? stammelte Erwin.
Vorhin kam Einer und hat sich als Josef
vorgestellt. Da ist mir der Einbeinige
eingefallen, der einbeinige Josef, das war
ein Kerl, kannst du dich an den noch
erinnern, hä, an den Herrn Studienrat ?
Der ist doch immer in's Puff gefahren,
Mensch, das musst du doch noch wissen.
Hat ein Taxi kommen lassen und der Alten
zum Abschied noch gewunken, jeden Freitag,
und die Alte hat das mürrisch akzeptiert.
Erwin lachte laut, ruckelte mit dem Kopf
hin und her und schlug Max dabei auf die
Schulter.
Ja, der hat sich einfach geholt was er
brauchte und dazu kriegsversehrt, im Osten
hatten sie ihm ein Bein weggeschoßen.
Wenn der dann früher mit dem Ficken fertig
war, ist er manchmal noch in der
Dorfkneipe aufgetaucht. Weißt du noch ?
Maaax, weißt du noch ? Das war eine
Granate, der Herr Oberlehrer,
sturzbesoffen mit nur einem Bein und einer
Krücke die Straße lang, quer beet, rüber,
nüber, hin und her, tack, tack, tack,
tack, gespenstisch,

wie, wenn die Untoten auferstanden wären.
Ja, Max wusste noch, konnte sich noch gut erinnern, wenn das tack, tack, zu ihm in sein Schlafzimmer hallte und er vor Angst unter die Bettdecke kroch, er sich gruselte und sich immer wieder vor Augen führen musste, daß es nur der Einbeinige war und nicht der Tod, der anklopfte. Trotzdem wurde ihm dadurch mancher Schlaf geraubt.
Und weißt du noch wie er eines nachts mit dem Holzbein in einem Gully stecken blieb und die ganze Straße wach geschrien hat: Ihr elenden Hurenböcke holt mich hier raus.
Dabei war er doch der Hurenbock.
Ich sag's ja, dem war Alles scheissegal, nach dem Krieg, scheissegal sag ich dir. Nur noch jetzt und hier, was soll's, morgen, morgen ist vielleicht wieder Krieg. Geld spielte keine Rolle, war dem schnuppe und die Alte sowieso, das war ein Kerl. Stell dir das doch mal vor, mit einem Holzbein, abgesackt im Gully steckengeblieben, wiederholte Erwin eindringlich. Da hat man doch gemeint jetzt würde ihn der Teufel holen und am Holzbein zu sich ziehen.
Gruselig und doch wieder amüsant oder ? Ein affenstarker Typ jedenfalls, aller Respekt. Komm auf den müssen wir noch einen Trinken.
Nein, es reicht, wehrte Max energisch ab und stand auf. Wenn er jetzt mit Erwin noch Einen trinken würde, wäre das womöglich der Anfang vom Ende. Sie würden dann in das altbekannte Muster verfallen und sich gegenseitig befeuern bis sie sturzbesoffen wären. Nein, beschloß Max,

für gemeinsame Besäufnisse gab es noch genug andere Anlässe, heute würde er stark sein, heute galt es Else zu erobern.
Erwin ich hol dir jetzt eine Decke und dann legst du dich ein Weilchen hin, ist besser so, glaub mir, sprach er eindringlich auf ihn ein.
Du willst nur wieder bei die Lady.
Bist auch ein Hurenbock, wie der Josef, aber immerhin ein Zweibeiniger. Stell dir das mal vor, alle Lichter in der Straße gehen an und Josef steckt mit dem Holzbein im Gully und schreit, ist doch Wahnsinn oder ? Irre, einfach irre, sag ich dir.
Er schaute mühsam mit schwankendem Oberkörper und verdrehten Augen zu Max hoch.
Ja geh nur, geh nur, ich leg mich hier hin und nimm die Ilona gleich mit, kam es jetzt trotzig, dabei schon leicht spuckend und lallend, also ziemlich unverständlich, mit einer wegwerfenden Handbewegung, aus ihm heraus.
Dann kramte er umständlich in seinen beiden Jackentaschen, zog wieder die Flasche heraus und sog kräftig daran.
Max wusste, dass es jetzt mit Erwin vorbei war. Hoffentlich bleibt er friedlich und krakeelt nicht wieder rum, wie letztes Mal, das wäre verdammter Mist, Max müsste sich dann kümmern, Ilona würde heulen und abziehen, Weiber eben. Aber was würde Else dann machen, wie würde sie reagieren ? Würde sie ihn womöglich sitzen lassen und sich einen neuen Lover suchen ?
Nein, daran durfte Max jetzt nicht denken. Er schaute in die Runde. Die Sängerfraktion war noch zu Gange. Else saß am Feuer und sang mit, Gott sei Dank,

Ilona saß wieder neben ihr. Er musste
jetzt verhindern, daß Ilona in die
Frustphase überging und dann in's Bett
bzw. in den Schlafsack wollte und
womöglich Else anstiftete.
Ilona, Erwin ist ziemlich hinüber,
ich muss ihn zudecken, er friert. Waren in
der Hütte nicht auch ein paar Decken ?
Bei der Ansprache an Ilona hatte Max
insgeheim gehofft, sie würde ihm die
Betreuung seines Freundes abnehmen,
aber er ahnte schon, daß es an ihm hängen
bleiben würde, Ilonas Gefühle für Erwin
waren nach Max's Meinung schon vor der
Feier nahe dem Gefrierpunkt anzusiedeln
und die sozialste Einstellung, geschweige
denn Mitleid, war bisher bei ihr auch
nicht zu orten gewesen.
Ich habe Keine gesehen, soll der Suffkopp
doch frieren, selbst schuld, kam die
prompte Bestätigung.
Vielleicht hilft das ja, dass er mal ein
bisschen klarer im Kopf wird, ist ja nicht
mehr zum auszuhalten mit dem.
Ilona sagte das recht laut, wohl damit es
auch Alle, insbesondere Erwin, mitbekamen
und ihr rechter Zeigefinger zeigte dabei,
zur Untermalung, kreisend auf ihre
Schläfe.
Und mit dir, hä ?
So eine dumme Tussy hatte ich noch nie,
noch nie, dumm und prüde, lallte Erwin,
mit total verdrehten Augen und kippte,
sitzend, seitlich um.
Ich trinke jetzt einen Sekt, gleich wird
angestoßen. Wegen dem mache ich mich doch
nicht verrückt, soll er doch erfrieren,
dieser Spinner, rief Ilona verächtlich.
Aber Ilona ! Jetzt bitte keinen Streit,

das bringt doch nichts, versuchte Max zu beschwichtigen. Ich schaue mal in die Hütte, ich meine, ich hätte da irgendwo ein paar Decken gesehen. Falls ich keine finde nehme ich seinen Schlafsack und decke ihn zu und wenn das nicht reicht auch noch meinen. Wenn er erstmal schläft können wir ihn nachher reintragen. Max mühte sich jede Eskalation zu vermeiden und sein Süppchen am köcheln zu halten.
Ich habe welche gesehen, rief Else, sprang auf und lief in Richtung Hütte.
Warte, es ist dunkel, du musst aufpassen, ich komme mit, versuchte Max sie aufzuhalten.
Kein Problem, der Mond ist ja so hell heute Nacht.
Sie war schon an der Tür als Max sie einholte.
Das finde ich aber supernett, dass du mir hilfst und dich mit mir um Erwin kümmerst.
Ist doch klar, würde ich bei meiner Freundin genauso machen.
Ilona aber nicht, die ist frustriert, da läuft nicht mehr viel, im Gegensatz zu Erwin, bloß bei dem die Kehle runter, scherzte Max. Sie lachten. Sie lachte wieder ihr gewinnendes Lachen, so frei, ungekünstelt, erfrischend, so direkt von innen heraus, pure Lebensfreude, das gefiel ihm, befeuerte seinen Liebesdrang.
Irgendwo da hinten in der rechten Ecke, da müssten sie sein, ich meine da hätte ich vorhin welche gesehen, sagte Else und zeigte Max die Richtung.
Sein Kopf vibrierte, was jetzt tun, sie waren alleine in der Hütte, war das eine Gelegenheit oder würde sie sich dann überrumpelt fühlen ?

Was also sollte er machen ?
Über sie herfallen oder besser nichts
machen und warten ?
Aber auf was warten, bis sie ein Zeichen
gab oder selbst die Initiative ergriff ?
Und wenn nichts kam, sie auch wartete,
was dann ?
Nein, er wollte es wissen, jetzt und hier.
Sollte er sich doch wieder blamieren,
war ihm doch egal, im Moment zumindest,
dann war halt Morgen der Kater wieder da,
was soll's, jedenfalls immer nur
überlegen, zu viel überlegen und abwarten
war sicher auch nicht das Richtige.
Ich schaue mal da, sagte sie, steuerte auf
die linke Ecke zu und begann im Halbdunkel
zu suchen. Max ging zögerlich, da immer
noch mit der richtigen Vorgehensweise
ringend, in die Rechte Ecke, wie von ihr
angezeigt und vernahm bereits nach wenigen
Schritten ihre Erfolgsmeldung.
Hier, hier sind ein paar, das müsste
reichen zum zudecken, rief sie ihm,
auf den Boden zeigend, zu.
Prima, ich komme, antwortete Max.
Jetzt nur nicht zu tölpelhaft anstellen,
Beherrschung Max, langsam vorfühlen.
Er trat auf sie zu und legte von hinten
seine Hand auf ihre linke Schulter.
Sie tat: Nichts, wartete, blieb ruhig
stehen.
Er strich langsam von der Schulter den Arm
hinab. Dabei fühlte er die feinen Häärchen
wie Flaum unter seinen Fingerkuppen. Dann
trat er vorsichtig näher an sie heran,
zog ihren Körper zu sich und legte die
rechte Hand in ihre Seite, ganz zärtlich,
wie beim jonglieren mit rohen Eiern.
Sich Zeit lassen, nichts überhasten,

er spürte den Druck in seiner Hose.
Das musste auch sie spüren, trotzdem blieb sie stehen, wartend, immer noch.
Seine Hand glitt von der Taille über ihren Rücken seitlich hoch zum Hals, verteilte Streicheleinheiten, ließ die Hand wieder hinab gleiten, küsste ihr linkes Ohrläppchen und sah jetzt deutlich ihre schmalen Lippen, himbeerfarben, ganz leicht nachgezogen. Er hörte ihren Atem, sie hatte den Mund ein wenig geöffnet und die Augen geschlossen. Seine Lippen wanderten, mit der Zunge gefühlvoll die Haut benetzend über ihren Hals, langsam vom Ohrläppchen abwärts.
Dabei glitt seine rechte Hand unter ihr T-Shirt und dann ganz zärtlich weiter über den Nabel zu ihrer Brust.
Sie zitterte leicht.
Er strich ihr behutsam kreisend über die Brustwarze und fuhr mit der anderen Hand mit einem sanften Streicheln über ihre linke Wange, liebkosend streute er dabei Küsse über ihren rechten Nackenbereich.
Max verteilte behutsam seine Liebesbotschaften.
Sie hielt die Augen immer noch geschlossen.
Er presste sie fester an sich und rieb sich mit seinem Glied an ihr, gleichzeitig führte er auch die andere Hand unter ihr T-Shirt um nun mit beiden Händen ihre Brüste zu streicheln. Auch er schloß dabei die Augen und versank in einem Meer von unbändigem Verlangen. Sie ließ ihn gewähren und genoß seine erotischen Signale. Sie wollte mehr, aber nicht zuviel, dazu war sie noch nicht bereit, wollte ihm allenfalls einen kleinen

Vorgeschmack gönnen. Er spürte wie ihre Hand seinen linken Oberschenkel hoch wanderte und erschrak, riss die Augen auf und sein Atem beschleunigte sich. Wie paralysiert hielt er inne und begleitete ihre weiteren Handbewegungen mit extremer Angespanntheit. Wie in Zeitlupe fühlte er ihre Finger wandern, bis sie auf seinem Glied angekommen waren und es sanft durch die Hose streichelten. Max war kurz davor zu explodieren. Sein Glied speite bereits und er wusste nicht wie er es noch schaffen sollte eine vorschnelle Erektion zu vermeiden. Sich zurücknehmen, nur nicht jetzt schon kommen, verzögern,
nicht jetzt, er musste das hinbekommen. Durch dezenten Druck über die Taille gab er ihr zu verstehen, daß er einen Positionswechsel suchte.
Sie reagierte, drehte sich um und schaute ihm in die Augen, voller Erwartung und voller Verlangen.
Er nahm allen Mut zusammen, fasste ihr T-Shirt und zog es über ihren Kopf, sodaß sie jetzt, für ihn Liebesbereit, vor ihm stand. Dann küsste er sie und wollte sie dabei auf die Decken ziehen.
Da nahm sie seine beiden Hände, hielt sie fest, schaute ihn lächelnd an und sagte: Vielleicht später, du musst dich erst etwas erholen und gleich ist Jahreswechsel, den wollen wir doch nicht versäumen. Außerdem müssen wir deinen Freund noch zudecken, der ist sicher schon eingeschlafen und soll doch nicht erfrieren.
Max war baff und fertig, völlig überrascht, damit hatte er jetzt nicht gerechnet. Natürlich hatte sie gemerkt,

dass sich sein Teil in der Hose schon ordentlich entladen hatte.
Es war ihm verdammt peinlich.
Klar, sagte er, noch ziemlich benommen.
Sie zog sich schnell ihr Shirt wieder an, glättete ihre Kleider, küsste ihn hastig auf den Mund, nahm eine Decke und lief hinaus.
Nun stand er da wie ein begossener Pudel und war verwirrt, extrem verwirrt.
Er brauchte ein paar Minuten um sich zu fassen, setzte sich kurz, schüttelte den Kopf, rieb sich die Augen, nahm dann zwei Decken und eilte ihr, immer noch stark mitgenommen, hinterher.
Sie saß bei Ilona und redete mit ihr.
Die hatte sich inzwischen wieder beruhigt und war recht gut drauf,
bei ihr reichten dafür zwei Glas Sekt.
Else hatte die Decke über Erwin gelegt.
Max kam und bettete ihn richtig ein.
Es gab ihm ein gutes Gefühl, als er Erwin so friedlich da liegen sah, der schlief seinen Rausch aus und das war auch gut so.
Max setzte sich zu den Mädels und nach einer knappen halben Stunde war es soweit, das neue Jahr brach an.
Was will man mehr, kann es besser sein ?
Nie !
Im Leben nicht !
Zum Jahreswechsel hatten sie sich natürlich geküsst, zurückhaltend,
nicht zu feurig, mehr freundschaftlich, wahrscheinlich auch um in der Gesellschaft den Schein zu wahren, Max war schließlich noch liiert. Überflüssiger Weise, wie er trotzig befand, diese Traumfrau hatte jegliche Gefühle in Bezug auf Ivonne endgültig zum Erlöschen gebracht.

Für ihn war, spätestens seid dem
Hüttenflirt, klar, Diese oder Keine.
Seine Gefühle übermannten ihn, schrien
nach Kontakt und Zärtlichkeit.
Er rutschte näher zu ihr hin um ihre
Körpernähe zu spüren, erhoffte sich
neuerliche erotische Eingebungen, aber sie
wich geschickt aus. Indem sie sich
verstärkt Ilona zuwandte hielt sie ihn auf
Distanz. Seine Hände gaben keine Ruhe und
suchten immer wieder einen Weg Tuchfühlung
aufzunehmen, doch sie gab ihm durch eine
eindeutige Körperhaltung zu verstehen,
daß er es jetzt besser bleiben lassen
sollte.
Er akzeptierte schließlich, war deshalb
auch nicht missmutig, nein, er deutete
dies als Zeichen gebremster Zuneigung,
als Programm ihn heiß zu machen. Er war
sich sicher, daß sie ihn genau so wollte,
es ihr aber nur zu schnell ging, sie
gewissermaßen eine Anstandsfrist einhalten
wollte. Wahrscheinlich war es für ihr
Selbstverständnis unmöglich direkt am
ersten Abend Alles aus der Hand zu geben,
so nach dem Motto, was wird der Kerl denn
von mir denken, wenn ich ihn jetzt schon
ran lasse.
Als Ilona dann, ziemlich angeheitert,
Else fragte ob sie auch müde sei und ob
sie sich mit ihr hinlegen wollte, stimmte
diese zu und Beide verabschiedeten sich,
Else mit einem Luftkuß in Richtung Max,
in ihre Hütte.
Man saß dann noch in kleinem Kreis eine
Weile am Feuer, die Nacht gab es her,
denn es war deutlich über Null Grad,
so 5-7 hatte jemand geäußert, bis sich die
Gesellschaft nach und nach auflöste.

Einige waren bereits am Feuer in einen Schlaf versunken, der Rest verzog sich in die Hütten, männliche Singles um sich endgültig die Kanne zu geben, weibliche Singles um die verpassten Gelegenheiten zu betrauern, glückliche Pärchen um sich gemeinsam im Schlafsack erstem Sex im neuen Jahr hinzugeben und unglückliche Pärchen distanziert in getrennten Schlafsäcken um ihrer Migräne vorzubeugen oder sie zu pflegen.
Max hatte Erwin mit Hilfe von zwei muskelbepackten Jungs, er vermutete verkappte Zehnkämpfer, verpackt in seine Decken, in ihre Hütte getragen und war dann selbst in seinen Schlafsack gekrochen und relativ schnell mit seinen erotischen Wunschträumen eingeschlafen,
natürlich erst nachdem er Else geortet und inspiziert hatte, die Möglichkeiten eines etwaigen neuen Angriffs auslotend.
Aber wie er sie so total zugeknöpft vor sich liegen sah, demonstrativ den Reißverschluß Ihres Schlafsackes bis oben hin zugezogen, mit dieser Mords Ausstrahlung: Rühr mich nicht an,
sagte ihm der Rest klarer Verstand, der noch nicht vom Alkohol übernommen war, es sein zu lassen und sich in Geduld zu ergehen, was ihm trotzdem unheimlich schwer fiel, der Erotikdämon versuchte nämlich sein Bestes. Aber immerhin,
er schaffte die Umkehr, den Rückzug ohne peinliche Aufforderung oder Abwehr, alleine durch seine Willenskraft, darauf war er noch tagelang stolz. Zu recht,
wie ihm Erwin anerkennend bestätigte. Großes Kino, du bist ein großer Meister, saustark, lobte er ihn immer wieder,

weil er sah wie Max sich darin badete.
Am nächsten Morgen war große Aufbruch- und Katerstimmung, insbesondere bei Erwin, der einen Mordskater hatte.
Ilona ließ ihn ihre Verstimmung deutlich merken, indem sie ihn weitestgehend ignorierte.
Max und Else, begrüßten sich mit der üblichen Konversation, guten Morgen, gut geschlafen, dabei lächelten sie sich an, ließen sich aber auch jetzt nichts weiter anmerken, man machte, in gegenseitigem stillschweigenden Einverständnis, weiter in Freundschaft, mehr war es ja eigentlich auch zu diesem Zeitpunkt noch nicht.
Zum Abschied tauschten sie Telefon-Nrn. und Adressen aus. Dann ging Jeder seiner Wege, Max mit seinem Liebesorkan, der fortwährend in ihm tobte und Else, ja das wusste er halt nicht, aber auch bei ihr vermutete er zumindest ein Verliebtheits-lüftchen, so wie sie ihn ansah und wie er die Funken sprühen fühlte, er konnte sich nicht so irren, unmöglich.
Max war noch nicht richtig daheim,
da hing er schon am Telefon.
Wann, wo, wie, am besten sofort, bedrängte er sie !
Sie wehrte ab und beschied ihm, sie wolle sich nicht in eine feste Beziehung drängen und auch nicht der Anlass für eine Trennung sein, er wäre ja schließlich immer noch mit Ivonne liiert.
Das war erst einmal deutlich, ein herber Rückschlag. Trotzdem blieb er hartnäckig und versuchte immer wieder mit ihr in Kontakt zu kommen, ihr zu erklären,
zu versichern, daß Ivonne für ihn kein Thema mehr sei.

Aber nichts zu machen, sie wimmelte ihn immer ab. Er überlegte sie irgendwo abzufangen und es wie ein zufälliges Aufeinandertreffen aussehen zu lassen, ließ es dann aber.
Dafür bist du einfach nicht smart genug, urteilte Erwin gnadenlos.
Sie würde direkt merken, dass es kein Zufall war, dafür war Max ein zu schlechter Schauspieler, Erwin hatte da schon recht. Zudem hatte er erkannt, daß es, solange er von Ivonne nicht offiziell getrennt war, keinen Sinn machte sie weiter anzubaggern. Sie hatte ja recht, er musste zuerst reinen Tisch machen, das würde er in ihrer Lage auch fordern, war unbedingte Voraussetzung.
Er nahm sich vor das jetzt schnellstmöglich durch zu ziehen, das hatte absolute, aller, allerhöchste Priorität, es war ja sowieso schon aus mit Ivonne, eigentlich schon lange vorher, also wieso sich deshalb noch ein schlechtes Gewissen machen. Aber trotzdem hatte er Angst.
Wie würde Ivonne reagieren ?
Bei Frauen konnte man das nie wissen, die waren unberechenbar. Vielleicht hing sie doch mehr an ihm als er dachte und sie würde ihm eine Szene machen, womöglich mit Heulen und Toben, bloß das nicht. Aber es lief gut, seine Sorgen waren unberechtigt. Man trennte sich einvernehmlich, wie man so schön sagt. Wobei es ihm in einem kleinen Reservat seines Innern gar nicht gefiel, daß es so glatt lief, wahrscheinlich war es das Eitelkeitsgen das sich bemerkbar machte, das ihm ein Mangel an fehlender Attraktivität vorwarf, denn, daß ihn, den großen Frauenversteher

und Adonis, eine Frau einfach so ziehen ließ, wurmte ihn schon, ein bisschen wenigstens hätte sie schon kämpfen können, zumindest der Form halber. Er schob es von sich, vergrub diese kleine Eruption der Eitelkeit unter dem mangelnden Verständnis ihrer unterschiedlichen Auffassungen, ihrer divergierenden Interessen und letztlich der unglaublichen Dummheit Ivonnes. Ziemlich gekränkt, aber mehr bestätigt, war er, als er im nachhinein zudem erfahren hatte, dass Ivonne auf einer anderen Sylvester-Party gewesen war, plötzlich genesen, einfach so, wie durch ein Wunder.
Aha, aber gemeinsam mit ihm, das war unmöglich oder wie ?
Dafür reichte es nicht, dort draußen in der Wildnis mit ihm zu feiern, dafür war sie zu krank. Wahrscheinlich hatte sie sogar Else schon ausgesucht und Alles arrangiert, das Luder, nur damit sie ihn los war. Das war ihm dann aber, nach einer kurzen Wutphase, auch so was von egal, es war ja eh zu Ende und das war gut so. Wieder und wieder rief er jetzt bei Else an, erklärte ihr die neue Situation, den Vollzug, die Trennung von Ivonne und bat sie inständig um ein Rendezvous.
Sie hielt ihn lange hin, bis sie dann aber nachgab, es endlich klappte und sie auf ein Date einwilligte.

9. Max und Bernhards Auftritt

Aber vorbei, nur noch Erinnerung.
Die Zeit der ersten Erfahrungen,
der ersten Liebe, nur noch sentimentale
Bruchstücke der Vergangenheit. Auch die
Jugend, lange vorbei, jetzt war er richtig
alt und krank, lag in einem fremden Bett,
war wach und konnte nicht mehr schlafen.
Weil er geweckt worden war,
von dem Stöhnen, das in den Tiefen seines
Lustempfindens diese Begierde ausgelöst
hatte.
Hätte er doch nur Schlafen und einen Traum
haben können, mit all der Lust und den
Gefühlen von damals, vielleicht hätte er
es noch einmal durchleben, es mit voller
Intensität genießen können.
Stattdessen lag er hier, wie ein junger,
unerfahrener Bursche und versuchte sich im
Onanieren mit seinem schlaffen, unwilligen
Glied.
Welch groteske Situation !
Aber Luise, wenigstens ein Zeichen,
ein sehr Gutes, dass es ihr gut ging,
trotz Allem. Er lächelte und dachte,
wie leicht man sich doch irren kann,
immer wieder, wie man auf's Glatteis
geführt wird, Unrecht tut, durch die
erworbene, so sicher geglaubte,
Menschenkenntnis und dabei Menschen in
falsche Schubladen steckt. Egal, das
passiert halt immer wieder mal, wir sind
Menschen und machen Fehler, oft genug
erlebt, tröstete er sich. Aber vielleicht
konnte er jetzt, mit dieser neuen Gewissheit, Luise geht es gut und Bernhard ist
nur ein Kotzbrocken zweiten Grades, noch
einmal eine Runde tief und fest schlafen.

Der Versuch war es immerhin wert.
Aber dabei blieb es, auch wegen dem immer stärker werdenden Durst. Seine Kehle fühlte sich an wie ausgetrocknet. Er machte das Licht an und sah auf die Uhr, es war mittlerweile 4:10, noch verdammt früh. Aber es hilft Alles nichts, ohne einen Schluck Wasser kann ich nicht mehr schlafen, befand er. Er sah sich um, fand aber nichts, woher auch, er hatte einfach die obligatorische Flasche Wasser vergessen. Dann muss ich mir wohl oder übel in der Küche Eine holen. Er stand auf, zog die Hausschuhe an und bewegte sich vorsichtig in Richtung Tür.
Jetzt nur leise sein, nichts umstoßen, ja keinen Krach machen, damit die Liebenden nicht gestört werden.
Luise machte sich immer gleich Gedanken und würde sicher direkt nach ihm sehen wollen, besorgt wie sie war.
Behutsam öffnete er die Tür. Ein schwacher Lichtschimmer tauchte den Flur in ein diffuses, mattes Milchlicht.
Sicher hat jemand vergessen die Stehlampe im Wohnzimmer auszuschalten, sinnierte er und entschied, zuerst das Wasser, dann die Lampe. Die Küche war leicht zu finden, dafür brauchte er keine Lichtorgie, das hätte er wohl sogar im Dunkeln hinbekommen. Sich sicherheitshalber trotzdem vorsichtig vortastend drang er zum Kühlschrank vor, öffnete leise und fand eine Flasche Mineralwasser.
Genau das Richtige, befand er erleichtert. Er hatte öfter Durstprobleme des Nachts. Rotwein wühlte ihn manchmal so auf, dass er wach wurde und erst spät wieder einschlafen konnte, oft erst nach einer

ganzen Flasche Wasser. Das kam meistens vor, wenn er mit Erwin, ausgiebig bechernd, zu sehr in der Vergangenheit versunken war und sie rührselig in den alten Geschichten aufgingen. Gut, dass er Erwin noch hatte, das war immer ein guter Anker, ein Halt, um nicht in den Untiefen des Lebens unterzugehen.
Jetzt noch zur Stehlampe, das Licht ausdrehen und dann einen neuen Schlafversuch starten. Er war zuversichtlich, daß es jetzt klappen würde. Und morgen, morgen früh wird sich für Luise doch noch etwas mehr Zeit genommen, für sein liebes Kind. Und Bernhard, den würde er versuchen morgen etwas netter anzugehen, er würde sich, wenn es auch schwer fallen würde, alle Mühe geben. Sich wenigstens bemühen, soviel mußte er sich schon abringen, dazu fühlte er sich jetzt, mehr denn je, verpflichtet.
In diesen Gedanken versunken schlurfte er in Richtung Wohnzimmer, die Lichtquelle gab ihm dabei Orientierung.
Als er auf die Lampe zusteuerte durchdrang leise eine vertraute Stimme seine müden Gehirnwindungen.
Er stutzte, konnte das sein, hatte er jetzt schon Halluzinationen ?
Irritiert schaute er sich im Zimmer um, war das Radio oder das Fernsehen vielleicht noch an ?
Aber nein, die Sprachquelle kam aus Richtung Couch.
Luise, sie war es, sie hatte ihn leise angesprochen, saß auf der Couch, offensichtlich hell wach und sah ihn an.
Entschuldige die Störung, aber ich dachte es hätte jemand vergessen das Licht

auszumachen, rechtfertigte er sein
Eindringen. Was machst Du denn hier ?
Ich habe dich doch eben noch im
Schlafzimmer gehört, deshalb bin ich ja
hier, ich bin wach geworden.
Wieso bist du so schnell .. ?
Ist dir nicht gut ?
Verschiedene Schachteln Tabletten lagen
vor ihr auf dem Tisch, auch die von ihm
bereits begutachteten Psychopharmaka.
Er beugte sich zu ihr und streichelte ihr
über die Wange. Sie sah nicht gut aus,
überhaupt nicht gut.
Nein Vati, es geht schon, es ist Alles
bestens, nur eine leichte Migräne,
ich wollte dich nicht erschrecken.
Du solltest dich schnell wieder hinlegen,
du brauchst deinen Schlaf, morgen hast du
doch wieder Dialyse.
Geh nur, ich gehe auch gleich wieder zu
Bett, drängte sie ihn, auffällig nervös.
Max war für einen Moment ratlos und
unschlüssig. Verunsichert musste er sich
gedanklich neu sortieren, wie sollte er
das Ganze deuten ?
Ja, geh nur, leg dich wieder hin alter
Mann, ist besser so !
Bernhard stand grinsend in der Tür,
hinter ihm Mona.
Aber vorher willst du doch sicherlich
deinem lieben Herrn Papa noch dein Herz
ausschütten, dich beklagen, ausheulen,
jammern, das kannst du doch so gut, bellte
Bernhard, gut hörbar, an Luise gerichtet.
Aber dann erzähl ihm bitte die ganze
Wahrheit, von deiner verdammten
Pillenschluckerei, deiner Dauermigräne,
deiner Frigidität. Kotz dich nur aus, los,
raus damit.

Vielleicht hilft dir das ja und du reißt
dich dann wieder ein bisschen zusammen,
wirst wieder vorzeigbar, wenigstens das
kann ich ja wohl erwarten, wenn ich hier
schon den Versorgungsonkel spielen muß.
Max war perplex und sank auf die Couch,
wie nach einem Knock out beim Boxen,
er war mit voller Wucht getroffen.
Sein Magen verkrampfte sich, es pochte in
seinen Adern, sein Blut geriet in Wallung.
Was, was ist hier los, was geht hier vor ?
stammelte er, fragend in Richtung Luise.
Das siehst du doch, ich vögele mit Mona
und dein Töchterchen sitzt schmollend auf
der Couch, vollgepumpt mit Tabletten, das
ist Alles. Schau sie dir doch an,
dein Luischen. Nichts mehr los mit ihr,
weder im Bett noch sonst wo.
Nur noch weinerlich und vergrämt,
kein Elan, keine Lebensfreude, nichts.
Du kannst sie wieder haben, nimm sie am
besten gleich mit, geschenkt.
Bernhard lachte höhnisch und legte seinen
Arm um Mona.
Du widerliches Schwein, du. Ich, ich ..,
weiter kam er nicht, es ließen sich keine
Worte mehr formen, die Sprache hatte ihn
verlassen. Er wollte aufspringen um auf
Bernhard loszugehen, aber Luise hatte
seine Absicht erkannt, griff blitzschnell
seine Arme, hielt ihn in halb gebeugter
Haltung fest und zog ihn nach unten auf
die Couch, was ihr ohne große Mühe gelang.
Max sank kraftlos, leer und mit schweren
Gliedern, fast von alleine, in seine
Sitzhaltung zurück.
Luise drehte sich zu ihm, sah im in die
Augen und redete eindringlich auf ihn ein.
Das bringt nichts Vati.

Ich habe das schon öfter erlebt.
Ich kenne das. Heute Mona, gestern Marianne, morgen irgendeine Andere, ach Vati, es ist so schlimm. Lass ihn, mache es bitte nicht noch schlimmer.
Sie sank in seine Arme und begann zu schluchzen.
Max war wehrlos, ihr Kopf lag auf seiner rechten Schulter, die Arme fest um ihn geschlungen und der Teufel in Sichtweite.
Wie gerne würde er ihm jetzt die Fresse polieren.
Komm Mona, das Elend brauchst du dir nicht anzusehen, mein verbrämtes Hausmütterchen und ihr armer, alter Daddy.
Kein ehrenwertes Familienoberhaupt, nein, ein Versager der zum Sozialfall wird, weil er nicht mal mehr das bisschen Dialyse bezahlen kann. Das muß man sich mal vorstellen, in was für eine asoziale Familie ich da geraten bin.
Tja, da staunst du was, hast gemeint ich weiß nicht Bescheid, prügelte Bernhard mit Worten rücksichtslos auf ihn ein.
Das sagt schon Alles, daß du mich wirklich für so blöd gehalten und geglaubt hast deine wahre Situation vor mir ver-heimlichen zu können. Ich weiß, dass du mich noch nie leiden konntest. Das macht mir aber überhaupt nichts aus, überhaupt nichts, hörst du. Weil ich etwas erreicht habe, etwas was du nie mehr schaffen wirst, weil du ein ewiger Versager bist und immer bleiben wirst. Du hast wohl gedacht du kannst ein bisschen schnorren, hier abkassieren, dich von mir durch-schleppen lassen. Nein, mein Lieber, das läuft nicht, das kannst du dir abschminken. Du bist selbst Schuld an

deinem Elend, aber das weißt du ja nur zu gut, du Schwächling.
Ja, der liebe, der gute Finn, der fällt vielleicht noch drauf rein, auf deine Mitleidsmasche, den kannst du gut um den Finger wickeln und ihm etwas vormachen. Ich habe schon gesehen wie du ihn für dich einnehmen willst, ihn wie eine Spinne umgarnst, mit deiner Leidensmiene. Mit dem kannst du das machen, aber nicht mit mir. Es reicht, wenn ich dein Töchterchen durchfüttere. Du bist eindeutig zu viel an Bord. Wenn ich erst den Auftrag habe hält mich sowieso nichts mehr hier, erst recht nicht so eine langweilige, frigide, dumme Gans, wie deine Tochter. Dann werde ich richtig Asche machen, so viel Asche, wie du dir nicht mal vorstellen kannst. Einen dicken, fetten Auftrag nach dem anderen werde ich an Land ziehen und dann müssen sie mich mit ins Boot holen, weil sie nicht mehr anders können. Dann werde ich Teilhaber und ihr Kleinkarierten könnt mich Alle mal.
Damit beendete Bernhard für's Erste seine Hasstiraden, machte eine Pause und weidete sich am Anblick seiner Opfer.
Auf zu dir Mona, wir lassen uns die schöne Nacht nicht verderben. Wir machen bei dir weiter, das Langweilervolk hier ödet mich an. Diese elenden Parasiten.
Das waren seine letzten Schmähungen, dann nahm er Mona am Arm und verschwand.
Max saß da, paralysiert, fix und fertig, wie ein Häufchen Elend, Luise mit verheulten Augen an seiner Seite.
Vati, ich hätte dir das so gerne erspart. Es tut mir so leid, so furchtbar leid und so weh. Ihre Stimme erstickte in Tränen.

Was machst du nur durch, mein armes
Mädchen. Das hast du nicht verdient.
Ich nehme dich mit zu mir, wir werden es
diesem arroganten, aufgeblasenen Arschloch
schon zeigen. Morgen früh packst du die
Koffer und dann nehme ich dich mit, ich
bestehe drauf.
Nein, nein, das geht nicht, du kommst ja
gerade mal alleine zurecht. Ich mache das
schon, es ist ja nicht das erste Mal.
Er beruhigt sich und dann geht es wieder.
Es sind nur diese Scheiß-Drogen, er hat
wieder Koka geschnupft, dann ist er immer
völlig außer sich, dreht durch, meint er
wäre der liebe Gott und wird völlig
Größenwahnsinnig. Ab und an braucht er
das, so als eine Art Doping. Dabei sieht
es in der Realität ganz anders aus,
die Lage ist beschissen, ein Tanz auf dem
Drahtseil. Wenn das mit dem Auftrag nichts
wird ist er sehr schnell weg vom Fenster,
dann kommt der große Katzenjammer.
Vor allem die Kredite, wie will er die
dann bedienen ?
Immer mithalten mit den Großen, sich ja
keine Blöße geben, Golf spielen, Segeltörn
machen, dickes Auto fahren, aber von was ?
Nur auf Pump, gab sie selbst in
resignierendem Tonfall die Antwort !
Ich kann nicht weg Vati, ich kann wirklich
nicht, glaube mir, noch nicht !
Sie schüttelte energisch den Kopf,
ihre Betroffenheit ging in Wut über.
Nicht weil ich ihn liebe, das ist lange
vorbei, weil ich von ihm abhängig bin und
das weiß dieser Fiesling nur zu gut.
Wovon soll ich denn leben ?
Ja, mit dir mitfahren, das hört sich so
einfach an.

Klar kann ich mit dir mitfahren.
Und dann ?
Du hast doch selbst nicht genug zum Leben und ich bringe nur Schulden mit.
Nein, ich habe lange darüber nachgedacht.
Es ist so bitter, so trostlos, ach Vati.
Entkräftet ließ sie ihren Tränen freien Lauf und ihr Kopf sank auf seine Schulter, ihr Körper lag jetzt wie ein nasser triefender Sack auf seiner Seite.
Luises Schluchzen drang eindringlich über sein Ohr tief in sein Innerstes.
Eine große Mitleidswelle überkam ihn und mäßigte seinen Zorn, ließ ihn ruhiger werden. Zwar kochte er innerlich immer noch und war geladen bis zum Anschlag, aber er konnte zumindest wieder denken und Luise mit Streicheleinheiten über Kopf und Arm beruhigen. Sein Hirn arbeitete auf Hochtouren und suchte nach einer Lösung dieses Dilemmas, zumindest spontan kam er aber auf keine brauchbare Idee. Es war ihm klar, daß seine Aufforderung zu ihm zu ziehen mehr eine Alibireaktion war, ein Reflex um Luise seine Hilfsbereitschaft zu zeigen, aber er würde das finanziell und platzmässig nicht bewältigen können und das wusste Luise auch. In dieser Beziehung hatte Bernhard voll ins Schwarze, seinen Nerv, getroffen, den Versagensdämon geweckt, der erfreut war ihn wieder mit seinen schiefgegangenen Spekulationen quälen zu können. Immer wieder musste er sich diesen Niederlagen stellen, so wie jetzt, während er hier saß, niedergeschlagen und mit seinen Gefühlen kämpfend. Er fühlte sich so mies, so elend, war so frustriert, daß er sein Mädchen nicht von diesem Schwein befreien

konnte. Sie war so schwer getroffen, so beleidigt worden, sie tat ihm so furchtbar leid.
Luise hob den Kopf, wischte sich die Tränen ab und sah zu ihm auf, verheult, mit angeschwollenem Gesicht.
Weißt du mit was ich mich immer tröste, wenn es mir so richtig schlecht geht, so wie jetzt ?
Nein, antwortete er überrascht und schaute sie fragend an.
Sie löste sich, stand wortlos auf, ging raschen Schrittes aus dem Zimmer und war auch schon nach 2 Minuten wieder da.
Er hörte Musik, ja Musik und sie kam aus ihrer Hand, sie hatte die Musik in der Hand, wohlbekannte Musik, Töne der Vergangenheit.
Weißt du noch ?
Das ist die alte Spieluhr die ihr mir als Kind geschenkt habt und mit der ich immer so gerne eingeschlafen bin, erinnerst du dich ?
La le lu, nur der Mann im Mond schaut zu …
Es überlief ihn, er bekam einen Kloß in den Hals und eine Gänsehaut.
Klar erinnerte er sich.
Abends, wie du mir zum Einschlafen immer so schön vorgesungen hast, zuerst ohne die Spieluhr, da war die noch zu teuer und wenn ich dir dann mein Herz mit meinen Sorgen und Weh-Wehchen ausgeschüttet habe, dann hast du immer gesagt, komm wir singen uns die Sorgen weg.
La le lu, nur der Mann im Mond schaut zu …
Und dann bin ich eingeschlafen und meine Sorgen waren vergessen. Das hilft mir immer noch. Als du dann weg warst, hat die Spieluhr mit mir gesungen. Komm, lass es uns versuchen,

so wie früher, dann geht es uns bestimmt gleich viel besser, forderte sie ihn auf.
Er konnte doch jetzt nicht singen,
eher bitterlich weinen, sein sentimentales Herz drohte zu zerbrechen.
Max, jetzt bloß keine Tränen,
stark bleiben, Luise zu Liebe, wenn es ihr hilft, vielleicht kann sie dann sogar noch ein paar Minuten schlafen, das würde ihr sicher gut tun, befahl er sich.
Vorsichtig begann er, suchte den richtigen Ton, brummte zuerst mehr vor sich hin als zu singen, fand dann aber über die Tiefen der Erinnerung in die passende Tonlage.
Sie legte ihren Kopf in seinen Schoß und beide sangen leise und brüchig im Duett.
La le lu nur der Mann im Mond schaut zu ..
Er streichelte ihr mit zittriger Hand die Wange und schloß die Augen damit die Tränen ihren Weg nicht finden konnten.
Er weinte in sich hinein.
Ach Vati, für mich bist du jedenfalls kein Versager, sondern der liebste Vati auf der Welt. Ich würde dir so gerne helfen und kann nicht, das tut mir so leid, daß ich dich im Alter so hängen lassen muss.
Sie musste sich schnäuzen, ihre Stimme kam in's Stocken.
Er nahm ihren Kopf und gab ihr einen Kuß auf die Stirn. Dann sah er ihr in die Augen und wunderte sich, wie er jetzt so relativ gefasst seine Verzweiflung, sein inneres Chaos, seinen Zorn unter Kontrolle halten konnte. Selbst losheulen, dabei seine Wut herausschreien, das war sein tiefstes Verlangen, aber er erlaubte es sich nicht, weil ein Vater es sich nicht erlauben darf, wenn sein Kind in Not ist ! ermahnte er sich. Er hatte jetzt eine

andere Aufgabe, die seine ganze Kraft erforderte. Deshalb mußte er sich zwingen ruhig zu bleiben, sein Beschützerinstinkt forderte das jetzt von ihm, stark zu sein und seiner Vaterrolle gerecht zu werden. Das Schicksal hatte ihm diesen Moment zugespielt und gab ihm die Gelegenheit ein guter Vater zu sein, es noch einmal zeigen zu dürfen und er nutzte diese Chance.
Er hatte es leider zu oft versäumt, war nicht da oder nahm es nicht wahr, sah die Zeichen nicht oder wollte sie nicht sehen, auch das bohrte in seiner Seele. War das aber auch ein Hinweis für ihn, ein Zeichen des Abschieds, das es bald zu Ende gehen würde, ein letztes inniges Vater-Tochter-Erlebnis ?
Komischer Gedanke, gerade jetzt, Quatsch. Er drückte sie fester, wie um Untrennbarkeit herzustellen und damit seiner trüben Endzeit-Eingebung entgegen treten zu wollen, an sich und spürte wie sie zitterte. Kraftlos ließ sie ihren Kopf auf seinen Oberschenkel gleiten und räkelte sich. Max griff mit einer Hand die Decke, zog sie langsam, ganz vorsichtig über sie und legte seine Hand auf ihren Arm. Dann setzte er die Spieluhr wieder in Gang und sang, dieses Mal ruhig und betont dezent, Schlaf befördern, mit.
La le lu, nur der Mann im Mond schaut zu …
Luise schloss die Augen und stimmte mit ein, ihre Stimme verlor sich in immer leiseren Tönen.
Schön, dass du jetzt da bist, ich hab dich so lieb, kam es Max noch undeutlich an's Ohr. Ihr Atem wurde schwächer und ihr Gesichtsausdruck entspannte sich.
Nach den geöffneten Tablettenhülsen musste

sie 3 Beruhigungstabletten genommen haben, urteilte Max als er rasch die leeren Hülsen überflog. Sie wird sicher gleich schlafen, stellte er zufrieden fest.
Ich muss auch versuchen noch ein wenig zu schlafen, hoffentlich gelingt mir das.
Er schloss die Augen und die Spieluhr begann auf's Neue zu spielen, aber diesmal in seinem Kopf.
Die Kinderzeit mit Luise drängte aus seinen Erinnerungen in sein Bewusstsein und bemächtigte sich Seiner, löste die dunklen Gedanken der nächtlichen Vorkommnisse wohltuend ab.
Er schmunzelte vor sich hin und ließ seinem Unterbewusstsein freien Lauf.
Ostern kam ihm in den Sinn, als Luise im Wald im Moos nach den Eiern suchte, kindlich, neugierig. Als Lars einen Stallhasen von seinem Nachbarn besorgt hatte und ihn dann schnell hinter Luises Rücken laufen ließ.
Da Luise, da ist der Osterhase, schau nur, schnell fang ihn bevor er weghoppelt.
Und wie der gehoppelt war !
Kaum losgelassen, hatte das Häslein von 6 Pfund, kurz vor der Schlachtreife, noch einmal eine Witterung bekommen und seine letzte Chance nutzen wollen.
Jedenfalls waren Mann und Maus damit beschäftigt Rudolf wieder einzufangen.
Überhaupt Rudolf, was für ein komischer Hasenname, nannte man so nicht Rentiere ?
Aber es passte, er war ja jetzt ein Renntier, im wahrsten Sinne des Wortes.
Rudolf hatte das hohe Schilf aufgesucht und erfreute sich seiner vermeintlich neu gewonnen Freiheit, die Männer standen reihum bis zu den Knöcheln im Wasser in

ihren schönen neuen Osteranzügen und versuchten das Häslein zu orten.
Luise verstand natürlich nicht warum es so wichtig war den Osterhasen wieder einzufangen, daher waren jede Menge Erklärungen, Ausreden nötig um den Aufwand zu rechtfertigen. Das Einzige womit sie sich ablenken ließ, war dann die Aussicht, dass der Osterhase bei Opa Lars noch etwas für sie hinterlassen haben könnte.
Nur deshalb, mit der Aussicht auf weitere Leckereien und Spielsachen, konnten Bernadette und Else mit Luise den Osterhasenausflug früher beenden und die männliche Begleitung ihrer weiteren Jagd nach Rudolf überlassen.
Und wie schön war es erst an Weihnachten. Besonders als Luise ihr Puppenhaus bekam, aufzubauen aus vielen kleinen Einzel-teilen, Plastik, sehr viel Plastik und sehr filigran, damit sehr zerbrechlich. Es sah so schön auf der Verpackung aus und vor Allem so einfach. Aber nach einem guten Abendessen, mit reichlich Beaujolais im Blut, ließ sich nicht mehr so leicht mit den unendlich vielen kleinen Teilchen umgehen. Luise wollte natürlich nicht eher in's Bett bis das Haus fertig war.
Ja, fragte sie immer wieder, wenn das so schwierig ist, warum kann dann das Christkind das Haus nicht gleich fertig bringen ? Auch hier wieder verzweifelte Ausflüchte, weil der Schornstein so eng ist, weil es so viel zu transportieren hat, weil, weil ..
Max stand der Schweiß auf der Stirn und es wurde nach Mitternacht bis das Puppenheim endlich halbwegs fertig war, nicht halb so fertig wie er.

Er schreckte auf.
Wieso ist es so hell ?
Die Stehlampe war noch an und die Morgensonne hatte ihre ersten Strahlen geworfen. Bin ich also doch noch eingenickt, gut so, wenigstens etwas geruht, stellte er gähnend, ein Auge geschlossen und mit dem anderen in die Sonne blinzelnd, fest.
Luise räkelte sich und Max mühte sich ruhig zu bleiben, vielleicht war sie noch nicht ganz wach, er gönnte ihr jede Minute.
Welch eine Nacht, welch ein Albtraum.
Wie sollte es jetzt weitergehen, kam die nächtliche Frage sofort wieder hoch ?
Augenblicklich war sein Gehirn auf Betriebstemperatur.
Luise streckte sich, gähnte kurz, sah ihn an und gab ihm einen Kuss auf die Wange.
Ach mein lieber Vati, wenn ich dich nicht hätte, seufzte sie verschlafen und rieb sich die Augen.
Jetzt mache ich uns erst einmal einen kräftigen Kaffee und dann frühstücken wir, setzte sie mit einem ausführlichen Gähnen hinterher. Dabei stand sie auf, ging langsam, mit wankendem Schritt in's Bad, frischte sich auf und trottete in die Küche.
Max raffte sich ebenfalls auf und suchte, in gebücktem Gang, die verschiedenen morgendlichen Schmerzsignale seiner rheumatisch angegriffenen Glieder ignorierend, sein Zimmer auf.
Er räumte seine Sachen zusammen und fing an zu packen. Dabei überlegte er sich, ob es Sinn machen würde doch noch einen halben oder sogar einen ganzen Tag länger

zu bleiben um zu sehen wie es weiterginge,
evtl. auch um Bernhard so richtig
entgegenzutreten und ihm die Meinung zu
sagen. Und nicht nur das, Handgreiflichkeiten waren nicht auszuschließen, sogar
sehr wahrscheinlich. Aber ob das etwas
bringen würde ? Er hatte da so seine
Zweifel. Mal sehen was Luise dazu meint,
entschied er. Nach ihrer nächtlichen
Ansprache war wohl Zurückhaltung für ihn
angesagt, aber ob sie das jetzt noch genau
so sah ?
Luise unterbrach seine Überlegungen denn
sie meldete: Der Kaffee ist fertig,
wir können frühstücken.
Max folgte direkt der Aufforderung,
er sehnte sich schon die ganze Zeit nach
einer heißen Tasse Kaffee, ging in die
Küche und setzte sich zu Luise.
Welch eine turbulente Nacht, begann er die
Frühstückskonversation. Er hatte bewusst
nicht losgeschimpft, er wollte zuerst die
Befindlichkeit seiner Tochter einschätzen.
Ja, Vati, es tut mir so leid, entschuldige
nochmal, dass ich dich da mit reingezogen
habe. Hätte ich dich doch bloß in der
Pension untergebracht, wie ich es geplant
hatte. Aber ich wollte halt ein bisschen
sparen und dich auch etwas näher bei mir
haben.
Sie legte ihm ihre linke Hand auf die
Seine und sah ihn schuldbewusst an.
Dabei hatte ich schon so eine leise
Vorahnung, daß etwas passieren würde, ich
hätte darauf hören sollen. Weißt du,
es ist das Kokain, das macht ihn immer so
kirre. Am Anfang waren es nur Aufputsch-
mittel, meistens irgendwelche Tabletten,
das war schon schwer auszuhalten,

aber es ging noch.
Apropos Tabletten. Dein Konsum mein Liebes halte ich auch für bedenklich, du hast gestern drei von den starken Beruhigungspillen geschluckt, das ist ziemlich viel. Wie lange geht das schon so ?
Ach die Pillen, da brauchst du dich nicht zu sorgen, ich lasse mich von meinem Hausarzt kontrollieren. Normal nehme ich nur zum Schlafen Eine, aber manchmal geht es eben nicht anders, so wie gestern, dann nehme ich ein paar mehr, aber das kommt wirklich selten vor. Sie schnaufte tief durch, nahm Anlauf, konzentrierte ihre Kräfte und stellte dann die unvermeindliche, sie so quälende, Frage.
Und wie ist es mit dir, wie geht es dir, kannst du deine Behandlung noch bezahlen, hast du noch genug Barmittel ?
Du hast doch nicht so viel Rente und die Dialyse kostet bestimmt ein Mordsgeld.
Sie sah ihn fragend mit ängstlichen Augen an.
Jetzt musste er wieder lügen und zwar möglichst glaubhaft.
Alles nicht so tragisch, natürlich wäre es schön noch ein paar Scheinchen mehr auf der hohen Kante zu haben, aber die Rente reicht zum Leben und meine Ersparnisse gehen für die Dialyse drauf, das ist aber nicht weiter problematisch, die Rücklagen reichen noch ein paar Jahre und die Medizin macht ja auch ständig Fortschritte, vielleicht gibt es ja bald Pillen als Ersatz. Das sieht gar nicht so schlecht aus für die Zukunft.
Daß du mit diesem Tyrann weiter unter einem Dach leben musst, das ist schlimm, viel schlimmer, mit diesem überheblichen

Arschloch, erregte er sich bewusst um die Thematik wieder in eine andere Richtung zu lenken.
Luise gelang ein müdes Lächeln, sie nahm seine Hand und und sprach beruhigend auf ihn ein.
Mein lieber Vati, ich verstehe dich ja, nach diesem Auftritt letzte Nacht.
Aber heute Abend ist er sicher wieder hier, total fertig, fällt in's Bett und geht über die Sache hinweg als ob Nichts gewesen wäre. Gewalt hat er mir noch nie angetan, falls dich das beruhigt. Solange er mich in Ruhe lässt und nur beschimpft, halte ich es noch eine Weile aus.
Dann denke ich immer, vielleicht finde ich noch einmal einen richtig tollen Mann, der mich von ganzem Herzen liebt und mit dem ich alt werden kann. Es ist so trostlos weißt du, keine Rücklagen, nur Schulden, alles nur auf Pump, keine guten Aussichten. Selbst wenn es mit dem Auftrag klappt, reißt uns das noch lange nicht raus. Vielleicht wird es dann sogar noch schlimmer und er dreht total durch, weil er sich angespornt und bestätigt fühlt, er ja dann in einer vermeintlich höheren Liga spielt. Dabei nutzen die ihn doch nur aus, das merkt der in seinem Größenwahn nur nicht. Die denken doch nicht im Traum daran ihn als Teilhaber einzusetzen, aber das sieht der nicht in seiner Verblendung. Die lassen ihn laufen wie einen Hamster im Laufrad, bis er fertig ist und dann entsorgen sie ihn. Genau so haben sie es schon mit seinem Vorgänger gemacht, deshalb hat er ja die Stelle erst bekommen. Ich habe es ihm immer wieder klar zu machen versucht,

aber keine Spur von Einsicht, ich bin nur die dumme Pute, die ihm den Erfolg nicht gönnt, dabei lebe ich doch von ihm und halte Alles zusammen, damit es noch einigermaßen funktioniert. Anfangs hat er immerhin noch zugehört, aber jetzt komme ich gar nicht mehr an ihn ran, er blockt direkt ab, wird laut und fühlt sich angegriffen.
Luise unterbrach ihren Vortrag und nahm einen Schluck Kaffee.
Dass du aber auch immer so ein Pech hast mit deinen Männern, erst sitzen gelassen und dann dieser Junkie.
Aber Vati, bei Alfonso, da war ich doch noch so jung und das war meine erste große Liebe. Willst du mal ein Bild sehen, ich habe noch eins aus den frühen Jahren ?
Er bemerkte wie ein mildes Strahlen ihrer Augen ihr Gesicht erhellte.
Nein, lass mal, ich habe im Moment von deinen Männern genug.
Den Alfonso hast du aber doch gemocht.
Er war halt Südländer, Italiener durch und durch.
Ja, ich habe ihn gemocht, anfangs, sicherlich. Nur hat der nichts auf die Reihe gebracht, aber auch gar nichts.
Max merkte, daß er drauf und dran war, jetzt über Alfonso her zu ziehen und zog die Reißleine. Es wäre sicher nicht klug Luise jetzt noch weitere Vorhaltungen über die Wahl ihrer Ehemänner zu machen,
im Moment war Trost und Beistand angesagt, wenn es ihn auch arg juckte. In seinen Augen war Alfonso ein verantwortungsloser Nichtsnutz gewesen.
Nicht schimpfen Vati, Alfonso war eben Künstler, das hat ihn doch so anziehend

gemacht. Ich weiß noch genau wie wir uns kennenlernten, als ich damals mit Babette in Italien war, unser erster richtiger Mädelstrip.
Ja und ein paar Tage später tauchte Alfonso auf und wohnte bei uns, unterbrach sie Max.
Er war aber so süß und so liebevoll.
Der erste richtige Mann in meinem Leben.
Na ja, was heißt Mann, er war erst 22 und du gerade mal 20. Und dann war es mit der Jugend vorbei, schwanger und Heirat, bemerkte Max zynisch.
Na die Hochzeit hat dir aber auch gut gefallen. Du hast doch ständig mit Giovanni, Alfonsos Vater, Brüderschaft getrunken.
Und was war es mir so schlecht am nächsten Tag, bestätigte Max, jetzt doch recht redselig die Erinnerung auffrischend.
Diese wenigen schönen Tage unter italienischer Sonne, das Flair des Südens genießend, waren ihm noch gut in Erinnerung. Seine ersten Erfahrungen mit den unbekannten Köstlichkeiten der italienischen Küche.
Der tiefrote Chiantiwein, Brot das sie Bruschetta nannten, das erste mal Tintenfisch, eingelegt in Olivenöl und Knoblauch, dieser Kuchen mit Rosinen, Orangeat und Zitronat, Panettone hieß der, und das Alles in Hülle und Fülle. Und erst das gemeinsame Pizzabacken mit Giovanni, als sie schon ziemlich viel intus hatten, den Teig gemeinsam ausrollten, mit immer wieder neuen Ideen den Belag gestalteten und wie Max meinte in Deutschland müsste zu einem guten Gelingen eines Schwenkbratens eine Flasche Bier darüber

gegossen werden, also sollte doch eine
Pizza in Rotwein getränkt noch besser
schmecken. Giovanni war völlig außer sich
vor Begeisterung als sie dann die
triefende, in Chianti schwimmende, Pizza
in den Ofen schoben.
Giovanni hat übrigens immer zu mir
gehalten, auch als es schon vorbei war,
setzte Luise ihr Gespräch weiter fort.
Ja, weil er Finn in's Herz geschlossen
hatte, ist doch klar. Er hatte Angst ihn
zu verlieren und nicht mehr sehen zu
dürfen, das würde mir genauso gehen.
Ach, wie wir damals so naiv da runter
sind, Babette und ich, nach Bibione, zum
Badeurlaub. Wir fühlten uns so toll,
so frei. Dann diese kleine Pension,
genau richtig für uns. Und zum ersten mal
richtige Pizzen und Cappucino und Gigolos.
Ich weiß noch wie Mama mich mindestens
tausend mal ermahnt hat, ja immer an die
Pille zu denken. Erste, kleine Erfahrungen
hatte ich ja schon mit Peter gemacht. Aber
das war ein Schulfreund und eigentlich
mehr Neugier. Und dann am Strand diese
tollen Kerle, mit braungebranntem Körper
und Babette und ich mittendrin. Wie uns
das lockte. Babette konnte nicht lange
widerstehen, die war schon immer viel
experimentierfreudiger und neugieriger als
ich, die hatte sich recht schnell auf
Einen eingelassen.
Wie hiess der noch, Guilio richtig ?
Ja, Guilio, woher weißt du das ?
Alfonso hat mir mal beiläufig davon
erzählt.
Jedenfalls, denke ich gerne an diese Tage
voller Liebe und Zärtlichkeit zurück.
Luise war jetzt in eine schwärmerische

Tonlage gewechselt.
Tage, die ich wohl so nicht mehr erleben werde, nicht mehr erleben kann, weil es Tage der ersten echten Liebe waren.
Mit diesem Drogen-Scheusal sowieso unvorstellbar. Aber jetzt ist es halt mal so und ich habe mir vorgenommen zu kämpfen. Nicht um ihn !
Nein ! Um mich, nur um mich !
Finn ist selbständig, der braucht mich nicht mehr und um seine genauso verkommene Tochter kann Bernhard sich dann selbst kümmern.
Womit sie, für Max wider Erwarten, da er den Eindruck hatte Luise würde weiter gerne in Italienerinnerungen schwelgen, doch recht schnell wieder beim Bernhardthema war.
Ich suche mir Arbeit, bin schon eifrig dabei und dann, wer weiß, kommt da womöglich doch irgendwann einmal ein neuer Alfonso um die Ecke und macht mich glücklich, die Hoffnung stirbt bekanntermaßen zuletzt. Ich bin zäh, das weißt du, du kennst mich, ich halte viel aus, auch das. Es ist bitter, aber da muss ich jetzt durch. Und glaube mir, er wird das büßen, Alles, Alles was er mir angetan hat und antut werde ich ihm heimzahlen, auf Heller und Pfennig.
Sie hatte den Kopf etwas gesenkt, schaute ihn mit funkelnden, zornigen Augen an und wirkte dabei auf Max wie eine Katze mit ausgefahrenen Krallen, fauchend und kurz vor dem Angriff.
Diese endlosen Demütigungen, ewigen Vorhaltungen, wie kann er mir das nur antun, womit habe ich das verdient, ich war doch immer so gut zu ihm ?

Ihre Haltung änderte sich, sie biss sich auf die Lippen und sah ihn fragend an, wirkte jetzt verzweifelt und Max spürte wie wieder die Wut in ihm aufstieg, seinen Pulsschlag beschleunigte und seine Hände zum Zittern brachte.
Unruhe bemächtigte sich Seiner.
Er stand auf, ging auf und ab, gebeugt, mühsam die Arme hinter dem Rücken verschränkt, die Hände ineinander gekrallt.
Ach Vati, warum ist mein Leben so schlecht gelaufen, warum hat mich das Glück so im Stich gelassen, warum, warum nur ? fragte sie verzagt mit schwacher Stimme.
Ihr Gesichtsausdruck veränderte sich, ihre Wangen hatten sich zusammemgezogen und ihre Zähne waren nun tief in ihren Lippen vergraben.
Bevor Bernhard die Drogen nahm, war er zwar auch nicht immer lieb und nett, aber immerhin einigermaßen normal, berechenbarer, rücksichtsvoller. Der Druck macht ihn fertig, er schafft es ohne die Drogen nicht mehr. Aber er ist doch mein Mann, wir haben uns doch geliebt !
Und jetzt ?
Alles kaputt, zerbrochen.
Nur noch Scherben, überall Scherben !
Max konnte nichts Tröstendes sagen, ihm fiel nichts ein, leer, das Hirn war leer, er blieb vor ihr stehen und beugte sich zu ihr, sie einfach nur in seinen Armen halten, das war das Einzige was er im Moment noch leisten konnte.
So verharrten sie ein paar Minuten, dann nickte sie bedächtig, nahm ein Taschentuch und wischte sich die Tränen ab, hob den Kopf, strich ein paar

Haarsträhnen von ihrer Stirn, sah ihm in die Augen und nahm seine Hand.
Entschuldige, das es so über mich gekommen ist, aber du bist der Erste und Einzige bei dem ich mich so gehen lassen konnte. Verzeih mir. Jetzt ist es gut, ich fühle mich schon viel besser, dabei gelang ihr sogar ein unsicheres Lächeln.
Lass uns noch gemütlich eine Tasse Kaffee trinken und nicht mehr darüber reden, es ist ohnehin Alles gesagt.
Ja du hast recht, ich werde dann auch bald fahren. Eigentlich wollte ich ja noch ein paar Stündchen länger bleiben, aber die Vorkommnisse haben uns Beide ganz schön mitgenommen. Ich denke auch du mußt dich jetzt erst einmal erholen und versuchen neue Energie zu tanken, du wirst viel Kraft brauchen. Ich nehme ein Taxi, mit Finn das wird mir zu spät. Ich will lieber etwas früher nach Hause kommen um mich auszuruhen. Das Erlebte muss jetzt gut verdaut werden, es liegt mir noch richtig schwer im Magen, da werde ich noch dran zu kauen haben.
Und auch Erwin, wenn ich mit ihm die ideale Folter für Bernhard ausklüngele, Erwins Fantasie wird sich überschlagen, fügte Max gedanklich ein.
Wir telefonieren heute abend oder morgen früh, dann haben wir auch wieder etwas mehr Abstand.
Wenn ich ein Auto hätte würde ich dich ja fahren, aber es ist Keines da, meins ist in der Werkstatt und Bernhard sein's, na du weisst ja. Zum Bahnhof ist es aber auch nicht so weit und die Taxen sind hier wirklich nicht teuer. Ich denke, das können wir uns noch leisten.

Heute Nachmittag habe ich übrigens noch einen Termin bezüglich Job, mal sehen was draus wird, hört sich nicht schlecht an, jetzt kann ich es dir ja sagen, jetzt wo du über Alles Bescheid weißt. Den wollte ich eigentlich absagen, weil ich dachte du bleibst länger, aber jetzt kann ich den ja wahrnehmen. Buchhalterin bei einer Spedition, Bernhard weiß natürlich nichts davon. Wenn das klappt, das wäre toll, drücke mir bitte ganz fest die Daumen !
Natürlich mache ich das.
Schau, ganz, ganz fest, dabei lächelte er so gut es ging und hielt ihr die beiden Hände hin, Daumen nach innen.
Dann kannst mir ja später am Telefon sicher schon berichten wie es war.
Max war angenehm überrascht, eine erste gute Nachricht, ein Silberstreifen am Horizont dieses frühen Morgens.
Ach Vati, wenn ich dich nicht hätte.
Na ja, Finn ist ja auch noch da.
Der gute Junge, hat es recht früh schon hier nicht mehr ausgehalten. Aber der geht seinen Weg, lässt sich auch nicht unterkriegen, wie wir, da habe ich keinen Zweifel. Der hat das Herz am rechten Fleck und ist auch eine Kämpfernatur. Soll ich anrufen und dir das Taxi bestellen, für wann, in einer halben Stunde ?
Ach, eher so in einer drei Viertel Stunde, ein alter Mann ist schließlich kein D-Zug. Wir müssen uns viel öfter sehen, nicht immer nur zu den Familienfesttagen.
Und mit wir meine ich auch Finn, du hast doch gespürt wie er sich gefreut hat.
Aber sobald es geht komme ich dich jetzt erst einmal besuchen, dann machen wir uns ein paar richtig schöne Tage.

Ich bekoche dich mit all deinen Lieblingsrezepten, all die alten Gerichte, die du so magst.
Ach Liebes, solange kannst du doch gar nicht bleiben, so viele Lieblingsgerichte habe ich, aber das machen wir, du hast schon recht. Und nicht wieder auf die lange Bank schieben, hörst du !
Nein, versprochen. Wenn ich den Job bekomme, werde ich es vorher noch einrichten, dann komme ich schon bald, vielleicht viel früher als du denkst.
Gut mein Kind, das würde mich sehr, sehr freuen. Jetzt muss ich aber schnell noch fertig packen, damit ich das Taxi nicht solange warten lasse.
Er ging und war bald darauf wieder, diesmal mit seinem Gepäck, zurück in der Küche.
Ich bin so weit, das Taxi kann kommen, vermeldete er mit fester Stimme, stellte sein Gepäck ab und schritt auf sie zu.
Komm, lass dich noch einmal drücken, mein Mädchen.
Er umarmte sie innig, wobei Luise wieder nicht ohne ein paar Tränen auskam.
Max gab ihr einen Kuss auf die Stirn, nahm ihre beiden Hände und sah ihr in die nassen Augen.
Lass dich nicht unterkriegen mein Liebling, es kommen auch wieder bessere Zeiten, ganz bestimmt.
Ja, Vati, ich weiß und passe du ja gut auf dich auf, ich will noch lange an dir haben, ich brauche dich doch so sehr.
Jetzt war auch er den Tränen sehr nahe.
Keine Sorge, ich bleibe euch noch lange erhalten.
Von draußen drang ein Hupen an ihr Ohr und

vermeldete die Bereitschaft des Taxifahrers.
Loslassen Max, jetzt musst du loslassen, wie so oft im Leben, bis zum letzten loslassen, bis die Totengräber die Seile loslassen und der Sarg in der Gruft angekommen ist, überkamen ihn Abschiedsgedanken der dunkelsten Art.
Ich muß, das Taxi ist da, brachte er mühsam über die Lippen, löste sich von ihr, nahm sein Gepäck, schritt schwerfällig zur Tür hinaus und setzte sich in das wartende Taxi.
Abschiedstau hatte sich auf sein Gemüt gelegt, so ließ er sein Mädchen nicht gerne zurück.
Luise kam zum Seitenfenster, er kurbelte herunter und fühlte, das er jetzt noch ein paar aufmunterte Worte sagen sollte.
Bis bald mein Liebes und Kopf hoch, mehr ließ der Kloß in seinem Hals nicht zu.
Luise nickte nur kurz und Max spürte, daß auch ihr das Auseinandergehen nicht leicht fiel.
Er kurbelte schnell das Fenster hoch und bedeutete dem Fahrer dass er bereit wäre.
Ein heftiges Winken begleitete die Abfahrt.
Max sah Luise noch lange durch den Fond des Wagens am Straßenrand stehen, bis sie langsam den Arm sinken ließ und in der Einfahrt verschwand.
Ein Seufzer kam ihm über die Lippen, Wehmut beschlich ihn. Er fuhr schweren Herzens, aber was sollte er machen ?
Das fragte er sich schon die ganze Zeit.
Was nur, was konnte er tun ?
Sie allenfalls trösten, ihr Mut zusprechen und seine Hilfe anbieten,

mehr konnte er im Moment nicht für sie
tun. Für sie nicht, aber vielleicht für
oder besser gegen ihn, den Kotzbrocken
Bernhard. Am Liebsten hätte er ihm eine
rein gehauen, aber so richtig, er hatte so
eine Mordswut auf diese Arschgeige, in
Gedanken bediente er sich gerne Willys
Vokabular. Max Rachegelüste beflügelten
seine Phantasie, er verstieg sich lustvoll
in allerlei Folterszenarien, heißes Öl,
glühende Haken, Vierteilen, etc.
mittelalterliche Vorgehensweisen.
Nein, das konnte er nicht alleine
entscheiden, da wollte, da musste Erwin
mit einbezogen werden. Er freute sich
schon, konnte es sich sehr gut vorstellen,
wie sie lustvoll an Bernhards Bestrafung
arbeiten würden.
Das Taxi hielt, sie waren am Bahnhof.
Die Ankunft befreite ihn von weiteren
irrwitzigen Gehirnverirrungen.
Er zahlte und ging zum Bahnsteig.
Finn kam ihm in den Sinn, wie er die
Hinfahrt mit ihm genossen hatte, als der
Geburtstag noch unschuldig vor ihm lag.
Schon schade, daß ich die Abreise
umgestalten musste. Der gute Junge, weiß
von nichts und das sollte sich auch nicht
ändern, zumindest vorerst.
Luise hatte Max versprochen Finn bezüglich
der frühzeitigen Abreise zu informieren.
Sobald er zuhause war würde er ihn anrufen
und ihm irgendetwas erzählen, nur nicht
die Wahrheit, denn der würde sofort auf
Bernhard losgehen, ohne Umschweife und
sicher ziemlich handfest, Mord und Tot-
schlag könnte das geben. Er hatte es Luise
fest, mit Ehrenwort, zugesagt, nichts, zu
niemanden auch nur einen Ton zu äußern.

Ob er das aushalten würde ?
Wohl eher nicht, er musste doch zumindest mit Erwin darüber reden, sich bei ihm auskotzen.
Die Zugfahrt verlief planmäßig.

10. Max ist wieder daheim

Als er zu Hause war griff er direkt zum Telefon und vermeldete Luise, daß er wohlbehalten angekommen war. Dann fragte er nach ihrem Befinden und erkundigte sich nach dem Verlauf des Bewerbungsgespräches.
Sie meinte, es sei nicht schlecht gelaufen, aber es gäbe jede Menge Konkurrenz.
Verdammter Mist, Luise mit ihrem Alter und dazu so wenig Berufserfahrung, das wird bestimmt nichts, dachte ich es mir doch, genau was ich befürchtet habe, sorgte sich Max.
Das wird schon mein Liebes, Kopf hoch, versuchte er ihr und sich selbst, Mut zu machen.
Bernhard war noch nicht wieder aufgekreuzt und hatte auch nicht angerufen.
Luise hatte ihm die peinliche Frage erspart und von sich aus, knapp gehalten, wetterberichtsmässig, Auskunft erteilt. Danach gab es noch die üblichen aufbauenden Wortwechsel und man vereinbarte sich rasch, der Müdigkeit geschuldet, das Gespräch zu beenden und sich morgen wieder, etwa um die gleiche Zeit, telefonisch auszutauschen.
Max hatte alle Mühe bei dem Thema Bernhard ruhig zu bleiben, am liebsten hätte er seine innere, aufgestaute Wut laut in's Telefon geschrien, so in Willys Art, gib ihm doch Rattengift, diesem Junkie, aber er beherrschte sich.
Er versuchte sich zu entspannen, legte sich auf sein Fernsehsofa, seufzte und musste gähnen. Jetzt, am Spätnachmittag, spürte er zusehends den Kräfteverschleiß,

ganz besonders den Seelischen.
Warum nicht schnell in's Bett, was sprach eigentlich dagegen, er war doch fertig, fix und fertig ?
Die Müdigkeit bemannte sich Seiner mit Wucht. Nur jetzt nicht hier auf der Couch einschlafen, da würde er nicht durchschlafen. Irgendwann würde die Unbequemlichkeit siegen und er sich im Halbschlaf über die Nacht quälen.
Mühsam erhob er sich.
Auspacken kann ich auch morgen noch, sagte er sich, ging in's Schlafzimmer, zog sich aus und legte sich oder besser, fiel ins Bett. Ich muss noch den Wecker stellen, nicht, dass ich morgen früh die Dialyse verpasse, das wäre schlecht, meldete sich sein letzter Rest Wachhirn. Aber einerseits war er zu müde und andererseits, und das war ausschlaggebend, war es erst 18 Uhr und er schlief im Normalfall nie länger als 8 Stunden. Also selbst wenn er 10 oder 12 Stunden schlafen würde, was ihm sogar in der jetzigen Situation als extrem lang erschien, wäre er rechtzeitig wach, konnte er noch überschlagsmäßig nachrechnen.
So kam es auch.
Um 6 war er wach und um 8 wurde er abgeholt.
Als er zurück kam, rief er gleich, entgegen ihrer festgelegten Gesprächs-vereinbarung, bei Luise an, weil er seiner Neugier absolut nicht mehr Herr werden konnte und auch, weil er nur noch den Besuch bei Erwin im Kopf hatte und da passte der vereinbarte Telefontermin überhaupt nicht.
Bernhard war gegen Abend aufgetaucht,

verlangte Abendessen und verhielt sich so als ob nichts gewesen wäre.
Luise ignorierte ihn und verzog sich in ihr Behelfszimmer.
Danach keine besonderen Vorkommnisse, berichtete Luise in Stenomanier und machte dabei keinen schlechten gemütsmäßigen Eindruck. Sie wirkte auf Max ziemlich normal, deshalb hielt auch er sich kurz und beendete das Gespräch, nach einer, für seinen Geschmack fast schon verdächtigen, Kurzgesprächsrekordzeit.
Dann rief er Finn an und erzählte ihm das bereits mit Luise abgestimmte Übelkeits-szenario, Unwohlsein mit Durchfall, heute wieder wesentlich besser.
Finn akzeptierte, fragte nicht weiter nach und damit war auch diese Front begradigt.
Aber nicht bei und erst recht nicht in ihm. Es musste raus, ausgekotzt und begutachtet werden, er musste zu Erwin, ohne wenn und aber, am besten jetzt gleich. Es war zwar nicht Donnerstag und ihr nächster Termin noch etwas hin, aber sie hatten schon öfter zwischendurch mal eine Sause gemacht und schließlich hatte Max einen guten Grund, wenn auch keinen angenehmen, es handelte sich heute gewissermaßen um einen Notfall.
Er zog sich um und machte sich auf den Weg, natürlich nicht ohne die obligatorische Flasche schlechten Rotweins im Gepäck. Die Auswahl hatte eine Flasche getroffen, die er an seinem letzten Geburtstag von seinem Nachbarn geschenkt bekommen hatte, einem ausgemachten Geizkragen. Wahrscheinlich war der sogar für die Sauße zu schlecht ! Erwin würde lachen und lästern.

Es amüsierte ihn immer prächtig was Max an Genußtötern so anschleppte, aber manchmal übertrieb es Erwin auch, piesackte ihn und machte sich auf Max's Kosten fast schon in beleidigender Art und Weise lustig.
Er konnte schon richtig fies sein, wenn er verschmitzt lächelnd, seine Attacke vorbereitend, die Flasche öffnete und die Gläser mit einem aufgesetzten, ernsthaften Gesicht, füllte.
Prost, na, dann wollen wir das gute Tröpfchen mal probieren. Hm, ein ganz edler Wein, prima Gesöff, fantastischer Abgang, Geschmack nach reifen Beeren. Ich meine die gemeine Saubeere heraus- zuschmecken, war sicher nicht billig, Maxi kann das sein, was meinst du ?
Dabei drehte er das Glas kennerhaft mehrfach und hielt es gegen das Licht, so als würde er einen sündhaft teuren, wertvollen Tropfen probieren. Max schämte sich dann natürlich, aber was sollte er machen. Er hatte auch schon mal einen Abend abgebrochen, nicht ohne Erwin wütend die Meinung diesbezüglich gesagt zu haben und sich zu tiefst verärgert wochenlang nicht gemeldet. Aber sie fanden immer wieder zusammen und Erwin gab sich dann alle Mühe, legte sich strikte Zurück- haltung auf und hielt sich im Zaum.
Bis es mal wieder soweit war und es erneut mit ihm durchging. Wobei Max diesen Trennungszeiten auch gute Seiten abgewann, er spürte dann immer wie abhängig sie doch voneinander waren, wie sie sich brauchten, wie einsam sie dann waren und war sich sicher, daß es Erwin genauso ging.
Die einzig gute Seite die Max Erwins Weinschmähungen abgewinnen konnte war die,

daß Erwin dann, so als indirekte Entschuldigung, meist einen kräftigen, gut ausgebauten edlen Bordeaux, auf den Tisch brachte. Das entschädigte zumindest wieder ein bisschen.
Max schmunzelte vor sich hin, er malte sich den Abend aus und das machte ihm schon mächtig Durst auf der Zunge.
Es könnte ein guter, aber feuchter Abend werden, die Aussichten waren nicht übel. Mit zunehmendem Alkoholspiegel musste er nur aufpassen, daß es nicht wieder mit ihm durchging und er Marta zu sehr auf die Brüste und den Hintern starrte. Das war und ist Erwins Braut, das musste er sich immer wieder vor Augen führen.
Na, auf Marta bist du ganz schön scharf, was mein Alter, hatte Erwin ihn diesbezüglich schon ein paarmal angespitzt. Stimmt, dachte Max bestätigend und hatte mit einem: Warum auch nicht, sie sieht doch gut aus für ihr Alter, geantwortet. Na, mal sehen wie das heute wird, sinnierte Max weiter, eventuell gibt es auch ein feines Mahl, so etwas Spanisches, das wäre toll, vielleicht hatte er heute Glück. Seine Stimmung war jetzt wieder besser, die Aussicht auf einen schönen Abend hatte die trüben Gedanken in den Hintergrund gedrängt.
Als er in die Straße zu Erwin einbog hörte er Musik. Er blieb kurz stehen und hielt sein rechtes Ohr in die Luft, eindeutig aus Kneipenrichtung, befand er sofort zielsicher. Ungewöhnlich, normalerweise war es in der Kneipe ‚Zum Inder' immer recht sittsam. Diesmal war da anscheinend richtig was los. Halli, galli, diagnostizierte Max neugierig.

Unweigerlich fühlte er sich angezogen und überlegte tatsächlich ob er nicht die Richtung ändern sollte. Aber die Erwinsche Anziehungskraft war stärker als seine Kneipenneugier und er schritt energisch, sich über sich selbst wundernd, kopfschüttelnd, mit dem Vorsatz die Musik zu ignorieren, auf Erwins Haus zu.

11. Erwin ereifert sich

Er klingelte und Marta öffnete.
Senor Erwin, Senor Max ist da, rief sie in den Hausflur !
Erwin kam an die Tür.
Nur hereinspaziert. Ich habe dich schon erwartet, mir war klar dass du auftauchen würdest. So ein Geburtstag bei deinem Lieblingsschwiegersohn, da liegt dir sicher wieder Einiges im Magen was verdaut werden will. Und da ist der liebe Erwin gerade recht, hä ? Dacht ich mir's doch. Das ist es doch, was dich so außerplanmäßig zu mir treibt, habe ich recht ? Aber komm erst mal herein. Marta der Mann braucht eine warme Mahlzeit, etwas mehr Suppe und etwas mehr Moussaka.
Oh nein, nicht Moussaka, ausgerechnet Moussaka, so ein Pech aber auch, grantelte Max in sich hinein.
Und kipp den Wein gleich weg oder stell ihn beiseite für die nächste Sauße oder lass ihn stehen. Den schenken wir Max zu seinem nächsten Geburtstag zurück.
Du hast doch welchen mitgebracht nehme ich an oder ? Sicher wieder einen aus deinem wohltemperierten Weinkeller oder hast du diesmal einen Guten von deinem Schwiegersohn mitgebracht, womöglich geklaut ?
Aber nein, das macht unser Max nicht, ulkte Erwin und legte ihm lachend die rechte Hand auf die Schulter.
Ach Erwin, was bist du wieder so nett zu mir, richtig herzlich.
Setz dich mein Freund. Erzähl schon wie es war, schlimm, sehr schlimm, nur ein bisschen schlimm oder vielleicht sogar überhaupt nicht schlimm, hä ?

Wie geht es denn der Sippe ?
Mein Gott, jetzt lass dir doch nicht Alles aus der Nase ziehen, sei doch nicht so maulfaul. Aber warte, zuerst hole ich uns ein edles Tröpfchen, als Mittel gegen Horrorgeschichten.
Nein Senor Erwin, Doktor hat verboten, starke Herztabletten, besser nix Alkohol.
Siehst du, schon geht es los mit den Horrorgeschichten. Das hat man nun davon, wenn ein Weib im Hause ist !
Nichts mehr vom Leben, mein Lieber, nur noch Sauerbrot !
Alles was Spaß macht wird einem verboten, man wird möglichst gut konserviert zum Sterben und gebraucht nur noch als Ausstellungsstück.
Erwin stand jetzt vor Max und ereiferte sich, eine Hand in die Hosentasche gesteckt und mit der anderen ständig in wechselnde Richtungen zeigend,
mal abwinkend mit der flachen Hand Richtung Küche, mal mit den Fingern auf Max's Oberkörper, dabei wippend oder sich drehend in Bewegung haltend. Max kannte das, manchmal brauchte Erwin nur ein Stichwort um sich seiner angestauten Wut oder seinem Frust zu entledigen. Die Aufführung dauerte meistens etwas länger. Erwin fuhr fort und Max hörte zu, musste, wohl oder übel, zuhören.
Für den Wettbewerb der lebenden Mumien.
Wie man doch den Gatten oder Partner, je nachdem, nur mittels der selbstlosen Fürsorge, so gut über die Runden gebracht hat. Meiner lebt noch, weil ich ihm morgens ein Ei ins Müsli gebe, meiner weil ich ihm die Zigaretten weggeschmissen habe, meiner weil ich ihn immer zur

Vorsorge schleppe.
Nur sagt Keine, meiner lebt noch, weil ich ihm so gut die Eier kraule oder weil er jeden Abend 3 Flaschen Wein säuft, verstehst du. Alle, Alle sind sie gleich, Hauptsache gut versorgt, setzte Erwin mit wissender Miene hinzu und tätschelte Max sanft mit der flachen Hand an den Hinterkopf, so als wollte er ihn zum Nicken, zum Bejahen, zwingen.
Liebe Marta, morgen könnte ich tot sein und dann säuft womöglich übermorgen dieser Wein-Dilettant meinen Keller leer.
Was weiß ich !
Das kann ich doch nicht zulassen, das kann man von mir doch nicht verlangen !
Jetzt stand er vor Marta, reckte ihr den Kopf entgegen und schaute sie fragend an.
Marta sah ängstlich zu Max, der war sichtlich peinlich berührt ob des Auftritts seines Freundes.
Aber Doktor hat gesagt, ich nur sagen, was Doktor sagt, stammelte Marta leise und zögerlich.
Ja, und mir abends und morgens die Pillen rauslegen und die selbstgestrickten warmen Strümpfe anziehen und an der Straße immer rechts gehen. Sagt man dann eigentlich in England immer links gehen, wie ist das, werden dort Migranten umgepolt.
Jetzt schaute er mit überlegendem, absichtlich abwesend wirkend sollendem Gesichtsausdruck, mit gesenktem Hinterkopf, nach oben, sich dabei am Kinn kraulend, fast majestätisch, Napoleonhaft.
Max fragte sich spätestens jetzt ob Erwin nicht schon Einiges gebechert hatte bevor er kam.
Erwin, Schluss jetzt, aufhören, sagte Max

bestimmt und mit ernstem Blick.
Erwin ignorierte ihn.
Na gut kochen kann sie ja, aber das betreute Wohnen geht mir auf den Wecker, verstehst du, setzte Erwin unbeirrt fort und klopfte Max, jetzt vor ihm stehend, leicht mit der Faust auf die Brust.
Erwin musste sich immer bewegen, vor allem, wenn er sich in Rage redete. Dann ging er auf und ab und klopfte Max irgendwohin, Schulter, Brust, Kopf, ja, manchmal sogar mit der Faust an die Stirn, meistens sehr dezent, manchmal aber auch etwas fester, je nach Erregungs- und Beleidigungsgrad.
Geht das nicht in deinen verfluchten Schädel, hä !
Das musste man mit Erwin aushalten, als Freund, es war, weiß Gott, nicht immer einfach mit ihm. Die Wenigsten wollten mit ihm etwas zu tun haben, wollten sich das bieten lassen, diese herablassende schulriegelnde, überhebliche, allwissende, blasierte Art und weil er eben manchmal auch so rücksichtslos aus sich heraus ging. Widerspruch oder dumme Bemerkungen provozierten ihn dabei noch mehr, wobei manchmal die vermeintlich dummen Entgegnungen mehr Inhalt hatten als seine Ausführungen, besonders wenn er bei seinen Vorträgen schon eine Menge Spirit in sich hatte. Das erinnerte Max oft an seinen Vortrag haltenden Schwiegervater, zeigte deutliche Parallelen. Max hatte schon versucht ihn auf etwas gesellschaftsfähiger zu trimmen, aber Erwin ließ es nicht zu. Seine Devise war schlicht und einfach: Wer mich nicht so mag wie ich bin, der kann mir mal den Buckel runter

rutschen, dem ist eben nicht zu helfen, aus, basta, friss oder stirb, howgh, ich habe gesprochen.
Marta kam trotz dieser, seiner Kanten, recht gut mit ihm aus, hatte sich wohl daran gewöhnt und mit der Zeit auf ihn eingestellt, wahrscheinlich ähnlich wie Max.
Eine Flasche wird sich gegönnt und damit basta, Eine, wenigstens Eine, Pillen hin oder her. Ich kann doch nicht mit meinem Freund hier sitzen, auf- oder anregende Gespräche führen und dazu Wasser trinken, wir sind doch hier nicht in der Kurklinik, entrüstete sich Erwin weiter.
Marta sagte nichts, obwohl er dies absichtlich laut zu ihr in die Küche gerufen hatte.
Max sah sie kurz von hinten und unterdrückte seine Empfänglichkeit für erotische Empfindungen, aber es fiel ihm schon jetzt schwer, ihr Hinterteil war zu anziehend und hatte nun einmal diese überaus magische Wirkung auf ihn.
Erwin ging in den Keller und kam mit einer Flasche Chianti zurück.
So, der muss schließlich auch mal weg, es muß nicht immer Bordeaux sein mein Guter. Du brauchst mich gar nicht so komisch anzugucken.
Dabei sah er Max von der Seite scharf an.
Ist nicht der Beste, na und, aber gerade passend, kommentierte Erwin weiter.
Max war sich nicht ganz im Klaren ob das wieder eine Anspielung war, aber er weigerte sich darüber nachzudenken, geschweige denn nachzuhaken.
Los, jetzt erzähl doch endlich !
Soll ich den ganzen Abend vor mich hin

brabbeln oder was ?
Senores, die Suppa !
Dann komm, lassen wir den Wein stehen.
Wenn uns nur eine Flasche erlaubt ist,
dann gönnen wir uns die danach, dann
trinken wir halt, wie von der
Gesundheitsüberwachungsbehörde Marta
befohlen, das gute Heilwasser zum Essen.
Und du, du kriegst nachher auch nicht mehr
als ich, das sag ich dir, ich bin doch
nicht blöd und gucke dir zu wie du meinen
guten Roten wegsäufst, ereiferte sich
Erwin wieder, dabei seinen Zeigefinger
drohend unter Max's Nase haltend.
Erwin es reicht jetzt wirklich, bitte,
wenn du so weitermachst bin ich gleich
wieder weg.
Max sah sich genötigt ein Machtwort zu
sprechen.
Und Musik, will er wieder die Beatles
hören, zum Essen wirklich die Beatles ?
Der Mann macht mich noch wahnsinnig,
wechselte Erwin kopfschüttelnd das Thema,
wohl instinktiv fühlend, daß er Max
Ansprache jetzt ernst nehmen und ihn
zumindest vorläufig nicht weiter
strapazieren durfte.
Nein, muss nicht sein, leg doch auf was du
willst. Nur keine Kammermusik oder so ein
klassisches Gedudel.
Brav ! Na gut, wie wäre es denn mit
hörbarem Jazz, schön langsam, gediegen,
wie es sich für ältere Herren wie uns
gehört, nicht zu laut und nicht zu wild.
Oder nein, weißt du was, jetzt gibt es
erst recht die Beatles. St. Peppers lonely
heartclub band, haben wir lange nicht
gehört, damit kann ich leben.
Warum frägst du überhaupt ?

Du machst ja eh was du willst, stöhnte Max.
Genau, mein Lieber, bestätigte Erwin.
Also aßen sie die Suppe, tranken Wasser und hörten dazu leise die Beatles.
Sie sprachen über die einzelnen Alben der Liverpooler und Erwin beruhigte sich langsam. Max schaute immer wieder verstohlen zur Küche, um zu sehen ob er Marta in seinen Lieblingsposen erhaschen konnte. Als sie kam, um das Suppengeschirr abzuräumen, bemerkte er in ihrer Hand eine Packung eingeschweißter weißer Pillen, wohl Erwins Abendration. Aber sie getraute sich nicht sie ihm vor die Nase zu legen. Ihr prüfender Blick zu Erwin verriet ihr, daß sie damit einen neuerlichen Ausbruch riskieren würde.
Also nahm sie die Pillen wieder mit und ging aus dem Zimmer, wahrscheinlich legte sie ihm die Arznei an sein oder ihr gemeinsames Bett. Alleine schon der Gedanke regte Max's Phantasie wieder dermaßen an, daß er sofort Einhalt gebieten musste. Die Kombination Marta, Rundungen und Bett ergab gefährliche erotische Assoziationen.

12. Max und Erwin in Griechenland

Marta kam ohne Pillen wieder und brachte die Moussaka auf den Tisch.
Max war, wie zu erwarten, nicht begeistert, es war eben nicht sein Geschmack, aber über die Zubereitung konnte er nicht meckern. Bei Marta war nichts schlecht, egal was es gab, sie war eine exzellente Köchin. Sie war Spanierin, aber Erwin hatte einen Hang zur griechischen Küche, dann kam bei ihm erst die Spanische. Max kannte Erwins Griechenlandschwäche nur zu gut. Sie hatten sogar einmal einen längeren gemeinsamen Inselurlaub verbracht, direkt nach Max's Scheidung. Erwin meinte, jetzt wäre die beste Gelegenheit endlich mal mit seinem Freund gemeinsam Inselhobbing zu machen. Max stimmte hocherfreut zu und konnte es kaum erwarten. Er hätte es gerne schon viel früher gemacht, aber während seiner Ehe hatte er nicht die Traute Else eine mehrwöchige Abwesenheit abzuringen, weil er wusste wie sehr sie dagegen war. Der Urlaub sollte gefälligst gemeinsam verbracht werden, das war für Else unverrückbar. Ein ein- oder mehrwöchiger Männer-Urlaub hätte deshalb massive Eheprobleme mit sich gebracht. Das war Max zu riskant und kam daher nicht in Betracht. Nach langen, anstrengenden Diskussionen hatte er ihr im Laufe des Ehelebens letztlich ein Maximum von drei Solo-Urlaubstagen abgerungen, für Erwins Griechenlandpläne natürlich absolut indiskutabel. Aber immerhin, ab und an ein paar Tage Skiurlaub oder eine Sause mit Freunden waren genehmigt.

Gefangen im Netz der Ehe, genau abgestecktes Terrain, verhandelt wie auf einem orientalischen Basar. Oft genug Anlaß für Erwin Pfeile abzuschicken, blöde Sticheleien und immer wieder bissige Kommentare. Natürlich war Max längst Griechenland infiziert, die Erzählungen Erwins, ausufernde Schwärmereien, hatten Max mächtig neugierig gemacht. Nach solchen Nach-Urlaubs-Treffen mit Erwins euphorischen, überschwänglichen Griechenlandschilderungen war es Max oft unmöglich Ehemäßig zur Tagesordnung überzugehen. Er schmollte dann Tage lang vor sich hin, manchmal auch mit einem leichten Groll. Else kannte das und saß diese Maxchen Gefühlsregungen einfach aus. Nach 7-14 Tagen war Alles beim Alten. Also war es nach der Scheidung keine Frage mehr was als Nächstes zu tun war.
Max wollte endlich sehen ob die Farben blau und weiß wirklich so anders waren, ob das Essen so gut schmeckte,
der griechische Wein wirklich so schlecht und dafür der Ouzo um so besser war.
Und es wurde tatsächlich ein ausgesprochen schöner, ein unvergesslicher Urlaub.
Mit Erwin zu verreisen war damals die beste Entscheidung die er treffen konnte, war Balsam für die geschundene, schwer verletzte Seele und sein angeschlagenes Ego. Dreieinhalb Wochen Griechenland, von Insel zu Insel hüpfend, hatten sie sich vorgenommen. Erwin diktierte das wann und wie, breitete stolz und dominant seine Erfahrung aus und Max fügte sich erwartungsvoll. Die Ägäis Ende Mai, da ist es am Schönsten, weil schon schön warm, nicht soviel los und dann mit dem Boot

über das Meer, Mensch Alter, das wird unser Ding, du wirst begeistert sein.
Und so war es auch, Max war hin und hergerissen.
Die schwach besetzten Fähren setzten sie über, steuerten zuerst Amorgos und später Iraklia an, Kleinode der Ägäis, touristisch kaum erschlossen.
Hier atmet noch die griechische Seele in ihrer ursprünglichsten Form, so hatte Erwin es formuliert.
Max genoß die Überfahrten und ließ sein Auge suchend über das Blau des Meeres gleiten.
Den Horizont vom Bootsrand absuchend, mit verkniffenen Augen und geblendet von Spiegelsonne ließen ferne Silhouetten die Meeroasen erahnen. Aufgeschäumtes Flug-Wasser nässte in den Haaren. Max sog Leichtigkeit auf, überall, wie ein Schwamm, aus der rauen Seeluft, wollte schweben, lehnte sich weit über Bord und trieb sich die Salzluft in die Lunge.
Und blau, überall blau, der Himmel, das Meer, die Schiffe, die Kreuze in den Kleidern der Matrosen.
Das T-shirt flatterte, der Wind kitzelte an den Brusthaaren und die Sonne zeigte dazu ihr schönstes Gesicht.
Erwin, die Flasche mit dem klaren Ouzo in der Hand, strahlend, glücklich und beschwingt an der Reeling stehend, reckte ein ums andere Mal die Arme in die Luft und ließ sich mit geschlossenen Augen die Meeresluft um die Nase wehen.
Und das weiß, Santorini-weiß. Weiß in blau. Ein Meer mit weißen Tupfern aus Kalk. Jetzt mein Mäxchen, siehst du erst was weiß für eine schöne Farbe ist,

schwärmte Erwin.
Und das Blau.
Das weiß und das blau,
konkurrenzlos schön.
Gebräunte, gegerbte,
Zahnlückenfischergesichter begegneten
ihnen in den Zielhäfen, linkisch drein
schauend und dabei mit Mühe die Glut ihrer
selbstgedrehten Zigaretten am Leben
haltend, hielten ihnen die selbst
gefangenen Fische oder Octopusse entgegen
und versuchten ihnen den Fang schmackhaft
zu machen.
Gewohnt wurde in schlichten Herbergen,
ohne großen Komfort, für einen Appel und
ein Ei. Wenn sie anlegten waren die
Vermieter schon da und empfingen sie,
reckten die Hände zum Boot und schrien
ihre Angebote gegen den Meerwind.
Sobald an Land, stürzten sie sich auf sie,
auf die paar Touristen, wenig Aas für
viele Geier. Manche nahmen sie einfach am
Arm und zogen sie mit.
Auch Jorgos wartete bereits, irgendeinen
Jorgos den Erwin kannte, gab es auf jeder
Insel. Der brachte dann den Wein auf den
Tisch, und den Fisch, und den Ouzo,
bis sie tanzten, den Männer-Tanz,
den griechischen, Arm in Arm,
mit schwerem Schritt, den Sirtaki.
Siehst du mein Lieber, das ist Leben,
pures Leben, wie es sein soll, quoll es
begeistert aus Erwin heraus.
Und Jorgos schob nach was die griechische
Küche hergab, Fisch frisch vom Hafen, Lamm
von der eigenen Herde und natürlich auch
Moussaka. Aber nur einmal, dann wollte Max
nur noch Lamm, egal in welcher Variation,
vor allem aber diese köstlichen,

so schön durchwachsenen gegrillten Koteletts. Daran hatte er recht früh den Narren gefressen.
Und die Frauen damals ?
Hatten keine Bedeutung, die waren zu reinen Besichtigungsobjekten degradiert. Höchstens mal hier oder dort eine herausragende Schönheit die es genauer zu beurteilen galt, rein bautechnisch gesehen. No sex, absolutly, nicht zwanghaft auferlegt, als Verbot, nein, einfach kein Bedürfnis, passte irgendwie nicht dazu, sie hatten sich und waren sich selbst genug, sie brauchten keine Liebelei. Sicher waren sie bei mancher Gelegenheit als schwul durchgegangen, die Blicke waren oft eindeutig genug. Aber das war ihnen egal, solange sie keine Nachteile dadurch hatten. Und die hatten sie wirklich nicht. Im Gegenteil, es gab genug Griechen die ihre Männerfreundschaft offensichtlich richtig einzuschätzen wussten. Keine Annäherung an Frauen, nein, nur sie, sich selbst genug.
Viel lachen, dumme Gespräche, Witze, Unbeschwertheit, eine schöne Zeit, Männerfreundschaftszeit.
Nur der Kopf, da war nicht immer Leichtigkeit. Gesoffen wurde nämlich was das Zeug hielt. Öfter war man erst gegen Mittag in der Lage den Kopf überhaupt in die Höhe zu nehmen. Wieder einmal zu viel durcheinander gesoffen, vor allem von diesem komischen erwärmten Honigraki, blieb da nur lakonisch festzustellen. Aber das überstand man schnell, meistens war es am Abend wieder vorbei und man begann von Neuem, alle Vorsätze über Bord werfend. Heute kein Ouzo, nein kein Ouzo,

ganz sicher kein Ouzo, aber mit dem Lamm kam der Ouzo, automatisch, Widerspruch unmöglich, sinnlos. Und er schmeckte ihnen immer wieder.
Die Scheidung wurde kaum thematisiert. Die Fakten waren bekannt und was sollte man auch Alles noch einmal durchkauen. Viel zu anstrengend und viel zu riskant sich das angenehme Leben zu versauen. Es galt zu verdauen, nach vorne zu blicken, so hatte es Erwin formuliert und als Maxime vorgegeben.

13. Max und Erwin, wie Alles begann

Aber auch diese Zeit ging vorbei, die Unbeschwertheit verflog und der Alltag ließ die altbekannten Dämonen wieder erwachen, das Grübeln holte Max wieder ein. Die bohrenden Fragen wann und wo er den oder die entscheidenden Fehler gemacht hatte, stellten sich immer wieder neu.
Der Spanisch-Kurs, das war der Knackpunkt, das kristallisierte sich immer mehr heraus. Da hatte sie sich verändert.
Die Zeichen waren da, vielfach, jetzt, rückblickend, sah er sie, ganz deutlich sogar. Er war einfach zu blöd oder besser zu beschäftigt oder noch besser, zu sehr in seine Arbeit verbissen und hatte vergessen, hatte ignoriert was Liebe bedeutet, nämlich Erneuerung, ja verdammt, auch Erneuerung. Nicht Sitzen, wie besitzen, wie aussitzen, wie Bequemlich-keit. Nein, statt dessen das Gegenteil, Bewegung, sich mühen, sich bemühen.
Fehler über Fehler, er hatte die simpelsten Fehler gemacht, gedacht es ginge immer so weiter, im Trott. Alltag, nur noch grauer Alltag. Und Routine.
Er kannte sie doch lange genug und wusste was sie erwartete, von ihm und von ihrem gemeinsamen Leben und dass sie damit nicht zufrieden war wie es lief, es nicht sein konnte.
Aber wieso war er damit so zufrieden ?
Gab ihm der Job soviel und wollte er wirklich nicht mehr ?
Liebe, Sex, Erotik waren eingefroren, Portionsweise auftaubar, als Häppchen nach Verlangen beliebig genießbar.

So lief es gegen Ende doch ab und war aus
seiner Sicht auch noch ganz in Ordnung.
War er so abgestumpft und auch zu so einem
Liebesverwalter geworden, wie viele aus
seinem männlichen Bekanntenkreis,
nicht mehr inspirativ, nur noch Schema F.,
war er das, war es wirklich so gekommen ?
Erwin's Meinung dazu war eindeutig und
manchmal, wenn er wieder in Rage war und
das Gefühl hatte aus sich herausgehen zu
müssen, hielt er Max knallhart den Spiegel
vors Gesicht: Du bist ein blöder Hund, du
hast es versaut, jetzt ist nichts mehr zu
machen, fertig, verstehst du, versaaaut !
Und wieso ?
Nur wegen deiner Scheiss-Schafferei sag
ich dir !
Hättest du wenigstens mal diese Sekretärin
gevögelt, die Französin, auf die du so
scharf warst und sie geschwängert oder
wärst mit ihr durchgebrannt, das hätte ich
noch verstanden, aber nein, noch nicht
einmal das !
Ihr Verhältnis erlaubte diese
Zurechtweisungen, diese offene Sprache.
Ja, sicher waren sie sogar ein ganz
gewichtiger Teil ihrer über lange Jahre
gewachsenen Freundschaft. Man erlaubte es
sich gegenseitig, verlangte es, tauschte
sich aus, diskutierte, stritt energisch,
manchmal an der Beleidigungsgrenze und
feierte genauso was das Zeug hielt.
Schon immer ließen sie sich teilhaben an
ihren überbordenden Phantasien und an
ihrer auch recht intensiv ausgelebten
Realität. Manchmal warfen sie sich aber
auch gegenseitig nur Häppchen hin,
Andeutungen, Scharfmacher, dazu die
Realität frisiert und absichtlich

verbogen, aus taktischen Erwägungen,
um die Reaktion des Gegenüber zu testen
oder einfach eine falsche Fährte zu legen.
Der Seelenbruder wurde nicht immer in
Allem voll informiert, nein, Max wollte
schon ein paar Geheimnisse in seinem
Seelenkämmerlein für sich behalten und er
glaubte die Gewissheit zu haben, dass es
bei Erwin genauso war.
Daher gab es durchaus kleine Lügen,
deren man sich bediente, auch eine Prise
Argwohn, die ab und an zu Tage trat.
Max konnte nicht genau datieren wie lange
er Erwin schon kannte, konnte er
eigentlich ja auch gar nicht, er lachte in
sich hinein, denn es war von klein auf,
von ganz klein. Schon vor dem Kindergarten. Ihre Eltern wohnten nur einen
Steinwurf voneinander entfernt und kannten
sich gut und da man sich mit den
Bauklötzen nicht gleich den Kopf
eingeschlagen hatte ergab sich somit das
gemeinsame Aufwachsen wie von selbst.
Danach pflegte man die Beziehung weiter
über die Schulzeit, die Lehrzeit, über die
Jugend bis zum heutigen Tage. Man erlebte
die Zeit mit dem ersten Auto, den ersten
Erfahrungen mit der holden Weiblichkeit,
immer in intensivem Austausch des
Erlebten, abgesehen von ihren kleinen
Verschleierungstricksereien. Es ging öfter
mal auseinander, aber diese Auszeiten
waren meist nach relativ kurzer Zeit
wieder beendet. Man war eben ähnlich
gepolt, sehr ähnlich und hatte sehr viele
gemeinsame Interessen. Aber es gab zu
ihrer eigenen Überraschung doch manchmal
auch recht große Differenzen, oft
unerwartet, völlig unvorbereitet.

Auf dem Gebiet der Liebe traf das öfter
zu. Komischerweise verliebten sie sich nie
in die gleiche Frau, obwohl die Ideale
ziemlich deckungsgleich waren.
Erwin verschlug es mit Ende 20 nach
Berlin, wegen der Bundeswehr und dort
blieb er recht lange, mindestens 25 Jahre,
Alles in Allem, mit Unterbrechungen.
Max brauchte das nicht, zu fliehen vor der
Einberufung, er war untauglich.
Erwin lavierte sich durch, von Anfang an,
hatte mal feste, mal Aushilfsjobs, so wie
er es gerade für gut oder nötig hielt.
Wichtig war ihm das Studium seiner
diversen Zeitungen, Cappuccino trinkend,
am besten in der Sonne sitzend, Musik
hören und sich bloß nicht überanstrengen.
Müßiggang als Lebensdevise. Auch gegen ein
gepflegtes Mittagsschläfchen war nichts
einzuwenden. Wenn es absolut nicht mehr
ging und größere Ausgaben anstanden,
wie z.B. Urlaub mit seinem Freund Max,
dann suchte er sich eine möglichst bequeme
und nicht schlecht bezahlte Arbeit.
Was ihm überraschender Weise auch immer
wieder gelang, u.A. arbeitete er eine
Zeitlang, für Erwin überaus lange,
so ca. drei Jahre, als Verkäufer in
Herrenboutiquen, kurz vor seiner Flucht
nach Berlin.
Da Max geschmacklich nicht gerade das
ideale Empfinden hatte, nach Meinung
diverser, äußerst fachkundiger Modekenner
aus seinem Umfeld, war das eine gute
Gelegenheit sich modisch einzudecken.
Man wusste ja nie wie lange Erwin gerade
mal wieder Lust auf Arbeit hatte und seine
Geldvorräte knapp waren, also musste die
Gelegenheit genutzt werden und Max's

Einkäufe arteten dann schon öfter mal,
aus einer Art Panik, in einen ausgiebigen
Vorratskauf aus. Erwin hatte den Geschmack
und den passenden Job, Max das Geld und
die Not, das war die Situation. Eigentlich
eine klassische Win-Win-Situation,
Erwin machte Umsatz und Max war modisch
gekleidet. Da aber das Modische meistens
nicht mit Max's Geschmack übereinstimmte,
kaufte er oft mit einem gewissen
Widerwillen, alleine auf Erwins Auswahl
vertrauensvoll bauend, so wie ein Kind,
das von seinen Eltern eingekleidet wird.
Dabei spielte auch ein gewisses Misstrauen
und eine Portion Argwohn eine Rolle. Max
war sich nämlich nie ganz sicher, ob Erwin
ihm nicht doch die hoch provisionierten
Teile andrehte, denn daran verdiente er
nun einmal am Besten. Nicht um Erwin böse
Absicht zu unterstellen, sondern mehr in
der Richtung, daß, wenn es zwei Teile gab
und das etwas schönere, bessere Teil
weniger einbrachte, dann doch Erwin dem
Sog der Provision nicht standhalten konnte
und Max das weniger tolle Teil andrehte.
Wenn das Zeug raus musste gab es nämlich
fette Anreize und wenn die Not groß,
sprich der Geldbeutel leer ist, wer weiß,
beschlich es Max, ob er dann nicht auch
eines dieser armen verarschten Männer-
geschöpfe von Erwins Verkaufskunst war.
Erwin hatte das zwar immer energisch
bestritten, war auch schon des öfteren
deshalb in einen Beratungs- und
Verkaufsverweigerungsstreik als Bestrafung
übergegangen, aber für Max gab es
Anhaltspunkte die ihn misstrauisch
machten. Die Mädels stärkten diese
Mutmaßungen, indem sie Max mit manch

abfälliger Bemerkung verunsicherten.
Ach, was ist das denn das für ein schönes Teil, wo gibt es denn so was Schickes oder schaut mal, wie modisch unser Maxi heute wieder gekleidet ist ?
Meistens mit einem süffisanten Lächeln in die Runde gefragt.
Erwin war eben ein Schlitzohr, es war ihm durchaus zuzutrauen. Natürlich wies er jeden Verdacht weit von sich und verwies auf die interessierten Blicke der von ihnen ausgewählten weiblichen Favoritinnen.
Meinst du vielleicht die würden so nach uns geifern, wenn einer von uns aussehen würde wie ein Hanswurst, glaubst du das wirklich, hä ?
Außerdem, meinte er, sind bei den Provisionierten doch auch Stücke dabei die fantastisch sind und billig dazu, also was willst du mehr. Sei doch froh, daß ich dich vor unnötig überteuertem Schnickschnack bewahre, Lumpen die nur ein halbes Jahr zusammenhalten, schlecht genäht sind und die du mit Mondpreisen bezahlen sollst, nur, weil der Fummel gerade mal in ist. Glaube mir mein Guter, für dich nur das Beste, beteuerte er immer wieder, nur die besten Teile,
beste Qualität und absoluter Chic.
Irgendwann besiegte Max sein Misstrauen und auch die Zweifel versiegten mit der Zeit. Er war sich damals ziemlich sicher, daß Erwin seinen Job für's Leben gefunden hatte, denn die Tätigkeit als Verkäufer machte ihm richtig Spaß, er ging regelrecht darin auf. Das merkte man besonders, wenn er mal wieder eine lustige Anekdote aus seinem Verkäuferleben zum

besten gab.
Dabei gefiel Max der Keller-Gag am besten. Erwin erzählte, wenn sie sich einen Spaß machen wollten oder ihnen ein Kunde zu sehr auf den Nerven herumtrampelte, weil der partout nicht zu überzeugen war und immer wieder neue Teile verlangte, lockten sie ihn zuerst in Richtung Schaufenster um ihm ein ganz erlesenes, exquisites,
wie für ihn gemachtes Teil zu zeigen. Natürlich war das auch nicht passend, das war schon vorher klar. Dann ging man als Verkäufer zurück Richtung Verkaufstresen, der mächtig vor der Hinterwand, in die Raummitte hineinragend stand und auch zum Zusammenlegen der Ware gedacht war, ein Riesenteil. Idealerweise legte man vorher noch ein paar sehr volle Tüten auf den Tresen. Man bat den Kunden am Schaufenster zu warten, das war wichtig, wegen der Distanz, man wolle nachsehen, so ein Schmuckstück in der richtigen Grösse müsste eigentlich noch im Lager liegen. Den Kunden stehen lassend, er könne sich ja derweil hier noch ein paar interessante Stücke anschauen, ging Erwin an die Seite des Tresens und rief, es dauert nur einen Moment, ich muss nur gerade schnell hinab in den Keller nachschauen.
Dann ging er um den Tresen hinter die gegenüberliegende Seite und verschwand langsam in die Knie gehend, immer kleiner werdend, wie, wenn man eine Treppe hinabsteigt, hinter dem Tresen. Zusätzliche Kunst war, Geräusche zu machen wie beim Stufen gehen und dann so etwas zu rufen wie, oh schade, hier haben wir leider nur noch Übergrößen und zwar so, dass es von ziemlich weit her klang,

kellermäßig eben.
Bei der Nummer, beispielhaft von Erwin vorgetragen, konnten sie sich halb totlachen. Erwin sah sich da auf einer Stufe mit ihrem großen, nahezu vergötterten Vorbild, Charlie Chaplin. Aber irgendwann war es auch mit dem Verkäuferjob vorbei. Erwin hatte einfach keine Lust mehr, dazu lockte Berlin und der Bund drohte. Anfangs hatten sie zwar noch regen Kontakt, besuchten sich oft, aber der ließ, naturgemäß, immer mehr nach. Durch eine Berliner Bekanntschaft hatte Erwin dann sein Faible für Immobilien entdeckt und damit einhergehend auch das Geldverdienen. Und er verdiente dabei sehr gut, stieß in völlig neue finanzielle Dimensionen vor, neue Urlaubswelten und die Grundlage für ein ausgeprägtes Dolce vita taten sich damit auf.
Man verlor sich aus den Augen und hörte eine Weile nichts mehr voneinander.
Als dann Erwin das Berliner Abenteuer, gut betucht, beendet hatte und wieder in der Nähe wohnte, ergab sich auch wieder ein Dialog, aber die Intensität war nicht sehr ausgeprägt, was Max immer zutiefst bedauerte. Insbesondere in seiner Scheidungsphase hätte er gerne einen intensiveren Kontakt mit Erwin gepflegt. Max hatte dann mit dem Musikabend angefangen und so versucht den Freund mehr an sich zu binden und dabei die alten Zeiten wieder aufleben zu lassen.
Aber Erwin ließ es schleifen, hatte sich wieder, wie in seiner Frühzeit, dem beschaulichen, zurückgezogenen Leben verordnet, gab sich lieber seiner Trägheit

hin und ließ ein ums andere Mal Max
terminlich ins Leere Laufen. Nachdem es
dann öfter wegen Max's Unzufriedenheit
über die langen Sendepausen und Erwins
Ausreden Streit gegeben hatte,
einigten sie sich auf feste Termine.
Das ging auch einigermaßen.
Natürlich immer nur bei Erwin, da das
bekochen an den Terminen inclusive war,
sehr zum Wohlgefallen von Max.

14. Max und Erwin überlegen
Folterszenarien

Allerdings heute mit Abstrichen,
Moussaka hätte nicht sein müssen,
das war einfach Pech.
Ich weiß, die Moussaka war nicht ganz so
dein Geschmack, aber so ist das, wenn man
unangemeldet kommt, da muß man eben essen
was auf den Tisch kommt.
Hattest du nun eigentlich mal was mit
dieser Französin oder nicht ? da bist du
mir immer noch die definitive Antwort
schuldig.
Welch eine Frage, wie kommst du jetzt
ausgerechnet da drauf ?
Och nur so, manchmal sinniert man so vor
sich hin und auf einmal kommen so offene
Fragen ins Gehirn geschwommen, die beißen
sich dann fest und wollen beantwortet
werden. Du hast mir da immer so Häppchen
hingeworfen, mich mit deinen Erlebnissen
oder waren das mehr Phantasien,
inspiriert, Marta kann dir ein Lied davon
singen, die musste das immer ausbaden.
Deshalb die Frage, ein neuerlicher,
kleiner erotischer Anschub wäre nicht
schlecht.
Ja, mein Guter, das ist mir klar,
das wüsstest du wohl gerne, du alter
Neugierling. Vielleicht habe ich sie ja
sogar gevögelt und dir nie davon erzählt,
da muß ich jetzt mal ganz scharf
nachdenken ?
Wenn ihr im Bett gewesen wärt, hättest du
mir davon erzählt, nein, das hättest du
nicht für dich behalten können, das hätte
raus gemusst, so weit kenne ich dich,
versuchte ihn Erwin zu provozieren.

Kann sein, muß aber nicht sein,
mein lieber Erwin, erwiderte Max,
dabei schelmisch grinsend und sich
innerlich amüsierend wie dümmlich ihn
Erwin reinlegen wollte. Sollte er ihn noch
weiter im Unklaren lassen oder ihm doch
den kleinen Anschub geben ?
Er entschied sich dagegen.
Mein lieber Erwin, das ist eine längere
Geschichte, die erzähle ich dir gerne
nächstes Mal, heute habe ich eine andere
Platte mitgebracht. Ich verstehe ja,
daß dir der Lustsabber schon aus den
Kiemen läuft, aber du musst leider noch
ein bisschen warten.
Na gut, dann vertagen wir das halt,
wie du willst, gab Erwin enttäuscht auf.
Komm wir gehen in's Wohnzimmer dann kannst
du mir dein beladenes Herz ausschütten.
Erwin schritt energisch voraus und Max kam
bübisch grinsend hinterher. Ihn schmoren
zu lassen gefiel ihm, er kostete sein
Geheimnis aus.
So mein Freund, jetzt raus damit,
was ist los, was ist passiert ?
Max kam zur Sache und war direkt emotional
von Null auf Hundert.
Stell dir vor, der Hund vögelt eine Andere
und das auch noch im eigenen Haus,
sprudelte es aus ihm heraus,
laut und mit geballten Fäusten.
Langsam, langsam, schön ruhig bleiben,
immer der Reihe nach, versuchte ihn Erwin
zu beruhigen.
Aber Max war schon ordentlich in Fahrt und
erzählte fahrig, sich wiederholend und
immer aufgewühlter, die Vorkommnisse jener
Nacht.
Sicher so ein junges Ding das sich nach

oben bumsen will, bemerkte Erwin.
Ja natürlich, arbeitet bei ihm und ist sehr blond, bestätigte Max.
Aha, es handelt sich also um so ein Karrieregeiles Hurenweibchen, dachte ich es mir doch.
Und was hast du mit dem Kretin gemacht, den Hals abgeschnitten oder den Schädel eingeschlagen ?
Hätte ich gerne, aber Luise hat mich abgehalten, wahrscheinlich war es auch besser so. Was hätte ich denn als alter Kerl für eine Chance gehabt ? Keine ! Sowieso eine lächerliche Idee, im Nachhinein betrachtet.
Dann fahren wir eben zusammen hin und schneiden ihm die Eier ab. Ich habe im Keller noch eine Schrotflinte,
damit halte ich ihn in Schach und du säbelst sein Ding ab.
Genau !
Das macht sich gut, zumal für dich mit deinem leichten Hang zum Perversen, dann wären das zwei Fliegen mit einer Klappe, Bestrafung und Lustgewinn in Einem.
Erwin lachte, seine Ausführungen mit dem kleinen Seitenhieb auf Max beförderten seine gute Laune.
Lass den Quatsch, das ist nicht zum Lachen, ich bin ganz schön fertig kann ich dir sagen. Zudem dachte ich Idiot vor der Fahrt noch darüber nach, ob es vielleicht dort eine Zuflucht für mich gäbe, stell dir das mal vor, wie bescheuert von mir. Ich kann es selbst kaum glauben.
Jedenfalls ist das jetzt ein für allemal passe und damit abgehakt.
Tja, mein guter Max, da bleibt als Hoffnungsträger wohl nur noch dein Neffe,

schade, schade, aber was will man machen. Vielleicht tut sich ja noch das erhoffte Wunder auf, nur nicht den Mut verlieren. Und Luise, wie geht es der, wie hat die das aufgenommen ?
Die war noch relativ gefasst, offenbar weiß sie es schon länger und hat bereits Ähnliches durchgemacht.
Hat sie sich damit abgefunden oder will sie etwas dagegen tun ?
Mein armes Mädchen sucht sich einen Job und will dann die Scheidung einreichen. Aber zuerst muß der Job mal her, solange will oder besser muß sie noch warten, weil sie doch zu allem Elend noch von ihm abhängig ist. Ich soll mich jedenfalls nicht einmischen, das würde es nur noch schlimmer machen und sie hätte es auszubaden, angeblich hat sie die Sache im Griff. Wie konnte sie nur diesen windigen, aufgeblasenen Blender heiraten, ich habe damals schon geahnt, dass das nicht gut ausgehen wird, war schon von Anfang an skeptisch was Bernhard betraf. Ich hatte schon immer den Verdacht, daß da nichts davor und nichts dahinter ist, aber Luise war so verliebt und so glücklich, daß wieder ein Mann nach ihr gierte, da war ihr kein Blick auf die Realität möglich. Wohl deshalb nahm sie Bernhards Beteuerungen für bare Münze und glaubte ihm. Das hat sie jetzt davon, das arme Kind. Aber sie hat eine starke Natur, sie schafft das, da bin ich mir sicher. Blöde Sache, wirklich blöd, mein Mäxchen. Drogen nimmt er übrigens auch, harte Sachen, Koka und so Zeugs.
Na, ein bisschen Speed kann nicht schaden, das macht ihn eher wieder sympathisch.

Sag mal Erwin hast du sie noch Alle ?
Ist ja gut mein Alter, war nicht so gemeint, beruhigte ihn Erwin in versöhnlichem Ton. Tja mein Guter, was soll man da machen ?
Erwin sah ihn fragend an und fuhr mit einem Seufzer fort.
Mein Gott, was ist bloß los, die Welt ist aus den Fugen. Trennungen, Scheidungen, leere, unglückliche Beziehungen, all das Unglück, da bin ich froh, dass ich es nur mit meiner Betreuerin zu tun habe.
Rede mal nicht so herablassend über Marta, deine Arroganz wird dir noch im Hals stecken bleiben, da hast du eine Perle erwischt und weißt es immer noch nicht zu schätzen, Andere in deiner Situation würden sich von schreiben.
Aber man darf auch ein bisschen Aristokrat sein, so ein klein wenig schadet das nie, dann kommen sie auch nicht auf krumme Gedanken, mein lieber Max.
So ein bisschen Aristokrat sein, wenn ich so einen Stuss höre, das könnte Bernhard auch sagen. Ich bin ein kleiner Aristokrat und deshalb kann ich mir eine Konkubine leisten, Koks nehmen bis er mir zu den Ohren raus kommt und vielleicht dann noch als Höhepunkt auch mal Frau und Kinder ein bisschen verschlagen. Nicht zu arg, nur so zur Zurechtweisung, ereiferte sich Max.
Na, jetzt aber mal piano, nicht so aggressiv, komm mal wieder runter.
Hier, wir haben kaum was getrunken.
Erwin hatte die Gläser erhoben und hielt das von Max direkt vor Max Nase.
Der nahm das Glas und trank bedächtig einen Schluck, Erwin wartete und sah ihm dabei zu.

Also mein lieber Erwin, Luises Bedenken hin oder her, eine passende Bestrafung für mein Schwiegermonster sollte schon drin sein oder was meinst du ?
Natürlich, nur bevor wir zu den diversen Foltermöglichkeiten kommen, muß ich erst einmal meine Gesundheitsüberwachungsdame austricksen, denn zum Nachdenken muß das Gehirn mit dem entsprechenden Sprit angeregt werden, damit es selbst anfängt, uns das ganze Arsenal sadistischer Quälinstrumente offenbart und ja nichts auslässt. Das mit dem Geist aus der Flasche geht aber nur, wenn ich Marta in Sicherheit wiege, verstehst du. Damit es nachher kein Gemeckere und Gejammere gibt, von wegen Pillen und dem ganzen Quatsch, sagte er, leerte sein Glas in einem Zug und rief in Richtung Küche: Marta, bringst du uns bitte noch eine große Flasche Wasser. Es schmeckt mir nicht mehr, ich muss an meine Gesundheit denken, Max darf den Wein ganz alleine trinken. Marta schaute kurz, erstaunt, sichtlich überrascht, herein, nickte, ging in die Küche und kam mit einer großen Flasche Mineral und zwei neuen Gläsern zurück. Das für Max kannst du wieder mitnehmen, der ist gesund, das viele Wasser würde ihn krank machen, der muß viel von dem roten vergärten Traubensaft trinken, hat der Herr Professor zu ihm gesagt. Der Rotwein würde das gaaaanze viele Fett fressen. Dann bräuchte er nicht mehr an die Dialyse, verstehst du. Aber Max ist schlau. Wenn das Fett weg ist darf er auch keinen Rotwein mehr trinken. Deshalb hält er sich immer so einen kleinen Fett-spiegel, so einfach ist das,

nicht wahr mein Freund.
Er zwinkerte Max zu.
Marta stand wie angewurzelt da,
mit aufgerissenen, ungläubigen Augen
stierte sie auf Max.
Erwin schlug Max mit der flachen Hand auf
den Oberschenkel und hielt ihn fest.
Dann kam er ganz nahe, schaute ihn an,
verzog die Augen rauf und runter,
lachte gedämpft und bearbeitete dabei mit
der Hand weiter seinen Oberschenkel.
Max rutschte unsicher hin und her.
Gelle mein Mäxchen, sagte Erwin noch
einmal mit Nachdruck, offensichtlich eine
Bestätigung von Max erwartend.
Martas Blick wanderte verängstigt zu
Erwin.
Es war mal wieder eins von Erwins
Spielchen, die er so gerne spielte.
Die erste Flasche, die schon fast leer
war, hatte also ihr Ziel nicht verfehlt.
Erwin goss sich jetzt demonstrativ das
Wasserglas voll und füllte Max's Glas mit
dem Rest Rotwein. Ich werde dann mal noch
eine zweite Flasche Reinigungssaft für
unseren lieben Maxe öffnen, damit er nicht
verdurstet und das Fett gefressen wird.
Marta verdrehte die Augen und eilte wieder
zurück in die Küche.
Du siehst, ich nur Wasser, Max nur Wein,
rief er ihr nach.
Ja, ja, habe gesehen, antwortete Marta
müde, den Kopf schüttelnd.
Erwin machte die zweite Flasche auf und
stellte sie auf den Tisch.
So mein Guter, jetzt wäre das Problem auch
gelöst.
Er nahm das Rotweinglas und trank einen
kräftigen Schluck, dann kippte er das

Wasserglas in den nächsten Blumentopf.
Der Rote für uns, das Wasser für die Blumen. Jetzt können wir halt nur aus einem Glas trinken, aber daran wird wohl keiner von uns sterben oder ?
Er lachte, solche Späße gefielen ihm.
Ja, sag mal, meinst du wirklich die Marta wäre so blöde und würde auf deine Show hereinfallen, hälst du die wirklich für so bescheuert ? Im Leben nicht !
Macht nichts, egal, vielleicht klappt es ja doch, der Versuch ist es jedenfalls wert.
Die Musie spielt nicht mehr, ja wo gibt's denn dös !
Ein bisschen Hintergrundmusik muß schon sein, ich lege mal dem Ernst der Sache gemäß etwas von unserem immer wieder gerne gehörten Countrymann, dem Herrn Kristoffersen auf, schön ruhig, melodisch, kann man zu Allem hören, Geburten, Todesfälle und Folterüberlegungen, bevor wir richtig loslegen.
Erwin stand auf und sah ihn fragend an.
Meinetwegen, brummte Max, aber nicht zu laut.
Gut, gut, dann will ich mal schauen wo sich der Herr Kristofferson versteckt hat. Mit diesem Kommentar, verbunden mit einem wehleidigen Stöhnen, ging, vielmehr schleppte er sich, dabei mit der linken Hand seine Leiste massierend, in Richtung Plattensammlung.
Max wurde missmutiger, es war klar, dass es nach weiteren Gläsern Wein keine geordnete Unterhaltung mehr geben könnte, er kannte Erwin und wusste seine Alkoholverträglichkeit gut einzuschätzen. Natürlich spürte auch er den Alkohol,

er war in einem gut angetrunkenen Zustand, konnte aber erfahrungsgemäß, trotz fortlaufenden Konsums, sehr lange auf diesem Level verharren, das war schon immer so. Es dauerte seine Zeit bis bei ihm der Absturz kam, aber das war eben auch das Verführerische, er sah zwar ringsum die Alkoholopfer reihum umfallen, fühlte sich selbst aber unangreifbar.
Er glaubte irgendwann dagegen immun zu sein, sah sich immer noch topfit.
Der Alkoholdämon tat das Seinige und redete ihm gut zu, ließ ihn über alle Promillegrenzen erhaben erscheinen.
Und darauf trank er dann noch Einen und noch Einen und noch Einen, bis es irgendwann doch soweit war, er vollends fertig war, mit einem Schlag, mit voller Wucht und allem was dazu gehört, torkeln, lallen, die ganze Palette.
Ein Fest für den Alkoholdämon.
Erwin blieb stehen, drehte sich zu Max um, verzog das Gesicht und entließ grinsend einen Furz in den Raum.
Ein kleines Donnerwetter, ich glaube es gibt ein Gewitter, gab er schelmisch als Kommentar ab, drehte sich wieder um und schlurfte die letzten Meter zu seiner Musiksammlung.
Sie erlaubten sich bei Erwin Vieles, dazu gehörte das Furzen und Rülpsen. Man konnte sich das gut angewöhnen. Max erwischte sich manchmal auch zuhause bei solchen unartigen Aktivitäten. Einmal war Luise entsetzt, als sie in Gesellschaft im Restaurant essen waren und Max einen schönen Rülpser von sich gab. Er war natürlich selbst am meisten erschrocken. Gedankenlos hatte er sich gehen lassen,

ein absoluter Fauxpas. Wenigstens kein Furz, ein Rülpser ging gerade noch, weil in der Igitt-Skala weitaus tiefer platziert. Alle sahen ihn an.
Luise umschiffte elegant die Peinlichkeit indem sie sagte: Na Opa, hat es uns geschmeckt, hat das Kind ein Bäuerchen gemacht ? und lachte.
Die ganze Gesellschaft schloß sich dem Lachen an und die Situation war gerettet. Dank Luises Geschick war es gelungen Max's Ausrutscher mit dem Anstrich eines kindlichen Verdauungsvorganges zu übertünchen. Natürlich sprach sie ihn später darauf an, bat ihn doch etwas mehr auf sich acht zu geben und sah mit einem Augenzwinkern über weitere Zurechtweisungen hinweg. Max versprach sich zusammen zu nehmen und versicherte ihr, daß es bestimmt nicht mehr vorkommen würde. Er zauberte dann auch noch eine kleine Entschuldigung aus dem Hut, indem er ihr beichtete, daß er deswegen in ärztlicher Behandlung sei. Nichts Schlimmes, Reflux, so eine Art Schluckauf, sie bräuchte sich deswegen keine Sorgen zu machen, er hätte nur die vom Arzt verschriebene, zum Essen einzunehmende Medizin, vergessen. Das war zwar ziemlich dreist gelogen, aber er wollte vor Luise zumindest noch ein Minimum an Ehrenrettung betreiben. Irgendwie hatte er auch den Eindruck, daß es die Tischgesellschaft als gar nicht so tragisch aufgefasst hatte. Es kam ihm eher so vor als hätte man das mit einer Art Altersmilde akzeptiert, als bräuchte er sich noch nicht einmal zu entschuldigen. Man musste natürlich peinlich berührt erscheinen,

das verlangte die Etikette, aber mit Blick auf Max, kam es ihm so vor als wollte man sagen, seht doch, er ist ein alter Mann und krank dazu, da kann das schon einmal passieren. Egal, wie dem auch sei, er musste jetzt gut aufpassen, einmal raus rutschen war das Maximum was er sich leisten konnte, schließlich lag ihm auch am guten Essen und dann würde er auf einmal nicht mehr eingeladen werden. Außer, wenn es Bernhard sein sollte, der geladen hat, womöglich als Beförderungsessen oder so, im großen, erlauchten Kreis. Dann würde er furzen und rülpsen was das Zeug hält und vielleicht sogar unter den Tisch pinkeln oder auf den Tisch kotzen, sich ganz primitiv rächen, seine Phantasie hatte da Einiges zu bieten.
Also, was könnten wir da machen, was hat denn mein Maxi ausgetüftelt, hat er schon einen Plan wie wir den Unhold bestrafen könnten ? meldete sich Erwin jetzt wieder beim Durchwühlen seiner Sammlung.
Nein, nichts, wahrscheinlich ist nichts zu machen, leider. Hauptsächlich wegen Luise. Solange sie bei ihm lebt und auch nicht will dass ich Terror mache, solange muss ich wohl tatenlos zusehen und abwarten, hoffen, dass das mit dem Job klappt und sie möglichst schnell da raus kann.
Zu all dem muss sie sich auch noch mit Bernhards Tochter quälen. Genau wie der Papa, das gleiche Kaliber, ein durchtriebenes Luder, verkommenes Pack eben. Fehlt nur noch, dass er diese Mona schwängert. Andererseits wäre das dann vielleicht auch die Lösung, die Erlösung.
Erwin hatte endlich die gesuchte Platte gefunden. Stolz schwenkte er das Cover

zu Max herüber, entnahm die Scheibe und legte auf. Dann kam er, mit zufriedenem Gesichtsausdruck zurück, schenkte nach, hielt die Nase in das Glas und sah Max fragend an. Die zweite Flasche war jetzt auch schon halb leer und Max war klar, dass es eine Dritte nicht geben durfte. Erwin trank und stellte das noch gut gefüllte Glas vor Max ab.
Das ist für ihn, damit er auch noch etwas von dem guten Tröpfchen abbekommt und sich nachher nicht beschwert er wäre zu kurz gekommen. Er machte eine auffordernde Handbewegung indem er auf das Glas zeigte und mit dem Kopf nickte. Max bedankte sich und folgte der Aufforderung.
Erwin sah ihm zu, schüttelte den Kopf und trippelte unruhig hin und her.
Für Max ein untrügliches Zeichen.
Erwin würde jetzt bald das Thema wechseln und einen Monolog halten oder die Talking Heads auflegen, laut aufdrehen und tanzen, was er so darunter verstand. Er tanzte dann mit sich selbst und sang ab und zu dazu. Manchmal trommelte er auch auf irgendwelchen Gegenständen wie ein Drummer vor sich hin, wiegte dabei den Kopf hin und her und verdrehte die Augen. Und vor allem, er ließ einem dann nicht in Ruhe, verlangte energisch mit zu trommeln oder ihn auf der Luftgitarre zu begleiten oder er tanzte einem vor der Nase herum, schleuderte die Füße nach vorn, riss die Arme fortwährend nach oben und versuchte energisch zum Mitmachen zu animieren, zog am Arm, wenn das nicht half, an irgend-etwas was er kriegen konnte, manchmal auch an der Nase. Bei entsprechender Stimmung war das auch sehr lustig,

Max hüpfte dann oft mit, ließ sich gerne mitreißen von Erwins ekstatischer Stimmung, besonders wenn Erwin den sogenannten einbeinigen Kasatschok auf's Parkett legte, Max hatte den Tanz so getauft. Erwin bewies immer noch eine Mordsenergie und tobte sich aus mit Allem was er an Kraft zu bieten hatte.
Dafür waren die nächsten Tage dann vollkommene Ruhetage, das Haus verrammelt und verriegelt. Wenn man zu ihm durchdrang, dann sah er alt aus. Recht ungepflegt lungerte er dann in irgendeinem verlodderten Trainingsanzug auf der Couch herum und bedauerte Gott und die Welt, aber in erster Linie sich selbst.
Auch Marta drang dann nicht zu ihm durch und konnte nichts machen, nicht einmal zum Rasieren konnte sie ihn dann bewegen.
Max überlegte.
Sollte er sich auf einen eventuellen Tanz- und oder Singabend mit ungewissem Ausgang einlassen oder direkt nach Hause fliehen ? Noch war er relativ klar im Kopf und in der Lage eine diesbezügliche Entscheidung zu treffen. Er nahm die Weinflasche und taxierte den Rest. Der wollte getrunken sein und war nach seiner Einschätzung auch noch verkraftbar, außerdem war der Tropfen einfach zu gut um ihn stehen zu lassen.
Er stellte die Flasche wieder hin und nahm einen Schluck Wasser. Muß auch mal sein, so zwischendurch, rechtfertigte er sich mit Blick auf den Rotwein vor sich selbst.
Dann schaute er wieder zu Erwin, noch war das Gespräch in Gang, noch eine einigermaßen fruchtbare Diskussion möglich.

So mein lieber Erwinesco, jetzt weisst du was los ist, wir brauchen eine Bestrafung die hart und möglichst teuflisch ist, ihn aber noch arbeitsfähig erhält, damit er mein Töchterchen noch versorgen kann, du kannst ja mal darüber nachdenken, keine leichte Aufgabe.
Mit dieser Ansprache versuchte Max das Gespräch wieder in Gang zu bringen.
Mit diesem Kopf ? fragte Erwin, sah ihn mit aufgerissenen Augen an, dabei die Zähne zusammengepresst, den Mund leicht geöffnet und mit beiden Fäusten gegen die Schläfen trommelnd.
Jetzt ist es soweit, er kommt wieder in Schwung, legt sicher gleich los, ein geordnetes Gespräch kann ich jetzt vergessen, konstatierte Max resignierend. Schade.
Wie soll das gehen Herr Max, ich kann mir mal gerade meine eigene Hausnummer merken, versteht er ?
Ich habe ein Problem, ja ich auch, mein Lieber, betonte Erwin nachdrücklich, mit ernstem Blick.
Es funktioniert nicht mehr so in meinem Kopf, ich merke das ganz deutlich.
Da unten klappt es noch, aber da oben, da wird es langsam eng.
Ich bleibe dabei, wir fahren hin und schneiden ihm die Eier ab, aus, basta, dabei zeigte er grinsend auf seine Genitalien.
Doch noch ein Statement zum Problem, stellte Max nickend für sich fest, aber unbrauchbar, mehr aus der Hüfte geschossen. Aber jetzt war es Max endgültig klar, entweder er musste sich sofort auf die Socken machen oder sich auf

eine wilde Sauforgie einlassen.
Er entschied und entschloß sich für den geordneten Rückzug.
Ja, das wäre so eine Möglichkeit die mir gefallen könnte, bestätigte er, nicht aus echter Überzeugung, nein, nur um das Thema für heute beenden zu können.
Und die Eier würden wir dann mit Speck braten, vor seinen Augen, und du würdest ihn damit füttern, das wäre doch affenstark, hä ?
Genau so machen wir das, genial, und den abgehackten Schwanz schicken wir dann der lieben Mona mit einem Brief, daß das der Rest vom wilden Stier ist und darauf trinken wir jetzt den letzten Schluck von diesem herrlichen Gesöff, bestätigte Max, nahm dabei die Flasche und füllte ihr Glas mit dem spärlichen Rest.
Max besah sich den Ausschank und versuchte seinen Anteil, die Hälfte, abzuschätzen, dann trank er und reichte an Erwin weiter.
Ein Prosit, auf die Weiber und den Suff.
Erwin nahm das Glas und begutachtete den spärlichen Inhalt, schwenkend und schwankend.
Einen ganz schönen Zug hat er heute, charmant, charmant, mein alter Freund, mein alter Süffelkumpan, kommentierte Erwin schelmisch und klopfte ihm sanft an den Hinterkopf.
Wenigstens hat er mir noch ein Tröpfchen gelassen, wenn auch nur so ein Klitzekleines und hat nicht wie ein Barbar Alles in sich hineingekippt, stilvoll der Herr Max, wie es sich gehört. Aber leider wirklich nur noch ein Maul voll, stellte er bedauernd fest und ließ den Rest genussvoll stöhnend,

die Augen geschlossen, in einem Rinnsal, zeitlupenmässig über seinen Gaumen zerfliessen.
Ah, wie gut, kam es ihm anerkennend über die Lippen.
Und jetzt gibt es noch einen schönen Bordeaux, ich hole auch mein Glas wieder. Scheiss drauf, da kann sich Marta auf den Boden legen und mit den Füssen strampeln, ein Fläschchen gibt es noch und zwar ganz offiziell.
Nein, Erwin ich kann nicht mehr, ich habe morgen Dialyse (was wieder glatt gelogen war) und das geht dann nicht gut aus.
Was ? Er will nicht mehr ?
Nein, das geht nicht, geht gar nicht. Wir können uns doch noch ein paar richtig schöne Folterungen für deinen Lieblingsverwandten ausdenken. Da wird geblieben, das ist ein Befehl. Erwin sah ihn fordernd an, dabei die Arme in die Hüfte gestemmt.
Nein, ich weiß, du meinst es gut, aber heute bitte nicht, nächstes Mal, dann holen wir das nach, versprochen. Es ist auch schon fast 10, Max schaute dabei demonstrativ auf die Uhr.
Was soll denn das jetzt schon wieder bedeuten, muss er noch etwas erledigen ? Liegt vielleicht doch eine Dame bei ihm im warmen Bettchen und wartet schon auf ihn ? Max stand auf und wollte einen Schritt Richtung Tür machen. Aber Erwin war schneller, ergriff ihn und drückte ihn an sich.
Mein Freund, mein Bester, was ist das nur für ein erbärmliches Dasein. Ach, wenn ich dich nicht hätte, sagte er und tätschelte ihm über den Rücken.

Dann geh halt und lass dich bloß bald wieder blicken, hörst du.
Er ließ ihn los und trat einen Schritt zurück, kippte dabei aber fast um und konnte sich nur noch im letzten Moment an der Wand abstützen.
Es ist ja bald wieder soweit, dann sehen wir uns wieder, vertröstete ihn Max.
Meinst du ich soll noch so ein kleines Buddelchen für mich aufmachen, nur so als Schlaftrunk ?
So ein ganz kleines Fläschchen, das müsste doch noch gehen, hä ?
Lass sein Erwin, es reicht, morgen trampeln dir die bösen Geister wieder auf der Seele rum, denk dran, ist besser so.
Also gut, dann sind wir heute mal ausnahmsweise stark, geh halt !
Los, Marsch, Marsch und schlaf schön du alter Halunke !
Jetzt war es Max der Erwin umarmte.
Männerfreundschaft.
Das gab ihnen Halt und Trost.
Max löste sich und brauchte nur noch ein paar Schritte, dann stand er vor der Tür.
Geschafft, er war stolz auf sich.
Er hatte dem Dämon nicht nachgegeben, obwohl die Verlockung groß, sehr groß, war.
Aber der Dämon war verdächtig ruhig, zu ruhig, irgendetwas führte das Teufelchen im Schilde.

15. Max beim Inder

Andererseits, warum konnte es diesmal
nicht einfach so sein, daß der Verführer
im Kopf sich ergeben, ein Einsehen hatte,
weil Max heute so stabil wie selten und er
deshalb chancenlos war, warum nicht ?
Bei Erwin war es anscheinend umgekehrt,
denn als Max sich gemächlich vom
Hauseingang entfernte hörte er noch wie
Erwin die Talking Heads aufdrehte.
Na, da wird sich Marta aber freuen,
registrierte Max schmunzelnd, grinste vor
sich hin und schlenderte Richtung Straße.
Er blieb stehen, sog mehrmals kräftig die
noch recht milde Abendluft ein und blickte
zu den Sternen, der Himmel war klar und
der Mond ging seinen Geschäften nach.
Sentimentale Gedanken drängten sich auf.
Vielleicht hätte er sich doch auf ein
kleines Tänzchen mit seinem Seelen-
verwandten einlassen sollen, wer weiß wie
lange sie sich das noch gönnen konnten.
Es tat ihm gut, so inne zu halten und in
die Nacht zu lauschen, die Gedanken ganz
ihrem eigenen Fluß überlassend.
Aber Musik drang wieder in sein Ohr und
lenkte seine Aufmerksamkeit in andere
Bahnen. Das Liedgut, das er hörte war
nicht nur Erwinmusik, nein, altbekannte
Schlagermusik konnte man aus dem Wirrwar
von zugewehten Tönen erkennen.
Wie bei seiner Ankunft, die gleichen
Klänge und jetzt auch untermalt von
Stimmengewirr, mal sehr gedämpft, so daß
man sehr genau hinhören mußte,
mal ziemlich laut, wellenartig.
Es kam eindeutig vom Lokal 'Zum Inder',
ganz klar. Da war doch ganz selten Musik,

was war wohl der Anlass ? sinnierte er.
Irgendetwas Besonderes muss die Ursache sein, wahrscheinlich ein Fest,
bestimmt ein Geburtstag. Aber von wem ? Oder doch ein anderes Fest ?
Es fiel ihm partout Nichts ein und er spürte wie die Neugier sich breit machte und immer mehr Besitz von ihm ergriff.
Er schaute auf die Uhr und überlegte.
Eigentlich ist es noch gar nicht so spät und morgen steht nichts Wichtiges an, also warum nicht vorbeigehen und sich Klarheit verschaffen. Zur Not würde er dann eben auch noch ein Bier zu sich nehmen, natürlich nur, wenn es wirklich sein musste, sagte er sich. Und schon war der Dämon wieder da und mischte sich,
eine neue Chance witternd, ein.
Das Teufelchen befand, daß er noch lange nicht satt war und sich deshalb doch locker noch ein Gläschen gönnen könnte.
Max gab dem Teufelchen unumwunden recht und lenkte seine Schritte Richtung Inder.
Je näher er kam, umso lauter, umso lebendiger, klang es.
Da muß ganz schön was los sein, befand er.
Von weitem sah er schon die Raucher vor der Tür stehen. Rudolf und Richard konnte er direkt identifizieren, die anderen drei Männer waren noch zu undeutlich.
Hallo Leute, was ist denn heute hier los, ist ja richtig Stimmung, irgend ein Fest, Geburtstag oder so ?
Ja, hast du das denn nicht mitbekommen ? fragte Richard zurück und gab direkt die Erklärung dazu.
Der Willy hat geerbt, völlig unerwartet und jetzt haut er kräftig auf die Pauke und hat Alle eingeladen mitzufeiern.

Geh nur rein, trink Einen mit, der Willy
freut sich bestimmt, ihr kennt euch doch
gut, seid doch gewissermassen
Leidensgenossen.
Der Willy geerbt ? fragte Max ungläubig.
Ja, was weiß ich, kannst ihn ja selbst
fragen, los komm mit rein.
Richard zog ihn am Arm und schon standen
sie in der Kneipe.
So voll war es hier ja noch nie, stammelte
Max überwältigt.
Ist doch super oder ?
Tolle Stimmung, begeisterte sich Richard.
Mensch Max, hierher !
drang ein schwaches Rufen an sein Ohr.
Er sah sich suchend um und versuchte die
Stimme zu orten.
Sie kam von Willy, der saß in seinem
Rollstuhl, in der Mitte der Kneipe und
winkte ihm zu. Max antwortete bestätigend
ebenfalls mit einem Winken und kämpfte
sich zu Willy durch. Sie umarmten sich.
Mensch Willy, stimmt das, geerbt,
von wem ? wenn ich fragen darf.
Ja, es ist manchmal nicht zu glauben,
eine richtige Erbtante ist aufgetaucht und
hat mir ihre Hinterlassenschaft vererbt,
wie im Kino. Aber darüber will ich jetzt
nicht mehr reden, genug geschwaddelt,
nur noch saufen und singen und anstoßen.
Ein Bier für meinen Freund Max,
schrie Willy dem Inder lautstark zu.
Der stand hinter dem Tresen und nickte,
Auftrag angenommen.
Jetzt aufpassen, ermahnte sich Max,
nicht ein Bier nach dem Anderen kippen,
und sich rechtzeitig abseilen, bloß nicht
versacken, gefährlich, sehr gefährlich.

Keine Sorge, ließ der Alkoholdämon
beruhigend verlauten, du hast das im
Griff.
Willy schien schon Einiges intus zu haben,
Max konnte eine Menge Striche auf seinem
Bierdeckel zählen.
Das Bier kam schnell und Max stieß mit
einem ' Willy auf dich, deine Erbschaft
und ein langes Leben' an.
Willy schluchzte gerührt und hielt inne.
Ja, Max auf das Leben, antwortete Willy
bedächtig, dann reckte er sein Glas in die
Höhe und rief: Prost Gemeinde !
Die Umstehenden fühlten sich direkt
animiert.
Auf das Leben, die Liebe und den Suff,
schallte es fröhlich durch die Kneipe.
Sie tranken das Bier auf ex, Max und Willy
wischten sich genüsslich den Schaum ab.
Ein kühles Bier ist auch was Feines,
dachte Max, das sollte man sich ruhig
öfter mal genehmigen.
Willy hob die Hand und forderte lauthals
die Trinkgenossen auf: Und jetzt Leute
noch einmal zusammen:
Auf der Reeperbahn nachts um halb eins,
ob du en Mädel hast oder auch keins,
bist ein armer Wicht ...
Der Chor der singenden Bierseligen stimmte
prompt mit ein und sang aus voller Kehle,
im wahrsten Sinne des Wortes.
Ja, armer Wicht, stimmt genau, was ist man
doch für eine arme Sau, ach Max,
unterbrach Willy seinen Gesang, den Kopf
zu Max geneigt und ihn mit wässrigen Augen
traurig ansehend.
Komm Willy, lass den Kopf nicht so hängen,
es ist doch Alles gut, jetzt hast du genug
Kohle und die können dich mal,

bist frei und unabhängig, was willst du mehr, sei froh und genieße dein Glück.
Max kannte Willy gut und deutete sein Gejammer als Hinweis, daß bei Willy wieder einmal ein moralisches Tief im Anflug war. Vielleicht hatte ihn sein unverhofftes Glück ein bisschen aus der Bahn geworfen oder er hatte es noch nicht richtig realisiert und war noch zu sehr in seiner alten Situation verhaftet. Willy war sehr oft starken Gefühlsschwankungen unterworfen, besonders wenn Alkohol im Spiel war.
Und wie die mich jetzt können, die sollen mal sehen was in dem alten Willy noch drin steckt.
Heute haun wir auf die Pauke,
wir machen durch bis morgen früh,
begann er jetzt wieder, trotzig, das nächste Lied anzustimmen.
Und sofort war der Chor dabei, sangen Alle mit und weiter ging es,
Heidewitzka Herr Kapitän,
immer fort, die Gassenhauer rauf und runter grölend, vor Allem Seemannslieder, was das Gedächtnis so hergab.
Zwischendurch wurde öfter mal kurz unterbrochen und sich zugeprostet, die durstigen Kehlen brauchten Schmieröl, die Runden flogen nur so. Bis auf ein paar ewige Schleimer und Parasiten fühlte sich jeder angesprochen eine Runde zu schmeißen, den Meisten war es peinlich Willy die ganze Rechnung aufzuhalsen, trotz Erbschaft.
Max versuchte defensiv zu trinken.
Er versteckte das eine oder andere Bier wo es ging, mal in einem Blumentopf,
mal vertauschte er es gegen ein Anderes,

weniger volles oder nahm es mit aufs Klo und schüttete es aus, je nachdem.
Aber trotzdem kam mächtig was zusammen an Alkohol und er hatte alle Mühe seiner Linie treu zu bleiben. Der Alkoholdämon attestierte ihm immer noch Luft nach oben, komm Max du hast dich doch so gut gehalten, Eines geht noch, als Belohnung.
Willy rief wieder: Ich, ich bin wieder dran, ich der Millionär, Bier für Alle !
Hoch soll er leben, hoch soll er leben, dreimal hoch, tönte es durch die Kneipe.
Mensch Willy, stimmt das wirklich ? fragte Trude, das einzige anwesende und ungewöhnlicher Weise auch kräftig Bier trinkende weibliche Wesen, zaghaft.
Ja, Trude, natürlich, was denn sonst ? Wäre ich jetzt nicht eine gute Partie für dich, du und ich, das wär doch was, nuschelte Willy ihr zu, rückte dabei näher an Trude heran und klopfte ihr mit der Hand auf den Hintern.
Trude und ich heiraten, Trude mit den dicken Titten, gell Trudchen,
schrie Willy in den Raum und erntete schallendes Gelächter.
Auf das Paar,
kam es vielstimmig aus der Menge und schon war man wieder kräftig am Bier inhalieren.
Trude war eine eher einfache Natur.
Sie genoss die Offerten der Männer im Besonderen und war auch im Allgemeinen nicht abgeneigt eine Liebelei einzugehen.
Sie hatte einige Männer gehabt, meist ihrem Niveau entsprechend, manchmal auch darunter, was schwierig genug und eigentlich kaum vorstellbar war, aber in der Not frisst der Teufel bekanntlich Mücken. Ihr zweiter Frühling war schon

lange rum und es gab immer weniger Männer die sich auf sie einließen, schließlich war ein dritter, verheißungsvoller Frühling nicht in Sicht.
Aber Willy, du wirst doch keine Frau heiraten bei der die Brüste schief hängen, rief Herbert, unerwartet und Entsetzen heuchelnd.
Nein, jetzt als Millionär kann ich mir die Frauen ja aussuchen, da hast du recht, antwortete Willy, dabei Trude prüfend auf die Brüste starrend.
Bei mir hängt nichts schief, widersprach Trude sofort, böse Blicke in Richtung Herbert werfend.
Doch Trudchen, die Linke hängt tiefer als die Rechte, die ist eindeutig schwerer, befand Herbert, der jetzt vor ihr stand und über den Daumen beide Brüste bemaß.
Die Kneipengesellschaft hatte sofort Skandalwitterung aufgenommen und war gespannt wie sich die Situation weiter entwickeln würde. Auch Max und Willy lauschten interessiert und waren voller Erwartung, sogar der Inder schaute zu, wie Max bemerkte, als er sich im Gastraum forschend umsah.
Ihr wollt mich nur verarschen, das merke ich doch.
Nein, nein Trude, ist so, glaub mir.
Herbert und Trude hatten jetzt die volle Aufmerksamkeit der nächtlichen Trinkvereinigung.
Sie griff sich an den Busen, tastete unsicher daran herum, hob an und wiegte, ließ dann fallen, erst links, dann rechts, dann nochmal das Gleiche umgekehrt, immer mit prüfendem Blick ihren Busen im Auge behaltend.

Da, da guckt doch, Beide gleich, meldete sie beim letzten Abwiegen entrüstet, dabei mit beiden Händen ihre Brüste abwechselnd in Richtung Willy und Herbert hervorhebend, wohl in der Hoffnung mit dieser Demo ihre Kritiker zu überzeugen.
Tja, so können wir das nicht sehen.
Ich sehe nur, dass die Linke tiefer hängt, tut mir leid Trude, aber das ist so, wirklich, widersprach Herbert in bedauernder Tonlage, den Kopf schüttelnd und blickte dann fragend in die Runde, dabei für Trude nicht ersichtlich mit den Augen zwinkernd.
Ihr wollt doch nur, dass ich sie euch zeige und ihr mich begaffen könnt, gebt's doch zu, ihr Männer seid doch Alle gleich.
Nein, wo denkst du hin, nein, nein, das wollen wir nicht, ganz sicher nicht. Wir wollen dir nur helfen und Willy natürlich. Er muss ja wissen was auf ihn zukommt, wenn er dich heiratet.
Also ich würde wetten, die Linke ist schwerer.
Wer wettet dagegen ?
Ich wette dagegen, ich auch, meldeten sich Friedrich und Gustav. Natürlich hatten die Beiden längst, so wie wohl jeder in der Kneipe, außer Trude natürlich, die Lage erkannt und gewusst, daß jetzt eine weitere Steigerung nur bei einer Gegenwette möglich war.
Das musst du doch eben gemerkt haben Trude, das die Linke schwerer ist, wir haben das doch ganz deutlich gesehen oder willst du uns verarschen und weißt das schon lange und willst es nur nicht zugeben ? Ja, so ist es ganz bestimmt, vielleicht hast du sogar einen BH an,

bei dem das eine Körbchen eine Nummer größer ist, stichelte Herbert weiter.
Trudes Gesicht verzog sich zu einem breiten Grinsen, dabei zeigte sie ihre, seit Jahren sicher nicht mehr geputzten Raucherzähne, griff umständlich nach hinten unter ihr Oberteil, öffnete den Verschluß ihres BH's, zog diesen hervor und hielt ihn an einem Ende, Herbert damit triumphierend zuwinkend, vor die Nase.
So, jetzt hast du's schwarz auf weiß, nix mit zwei Körbchen.
Herbert kam näher, nahm ihr den BH aus der Hand und betrachtete prüfend die Körbchen.
Hier, schau Trude, schau, das ist der Beweis, hier im linken Körbchen ist eine viel größere Delle als im Rechten.
Trude schaute irritiert, nahm das Teil und fingerte in den Körbchen herum, dabei nahm sie auch wieder abwechselnd ihre Brüste in die Hand und schaukelte sie prüfend kopfschüttelnd hin und her.
Die Gesellschaft starrte wie gebannt auf Trude, man spürte, daß es jetzt auf eine Entscheidung zuging.
Also gut, dann zeig ich sie euch halt, ihr gebt ja doch keine Ruhe. Aber nur kurz und dann will ich nichts mehr davon hören.
Bravo, riefen Einige.
Inder bring der Trude noch einen Cola-Cognac, aber einen Doppelten, orderte Willy, wohl als enthemmende Unterstützung für Trude gedacht.
Sie zog umständlich ihr Oberteil und ein Unterhemd aus und schon waren Herbert und Willy am Ziel.
Da hingen sie also, in voller Pracht.
Willy rollte ganz nah ran und befand:
Sehen ja noch ganz gut aus.

Lass mal fühlen Trude, ich muß doch
Testen, als zukünftiger Ehemann muss Willy
doch wissen was los ist, sagte Herbert,
griff zu und nahm in jede Hand eine Brust.
Trude schaute ihn erwartungsvoll an.
Na Trude, wie fühlt sich das an ?
Trude ging nicht auf die Frage ein,
sondern wollte die Fleischbeschauung
beenden indem sie sagte: So, jetzt reicht
es aber. Jetzt habt ihr's ja gesehen.
Betatschen lasse ich mich nicht von euch.
Aber Trude, der Willy, der darf doch auch
mal wiegen oder ? Der hat doch gewonnen
und wenn ihr heiraten wollt gehört das
dazu.
Nicht gewonnen, geerbt, korrigierte Willy
stolz.
Und wer hat jetzt die Wette gewonnen,
das müssen wir auch noch klären, setzte
Herbert nach. Trude du hast A gesagt,
jetzt musst du auch B sagen, wir brauchen
ein genaues Ergebnis.
Trude lächelte unsicher und ließ die Hände
sinken, sie war wohl noch unschlüssig wie
sie reagieren sollte.
Heinz, du wohnst doch um die Ecke und hast
sicher eine Waage. Hole die mal schnell,
hier muss ordnungsgemäss gewogen werden.
Trude, was wir hier machen ist wirklich
nur zu deinem Vorteil. Dann stellen wir
dir auch eine Bescheinigung aus und du
hast nie mehr Probleme. Da, das macht der
Rudi, der ist doch beim Notar, der weiß
wie so etwas geht, setzte Herbert fort,
dabei auf Rudi zeigend, der süffisant
zustimmend nickte. Die kannst du sogar
dem Arzt vorlegen.
Trude fühlte sich geschmeichelt und
strahlte über alle Backen,

soviel männliche Aufmerksamkeit hatte sie schon lange nicht mehr, Peinlichkeit hin, Peinlichkeit her.
Trude lass nochmal sehen, wenn du dich mal vorbeugst, dann hängen sie über mir und ich kann mehr erkennen, forderte Willy.
Sie beugte sich, wie gewünscht, zu Willy vor und ihre Brüste hingen ihm jetzt direkt vor der Nase.
Die Heiratsaussicht hatte bei ihr jetzt jede Hemmung hinweggefegt.
Willy griff beherzt zu, knetete mehrmals umständlich und strich ihr sichtlich begeistert mit zittrigen Fingern über die Brustnippel.
Nicht eindeutig festzustellen, könnte aber schon sein, die scheint mir wirklich ein bisschen schwerer, befand Willy und zeigte zwischendurch auf die linke Hälfte.
Jedenfalls Alles noch schön fest und griffig, da kann man als Millionär schon weich werden, befeuerte er Trudes Wunschvorstellung, die Situation schamlos ausnutzend.
Jetzt galt es und Willy nutzte die Gelegenheit zur weiteren ausführlichen Brustbegrabschung, wer weiß, wann sich ihm so eine Gelegenheit noch einmal bieten würde.
Trude hielt still und schaute stolz in die Menge.
So Heinz, jetzt mal her mit der Waage, rief Herbert. Heinz war soeben mit der Waage unter dem Arm sichtlich angestrengt, schnaufend und schwitzend zurückgekommen.
Trude komm, setz dich doch bitte mal auf den Stuhl da, dann schieben wir den kleinen, niedrigen Tisch aus dem Flur davor und schon geht's los,

übernahm Herbert die Initiative.
Jetzt saß Trude, wie gewünscht am Tisch, brustfrei, auf Herberts Kommando wartend.
Zuerst mal die Rechte, damit fangen wir an. Max schreibt, der ist unabhängig, befand Herbert bestimmend.
So Trude vorbeugen und schön die Brust auf die Waage legen. Ja genau, so ist es gut. Also halten wir mal fest, rechte Brust von Trude, 384 Gramm.
Ist notiert, bestätigte Max belustigt.
Trude ganz locker bleiben, nicht drücken oder ziehen. Es geht schließlich um eine amtliche Bescheinigung, das ist eine ernste Sache, da darf man nicht schummeln. Jetzt die Linke. Du musst genauso sitzen bleiben wie bei der Rechten, damit alles seine Ordnung hat.
Trude tat wie ihr befohlen.
Willy heb du mal die linke Brust an, ich schiebe die Waage vorsichtig drunter.
Herbert schob die Waage nach links und präsentierte das Ergebnis.
Und was haben wir da, 387 Gramm, wusste ich es doch.
Das zählt nicht, der Nippel ist viel grösser, ich habe es genau gemerkt, warf Willy ein und Alle grölten.
Da, jetzt zeigt die Waage sogar 392 Gramm, rief Gustav.
Ja, weil Trude gewackelt hat, entgegnete Herbert.
So, jetzt ist es aber genug, jetzt werden die Beiden wieder eingepackt.
Aber Trude, wir sind doch noch nicht fertig, versuchte Herbert sie aufzuhalten um das Spektakel noch so lange wie möglich hinauszuzögern.

Nein, nein, ihr wollt mich doch nur
verarschen, ich kenne euch.
Aber Trude, wo denkst du hin, entrüstete
sich Gustav.
Ihr seid alle Schlawiner und du bist der
Schlimmste, sagte sie, zeigte auf Herbert
und zog sich wieder an.
Ein Prosit auf Trude, auf meine zukünftige
Königin, rief Willy und hob das Glas,
dabei mit der anderen Hand Trude an den
Hintern fassend.
Und auf Willy, setzte Herbert hinzu.
Jawohl, auf das Paar, kam es von Gustav.
Und jetzt den Tiroler Hochzeitsmarsch,
forderte Willy.
Darf ich die Braut bitten !
Herbert nahm Trude in den Arm und schob
sie halb tanzend, halb schlurfend durch
die Stube.
Willy fasste Max am Arm und zog ihn zu
sich herab, so daß Max mehr in der
Kniebeuge sitzend als stehend Willy
zuhören musste.
45 Jahre Max, nach 45 Jahren. Die
Dreckschweine wollten mir das wirklich
antun. Aus meiner Wohnung, in so ein
Asylantenwohnheim, 12 Kilometer von hier.
Da hätte ich dann ein schönes kleines
Zimmerchen bekommen, mit lauter lieben
Nachbarn. Und warum ? Wegen so einem
Banditen der den Hals nicht voll genug
kriegt und dem Sozialamt den ganzen Block
abkaufen will um irgendein unnötiges
Center draus zu machen. Diese Arschlöcher
würden mir doch glatt mein Zuhause, mein
Heim wegnehmen, stell dir das mal vor,
diese asozialen Schweine. Was haben wir
denn noch viel vom Leben ? Wenigstens die
Wohnung könnten sie einem doch lassen.

Wir sind doch so schon gestraft genug.
Er unterbrach schluchzend und schaute Max verbittert fragend an, die Augen nass, das Gesicht eingefallen und fahl.
Max fuhr ihm sanft streichend über den Scheitel, er war von Willys neuerlichem Gefühlsausbruch peinlich berührt.
Aber Willy, jetzt lass dich doch nicht so gehen. Schau mal, wie sich Alle für dich freuen. Das ist doch Käse von gestern, also warum sich darüber noch aufregen. Ich bin ja auch so eine arme Sau wie du warst, wo das Geld zur Neige geht und niemand weiß wie das endet. Mir kann das Gleiche blühen. Hoffentlich kommt dann auch jemand und vererbt mir was.
Max, ich muss dir noch etwas sagen.
Willy zog ihn näher an sich heran damit er ihm direkt ins Ohr sprechen konnte.
Aber es kamen noch keine Worte, er hatte wohl arge Mühe beim Suchen und Finden, Spucke lief aus seinen Mundwinkeln, sein Mund hing herab und er atmete tief, in einer Tonlage, die einem leichten Röcheln ähnelte. Max beugte sich noch näher zu ihm, das rechte Ohr jetzt unmittelbar auf Willys Mund ausgerichtet, aber er hörte weiter nur das Mahlen der Zähne und spürte wie sich immer mehr Spucke auf seiner Wange ausbreitete,
Willy war noch nicht sprechbereit.
Da bekam Max einen Schlag von der Seite und knickte ein. Das tanzende Paar, Herbert und Trude, hatten ihn umgetanzt. Er sortierte sich und kam langsam wieder auf die Beine.
Max geht es wieder, es ist doch hoffentlich nichts passiert und Alles heil geblieben ?

fragte Herbert, vor ihm stehend mit besorgter Miene und setzte direkt mit einem Bedauern nach.
Tschuldige Max, war keine Absicht, ehrlich.
Kein Problem, außer dem Glas Bier, das ich mir selbst übergeschüttet habe, ist nichts passiert. Danke, es geht schon, das kann vorkommen, tanzt nur weiter.
Inder bring mal schnell ein neues Bier für den Max, rief Herbert, sichtlich erleichtert.
Ich muß mich nur eben mal abtrocknen.
Max besah sich von oben bis unten und inspizierte die genässten Stellen.
Brauchst du was, soll ich dir ein Tuch besorgen, fragte Herbert. Warte, der Inder kann dir was zum Abtrocknen bringen.
Nein danke, ich muß sowieso auf's Klo, ein bisschen Toilettenpapier tut es auch.
Willy saß in seinem Rollstuhl und löste sich aus der ersten Schockstarre.
Gott sei Dank Max, nix passiert, auf den Schreck müssen wir jetzt aber direkt ein Schnäpselchen kippen. Inder zwei doppelte Williams, aber dalli dalli.
Gleich Willy, gleich, ich gehe mich nur schnell vorher noch trocken legen.
Auf dem Weg zur Toilette hörte er Willy rufen, er drehte sich zu ihm um und winkte ihm, mit der anderen Hand auf sein Ohr zeigend, zu. Dabei sah er, daß Trude sich zu ihm gesellt hatte. Sie hielt sich an seinem Rollstuhl fest und strich ihm zärtlich über den Kopf. Trude dachte wohl wirklich, Willy hätte ernsthafte Absichten sie zu heiraten. Nach ihrem versunkenen breiten Lächeln zu urteilen, befand sie sich gerade auf einer Wolke ihres neuen Eheglücks.

Als Max sich auf der Toilette mit Papier
versuchte trocken zu reiben,
so gut es eben ging, kam es über ihn.
Das Erwachen.
Der Katerdämon begann zu arbeiten.
Keine gute Stimmung mehr.
Er fühlte sich beschissen.
Was machte er überhaupt hier, nass und
dazu voll gesoffen unter lauter grölenden
Idioten ? Fragte er sich.
Seine Sichtweise hatte sich schlagartig
geändert.
Gehörte er hier wirklich hin, war das sein
Milieu ?
Er wankte aus der Toilette und stürzte
eilig aus der Tür auf die Straße.
Aus, genug, ich habe genug, genug von
Allem !
Er blieb kurz auf der Straße stehen,
sortierte sich und schaute zurück auf die
hell erleuchteten Fenster der Kneipe.
Durch das Gegröle der Menge drang Willys
Stimme, neue Hans-Albers-Lieder
anstimmend, in sein Ohr.
Na, wenigstens hat er jetzt seine Sprache
wieder gefunden und ist anscheinend auch
gefühlsmäßig wieder in der Spur.
Mensch hat der aber auch ein Glück gehabt,
eine Erbschaft und das gerade bevor sie
ihn ausquartieren wollten, unglaublich.
Max konnte es immer noch nicht richtig
fassen. Er musste Willy unbedingt die Tage
aufsuchen und sich das Ganze noch einmal
in nüchternem Zustand schildern lassen,
ihn befragen, wie sich das genau ergeben
hatte und wie und wo es jetzt mit ihm
weiter gehen würde, ob er schon eine neue
Bleibe hat. Ja der Willy, der konnte jetzt
unbesorgt in die Zukunft schauen.

Max seufzte und ging ein paar Schritte, wobei er einige Schwierigkeiten hatte die Haltung zu wahren.
Und er ?
Wie es wohl bei ihm weitergehen wird ?
Da sah es nicht so gut aus, beileibe nicht, da war keine Erbschaft in Sicht, ihm blieb nur Finn und die Hoffnung auf ein Wunder.
Ihm fröstelte, er spürte die Nässe und wie sich seine Stimmung wandelte, er immer tiefer in den Abwärtsstrudel trübsinniger Gedanken gezogen wurde.
Der Schwermutsdämon leistete gute Arbeit. Der Wille dagegen zu halten war da, aber die dunkle Macht war stärker und bohrte weiter.
In ein Asylantenheim, nein, das war der Vorhof zur Hölle und kam ganz sicher nicht in Frage, nicht um Alles in der Welt, eher würde er ein Ende setzen. Da ging es ihm wie Willy, seine Wohnung würde er nicht hergeben wollen, das war das heiligste Gut. Er musste morgen unbedingt noch einmal nachrechnen wie lange er noch durchhalten konnte. Wenn Finn ihn tatsächlich unterstützen würde, dann könnte es vielleicht reichen, je nach dem was Finn entbehren konnte.
Aber sollte er wirklich Geld von seinem Enkel annehmen, Geld das der Bursche für seine Zukunft brauchte ?
Nein, das konnte er nicht machen.
Es sei denn, Finn verdiente als Geschäftsmann schon wieder soviel, dass es ihm nicht wehtat und er Geld zuviel hatte, wie er einmal.
Schön wäre es ja und warum eigentlich nicht ?

Es ist so vieles möglich im Leben und das Schöne ist, nicht nur an Negativem, auch an Positivem, das hatte er schließlich eben durch Willys Glückstreffer selbst erfahren. Es galt jetzt einfach abzuwarten, sich nicht verrückt machen zu lassen und vor Allem sich zu beruhigen, die Ängste zu verdrängen.
Aber das sagt sich so einfach.
Verdammt ich habe kalt, mich friert,
gut, dass ich gleich daheim bin,
nur noch ein paar Meter, dann sich etwas aufwärmen und ab ins Bett.
Scheiß Alkohol !
Aber kein Schnaps, wenigstens das, nein, kein Einziger.
Max machte sich gerne mit so kleinen vermeintlichen alkoholischen Erfolgserlebnissen froh, um damit andere Drinkverfehlungen zu übertünchen. Einmal war es schon ein Erfolg keinen Schnaps getrunken, ein anderes Mal die vierte Flasche Wein abgewiesen zu haben. Es war ein angenehmer Selbstbetrug und half ihm gegen allzu heftige Gewissensbisse.
Dem Willy geht es morgen, ach was, heute, wir haben ja schon morgen, bestimmt nicht so gut. Max grinste in sich hinein.
Lustig war es schon. Ab und an kann man ja auch mal aus sich herausgehen, er war ja sonst nicht so oft beim Inder, war kein typischer Kneipengänger. Wäre schon interessant gewesen zu sehen wie das Ganze noch weiterging, kam ein Reueanflug wegen seinem überstürzten Heimgang über ihn.
Neugierig war er schon. Aber was sollte jetzt noch passieren, außer noch mehr trinken und irgendwann heim torkeln war nichts mehr zu erwarten.

Nein, die Gesellschaft würde sich jetzt sicher langsam auflösen. Morgen, nein verdammt, heute, musste er trotzdem unbedingt Herbert anrufen und nachhören wie es weitergegangen war. Jedenfalls ist das eine schöne Geschichte für Erwin beim nächsten Besuch, den alten Naseweis. Der würde Alles bis ins Detail wissen wollen.
Er war jetzt zu Hause angekommen, zog sich aus, ließ die Kleider vor seinem Bett liegen und kuschelte sich in die Kissen, es war kurz nach halb drei. Im Halbschlaf rekonstruierte er noch einmal seinen Sturz und wie Willy ihm noch ein Gespräch aufdrücken wollte. Was wollte der da noch sagen, als er so spuckte in seiner sentimentalen Anwandlung, irgendetwas hatte der noch auf dem Herzen, bin ich doch zu früh gegangen ? fragte er sich. Aber die Müdigkeit übermannte ihn und er fiel in einen unruhigen Schlaf, bevor er zu einem schlüssigen Ergebnis kommen konnte.

16. Max und die Verkaufsgenies

Max schreckte auf.
Hatte wirklich das Telefon geläutet oder hatte er das nur geträumt ?
Er orientierte sich, seine Augen wanderten in der Dunkelheit umher und da spürte er den Schmerz, den wohlbekannten, im Kopf.
Er hatte einen Kater von feinster Ausprägung, klassisch sozusagen.
Nein, wach, ich bin wach, aber halb tot, stellte er mürrisch fest und sah mit müdem Blick auf die Uhr,
die zeigte Halb 11 am morgen.
Was schon so spät ?
stellte er erschrocken fest.
Das Telefon meldete sich wieder und sandte augenblicklich Blitze in sein Hirn.
Hört das denn gar nicht mehr auf ?
Folter, wieso werde ich so gefoltert, wie kann ein Ton nur so furchtbar schrill sein, nachher werde ich direkt eine Schalldämmung in den Apparat einbauen.
Ich bin nicht da, ich gehe jetzt nicht an's Telefon, schrie er aus dem Bett.
Aber der Specht gab noch nicht auf.
Erst recht nicht, wenn man mich terrorisiert, so wie jetzt, murmelte er, griff das Kissen und hielt es sich solange über den Kopf bis er leise seine eigene Stimme hörte die eine Nachricht verlangte.
Dann stieg er grummelnd aus dem Bett, sammelte seine Kleider ein, wankte in's Bad, besah sich im Spiegel und fuhr sich prüfend über die Wangen.
Schon wieder Rasieren, auch das noch, stellte er lakonisch in den Spiegel starrend fest.
Er sah sich in die Augen.

Wer bist du alter Mann ? fragte er sein Spiegelbild.
Wer, sag mir wer, bin das wirklich ich oder ist das ein Anderer, diese scheintote Gestalt im Spiegel. Hat die noch etwas mit mir zu tun, ist das überhaupt noch ein lebendiges Wesen aus Fleisch und Blut oder eher ein Untoter mit Schrumpfkopf dem das bisschen Hirn ausgesaugt wurde ?
Kann in diesem Dörrpflaumenkopf überhaupt noch etwas gedanklich Sinnvolles, Kreatives entstehen oder ist die Demenz schon dabei ihn langsam unwiederbringbar in das Reich des Vergessens überzuleiten ?
Jetzt läutet das Scheiss-Ding ja schon wieder. Den Stecker, ich muss den Stecker ziehen. Das war das einzig gute am Telefontyrann, man konnte ihn besiegen durch auflegen oder abschalten, wäre es nur bei den anderen Quälgeistern auch so einfach. Bestimmt ist es wieder einer dieser aufdringlichen Verkaufsfuzzies der mir irgendetwas andrehen will. So wie die Tage, als er mich mit den überaus wohlwollenden Worten, gratuliere sie haben gewonnen, zu einem Verkaufsgespräch überrumpeln wollte, sicher schon zum vierten Mal diese Woche, das war offenbar ihre neueste Masche.
Aber dem hatte Max direkt den Wind aus den Segeln genommen, ihm höflich aber bestimmt, in einer etwas lauteren Tonlage, mitgeteilt, das er seine beschissenen Angebote nicht brauche und sich den Gewinn an den Hut stecken könne, er eh schon Millionär wäre und nicht mehr wüsste was er mit seinem Geld anfangen sollte,
er deshalb seine Ruhe haben und nicht mehr belästigt werden möchte.

Damit Ende der Ansage und Hörer aufgelegt.
Aber Max, das sind doch auch nur arme Schlucker, irgendwelche ausgebeuteten Kreaturen, die aus irgendwelchen anonymen Call-Centern oder von zu hause aus,
von der Couch oder aus der Badewanne, anrufen, das hat er neulich gehört, dass die auch von zuhause aus anrufen können, und verzweifelt versuchen an ein wenig Geld zu kommen.
Aber nicht an sein Geld, bei Allem Verständnis und Mitleid.
Also Max, nicht aufregen, nicht rumschreien, ganz cool und immer schön freundlich bleiben, meldete sich seine innere Gewissensstimme. So ist das nun mal in unserer Zeit, in der Geschäfte über das Telefon gemacht werden, so wie früher an der Haustüre. Und es schien ja auch zu funktionieren, das zeigte die ständig wachsende Dauerbelästigung durch die Telefonverkäufer nur zu gut, wenn auch nicht bei ihm, er hatte da seine festen Prinzipien. Er hielt sich an die Warnung, die ihm noch von seinen Eltern übermittelt wurde, nichts, ja nichts, über die Haustüre zu kaufen. Gerade auf dem Lande war man da sehr empfindlich geworden, hatte da doch so mancher windige Laberhannes gute Abzockergeschäfte gemacht und den ein oder anderen arglosen Menschenfreund saftig hereingelegt.
Wenn sie dieses Abo nehmen unterstützen sie einen armen Häftling bei der Wiedereingliederung, ich brauche nur noch zwei Stück, dann kann ich wieder in die Gesellschaft zurück und mich resozialisieren, bitte helfen sie mir.
Und wie man half, man war schließlich

guter Christ, bis sich herausstellte, daß Alles Lug und Trug war.
Damit war es dann vorbei mit der Art von Haustürzeitschriftenverkauf, sehr zum Leidwesen der wirklich Betroffenen.
Noch schlimmer waren die Halunken mit gefälschten Ausweisen, für Kinderheime, Blindenhilfe etc. das war echt fies und eine Herausforderung. Im Vergleich zu heute gab es damals wenigstens noch den direkten menschlichen Kontakt, man stand sich Auge in Auge gegenüber, da konnte man noch was draus machen, dem Gegner auf den Zahn fühlen, die Polizei rufen und den Ausweis prüfen lassen oder diskutieren, wie mit Vertretern von irgendwelchen ominösen Sekten, da war noch Feuer drin, war noch irgendwie spannend und in gewisser Weise sogar eine Art intellektuelles Duell.
Welche Tricks hatte das Gegenüber auf Lager, wie war das Mienenspiel zu deuten, gelang die Mitleidspose oder verriet er sich ?
Es gab sie schon, die Undurchschaubaren, die in ihrem Metier echt gut, Meister ihres Faches, waren. Da hatte Max einen gewissen Respekt und sogar, zwar ganz selten, aus Sympathie, die Gewieftheit des Verkäufers anerkennend, einen Einkauf getätigt, quasi als Belohnung.
In seiner Kindheit kamen in gewissen Zeitabständen die Scherenschleifer vorbei und boten ihre Dienste an. Es gab im Haushalt immer ein abgestumpftes Messer oder eine Schere die geschliffen werden mussten, das war ihr Brot.
Scherenschleifer, wer kann denn damit heute überhaupt noch etwas anfangen ?

Seltsam was man Alles so erlebt hat im Laufe der Jahre. Man vergisst einfach so viel, sollte öfter und tiefer in seinen Erinnerungen graben. Da war doch auch einmal dieser Weinhändler von dem er sich hatte einwickeln lassen, das war ein Meister, ohne Zweifel. Der kam Nachmittags und Max war gerade gut drauf, erwischte ihn, für sein Anliegen, in optimaler Stimmung. Ein Gläschen Wein zum Probieren ?
Ja warum denn nicht, konnte nicht schaden und war sogar umsonst. Und hier haben wir Einen aus einer besonders guten Lage, den sollten sie unbedingt noch probieren, ein stolzes, gut ausgebautes Tröpfchen zu einem vernünftigen Preis.
Und so ging es weiter fort. Man trank und unterhielt sich gut, da stimmte einfach die Chemie zwischen Käufer und Verkäufer, eine ideale Geschäftsbeziehung.
Max machte ein paar Schnittchen, man saß gemütlich im Wohnzimmer und inhalierte den guten Rebensaft.
Und irgendwann, gegen 23 Uhr, funktionierte er die Couch für sein Gegenüber zum Schlafen um. Am nächsten Morgen frühstückte man gemeinsam und sprach über den schönen Abend.
Reinhold lieferte dann noch über etliche Jahre den Hauswein für Max. Erst als Reinhold verstorben war und sein Sohn meinte auf eine höhere Preisklasse umsteigen zu müssen kündigte Max das Abo.
Von den Haustürbekanntschaften war Reinhold die Ausnahme geblieben, ansonsten gab es keine weitergehenden Annäherungen über die Verkaufsgespräche hinaus.

17. Willys letzter Coup

Wenigstens nervt das Telefon jetzt nicht mehr, stellte Max erleichtert fest.
Aber die Ruhe war nicht von Dauer, diesmal schellte es an der Tür.
Mein Gott, was ist nur los heute morgen, entfuhr es ihm verärgert.
Wieder ignorieren oder öffnen ?
Erst mal gucken !
Vorsicht schielte er zur Tür, konnte aber nur Umrisse durch das Glas erkennen.
Es musste sich um eine Frau handeln, soviel glaubte er sicher sagen zu können.
Na, da kann man natürlich nicht unhöflich sein.
Er öffnete und Marta stand vor ihm.
Senor Erwin, sagt direkt kommen, ich hier zum Abholen.
Marta dein Deutsch ist immer noch grauenhaft, stellte Max für sich spontan fest.
Nicht so schnell Marta, ich bin eben erst aufgestanden und Rasieren und frühstücken muss ich auch noch.
Kein Problem, essen bei uns, ist noch da.
Senor hat versucht Telefon und jetzt mich geschickt, muss Senor mitnehmen, sonst böse.
Ja, das gibt es doch nicht, so neugierig kann doch kein Mensch sein. Na gut, wenn du Frühstück machst, warum nicht.
Moment, ich ziehe mir nur schnell etwas über, dann komme ich mit.
Da hat er sicher heute morgen gehört, daß ich gestern noch unterwegs war und will jetzt bis ins kleinste Detail informiert werden. Neugierig und ungeduldig, typisch Erwin. Max beeilte sich und sie standen nach wenigen Minuten auf der Straße.

Eiligen Schrittes mit Kurs Richtung Erwin gingen sie los und kamen, für Max in gefühlter absoluter Rekordzeit, schnaufend an.
Erwin saß am Küchentisch und blättere unruhig in der Zeitung.
Da seid ihr ja endlich, ihr Lahmärsche, da könnte man ja verrückt werden.
Wart ihr noch irgendwo eingekehrt oder hat sich unser Mäxchen noch sieben mal im Bett umgedreht und sich geweigert mitzukommen, hä ?
Vorsicht Erwin, keine Beleidigungen.
Ich habe noch nicht gefrühstückt und dann dieser Ton, das kann ich jetzt gar nicht abhaben, warnte Max mit erhobener Hand.
Gut, gut, was gedenkt der Herr zu Frühstücken ?
Sicher ein paar Eier mit Speck, nach dem alkoholintensiven Abend oder besser der Nacht. Marta, mach ihm was er will, er soll seine Wünsche kundtun. Wenn es dem Herrn dann genehm ist kann er mir ja zwischendurch berichten, ich erwarte eine minütliche Aufarbeitung der Nacht.
Natürlich nur, wenn es die Kauwerkzeuge zulassen. Als Erstes braucht er wohl einen starken Kaffee, würde ich meinen, der Herr Max macht doch einen recht verkaterten Eindruck.
Dann schaue sich der Herr Talking Heads doch mal selbst an, wohl noch nicht in den Spiegel geguckt heute morgen ?
Der neugierige Herr Erwin kann es wohl kaum erwarten einen umfassenden Bericht zu bekommen, platzt bald vor Neugier.
Tja, vielleicht hat ja der neugierige Herr Erwin dem unwissenden Herrn Max auch etwas zu berichten, entgegnete Erwin linkisch.

Aber zuerst mal du und immer schön langsam kauen, nur nicht verschlucken. Dass er mir hier nicht noch tot umfällt, ich kann keinen unnötigen Ärger gebrauchen. Ich fasse es nicht, geht der Kerl hier raus, angeblich todmüde, fällt bei mir fast vom Stuhl und was macht er ? Ich denke er geht schön brav in sein Heiabettchen,
aber nein, macht bei mir den Müden, geht schnurstracks in die nächst beste Kneipe und besäuft sich hemmungslos, es ist wirkich nicht zu fassen.
Das schon mal gar nicht, Einspruch euer Ehren, entgegnete Max, jetzt mit vollem Mund kauend, er war bei der zweiten Tasse Kaffee.
Bei mir den Horror abladen und bei den Anderen feiern, das haben wir gerne, provozierte Erwin weiter, mittlerweile war er auch wieder zu seiner bekannten Körpersprache zurückgekehrt.
Er tippte Max mit dem Finger bei jedem Satz immer nachdrücklicher,
seitlich sitzend, gegen den Arm.
Ja, ja, ich gebe ja zu, ich hätte auch bei dir bleiben können, ist ja gut, geh mir bitte nicht auf die Nerven, so früh am Morgen, lass bitte das pieksen. Glaube mir, ich war echt fertig und wollte heim, es war Zufall, wirklich reiner Zufall das ich da noch gelandet bin. Als ich bei dir rausging habe ich die Musik gehört und da war ich natürlich wissbegierig, wollte sehen was da los ist und nur mal kurz reinschnüffeln, aber das kennst du ja nur zu gut, gelle mein lieber Naseweis, sagte Max, dabei Erwin frech zuwinkernd.
Marta verdrehte die Augen.
Max hatte noch eine schöne Portion Eier

vor sich stehen, dazu Grünzeug, Petersilie, Tomaten, Paprika etc. und eine Dose Ölsardinen. Den Kaffee bekam er portionsweise aus der feinen schweizerischen Edel-Kaffee-Maschine. Die konnte sich nur Erwin leisten.
Ich weiß was dir in der Nase steckt mein Lieber, fuhr Max fort, sich dabei eine große Gabel Eier in den Mund schiebend. Wie das mit Trude war, das Brüste wiegen, das ist mir schon klar. Das hätte dir auch gefallen mein Alter, ich kann dir sagen, eine schöne Party war das. Nur gut, daß ich das Bier über bekam, sonst wäre ich wahrscheinlich nicht so früh heim.
So früh, was verstehst du unter so früh, fragte Erwin ?
Na früh halt, jedenfalls vor den Anderen. Es war zwar noch Einiges los, aber die Luft war raus. Ich nehme an, daß die Anderen auch bald gegangen sind, Einige waren eh schon jenseits von Gut und Böse.
Mich interessiert in erster Linie wie das mit Willy war, die Sache mit Trude kenne ich schon, bohrte Erwin gezielt nach.
Was soll wie mit Willy gewesen sein ? Willy hat gewonnen oder war es geerbt und das wurde ausgiebig gefeiert, ist doch auch ein guter Grund oder ?
Da würde ich auch die Sau rauslassen. Und ein Glück hat der gehabt, stell dir mal vor was sie mit dem machen wollten. Raus sollte der, aus seiner Wohnung, zwangsevakuiert werden. Das Haus hat wohl irgend so ein Investor gekauft und Willy sollte zu den Asylanten umsiedeln, zu Negern mit Messern zwischen den Zähnen, Knoblauch kauenden Ungeheuern, ausgerechnet Willy, der nie etwas anderes

als unser Kaff gesehen hat. Nicht zu glauben. Mann hat der ein Glück gehabt. So richtig gefreut hat er sich eigentlich aber nicht, über seine Erbschaft. Er hat immer mal einen Bier-Anschub gebraucht. Andererseits du kennst ihn ja, wenn er zuviel getrunken hat und seinen Moralischen kriegt wird er immer sentimental und heult. Der ist heute bestimmt fertig. Mich hat nur gewundert, wie der gesoffen hat und daß das dem nichts ausmacht, so krank wie der doch ist. Da bin ich ja ein Waisenknabe dagegen. Seine Werte werden bei der nächsten Dialyse bestimmt ganz schön beschissen sein, da würde ich wetten, Mann oh Mann.
Erwin beugte sich zu Max vor und sah ihm in die Augen,
Face to face.
Werden sie nicht ! sagte Erwin ruhig und bestimmt.
Was ?
Na, die Werte, schlecht sein.
Wieso werden sie das nicht ?
Wir hätten schon arge Probleme, wenn wir soviel gesoffen hätten, da muss es Willy erst recht dreckig gehen, der hat doch keine Kondition und so krank wie der ist.
Hast du fertig gefrühstückt ? fragte Erwin mit ernstem Blick.
Ja, wieso ?
Komm, nimm noch einen Kaffee.
Warum, ich bin fertig, was ist los ?
Willy wird keine schlechten Werte mehr haben, weil es ihm nicht mehr schlechter gehen kann.
Er ist tot, mausetot, verstehst du ?

Was erzählst du mir da, das gibt's doch nicht, woher weisst du das, sag, daß das nicht wahr ist, du verarschst mich doch ? Marta war heute morgen schon früh einkaufen und hat etwas Diffuses mitbekommen, so was spricht sich ja schnell rum, du weißt ja wie das bei uns ist. Es hatte sich irgendwie nicht gut angehört und ich habe überlegt wie ich mir Klarheit verschaffen kann. Da ist mir Richard eingefallen, den habe ich angerufen, der ist doch beim Roten Kreuz und der hat mir Alles erzählt, jedenfalls soviel wie er durfte, nehme ich mal an.
Max starrte Erwin mit fassungslosem Blick an.
Ja mein Lieber, das gestern Abend war sein letzter Auftritt, so ist das, Willy hat sich davon gemacht !
Ungläubig den Kopf schüttelnd stand Max auf, hielt sich den Kopf mit beiden Händen, ging schwerfällig auf und ab, blieb am Kaffeetisch stehen und stützte sich mit den Händen ab. Ein leichtes Zittern kam über ihn, aus seinem Gesicht war jegliche Farbe gewichen, er war aschfahl.
Komm setz dich wieder !
Nicht, daß dein Kreislauf verrückt spielt, mahnte ihn Erwin, mit ängstlichem Blick.
Und wie ist es passiert ?
Sicher durch die Sauforgie, kann ja nur so sein, bohrte Max nach, sich bedächtig setzend.
Wie man es sieht, indirekt, ja.
Man hat ihn heute morgen gefunden. Er hatte Dialysetermin, hast du das gewusst, dass er Termin hatte ?
Nein,

ich dachte natürlich, wenn er so säuft, dann wird heute nichts sein.
Die vom Krankentransport gingen rein, nachdem sie mehrfach geklingelt hatten. Denen hatte er ja schon vor Langem einen Schlüssel gegeben, damit sie rein konnten, falls er sie mal nicht hören würde oder ein Notfall vorlag, die haben ihn dann gefunden. Er hat sich die ganzen Pillen reingepfiffen die er noch hatte und dazu eine Flasche Schnaps geleert. Das musste reichen, das war ihm klar, also kann man von Absicht ausgehen, Suizid mein Lieber. Neben der leeren Flasche und den Tablettenhülsen hat man noch einen bekritzelten Zettel gefunden, der war recht auffällig auf dem Küchentisch platziert. Wahrscheinlich hat er den sogar vorher schon geschrieben, meint Richard, bevor er in die Kneipe ging, ganz schön kaltblütig was ?
Wüste Beschimpfungen, Schuldzuweisungen, über das Amt, den Staat, das Krankenhaus, über Alle ist er hergefallen.
Aber das bleibt unter uns, ist das klar, sagte Erwin mit Nachdruck,
sonst kommt Richard in Teufels Küche !
Und mein lieber Max, du kannst doch auf drei zählen. Wo, von wem soll denn der Willy von heute auf morgen etwas geerbt haben, dazu noch von einer ominösen Erbtante ?
Verarscht hat er euch, das war sein persönliches Abschiedsfest, das hat nur Keiner gemerkt von euch Schlaumeiern.
Ein, sein, geplanter Abgang mit Paukenschlag.
Gewundert habe ich mich natürlich schon, vor allem, weil er so extrem schwermütig

wirkte, das habe ich dir ja schon vorhin erzählt, keine richtige Feierlaune bei ihm irgendwie. Aber richtig, da hat auch Keiner mal gefragt, das hatte jeder so geschluckt.
Ja, geschluckt ! Geschluckt habt ihr ganz was Anderes und das nicht zu knapp.
Aber hör mal, wie sollten wir denn da drauf kommen, du hättest mal dabei sein sollen, dann würdest du nicht so reden.
Tragisch das Ganze, furchtbar, schlimm, schlimm, stöhnte Max und legte sich die Hände an die Schläfen.
Nimm es nicht so schwer, vielleicht ist es für ihn sogar besser so, Alles in Allem. Mach dir keine Gedanken, finde dich damit ab. Ihr habt es einfach nicht gemerkt, wart ja auch so stark beschäftigt, abgelenkt, wie man so gehört hat.
Wein, Weib und Gesang sage ich nur.
Es war wohl genau so wie es Willy wollte.
Schöne Scheiße, das haut mir ganz schön ins Kontor, das kann ich dir sagen.
Max fühlte die Tränen kommen und er war kurz davor ihnen freien Lauf zu lassen.
Erwin trat näher und drückte Max's Kopf an seine Seite, er merkte natürlich wie sein Freund mit der Fassung rang.
Nun mach dir bloß keine Gewissensbisse. Du hättest nichts geändert, nichts, hörst du, nichts, versuchte Erwin ihm in's Gewissen zu reden. Selbst wenn du ihn gestern abgehalten hättest, Willy wäre nie in dieses Heim, das weißt du doch auch. Also mach dir keine Vorwürfe, dazu hast du keinen Grund, weder für Schuldgefühle, noch für irgendwelche Selbstanklagen.
Erwin trat zurück und wartete auf Max's Reaktion.

Der saß gebeugt, wie den Rücken mit einer schweren Last beschwert, auf dem Küchenstuhl, den Kopf in die Hände gestützt und stierte vor sich hin.
Warum Erwin, warum kommt das Alles jetzt im Alter über mich, soviel Unglück ? brach es aus ihm heraus.
Immer diese Angst um die Zukunft, was wird, wie geht es weiter und jetzt das mit Willy, ich werde noch verrückt.
Na ja, nun wollen wir mal nicht gleich verzagen, versuchte Erwin ihm Mut zu machen, dabei aufmunternd auf die Schulter klopfend. Bei dir sieht es doch ganz anders aus, Kopf hoch mein Alter. Solange wir uns noch gegenseitig mit unseren Musikabenden trösten können ist das Leben doch noch lebenswert. Und denke auch mal an deine Tochter und deinen Enkel, überaus liebenswerte Menschen, die dich gerne haben.
Was heißt bei mir sieht es anders aus, das Schwert schwebt genauso über mir, das weißt du ganz genau, mein Schicksal in Amtshänden ist nur noch eine Frage der Zeit, dann geht es mir wie Willy, protestierte Max.
Ihm brummte der Schädel und er spürte wie sich Spannungskopfschmerzen ankündigten die immer stärker wurden.
Hast du ein Aspirin ?
Natürlich, gerne, auch zwei !
Marta bringe unserem Suffkopp doch mal bitte die sprudelnde Erlösung, zwei Aspirin. Wenn du willst kannst du gerne heute hier bleiben, dich auf das Sofa legen und vor dich hindösen. Hier stört dich niemand. Marta wird dich bestens versorgen.

Nein, ich muss heim, ich habe doch heute
Nachmittag Reinigungstermin.
Wie du meinst, aber du kannst jederzeit
kommen, hörst du. Er tippte ihm nun mit
dem Zeigefinger auf die Brust und sah in
dabei streng an.
Ja, ja, gut gemeint, ich weiß ja.
Max stand auf und ging, schleppte sich
vielmehr, in Gedanken versunken, nach
Hause. Dort legte er sich auf die Couch
und versuchte sich zu beruhigen.
Natürlich gelang es nicht, die vielen
Eindrücke der Nacht und die Todesnachricht
kamen immer wieder in ihm hoch.
Und bohrend die Frage: Hätte ich es
verhindern können, ja müssen ?
Er zermarterte sich das Hirn wo und wie er
Willys Absicht hätte erkennen können.
Als er immer wieder die Nacht Revue
passieren ließ kam es schließlich über
ihn, er sackte in sich zusammen und heulte
wie ein kleines Kind.
Mensch Willy, doch nicht so !
Willy, Willy, jammerte er schluchzend,
den Kopf schüttelnd, vor sich hin,
bis er so erschöpft war, daß ihn die
Müdigkeit schließlich übermannte und er in
einen unruhigen Schlaf fiel.
Als er aufwachte erschrak er beim Blick
auf die Uhr, es war höchste Zeit sich
fertig zu machen. Gut, dass ich heute raus
muss, manchmal ist sogar so ein
unangenehmer Termin ganz nützlich.
Er fühlte sich jetzt besser, der Schlaf
hatte ihm gut getan, es war wieder mehr
Ruhe in ihm eingekehrt. Eilig machte er
sich fertig und nahm seinen Termin wahr.
Natürlich sprach sich die Nachricht
schnell herum und überall herrschte

Betroffenheit, vor allem bei den nächtlichen Kneipengästen. Auch Willys Notizen machten die Runde, wobei nicht ganz klar war, was echt und was hinzugedichtet war, es reichte jedenfalls, sich heftig über die Zustände in diesem Land zu erregen. Die Empörung steigerte sich stündlich, daß so etwas überhaupt in einem so reichen Land möglich sei, einfach skandalös, wir lebten doch in einem Sozialstaat, da hätten es ja die Assies besser und sowieso die da droben und und und.
Max dachte nur: Und ich bin der Nächste. Dann werdet ihr wieder genauso laut schreien und lamentieren.
Und was wird passieren, was kommt raus: Nichts, rein gar nichts, nichts wird sich ändern, ein Aufschrei der ungehört verhallen wird, ohne Folgen, wie immer. Zu faul, Alle zu faul und zu bequem, Keiner macht einen Finger krumm, keiner opponiert, alles Maulhelden, dachte Max, ich inklusive, gestand er sich ein.
Man müsste in eine Partei eintreten oder besser noch eine Neue gründen oder zumindest eine Demo organisieren, gegen die sozialen Ungerechtigkeiten.
Tja, man müsste und man sollte. Sobald es ihm besser ging, nahm er sich fest vor, würde er die Sache in Angriff nehmen, es musste sein.
Aber zuerst wollte der Schmerz und die Trauer verwunden sein.
Ein paar Tage später kam eine freundliche Dame von der örtlichen Kanzlei Müller und Partner vorbei und übergab Max ein von Willy an ihn adressiertes Kuvert. Max war sehr überrascht und vergewisserte sich

durch hartnäckiges Nachfragen ob er denn wirklich der richtige Adressat sei.
Man versicherte ihm, daß das so schon in Ordnung sei und er vor weiteren Nachfragen zuerst einmal öffnen und nachsehen sollte.
Er folgte widerwillig der Aufforderung, riss den Umschlag auf und fand darin ein vervielfältigtes Blatt.
An Alle die mit mir den Pott geholt haben !
Dann folgte eine namentliche Auflistung aller Mitspieler die mit ihm den größten Erfolg seiner Fußballerkarriere feiern durften, der Jugendmannschaft,
die als Außenseiter sensationell den Pokalsieg geholt hatte.
Willys unvergessliches Highlight seines Lebens, das er zu Lebzeiten immer, irgendwann sehr zum Leidwesen leidgeprüfter Zuhörer, in überschwänglichen Tönen, ausführlich Revue passieren ließ.
Willy hatte also an alle noch lebenden Mitspieler der ehemaligen Jugendmannschaft so ein Kuvert verteilen lassen.
Auch die bereits Verstorbenen waren aufgelistet, allerdings mit dem Vermerk 'tot'.
Dann folgte:
Mein letzter Wunsch !
Und weiter die detaillierte Beschreibung seines Anliegens.
Aha, bemerkte Max, also so eine Art Testament, wie mein letzter Wille,
nur eben Willyspezifisch.
Max las und musste unweigerlich grinsen.
Es war nicht ein Wunsch, nein, Willy hatte gleich eine ganze Liste mit mehreren Wünschen an sie adressiert.
Die Beerdigung war genau geplant.

Die männlichen Gäste sollten mindestens zwei seiner Lieblingslieder von Hans Albers singen, weil er die bestimmt, irgendwo da draußen im Nirvana, hören und sogar mitsingen könnte.
Nach kurzer Rücksprache mit den anderen Adressaten beschloss man dies beim Leichenimbiß durchzuziehen, das war man ihm, nach einhelliger Meinung, schuldig und machbar.
Die Urne auf das Amt zu tragen und dort vor den zuständigen Mitarbeitern auszuschütten ging natürlich nicht,
war leider unmöglich.
Letzter Wille hin oder her.
Und auch die Todesanzeige konnte so wie er sie geplant hatte nicht erscheinen,
eine reine Beleidigung der in seinen Augen Verantwortlichen.
Alles hat seine Grenzen, sogar über den Tod hinaus, armer Willy, leider, leider.
Sein letzter aufgeführter Wunsch war eine echte Überraschung und ein guter,
letzter Gag. Es war sein wichtigstes Anliegen und daher unbedingt auszuführen, absolut vorrangig. Es ging natürlich um die Mannschaft die vor knapp 68 Jahren den Jugendkreispokal gewonnen hatte.
Als Beigabe, wahrscheinlich als Motivationsschub, hatte er jedem Brief noch eine Kopie des damaligen Zeitungs-artikels aus dem Landboten mit Bild beigefügt. Willy war fußballverrückt,
das war gemeinhin bestens bekannt und sein grösstes fußballerisches Erlebnis war nun einmal das Endspiel um den Kreispokal.
Das war für ihn der Nektar, der ihn immer wieder belebte. Wenn er euphorisch, mit aufgerissenen Augen von damals schwärmte,

das Spiel rauf und runter kommentierte,
keine andere Interpretation zuließ,
dann war er in seinem Element.
Wahrscheinlich deshalb wünschte er sich
nun zu seinem endgültigen Abschied die
letzten Lebenden der damaligen Mannschaft
in oder mit den Originaltrikots, zumindest
als symbolische Geste, als Begleitung.
Die Trikots fand man fein säuberlich bei
Willy auf dem Schlafzimmerbett
aufgestapelt.
Wie war Willy nur an die Trikots
gekommen ? das war Allen ein Rätsel.
Vielleicht hat er die nachmachen lassen,
wurde gemutmaßt. Nein, sagte Helmut,
sicher nicht, mein's ist geflickt, und
zwar genau an der richtigen Stelle.
Daran kann ich mich noch erinnern,
als wenn es gestern gewesen wäre.
Damals spielte er linken Verteidiger,
Max Rechtsaußen und Erwin Libero.
Willy hatte zwar elf Trikots aufbewahrt,
aber es lebten nur noch 8. Das war kein
Problem, die Trikots der Verstorbenen
wollte man dann eben durch Eberhard den
Spielführer auf die Urne legen lassen.
Es gab nur ein kleines Problem die ganze
Restmannschaft aufzubieten, Karl und
Richard weigerten sich nämlich
mitzumachen. Kindischer Kram und Willy
hatte eh nicht mehr alle Tassen im
Schrank, waren die Kommentare der Beiden.
Besonders schwierig war die
Überzeugungsarbeit bei Karl. Es hatte
argen Ärger zwischen Willy und Karl
gegeben, gerade wegen diesem Endspiel, sie
gerieten deshalb immer wieder aneinander.
Willy gab Karl die Schuld, daß sie beinahe
noch verloren hätten.

Karl hatte gepennt und sein Gegenspieler war durchgebrochen, nur Roland dem Torwart hatte man den geretteten Sieg durch eine Glanzparade zu verdanken. Willy war außer sich und nicht mehr zu halten, er stauchte Karl zusammen was das Zeug hielt, schrie ihn auf dem Platz an und forderte den Trainer auf Karl auszuwechseln. Karl war dermaßen sauer, daß er drauf und dran war Willy eine zu verpassen. Nur Dank Eberhard eskalierte die Szene nicht und nach dem Sieg in der Tasche war das Ganze vorläufig erledigt.
Dieser Sieg war der Höhepunkt und danach kam das Ende, der Zerfall der Mannschaft. Helmut zog mit seinen Eltern weg, Roland brach sich ein Bein und für Willy das Schlimmste, Robert und Richard wurden abgeworben. Robert wechselte für ein paar neue Fußballschuhe zum Konkurrenzverein. Erst Jahre später versöhnte er sich wieder mit den Beiden. Nach und nach startete Willy dann immer stärkere Versuche das Jugenderlebnis hoch leben zu lassen und versuchte die Mannschaft zusammen-zutrommeln, so gut es ging zumindest.
In den frühen Jahren, als auch noch viele im Umfeld wohnten, war das Interesse zumindest einigermaßen vorhanden und es fand sich immer mal eine kleine Gruppe um gemeinsam dem Ereignis zu huldigen.
Aber mit den Jahren konnte sein Bedürfnis kaum noch jemand nachvollziehen. Im Gegenteil, es kehrte sich um, er war nur noch nervig, weil fordernd und aggressiv, man mied ihn schließlich so gut es ging. Der mit seiner ewigen Fußballnostalgie war der allgemeine Frusttenor, es konnte Keiner mehr hören und seine ehemaligen

Mitspieler gingen ihm aus dem Wege.
Jetzt aber, jetzt hatte er sie noch einmal gezwungen, die restlichen 8 zumindest, bis auf Karl, der war nicht umzustimmen und hatte sie genötigt sich zumindest noch einmal zu erinnern, die Szenen durch zu gehen, zu debattieren, Foul oder nicht Foul, Hand oder nicht Hand, über den Schiedsrichter zu schimpfen und dazu ein Bier und ein Schnaps, oder zwei, oder drei zu kippen. Das war zu erwarten, das wussten Alle, wahrscheinlich hatte er es genau so gewollt.
Als die Beerdigung anstand traf man sich und besprach sich ein letztes Mal.
Dann ging es los. Die Schlankeren, wie Wolfgang und Helmut, zwängten sich in die Trikots, die Anderen trugen ihr Dress demonstrativ vor sich her.
Am Grab wurde seitens des Pfarrers die üblichen Worte gesprochen. Lediglich ein Hinweis auf unglückliche Auseinandersetzungen mit der Obrigkeit die wohl zu einer tiefen Verzweiflung und einem Kurzschluss geführt hätten, war in die Trauerrede eingestreut.
Dann war Eberhard dran. Er war der Spielführer und musste die letzten Worte am Grab sprechen. Man hatte massiv auf ihn einwirken müssen und sich fast schon auf einen Ersatzkandidaten verständigt, aber letztlich nahm er sein Herz in die Hand und stellte sich der traurigen Aufgabe.
Er begann, sichtlich gerührt, mit einem Kloß im Hals.
Lieber Willy,
dieses Selbsttor hättest du nicht zu schießen brauchen.

Wir waren immer eine Mannschaft und werden es auch bleiben, jetzt erst recht.
Du hättest uns nur mal den Ball abgeben müssen. Jetzt stehen wir ohne rechten Verteidiger da. Ohne den besten rechten Verteidiger den wir je hatten.
Eberhard stockte und wischte sich mit dem Trikot die Tränen von den Wangen und aus den Augen. Nach einer kurzen Pause hatte er sich wieder gefasst und fuhr fort.
Mensch Willy, wie sollen wir jetzt noch ein Spiel gewinnen. Ohne dich hätten wir jedenfalls nie den Pokal geholt.
Keiner hätte den Linksaußen so halten können wie du, Keiner.
Dir verdanken wir den Sieg, dir alleine. Jetzt bist du uns vorausgegangen und hast uns die Trikots dagelassen.
Wir geben dir dein Trikot mit der Nummer 2 schon einmal mit, denn bald werden wir wieder gemeinsam auf dem Platz stehen.
Willy, wir werden immer an dich denken, deine Jungs von damals.
Eberhard hielt inne, schüttelte den Kopf und trat mühsam einen Schritt zurück.
Er konnte offensichtlich nicht mehr.
Max legte ihm eine Hand auf die Schulter, der Pfarrer kam, gab ihm die Hand und nickte den anderen Gästen zu.
Tränen flossen, die Spieler legten ihre Trikots auf die Urne und machten sich auf den Weg zum vereinbarten Lokal in welchem der Leichenimbiss stattfand.
Max und Erwin hatten zwischenzeitlich des öfteren telefoniert und sich abgestimmt, zu einem neuerlichen Musikabend war es aber vor der Beerdigung nicht mehr gekommen. Sie saßen mit den Anderen im Lokal und unterhielten sich angeregt,

anfangs über Willy, klar, dann über die
Probleme dieser Welt und natürlich,
mit zunehmendem Alkohol, als Kaffee und
Kuchen erledigt waren, wie erwartet,
über das Spiel.
Erwin, wir müssen noch etwas erledigen,
raunte Max ihm zu.
Ja, was denn Max,
was müssen wir erledigen ?
Na ja, singen, wir müssen doch noch
singen. Wenn wir noch lange warten kann
Keiner mehr, verstehst du.
Ja, dann soll halt mal Einer anstimmen,
ich mache das jedenfalls nicht. Du, sing
du doch.
Nein Erwin, du kannst besser singen,
los fang schon an, forderte Max und gab
ihm dabei einen leichten, aufmunternden
Rempler in die Seite.
Es kommt nicht darauf an wer es besser
kann, das interessiert jetzt Keinen.
Ich fange bestimmt nicht an. Wegen mir
muss nicht gesungen werden, brummelte
Erwin bockig.
Aber wegen Willy, Mensch Erwin, jetzt zier
dich doch nicht so, verdammt nochmal,
das sind wir ihm schuldig.
Schuldig ? Ich und Willy schuldig ?
Wo der immer behauptet hat, ich wäre der
schlechteste Libero der ganzen Liga.
Nö du, ich denke nicht dran. Außerdem hört
der das sowieso nicht mehr.
Sturer Hornbause, fluchte Max.
Hört mal her, es fällt zwar jedem schwer,
aber Willy hat es nun mal so gewollt.
Wir müssen noch singen.
Also, wer stimmt an ?
Betretenes Schweigen, dann Gemurmel, leise
Dialoge,

Roland erbarmte sich schließlich und legte los: Auf der Reeperbahn nachts …
Es war zwar nicht die passende Stimmung und sie trafen auch nicht ganz die Melodie, aber Willy konnte zufrieden sein. Dann gingen sie nahtlos in das nächste Lied über: Komm auf die Schaukel Luise .. und natürlich zum Abschluss: La Paloma ...
Die weichlicheren Gemüter ließen ihren Gefühlen freien Lauf und weinten, schluchzten oder saßen wie versteinert da, nur zuhörend mit geschlossenen Augen. Einige schämten sich ihrer Gefühlsregungen, standen bei den letzten Takten auf und gingen wortlos.
So Willy, auf dich und dass du da oben immer den Gegner im Griff hast. Aber Keinen vom Platz grätschen, hörst du.
Wir sind bei dir, auf dich Willy.
Roland machte das richtig gut.
Alle prosteten sich zu.
Auf Willy, auf Willy, ja auf Willy.
Danach leerte sich das Lokal nach und nach.
Erwin fragte Max ob sie noch zu ihm gehen und einen Absacker schnappen sollten, aber Max winkte müde ab.
Vielleicht ist meinem Freund Erwin aufgefallen, dass ich schon seit letztem Suff keinen Alk mehr zu mir genommen habe. Vielleicht ist meinem Freund Max aufgefallen, dass ich ihn seitdem nicht mehr gesehen habe und schlecht durch das Telefon sehen kann was der Maxi gerade so zu sich nimmt, entgegnete Erwin ihm dabei sanft mit der Faust auf die Brust klopfend und ergänzte trotzig, dann eben nicht. Ich wollte ihm nur noch sagen, dass ich jetzt einen fantastischen Rioja zuhause habe,

der nur auf unsere kennerhafte Beurteilung wartet, direkt aus meinem Domizil in Spanien. Carlos hat mir den geschickt, feiner Kerl. Deshalb bringe nächstes mal keinen zu argen Fusel mit, dann schon eher gar keinen, denn der Rioja könnte beleidigt sein und nicht aus der Flasche heraus wollen. Also melde dich.
Max überlegte kurz.
Übernächste Woche müsste gehen, dann hatte ich auch meinen Termin mit dem Amt und kann dir sicher wieder etwas Neues berichten.
Komm mir bloß nicht schon wieder mit so einem Scheiss-Frust-Thema. Diesmal wird gelacht und gefeiert. Mir reicht's jetzt langsam, immer nur Elend, Tod und Verderben, ich mag das nicht mehr hören, entfuhr es Erwin in energischem Ton.
Aber natürlich darfst du mein Freund mir dein Herz ausschütten. Komm nur, das war nur Spaß, setzte er dann korrigierend hinzu.
Das war typisch Erwin. Da hatte er mittendrin gemerkt, dass er es übertrieb und dann machte er eben unvermittelt, mir nichts dir nichts, die krasse Kehrtwendung.
Also bis dann, ruf vorher nochmal an, verabschiedete sich Erwin.
Gut, mach ich, bis dann, bestätigte Max und machte sich auf den Heimweg. Es waren zwar nur ein paar Meter, ca. 20 Minuten Fussweg, aber genug Zeit für den Grübeldämon um aus der Deckung zu kommen. Er schaute zum Himmel und beurteilte die Wetterlage. Ein trüber Tag, passend zu einer Beerdigung, aber wenigstens kein Regen.

Wie meine wohl sein wird und wann wird es so weit sein, wie lange habe ich wohl noch ? Transportierte das Grübelmonster bange Fragen in sein Hirn.
Er schritt bedächtig auf den Boden blickend, die Hände in den Taschen vergraben, voran.
Sollte ich auch etwas vorbereiten, so wie Willy vielleicht ?
Aber was ?
Nein, so ein Quatsch !
Luise wird das machen.
Soll sie es machen wie sie es will.
Ach Luise, mein Luischen, mein armes Mädchen. Er musste heute unbedingt anrufen, nach dem Job fragen und überhaupt. Sie wartete sicherlich schon und würde bestimmt bald von sich aus anrufen. Alleine schon aus Neugier, wegen der Beerdigung. Nein, da würde er ihr zuvor kommen, gleich, wenn er zuhause war. Vielleicht gab es Neuigkeiten die ihn von seinen trüben Gedanken ablenken würden. Willys Tod hatte ihn stark berührt, mehr als er sich zugestehen wollte, aber jetzt hatte sich seine Gefühlslage ein wenig verbessert, er war wieder ruhiger geworden und hatte sich gefasst. In der Zeit vor der Beerdigung war er in recht fragilem Zustand gewesen. Deshalb hatte er auch das Treffen vor der Beerdigung mit Erwin sausen lassen. Es war ihm zu unsicher, wie es für ihn ausgehen würde, er wollte keinen Zusammenbruch riskieren. Auch er war mit dem Alter sensibler, sentimentaler geworden, melancholisch, leicht depressiv, Willy nicht unähnlich. Er hatte das akzeptiert und gelernt damit umzugehen. Aber wenn ihn dann noch ein

Dämon in den Würgegriff nahm, war das keine leichte Angelegenheit, dann konnte es schon vorkommen, daß er einen ganzen Tag alleine zu Hause grübelnd im Bett verbrachte und sein Elend beklagte.

18. Max und das Grauen

Als er zu Hause ankam hörte er durch die Tür schon das wohlbekannte bimmeln.
Verdammt, wieder zu spät !
Ärgerlich, aber was soll's, ist jetzt halt mal so, grummelte er und versuchte damit sein vermeintliches Versäumnis abzuhaken.
Ja, ich bin ja schon da !
Hektisch öffnete er die Tür und eilte zum Telefon.
Luise, dachte ich's mir !
Wie es war ?
Na, wie es eben auf Beerdigungen so ist, beschissen halt.
Ja, wir haben anschließend beim Leichenims gesungen, ja, das ist nicht normal,
nein, ich habe nichts getrunken, schon seit vier Wochen nicht mehr (Und wenn schon, dachte er und lächelte verschmitzt, du würdest es sowieso nicht merken, noch gibt es schließlich kein Geruchstelefon).
Ob ich vorher geduscht und mir etwas Anständiges angezogen habe ?
Na hör mal, was ist das denn wieder für ein Gespräch mit deinem alten Vater, für was hältst du mich, für einen versifften, alten Volltrottel ?
Ich rege mich auf wann und wo ich will.
Dann lass bitte zukünftig diese blöden provokanten Fragen.
Wie läuft es mit der Job-Suche und was macht Bernhard und sein Früchtchen ?
Nein, natürlich nicht die Büro-Blondine, seine Tochter, dieses verzogene Miststück, Sonia, die dich so aufregt.
Also noch nichts Neues vom Job, aha !
Na, sag mal, das ist doch jetzt schon ein paar Wochen her wo du dich vorstellen

warst oder ?
Da würde ich einfach mal nachhören oder traust du dich nicht, weil du Angst vor einer Absage hast ?
Nachfragen nicht erwünscht, zwischendurch keinerlei Auskünfte, tja, da musst du durch, da kann ich dir auch nicht helfen.
Und Bernhard ist im Stress, aha!
Na gut, dann kann er sich im Job austoben und du hast wenigstens deine Ruhe vor ihm.
Also nichts Neues, von keiner Front.
Bleib bloß mit der Jobsuche dran, hörst du, versprichst du mir das ?
Ja, das hast du letztes Mal auch gesagt !
Dran bleiben mein Liebes, nicht nachlassen, mahnte Max noch einmal eindringlich.
Was macht Finn, klappt's mit der neuen Firma ?
Viele Aufträge, gut, gut.
Und mit seinem Partner, kennst du den, ist der in Ordnung ?
Aha, harmonieren gut !
Amt ? Ich ? Wieso ?
Was soll ich auf dem Amt !
Nein, ich lüge nicht.
Ich habe Geld wie Heu, verdammt noch mal.
Was soll das denn jetzt, das habe ich dir doch schon ausführlich erzählt ?
Nein, natürlich nicht soviel, Millionär bin ich noch nicht, aber es reicht noch.
E s   r e i c h t   n o o o c h, versteh doch endlich !!
Nein, mir wird es nicht wie Willy ergehen, ich bin nicht Willy.
Immer diese Nerverei.
Komm Schatz, nicht weinen, es ist doch Alles gut. Nochmal und ich hoffe jetzt zum letzten Mal, du brauchst dir wegen mir

keine Sorgen zu machen.
Schau lieber, dass du die Sache mit
Bernhard zu Ende bringst. Vielleicht
kommen Erwin und ich vorbei und hacken ihm
die Eier ab. Was meinst du, ein Vorschlag
von Erwin, nicht schlecht oder ?
Was bin ich ?
Ich bin doch nicht vulgär, ich doch nicht,
jetzt mach aber mal halblang, keine
Beleidigungen bitte.
Ah Erwin, meinetwegen, wenn du es so
siehst.
Und lieb Bernhardchen, was ist der dann
bitte schön ?
Gut, ist ja gut, machen wir Schluß,
es ist Alles gesagt, sonst kriegen wir uns
nur unnötig in die Haare und das muß ja
jetzt nicht auch noch sein.
Ja, ich melde mich bald wieder.
Also bis dann.
Wenn sie so gut gelogen hat wie ich, ist
Nichts in Butter. Schlimm, schlimm, regte
sich sein Gewissen, das man zu solchen
Mitteln greifen muß. Aber so eine gute
Lüge beruhigt nun einmal ungemein und die
Menschen wollen, obwohl sie die Lüge
ahnen, ja auch nicht immer die Wahrheit
wissen, sind sogar dankbar, wenn man ihnen
irgendetwas erzählt, ein schönes Märchen
vorflunkert, ihnen eine Illusion die ihnen
etwas vorgaukelt präsentiert.
Vielleicht sollte ich mir das mit der
Pille gegen meine Verfettung viel mehr
einreden, vielleicht beruhigt das ja
tatsächlich und wirkt wie so eine Art
Placebo.
Aber sich etwas vormachen, einreden,
funktionierte bei ihm nicht, er hatte es
oft genug probiert.

Nein, ein starkes Mittel müsste es geben,
gegen die Angst und gegen all die dunklen
Mächte, das wäre schön.
Aber würde das auch ausreichen, würde das
helfen, wenn ihn das Schlimmste überkam,
wenn er das Grauen in sich aufkommen
spürte, wenn es ihn aus dem Spiegel wieder
ansprang ?
Gegen diese Macht war der Kampf mit den
Dämonen ein ganz anderes Kaliber,
dabei ging es hin und her, eben ein Kampf,
da bestand Aussicht, auf Sieg zwar kaum,
aber kleine Erfolge, Besserung, immerhin.
Das Grauen dagegen ließ nichts zu, absolut
nichts, war unerbittlich, erbarmungslos.
Und wenn es kam, dann knallhart und oft
heimtückisch, unvermittelt und gnadenlos,
aus dem Spiegel oder des nachts aus dem
Traum oder wenn er hinein gezwungen wurde,
aus einer Melancholie hingeleitet,
über den Tod nachzudenken und sich an der
Vorstellung von dem unvorstellbaren Nichts
abarbeitete, es ihn in seinen Klauen hielt
und er sich nicht davon lösen konnte. Kam
es über ihn, ergriff es ihn vollkommen,
machte klare Gedanken unmöglich und war
durch Denken nicht zu besiegen, einzig
sich ablenken, mit allen Mittel ablenken,
nur das half ein wenig. Aber wie sich
Ablenken, wenn er zitterte, Schweißnaß
war, mit offenem Mund schnappend nach Luft
rang, die Angst ihn vollständig
beherrschte.
Dann fehlte ihm eine Frau, eine warme Haut
an der er sich reiben und anschmiegen
konnte. Die ihn tröstete, ihm durch sein
schütteres Haar strich, ihn beruhigte,
ihm Liebe und Gottvertrauen schenkte.
Oder war das auch nur eine Illusion ?

Er versuchte immer wieder, sich gedanklich vorsichtig herantastend, um das Grauen ja nicht zu wecken, seinen Frieden mit dem Tod zu machen.
Aber es war ihm noch nicht gelungen, deshalb war das Thema noch nicht abgeschlossen, musste oder wollte weiter bearbeitet, beleuchtet werden. Der Dämon gab vorher keine Ruhe, das wusste er, er weidete sich an seiner Sterbensangst und quälte ihn damit, ließ ihn seine Vergänglichkeit spüren und vor Allem sehen, er brauchte nur seine Augen auf sein zerfallendes, welkendes Ich zu lenken. Wenn er doch nur gläubig sein könnte, egal mit welcher Kirche oder auch Sekte, Hauptsache er könnte seinen Frieden machen und glauben, daß Sterben schön, gut, gerecht und im besten Falle sogar erstrebenswert sei. Aber es ging nicht. Er war für die Religion nicht zu haben, sein Intellekt sträubte sich zu sehr, er war wohl dafür einfach ein viel zu rational denkender Mensch. Immer wieder legte sich das unvorstellbare, undenkbare Nichts, jede Hoffnung verzehrend, auf sein Gemüt und quälte ihn.
Lange hatte er gehofft die Befriedung käme von selbst, irgendwann, egal in welcher Form. Damit hatte er sich in früheren Jahren noch ablenken, das Thema auf später verschieben können, redete sich ein, daß dafür noch genügend Zeit sei. Daß das älter werden die Lösung so nebenbei mit sich brächte, die Akzeptanz und er ganz entspannt die letzte Zeit, den letzten Lebensabschnitt verbringen könnte, ohne Angst, ganz easy, sich irgend so eine Zuversicht oder Gewissheit über ihn legen

und ihm den ersehnten Seelenfrieden bringen würde. Aber die Zeit war vergangen und nichts war passiert, eher im Gegenteil, die Qual hatte sich noch verstärkt und mit jedem Tag sah er das Ende unerbittlicher auf sich zukommen.
Wann also, wann ? schrie er verzweifelt und verzagt in diesen dunklen Stunden in sich hinein, wann würde es Frieden für ihn geben, wann diese Angst besiegt sein ? Wenn es soweit war, kurz davor, auf dem Sterbebett womöglich ?
Man hatte ja allerhand darüber gehört, wie es ist, wenn Freund Hein anklopft, daß es dann möglich ist ruhig und gelassen Abschied zu nehmen, man erlöst und sogar erheitert ist, komm, großer schwarzer Vogel, komm !
Auch daran hatte er sich schon oft abgearbeitet und versucht sich dies einzureden, aber ohne Erfolg, er hatte einfach nach wie vor diese beschissene Angst, Todesangst, die er nicht los wurde. Wenn er merkte, daß er anfällig war ging er potentiellen Gefahrenquellen aus dem Wege, rasierte sich zum Beispiel nicht oder wenn es unbedingt sein musste blind, ohne Spiegel. Gerade beim Rasieren war die Gefahr nämlich sehr groß, zu groß, daß es dann über ihn kam. Wenn ihn seine müden Augen ansahen, ihn zwangsgesteuert musterten, sein dünnes Haar, die Falten, die Furchen, dazu die Gesichtshaut verwittert und verfleckt, er sich alt und erbärmlich sah, dann fühlte er sich hundeelend und vom Tode markiert, vorgezeichnet und bereit gemacht, körperlich vereinnahmt.

Wenn seine Hand, gezeichnet von Altersflecken, mit genarbtem Handrücken und kraftlosen Zitterfingern die Klinge über die dünne Halshaut führte und den Schaum vorsichtig abkratzte, Streifen für Streifen, er sah und fühlte, daß da nichts Straffes mehr war, nur noch ein schlaffer Faltenteppich, dann hatte der böseste aller Teufel leichtes Spiel mit ihm.
So sah es aus.
Er mochte es nicht sehen und erst recht nicht fühlen.
Ich muß zu Erwin, startete Max einen ersten Versuch sich gedanklich zu lösen. Ein Aufbau-Abend würde ihnen jetzt sicher gut tun, die Willy-Geschichte hatte auch Erwin hart getroffen, nicht umsonst hatte er versucht ihn mit dem Rioja zu locken. Und für ihn gab es ja bei und mit Erwin immer genug aussichtsreiche Entspannungsperspektiven, dabei besonders entspannend oder eher anregend natürlich die Aussicht auf Martas Hinterteil.
Der nächste Termin war aber erst für übernächste Woche geplant und dazwischen lag ja auch noch der Aufs-Amt-Hosen-Runter-Tag, nächste Woche. Sollte er also Erwin jetzt schon überfallen oder doch besser noch warten bis der Amts-Termin erledigt war, so wie er es Erwin angekündigt hatte ?
Er entschied sich zu warten, denn erstens würde er Erwin dann nach seinem Termin wieder besuchen müssen, das erschien ihm ein bisschen viel, nicht wegen ihm, nein, Erwin durfte nicht überfordert werden, da galt es höllisch aufzupassen,
und zweitens hatte er dann auch eine Zeitspanne in der er sich freuen,

in freudiger Erwartung sein könnte,
auf das zu erwartende Highlight in seinem
tristen Dasein, wie früher, ganz früher,
wie, wir warten auf's Christkind.
Mit diesen Gedanken zog sich Max, wieder
beruhigt und zufrieden in die Küche
zurück, machte sich eine Flasche Bier auf,
strich sich ein Abendbrot und legte sich
vor den Fernseher, eine DVD mit
Charlie Chaplins Goldrausch genießend.

19. Max auf dem Amt

Die Tage bis zum Amtstermin zogen Ereignisarm vorüber.
Max steigerte sich stündlich in eine Erwartungsnervosität. Er überprüfte täglich, manchmal mehrmals, je näher der Termin rückte, umso öfter,
die Vollständigkeit seiner Unterlagen. Als es dann endlich soweit war und er sich auf den Weg machen konnte, war er froh, daß jetzt die Zeit des Wartens und der Ungewissheit, zumindest vorläufig,
ein Ende hatte.
Der Termin verlief äußerst unangenehm. Ämterbesuche waren ihm schon immer ein Gräuel, daher begleitete ihn von Beginn an bereits ein negativer Gefühlsgrundstock, der sich auf seinem Weg in tiefe Abneigung steigerte.
Er hatte alle geforderten Nachweise zusammengetragen und mitgenommen, sicherheitshalber sogar mehr als verlangt war, Alles was er für wichtig und nötig hielt. Die Papiere wurden auf Vollständigkeit geprüft und waren ausreichend, kein Problem, aber die Atmosphäre, die machte ihm zu schaffen. Es war so schon schwierig genug für ihn, aber als der Herr Krantel seinen Wohnort, in einer betont langsamen Wiederholung, süffisant sich regelrecht auf der Zunge zergehen ließ und ihn dabei herausfordernd ansah, witterte Max Unheil.
Zu Recht, wie sich herausstellen sollte.
Ist das nicht der Ort wo auch der Herr Olsdoof gewohnt hat ?
Ja genau, aber Olsdorf bitte, Willy Olsdorf, hieß der Mann, korrigierte Max,

noch wohlwollend, aber bereits misstrauisch.
Das war vielleicht Einer, hat gemeint, er könnte uns für sein ganzes Unglück verantwortlich machen. Was hat der uns Nerven gekostet, stöhnte der Herr Krantel und sah Max erwartungsvoll abwartend an.
Wahrscheinlich denkt dieser feine Herr jetzt, daß ich mich über den armen Willy auslasse, aber da hat sich der gute Mann ganz schön geirrt, den Gefallen werde ich ihm nicht tun, beschloß Max nach kurzer, sehr kurzer, Überlegung.
Na, so arg wird es schon nicht gewesen sein, antwortete er daher vorsichtig beschwichtigend.
Ach so, sie meinen also es ist nicht so tragisch, wenn man uns hier auf übelste Art beschimpft und beleidigt.
Wissen sie was wir sind, wissen sie das eigentlich, da draußen in ihrem Dorf, irgendwo am Ende der Welt ?
Nein, das wissen sie sicher nicht, denn dann hätten sie diesem feinen Herrn mal die Meinung gesagt, ihn aufgeklärt und zur Räson gebracht. Wir sind nämlich die Vertreter der rechtschaffenen Bevölkerung, die Anspruch hat von jedwegen Parasiten und Schmarotzern verschont zu bleiben, die sich nur in unserem gut und ausgewogen gestalteten sozialen Netz in die Hängematte legen wollen. Wenn Jemand wirklich bedürftig ist, keine Frage, soll er unterstützt werden. Aber wir müssen auch unsere Pflicht tun. Daher muss Alles genauestens geprüft werden, verstehen sie, genauestens, nach Recht und Gesetz.
Was glauben sie denn, wie viele hier auftauchen und sich nur ein warmes Nest

verschaffen wollen ? Das ahnen sie gar nicht, mit welchen Leuten wir es hier manchmal zu tun haben. Ein undankbarer Job ist das, aber es muss eben auch getan werden, dem Gesetz muß Folge geleistet werden !
Der Herr Krantel war aufgestanden und ging rastlos auf und ab, die Hände auf dem Rücken zusammengekrallt, ein Augenlid zuckte. Max konnte sich des Eindrucks nicht erwehren, Opfer geworden zu sein, der Erste, der wohl aus seinem Ort für Willys Auftritte herhalten musste, der als Ventil benutzt wurde um Dampf abzulassen. Willy hatte das Amt und insbesondere wohl den lieben Herrn Krantel ganz schön wütend gemacht.
Frau Üsüdum wie sieht es mit den Papieren aus, alles vollständig, haben sie schon drüber geschaut ?
Frau Üsüdum sah auf die Unterlagen, überflog die aufgenommenen Daten nochmals und raffte dann die Papiere zusammen.
Ja, sieht so aus !
Gut, dann wissen sie ja was zu tun ist.
Natürlich, ich bin dann am Kopierer, sagte sie, stand auf und verschwand aus dem Zimmer.
Max hatte die Bemerkungen des Amtsschimmels noch nicht richtig verdaut, es rumorte noch kräftig in ihm.
Wollen sie dem Herrn Olsdorf unterstellen er wäre ein Simulant gewesen oder noch schlimmer ein Parasit ?
Max war jetzt kampfeslustig, er fühlte sich herausgefordert Willys Ehre zu verteidigen.

Nein, wo denken sie hin, das habe ich nie gesagt, nicht mal andeuten wollen. Nur Stimmung hat er gemacht. Eine sehr ungute Stimmung, indem er uns verteufelt hat.
Aber wer sind wir denn ?
Wir sind die Vertreter des Staates, also auch von ihnen übrigens, da muss man doch auch mal reflektieren und überlegen wo so etwas hinführen kann. Man kann doch nicht erwarten, dass der Staat für jede Kleinigkeit aufkommt und man selbst nichts dazu beiträgt.
Das wäre doch ungerecht oder wollten sie das bezahlen ?
Aber das können wir bei Ihnen ja eh ausschließen, sonst wären sie ja wohl nicht hier, bemerkte der Herr Krantel, in einem für Max gefühlt überaus abfälligen Ton.
Er kochte, zwang sich aber ruhig zu bleiben und überlegte an einer passenden Reaktion.
Und deshalb, nur wegen der Gerechtigkeit, müssen wir prüfen und handeln. Der Herr war sich zu fein in ein Asylantenheim zu ziehen und meinte er hätte Anspruch auf ein angenehmes Leben in seiner schönen, großen Wohnung und dazu noch die Miete und Behandlung von uns bezahlt.
Das geht doch nun wirklich nicht, fuhr der Herr Amtsschimmel, jetzt mit Nachdruck, Verständnis fordernd, fort.
Sein rechtes Augenlid zuckte immer heftiger, die Stirn war in Falten gelegt und die Arme hielt er hinter dem Rücken verschlossen.
Wir hätten ihm ein Weiterleben garantiert, so gut es eben ging. Aber dann muss man auch die Bedingungen akzeptieren,

die Spielregeln verstehen sie. Wir sind nun einmal eine Solidargemeinschaft und da muß es Regeln geben. Es kann doch nicht jeder machen was er will oder ?
Da stimmen sie mir doch hoffentlich zu ?
Was will der Kerl eigentlich, will der mich provozieren, eine Grundsatzdebatte über Gerechtigkeit führen oder nur seinen Amtsfrust loswerden oder was ?
überlegte Max angestrengt. Ihm ging das jetzt doch etwas zu weit und er beschloß Stellung zu nehmen.
Ja, glauben sie denn, wenn sie in so eine Lage kämen dann würden sie nicht in ihrer Wohnung weiter leben wollen, in ihrem vertrauten Heim, ihrem sozialen Umfeld, ohne materielle Sorgen. Sie können das doch gar nicht beurteilen, sie haben doch keine Ahnung wie das ist, krank und auf anderer Leute Hilfe angewiesen zu sein.
Max hatte sich zum Gegenangriff entschieden und sah den Herrn Krantel wütend an.
Nein, da haben sie recht, das kann ich wahrscheinlich wirklich nicht, antwortete der Amtsmensch.
Der Herr Krantel war jetzt auch sehr erregt, er rückte immer wieder die Brille zurecht, ging unruhig hin und her und seine Mundwinkel verzogen sich, als er vor Max stehen blieb.
Aber wissen sie was ich in so einem Fall machen würde und zwar bevor es soweit kommt ? fuhr er mit fester Stimme fort.
Und das können sie mir glauben !
Danach können sie sich meinetwegen auch beschweren, wenn ihnen danach ist, Zimmer 17, die Tür raus und dann die dritte Tür links.

Ich würde Schluss machen, ich würde sagen, jetzt habe ich fast 80 Jahre gelebt, war lange gesund und nun bin ich schwer krank. Bevor ich jemandem zur Last falle, vielleicht mich bald nicht mehr selbst versorgen kann, ziehe ich die Leine, aus und vorbei. Und das finde ich so auch in Ordnung, wer wird denn schon so alt wie ihr Herr Olsdorf, knapp 80, da muss man doch dankbar sein. Und ja, auch gegenüber dem Staat, der Gesellschaft. Zumal man in letzter Zeit endlich die entsprechenden Suizidmöglichkeiten gesetzlich erlaubt und humanisiert hat.
Max war geladen bis unter die Haarspitzen und musste sich beherrschen nicht durch die Decke zu gehen. Es gelang ihm nur noch mühsam sich im Zaum zu halten und antwortete daher mit leicht zitternder Stimme und geballten Fäusten.
Und sie meinen wirklich mit ihren jetzt 30 oder 40 Jahren könnten sie das so locker flockig sagen, dann mache ich halt Schluß, war schön und tschüss dann.
Sagen sie mal haben sie denn überhaupt nur die leiseste Ahnung wie man sich fühlt, wenn es soweit ist, wenn man ständig vor der Frage steht: Soll ich oder soll ich nicht ?
Meinen sie denn der Willy hätte sich nicht geschämt ?
Wir schämen uns Alle, aber zu Unrecht.
Sie, sie sollten sich schämen und zwar zu Recht. Wie reden sie überhaupt mir gegenüber, ich verlange etwas mehr Respekt. Wir haben ein Leben lang ge-arbeitet und doch erst den Wohlstand er-möglicht, den sie nur genossen haben. Sie haben doch keine schweren Zeiten erlebt.

Und was können wir denn dafür, wir die Alten und Kranken, wenn so ein paar Idioten den Karren an die Wand fahren.
Wer hat uns denn die ganze Scheiße eingebrockt verdammt noch mal ?
Junge Yuppies, die mit Geld spielen durften und ihr habt das doch zugelassen, sogar noch unterstützt, die Gesetze geändert wie es euch und vor allem denen, den Finanzverbrechern, gepasst hat, sogar das Grundgesetz habt ihr dafür ausgehebelt.
Max war jetzt in Fahrt und entledigte sich jeder Zurückhaltung, Diplomatie hin oder her, das musste gesagt werden.
Wo bleibt denn da der Herr Staat mit seiner Fürsorgepflicht, auf die wir uns verlassen haben, jahrzehntelang, wo, frage ich sie, wo ?
Sie und Schluss machen, Sprüche, nichts als dumme Sprüche.
Abschließend winkte er ihm betont abfällig zu und drehte den Kopf weg, wie, wenn er sich ekelte.
Dem Herrn Krantel war das Blut zu Kopf geschossen, er war knallrot und fingerte nervös an seinen Brillenbügeln.
Jetzt mal langsam guter Mann. Mir geht es nur darum ein bisschen Verständnis zu wecken, damit wir nicht wieder so beschimpft werden, das ist nichts persönliches gegen Sie oder den Herrn Olsdorf. Das darf, das muß ich nochmals ausdrücklich betonen.
Er nahm jetzt die Hände vor die Brust und Max sah, dass sie stark zitterten.
Jedenfalls können sie mir das abnehmen oder nicht, das bleibt ihnen überlassen, aber ich würde mein Leben beenden,

definitiv. Es gibt Stämme in Afrika, da gehen die Alten von selbst in die Steppe um zu sterben, diese Haltung habe ich immer bewundert und die hat mich überzeugt. Wissen sie was uns der Herr Olsdorf gekostet hat, uns, das sind sie und ich, wir Alle eben, wissen sie das, nur mal so ungefähr ? Und jetzt, da jemand da ist, jemand der bereit ist zu investieren und uns etwas zurückzuzahlen, nämlich die Immobilie zu kaufen und zu entwickeln die ihr Herr Olsdorf blockieren wollte, stellt sich der Herr quer, das geht doch nicht. Nur nehmen und nichts geben wollen und dazu noch in diesen Krisenzeiten.
Max stand auf.
Es reichte ihm jetzt, er hatte Willy seiner Meinung nach ordentlich verteidigt und absolut keine Lust mehr sich dieser Auseinandersetzung hinzugeben.
Wenn wir mit den Formalitäten fertig sind, darf ich mich hier verabschieden,
ich muß mir das nicht mehr länger anhören.
Moment bitte noch, wir sind noch nicht ganz durch oder ?
Frau Üsüdum war wieder im Zimmer und die Frage war an sie gerichtet.
Hier fehlt noch der Haken, Herr Krantel.
Welcher Haken ?
Na, der wegen der Aufklärung, sie wissen doch.
Ach ja, klar.
Also, nur kurz noch, beschied ihn der Herr Krantel und forderte Max, der schon auf dem Sprung war, mit einer Handbewegung auf, noch einmal Platz zu nehmen.
Sie haben auch die Möglichkeit die begleitende Sterbehilfe in Anspruch zu nehmen, davon haben sie sicher schon

gehört, ging ja genug durch die Medien.
Wenn sich ihr Gesundheitszustand dermaßen verschlechtert, daß es keine gute Heilungsprognose mehr gibt wird die begleitende Sterbehilfe automatisch eingeleitet. Das entscheiden dann 3 Ärzte, das sogenannte Entscheidungsgremium.
Aber hier geht es darum, dass sie diese Hilfe auch jetzt schon in Anspruch nehmen können. Ihre Prognose ist eh nicht mehr überragend, sie haben die Altersgrenze erreicht, die Voraussetzungen sind also gegeben. Wir könnten den vereinfachten Antrag 17a benutzen.
Max warf spöttisch dazwischen: Das würden sie in ihrem Falle dann ja wohl machen oder ?
Ja, natürlich, ich sehe sie haben mich doch ein wenig verstanden, das freut mich. Wir meinen es doch nur gut mit den Leuten. Wissen sie, manchem muss man auch mal auf die Sprünge helfen, es ist ja nicht jeder so rüstig wie sie, geistig, meine ich jetzt.
Ich werde mir das überlegen, versuchte Max möglichst ernsthaft zu antworten.
Hauptsache jetzt schnell zum Ende kommen und nichts wie raus hier, war seine Maxime.
Gut, dann überlegen sie. Jedenfalls haben wir unsere Pflicht erfüllt und sie informiert. Sie können ihre Meinung auch jederzeit revidieren. Aber nicht mehr umgekehrt, das geht dann ja wohl nicht mehr. Kleiner Scherz am Rande.
Man muss ja trotz Alledem immer noch seinen Humor bewahren, nicht wahr ?
Was soll jetzt das Gesülze, will der gute Mann sich vielleicht noch ein bisschen

kulant geben damit ich mich nicht beschwere, ging es Max durch den Kopf.
Aber wenn Humor, dann schon richtig, eine kleine Verarschung bietet sich jetzt ja geradezu an, entschloß er sich.
Bekommen sie eigentlich eine Prämie für jeden der zustimmt ?
Na, jetzt machen sie aber derbe Witze, wir sind doch hier in einer Behörde. In der freien Wirtschaft könnte man sich das vielleicht vorstellen, aber bei uns, bei uns doch nicht, nein, natürlich nicht. Dann könnte man ja auch gleich Prämien aussetzen, wenn man Rentner auf die Straße schubst oder ältere Damen bei rot über die Ampel lotst, nicht wahr.
Na, das wäre doch was Frau Üsüdum, amüsierte sich der Herr Krantel an seine Assistenz gerichtet.
Die lachte sichtlich gequält zurück und nickte dabei mehrmals bedächtig, Untergebenen zustimmend, unterwürfig.
Wirklich reingefallen, stellte Max mit einem bübischen Grinsen, befriedigt fest, wenigstens ein humoristisches Highlight konnte er mit nach Hause und zu Erwin nehmen.
Also, das war's dann für heute, bitte nur einen kurzen Moment noch, ich schaue schnell sicherheitshalber noch einmal drüber, damit wir auch wirklich nichts vergessen haben. Wir haben bestimmt noch Rückfragen, bemerkte der Herr Krantel gedankenverloren beim Durchblättern der Unterlagen, das ergibt sich meistens bei der Bearbeitung und näheren Überprüfung der Angaben.
Bis zum Leistungseintritt ist ja noch ausreichend Zeit,

wie ich sehe haben sie den Leistungsbeginn für den 1.2. nächsten Jahres beantragt. Wir melden uns, lassen sie es sich bis dahin gut gehen, daß sie ja auch in den Genuß der Unterstützung kommen und passen sie auf, daß sie niemand auf die Straße schubst, schloß der Herr Krantel mit einem gezwungen wirkenden Lächeln das Gespräch und streckte Max die Hand entgegen.
Shake hands und tschüss, wobei Max drauf und dran war den Handschlag zu verweigern, er war sich unsicher wie er die letzte Bemerkung des Amtsmenschen beurteilen sollte, aber wer weiß wie sich das dann auswirken könnte. Es fehlte ihm der Mut, die Traute, er hatte Angst es sich zu versauen und hielt es für besser gute Miene zu bösem Spiel zu machen.
Er ging eiligen Schrittes in das nächste Cafe, bestellte sich einen Croissant und einen Cappuccino mit Milchschaum.
Das ist doch eigentlich unfassbar, was war das eben, war das eine Reality-Show ? ging es ihm durch den Kopf.
Was sind das bloß für herzlose, abgestumpfte Menschen ? Vielleicht sind es sogar gar keine, vielleicht hat sich die Wissenschaft mittlerweile so weit entwickelt, dass das menschliche Roboter waren. Er hätte dem Herrn Krantel mal auf die Brust klopfen sollen, vielleicht wäre dann ein Blechgeräusch zu hören gewesen. Erwin hätte das gemacht und viel mehr, nein, Erwin brauchte er sich in seiner Rolle nicht vorzustellen, nicht auszudenken. Der hätte irgendeine Aktion abgezogen, dem Krantel wahrscheinlich schon gleich auf's Maul gehauen oder die Papiere aus dem Fenster geworfen

und die Frau Üsüdum, noch mit.
Puh, welch ein Erlebnis, das galt es zu verdauen. Gut, daß es bald wieder soweit war und der nächste Erwin-Abend anstand. Und das würde wieder kein reiner, entspannender Musikabend werden, aber was soll's, das musste unbedingt erzählt und diskutiert werden. Es könnte sogar, bei der Thematik, ein sehr unruhiger Abend werden, aber keine Gnade, da musste Erwin durch und Max konnte es kaum noch erwarten. Danach, nach sicherlich erschöpften Debatten, konnte Erwin dann seinetwegen den einbeinigen Kasatschock tanzen und vielleicht tanzte Max diesmal sogar mit, es hatte sich bei ihm schließlich genug Frustpotential aufgebaut.
Aber es war eher wahrscheinlich, daß Max das wegspülen bevorzugen und dann kein Tanzbein mehr auf den Boden bringen würde. Hammerhart, brummelte Max kopfschüttelnd, sich den Herrn Krantel vorstellend, vor sich hin, einfach zu hart.
Er biß in sein Croissant und nahm einen Schluck seichten Cappuccino dazu.
Auch das noch, braune Brühe mit Tubenschaum, stellte er resigniert fest. Aber das ist jetzt das Geringste, nun wirklich, baute er sich direkt wieder auf und verließ erleichtert, den blöden Termin endlich hinter sich zu haben, das Cafe.
Er brauchte noch ein paar Tage um den Besuch zu verdauen.
Mit zunehmendem zeitlichen Abstand fand er, daß er durchaus ein bisschen stolz auf sich sein konnte. Zum Einen dass er nicht ausgerastet war, daß er Willys Ehre verteidigt und zum Anderen dass er es

überhaupt endlich angepackt hatte.
Der Antrag war gestellt, es war jetzt im Fluss und wenn er Glück hatte, waren damit auch schon alle Formalitäten erledigt, hoffentlich.
Die Angst wegen fehlender oder falscher Angaben nochmals den ach so geliebten Herrn Krantel besuchen zu müssen begleitete ihn noch eine geraume Zeit.
Er war deshalb ziemlich angespannt und schaute mehrmals täglich in den Briefkasten.
Aber vom Amt kam nichts.
Gut so, dann ist wohl Alles vollständig gewesen und in Bearbeitung, sonst hätten sie sich ja wahrscheinlich direkt gemeldet, beruhigte er sich und es breitete sich in ihm eine gewisse Zuversicht aus, bis zum endgültigen Bescheid in Ruhe gelassen zu werden.

20. Max und Erwin,
Amtsbesuchsnachbetrachtung

Dann war Erwin-Tag, endlich.
Er rief morgens bei ihm an und
vergewisserte sich, daß es dabei blieb.
Ja, es fand statt, bestätigte dieser,
nicht ohne ein paar bissige Bemerkungen
hinzuzufügen.
Natürlich, welch eine Frage, welch ein
unnötiger Anruf, jetzt stiehlt er mir auch
noch meine Zeit, sollen wir jetzt jedes
mal vor unserem Treff noch einmal
telefonieren, dann hätten wir auch keinen
festen Termin vereinbaren müssen,
grantelte Erwin missmutig.
Wenn ich ihn daran erinnern darf,
war es mein, ach so freundlicher,
umgänglicher Süffelpartner der mich
gebeten hatte anzurufen, gab Max zurück.
Ach was, Papperlapap, aber, wenn ich ihn
schon dran habe, es gibt etwas Besonderes
zu futtern, ein feines Abschiedsessen,
da danach für längere Zeit Funkstille sein
wird. Wie er wüsste hätte ja Erwin noch
seine Dependance auf Teneriffa.
Und er hatte sich entschlossen für längere
Zeit, so zwischen 6 und 12 Wochen,
dem unangenehmen Wetter zu entfliehen.
Also mein Freund, das vorläufig letzte
Mal, der letzte Suff für längere Zeit,
leg dich ins Zeug und bring deinen besten
Roten mit. Vielleicht hast du ja sogar mal
Einen den wir trinken können. Den Rioja
habe ich übrigens schon vertilgt, der hat
mich nach der Beerdigung angesprungen, der
hielt es in der Flasche nicht mehr länger
aus, dein Pech, mein Lieber, bis nachher.
Dann legte Erwin auf, ohne eine weitere

Reaktion von Max abzuwarten.
Typisch Erwin, die abfällige Bemerkung hätte er sich jetzt echt sparen können, völlig unnötig, nur wieder ärgerlich und provokant, wahrscheinlich alleine seiner schlechten Laune geschuldet, warum auch immer, registrierte Max leicht angesäuert.
Er ging Kopfschüttelnd in den Keller, dabei über Erwin, allerdings nach kurzer Zeit mit einem Lachen, schimpfend und fand nur Suppenwein. Das ist für Erwin natürlich wieder ein gefundenes Fressen, konstatierte Max. Sollte er, um weiterer, vertiefter, Spöttelei aus dem Wege zu gehen, schnell noch eine gute Flasche kaufen ?
Vielleicht als Trotzreaktion sogar einen erlesenen Rioja ? Einen der noch besser wäre als der von Erwin so hochgelobte, hochgepriesene Spitzenrioja, dann Erwin das auserlesene Tröpfchen mit einer abfälligen Bemerkung präsentieren und höhnisch dabei grinsen, das wär's doch. Hier mein Guter, mal etwas ganz Besonderes, damit wir nicht zu sehr im Weinmittelmaß versinken, so in der Art. Aber erstens konnte er sich das nicht leisten und zweitens widerstrebte es ihm auf Erwins Anspielung zu reagieren.
Nein, er würde wie immer Einen aus seinem Keller mitnehmen, sei es drum, soll er doch seine Tiraden loswerden. Es war ja nicht so, dass man die Weine gar nicht trinken konnte, Max jedenfalls schmeckten die auch nicht schlecht. Die Bezeichnung Suppenwein kam alleine von Erwin.
Er ärgerte sich immer über sich selbst, wenn er merkte wie leicht ihn dieser aus der Reserve locken konnte.

Das war schon immer so und daran würde sich wohl auch nichts mehr ändern, zumindest in diesem Leben. Jemand der Erwin nicht kannte würde ihn direkt als arroganten Schnösel bezeichnen, aber das war er nicht. Es waren nun einmal seine Spielchen, die er ab und an brauchte. Es machte ihm einfach Spaß sich manchmal auf Max's Kosten zu amüsieren und der war der ideale Gegenpart, das war Alles.
So ähnlich lief es dann auch wieder ab. Erwins Begrüssung war herzlich, er umarmte ihn heftig, hielt ihn dann auf Abstand und klopfte ihm, sichtlich erfreut, mit der linken Faust leicht auf die Brust.
Na mein Alter ?
Schön, daß du da bist. Es ist gut, daß wir zwei alte Kerle uns noch so gut verstehen, immer noch, nach so langer Zeit und uns an unseren Erinnerungen ergötzen können.
Das muß auch mal gesagt werden.
Ja, da hast du recht und hoffentlich bleibt es noch lange so, die Zeit wird knapp, untermalte Max den Erwinschen Sentimentalitätsausbruch.
Und deshalb wollen wir uns heute wieder etwas mehr Genuß gönnen, sei es drum, weil man ja nie weiß, gelle mein Guter. Erwin sprach's und sah ihn mit aufgerissenen Augen an, dabei mit den Schneidezähnen auf der Unterlippe spielend.
Aber nun genug der Gefühlsduseleien, zur Feier des Tages hat Marta eines deiner Lieblingsessen gemacht, ungarisches Gulasch, natürlich mit Knödel und Kraut. Das schmeckt unserem Mäxchen doch so gut, da hat er nochmal was Ordentliches, bevor ihn der liebe Erwin in seinem Gallensaft

schmoren und ihn für mindestens 6 Wochen vor sich hin darben lässt, während er sich in seiner südlichen Dependance von Marta, in jeder Hinsicht, verwöhnen lässt.
Dazu ein bisschen Zigeunermusik und natürlich ein gutes rotes Tröpfchen aus Ungarn, ein schöner Gaumenkitzler, führte Erwin weiter fort und zeigte Max mit der rechten Hand den ausgesuchten Tokaj.
Der Wein der Könige, sagt man da, Könige wie wir, mal was Anderes, so etwas für durstige Könige aus der Puszta und so alte Süffelkönige wie uns, da ist das Beste gerade gut genug, damit das Feeling stimmt, mein Freund.
Max schwante weinmäßig nichts Gutes, er hatte sich schon so auf erlesene trockene französische Tröpfchen gefreut und nicht mit einem süßlichen Ungarn gerechnet.
Tja, mein Lieber, da bekommst du es gleich mit der Angst zu tun was ? reagierte Erwin auf Max's zweifelnde Blicke.
Aber keine Sorge, ich kann deine Bedenken zerstreuen, du wirst gleich sehen oder es vielmehr schmecken. Der ist gut, richtig gut, rund und ausgewogen, ist sogar ausgezeichnet worden, hat eine Medaille bekommen, von so Prüffuzzys, Sommeliers oder wie die sich nennen, jedenfalls solche die sich Kenner schimpfen,
so gekaufte Weinalkoholiker die bei einer guten Bewertung mit einer Schiffsladung Bestechungswein rechnen können, da schau !
Erwin hielt Max die Flasche vor die Nase und zeigte auf eine, Max nichts sagende, aufgeklebte rundliche Plakette.
Ein exzellentes Tröpfchen sag ich dir, aber das weißt du ja eh wieder nicht zu schätzen, Perlen vor die Säue,

was rede ich überhaupt, vertrau mir
einfach, er wird dir schmecken, glaub mir.
Oder hast du bei mir jemals schlechten
Wein serviert bekommen, hä ?
Erwin schaute ihn prüfend an, wartete
einen Moment und lachte dann los.
Max stimmte, nach kurzem Zögern, ein und
lachte mit.
Hier mein Beitrag, wie immer nur vom
Besten, ergriff Max nach einer kleinen
Verschnaufpause das Wort und hielt ihm
sein Mitbringsel vor die Nase,
Erwins Schmähkommentar erwartend.
Wo hast du den denn schon wieder
aufgetrieben ?
Dabei schaute Erwin prüfend über das
Etikett, verzog das Gesicht und ging,
für ihn äußerst ungewöhnlich, kommentarlos
in eine weitere Konversation über.
Max war angenehm überrascht, war das
wirklich schon Alles, keine weitere
spöttische Bemerkung, konnte das sein ?
Genug dem Vorgeplänkel, ich bin auf
schwere weltgeschichtliche Betrachtungen
eingestellt. Weißt du, das Große, Ganze
muss betrachtet und auseinandergenommen
werden, will wie ein Hering filetiert und
untersucht sein, sprach Erwin und drehte
dabei die Handflächen im Wechsel von innen
nach außen.
Max stöhnte in sich hinein, die Aussichten
auf das Essen waren ja super, aber Erwin
war jetzt schon verdächtig redselig,
das ließ nichts Gutes erahnen. Das dürfte
wohl wieder so ein Abend werden, wo er
sich Erwins Endlosvorträge anhören musste.
Vermeidungsstrategie war also angesagt und
ja keine Erwinerregungsthemen auf's Tapet
bringen.

Er musste sich konzentrieren, unbedingt vor dem Reden überlegen und nicht aufs Gerade wohl losplappern, eine Thementretmine würde heute wahrscheinlich reichen um Erwin in einen Endlosweltuntergangsmonolog zu reißen, das hatte Max jetzt schon oft genug erlebt. Dabei hätte Max doch so gerne in Erinnerungen geschwelgt, gemütlich sich ausgetauscht, während die Musik ihrer frühen Jahre auf sie einwirkte. Aber noch war ja nicht aller Tage Abend, er konnte sich ja auch irren und vielleicht gelang es ihm Erwin doch noch in die von ihm gewünschten Bahnen zu lenken. Tage vorher hatte er noch vorgehabt das Amtsthema ausgiebig zu behandeln, aber als Erwin ihm eröffnet hatte, daß dies für längere Zeit ihr letzter Abend werden würde, begann Max umzuschwenken und hatte sich mehr mit einem geruhsamen Abschiedsabend angefreundet.
Marta ist noch beschäftigt, ich hoffe, mit dem Gulasch habe ich meinem Mäxchen einen Gefallen getan ? unterbrach ihn Erwin in seinen Überlegungen. Dabei hippelte er ungeduldig von einem Bein auf das Andere und schielte in die Küche.
Und wie, das weißt du doch.
Dann bin ich ja beruhigt, tja, so bin ich halt zu dir, gelle mein Mäxchen.
Aber diesmal hast du es ehrlicher Weise Marta zu verdanken, sie hatte die Idee.
Ich muss ihr nochmal klarmachen, dass sie ausschließlich mich zu versorgen hat.
Du gefällst ihr, das merke ich schon, aber nichts da, komme er mir bloß nicht auf krumme Gedanken, ich kenne ihn.
Es wird auch nicht geteilt, wie so unter

Freunden üblich. Nein, mein, allein mein,
verstehst du, schön die Finger weglassen
mein Guter, das sag ich dir. Nur mit ihrer
Fürsorge, damit geht sie mir jetzt immer
mehr auf die Nerven, rennt mir mit den
Pillen nach und kontrolliert mich,
bleibt bei mir stehen und guckt ob ich die
auch wirklich herunter schlucke.
Das geht entschieden zu weit, wer bin ich
denn, empörte er sich, dabei mit beiden
Händen auf seine Brust zeigend.
Oh je, dachte Max, es geht schon los,
er kommt immer mehr in Fahrt.
Komm, Marta ist sicher gleich fertig,
bis dahin setzen wir uns noch kurz in's
Wohnzimmer auf die Couch. Wein gibt es
erst zum Essen, vorher nicht, basta !
Erwin schaute prüfend zu Max, dessen
Einspruch erwartend. Aber Max erkannte die
Finte. Erwin wollte nur, daß er Max später
als Antreiber, als nimmersatten Verführer
und damit Schuldigen an einem eventuell
ausufernden Saufgelage bezichtigen konnte.
Ja, ist mir recht, bestätigte Max deshalb
nur trocken und grinste, zufrieden mit
sich, den Ball so überzeugend zurück
gespielt und Erwins Attacke abgewehrt zu
haben. Jetzt war Erwin wieder am Zug und
machte den auch.
Oder meinst du wir sollten uns einen
Aperitif gönnen ? Wir könnten ja Einen auf
Willy nehmen, den armen, alten leider
toten Schlucker, Gott hab ihn selig.
Ich habe da auch noch einen Calvados,
zur Abwechselung mal was Anderes.
Erwin stand auf, ging an die Schnapsbar
und kramte hörbar in den Flaschen.
Aber wieso Calvados, das ist doch kein
Aperitif, protestierte Max zögerlich,

er war sich seiner Einschätzung nicht ganz sicher.
Ja, hast ja recht, eher für danach.
Hier, hier ist noch Sherry, ein Amontillado, genau das Richtige für zwei so alte Herren wie wir, den nehmen wir jetzt und keine Widerrede.
Somit hatte Max keine Chance abzuwehren, zudem war Erwin auch schon am Einschenken.
Auf Willy !
Ja, auf den armen Teufel, prostete ihm Max zu.
Weißt du was mir gut gefallen, mich so köstlich amüsiert hat wie lange nicht mehr ?
Das war die Aktion mit Trude, das war Klasse, großes Kino. Daß die Burschen aber auch immer mal wieder so irre Einfälle haben, so verrückt, so absolut bekloppt.
Ja, das liebe ich hier auf dem Land bei uns. Dass es immer mal wieder so närrische Aktionen gibt.
So wie die Furz-Geschichte, das war auch so ein Ding, einfach grandios, weißt du noch ?
Überhaupt auf so eine Idee zu kommen, das geht doch nur im Suff.
Ja, die Sache mit dem Furzen war schon genial, da muss ich auch immer wieder dran denken, stimmte Max zu und nahm das Thema auf.
Das war morgens um halb vier. Der Inder war noch nicht da, da hatte der Grieche noch die Kneipe. Bei dem musstest du doch immer schon um 6 bestellen wenn du dein Essen um 11 haben wolltest. Das war eine Granate, erinnerst du dich noch an den ?
Natürlich, aber wer hatte denn die Furz-Idee, war das der Hermann ?

Nein, der war da nicht dabei, ich meine das war Egon. Mitgemacht haben Egon, Karl-Heinz, Willy, Ernst, der so früh verstorben ist, und Ottfried, sonst fällt mir keiner mehr ein. Aber ich denke das waren auch Alle oder ?
Max fuhr fort, ohne auf eine Antwort zu warten.
Was weiß ich, ist ja auch egal, die waren jedenfalls sicher dabei. Es ging um einen Kasten Bier, was auch sonst. Die Wette war, wer am weitesten oder stärksten, je nachdem wie man das sieht, furzen kann. Bekloppt, absolut bekloppte Wette, na wenigstens kein Geruchstest, da hätte mein Mäxchen gute Chancen gehabt, unterbrach Erwin lachend und schlug sich mit der Hand auf den linken Oberschenkel.
Max verzog das Gesicht und sah Erwin ernst an.
Sehr lustig, soll ich erzählen oder willst du dich lieber weiter in Beleidigungen ergehen, dann lasse ich das ?
Ja ist ja gut, nicht gleich so beleidigt mein Lieber, los weiter, Marta ist sicher gleich soweit und ruft zum Essen.
Und die Frage war dann, wie konnte man so etwas beurteilen, wie messen ?
Eigentlich unmöglich. Jedenfalls hatte Einer die geniale Idee, wahrscheinlich durch einen Spiritwahnsinnsgeistesblitz, ich meine es war Egon, und den Griechen losgeschickt, er solle aus seiner Küche eine kräftige Tüte Mehl holen. Dann haben sie einen kleinen Tisch, so maximal Hüfthoch, in die Lokalmitte geschoben und die Längsseite des Tisches mit Mehl dick bepudert.
Ja, und dann ging es los.

Jeder der Kandidaten musste die Hosen runter lassen, sich an die Längsseite des Tisches stellen und sich so bücken,
dass das Hinterteil ungefähr in Mehlhöhe war und dann nach Möglichkeit einen Furz loslassen. Am Besten so, dass das Mehl richtig in die Luft stäubte. Bei Dreien kam kein Furz, auf Bestellung war es auch schwer, klar. Man hatte eine Stunde angesetzt. In der Zeit konnte man den Furz anmelden, wer kann schließlich schon einfach so auf Befehl furzen ?
Manchen glaubten das zwar, aber es klappte eben doch nicht. Deshalb hatte der Eine oder Andere schnell noch zu Hilfsmitteln gegriffen und schwörte auf Beschleuniger. Egon vertilgte rasch noch drei rohe Zwiebeln und Karl-Heinz versuchte es mit einer ganzen Knoblauchzehe.
Es durfte gewettet werden, die Spannung und Gaudi war riesengroß. Später gab es auch noch einige Wiederholungswettbewerbe, aber diese Geschichte blieb einzigartig. Und wer hatte dann gewonnen, fragte Erwin, du weißt das doch sicher auch noch ?
Na, soweit ich mich erinnern kann,
der Karl-Heinz. Er lag zwei Zentimeter vor Egon. Das Mehl war bei Karl-Heinz ein bisschen weiter eingedrückt und verflogen. Den Kasten Bier haben sie dann aber gemeinsam gesoffen, alle Zusammen.
Ideen haben die Kerle, Wahnsinn, wiederholte Erwin und stand auf.
Komm wir gehen rüber ins Esszimmer, ich muss jetzt mit Wein nachspülen oder soll Marta eine Mehltüte bringen ?
Erwin lachte lauthals los und streckte demonstrativ seinen Hintern zu Max.
Das war was, auf Befehl furzen,

wer kann das schon !
Dann nahm er wieder normale Haltung an, ergötzte sich aber weiter an dem Thema.
Vielleicht sollten wir das auch mal probieren, aber zuerst das Essen abwarten und dann loslegen. Nach dem Essen geht es bestimmt leichter, dann gibt es eine ungarische Furzorgie, das gefällt doch meinem perversen Maxilein.
Er lachte wieder herzhaft und klopfte Max auf die Schulter.
Der verbiss sich eine Erwiderung und setzte sich an den fein gedeckten Tisch.
Auf Erwins Teller lag schon seine Pillenration. Der nahm verstohlen die Tabletten und liess sie mit einem Glas Mineral in seinem Rachen verschwinden.
Als wenn ich nicht selbst dran denken würde, grummelte er kommentierend, mehr zu sich selbst als mit Max kommunizierend.
Was ist das eigentlich für Zeugs das du da nimmst ? fragte Max, auch um endlich auf ein neues Thema zu lenken.
Teufelszeug mein Mäxchen, reines Gift, Herzgift. Die Pumpe macht nicht mehr so wie sie soll, Rhythmusstörungen und irgendwas mit der Klappe. Nichts weltbewegendes, kein Vergleich gegen dein Problem. Erwin winkte ab. Apropos, hattest du nicht Termin auf dem Amt ?
Ja, aber darüber will ich jetzt nicht reden, nicht vor und nicht während dem Essen, wir reden vielleicht nachher drüber. Keine Angst, deine Neugier wird noch rechtzeitig befriedigt.
Gut, wie du willst, dann die nächste Frage, was macht die Job-Suche von Luise, geht es voran, hat sie schon eine Stelle gefunden ?

Nein, sie war noch nicht erfolgreich.
Sie hat immer wieder mal ein
Vorstellungsgespräch. Aber ich habe da so
meine grundsätzlichen Bedenken ob das was
wird, das Alter und die mangelnde
Berufserfahrung, da klemmt es halt arg.
Aha, und ihr Cretin, können wir endlich
zur Tat schreiten, weißt du die
Bernhardeier mit Speck locken mich ?
Ja, was soll mit dem sein, seufzte Max,
der macht halt weiter, vögelt sich so
durch und Luise leidet.
Aber Max, ich bitte dich, doch nicht so
ein Vokabular, nicht im Beisein von
Marta !
Marta schaute pükiert zur Seite.
Die Suppe stand auf dem Tisch,
eine Minestrone und dampfte kräftig.
Hm, das riecht fantastisch, lobte Max und
blickte wohlwollend zu Marta um wieder ein
wenig Boden wett zu machen.
Die schaute prüfend auf Erwins Platz.
Erwin stand auf und zeigte auf seinen
Bauch. Da drin, da sind sie drin,
du brauchst nicht so zu gucken.
Ratzeputz weg, die ganzen Pillen, wie
befohlen, Max ist Zeuge, stimmt doch Max ?
Dann deutete er mit dem linken Zeigefinger
auf ihn, stand stramm und zeigte mit der
rechten Hand den Soldatengruß.
Marta drehte sich mit beleidigter Miene um
und verschwand kopfschüttelnd wieder in
der Küche.
Die Weiber, stöhnte Erwin nur.
Sie meint es doch nur gut, sei doch nicht
immer so grob zu ihr. Sie ist eine Seele
von Mensch, kümmert sich so liebevoll um
dich und du, du behandelst sie wie ein
tyrannischer Macho und lässt dein Launen

an ihr aus.
Nicht immer, Herr Max, nicht immer !
Er lächelte süffisant und setzte sich wieder.
Die Suppe war gut, der Wein entsprach in etwa dem, den Max mitgebracht hatte.
Hätten wir auch den trinken können, dachte er, nichts mit exzellent und fantastisch im Abgang. Aber bloß nicht meckern, das kann er gar nicht gut vertragen und wenn die Flasche leer ist, gibt es ja noch Hoffnung. Deshalb Augen zu und runter schütten und das möglichst schnell, je eher die Flasche leer ist, um so schneller wird eine vielversprechendere entkorkt.
Diesmal würde er die Auswahl mitbestimmen, das war klar.
Das Gulasch kam auf den Tisch und im Hintergrund schrammelte Django-Reinhard, Alles passte. Sie aßen und Max erlaubte sich mehrere Portionen, nicht nur zwei, er langte richtig kräftig zu, hatte einen Mordsappetit. Es schmeckte ihm diesmal außergewöhnlich gut, der Gulasch hatte genau die richtige feurige Würze die er so liebte.
Sag mal was geht denn heute Alles in dich rein ? Wir sind ja froh, wenn die Töpfe leer werden, aber bei dir könnte man ja meinen du hättest die Auszehrung und monatelang nichts zu futtern gekriegt. Hast du etwa tagelang nur auf heute hin gehungert ?
Unglaublich, welch ein Appetit !
Marta, gib dem Mann den Rest mit, falls überhaupt noch etwas übrig ist, damit er sich den zu Hause warm machen kann und an uns denkt, wenn er sich den Bauch vollschlägt und danach quakend auf seinem

Sofa ausdünstet.
Suppa auch ?
fragte Marta, an Max gerichtet.
Alles, es darf nichts übrig bleiben !
Mischte sich Erwin ein.
Wir sind doch eh nicht da, was sollen wir damit. Wenn wir wieder heim kommen will ich das Zeug nicht mehr, womöglich eingefroren, igitt, igitt. So und jetzt ein Verdauungscalvados und dann darf er mir von seinem Erlebnis auf dem Amt berichten, ich bin schon ganz gespannt. War sicher sehr nett, bestimmt lauter liebe Leute, ganz fürsorglich und einfühlsam. Aber vorher schnell noch ein neues Fläschchen Vinolein dekantieren, diesmal darf der Maxi auswählen,
Bordeaux oder Spätburgunder ?
fragte Erwin, stand auf, nahm die leere Flasche und wartete auf Max's Antwort.
Welch ein Angebot, da wähle ich natürlich den Bordeaux, die Experimentierphase habe ich für heute mit dem Tokaj abgeschlossen.
Erwin nickte bedächtig, ging geräuschvoll in den Keller, kam mit einer Flasche Chateau zurück und hielt sie Max vor die Nase.
Ist das so nach dem Geschmack meines hochgeschätzten Weinschlabberers ?
Sehr schön, Herr Oberkellner, bitte öffnen und den Korken präsentieren.
Erwin verbeugte sich und ließ ein,
wie sie wünschen Majestät Max, folgen.
Er entkorkte, holte neue Gläser und schenkte großzügig ein, dann nickten sie sich zu und ließen maßvoll eine kleine, gerade mundfüllende Menge des edlen Tropfens über die Zunge fließen, Erwin im Stehen und Max im Sitzen.

Nach einer kurzen Prüf- und Genießpause ließ Max verlauten: Hmm, das ist aber mal was Feines, ein ganz besonderer Saft, bestimmt aus Bacchus Edelkeller geklaut, göttlich.
Für meinen lieben Freund nur das Beste, wenn wir schon so lange pausieren müssen, dann lassen wir es heute noch einmal so richtig krachen. Komm an mein sentimentales Herz mein Guter !
Max stand auf und sie nahmen sich in die Arme, standen fest umschlungen, mit den Händen gegenseitig den Rücken tätschelnd, Kopf an Kopf, vor der Couch.
Erwin löste sich und packte Max an den Schultern, sah ihm in die Augen und sagte: Wir sind schon zwei alte, sentimentale Wölfe, mein Lieber, wie werde ich dich in meiner Diaspora vermissen.
Die Augen wurden feucht, aber es gab keine Tränen.
Dann setzten sie sich und Max nahm den Gesprächsfaden wieder auf, noch war er stark genug, sich allen möglichen Gefühlswallungen, insbesondere der Herzensschwere, zu widersetzen. Da kamen noch genug düstere Zeiten in denen er die Besuche bei seinem Freund vermissen und er hinab gezogen werden würde in die Tiefen von Trauer und Schmerz, dessen war er sich gewiß. Heute war gute Laune angesagt, Genuß und Harmonie. Hoffentlich.
Stell dir vor, die haben mich nach Willy gefragt, sind beleidigt, weil Willy so auf den Putz gehauen hat. Ich hatte es mit einem Herr Krantel und einer Frau Üsüdüm zu tun.
Krantel wie ‚Grantler' und Üsüdüm wie ‚ist dumm', also unzufrieden und dumm,

formte Erwin genüsslich die Namen um.
Die Üsüdom hat fast nichts gesagt,
aber der Grantler, der war die Härte.
Den hättest du umgehauen. Also, was der so
von sich gegeben hat, das war schon
starker Toback. Von wegen überfordertem
Sozialstaat, mangelnder Solidarität,
fehlendem Pflichtbewusstsein und so.
Mein liebes Mäxchen, ich sage dir eins,
wir leben nicht in einem Sozialstaat,
sondern mittlerweile in einem
A-Sozialstaat. Komm, der Calva muß zum
Gulasch, lass uns anstoßen bevor mir
endgültig schlecht wird und die Galle
hochkommt.
Erwin erhob sein Glas und Max stieß mit
ihm an.
Die Calva waren mit einem Schluck
weggespült.
Erwin klopfte sich auf die Brust und der
Rülpser ließ nicht lange auf sich warten.
Auch Max ließ, allerdings etwas vornehmer,
nämlich mit vorgehaltener Hand, Luft ab.
Was wissen die denn vom wahren Leben ?
fuhr Erwin fort.
Die sitzen doch bloß dumm rum,
striezen die Leute und haben keine Ahnung.
Raus schmeißen sollte man die, dann wäre
auch genug Geld da. Selbst Parasiten,
die ganze Bagage, das asoziale, arrogante
Pack, nur lästige Mitesser vom großen
Tisch des armen, ausgebeuteten Volkes.
Wer hat denn die Milliarden verpulvert,
der kleine Mann etwa ? Nein, doch die da
oben, mit ihrem alternativlos, ihrem
angeblichen Sachzwang und der ganzen
EU- und Euro-Scheiße. Ich sag dir eins,
die können froh sein, dass keiner kommt
und denen mal so ein kleines Bömbchen in's

Amt legt, so ein kleines tickendes
Geschenk, wie damals die Bader-Meinhofs.
Jedenfalls ist jetzt Alles im Fluss,
unterbrach ihn Max, in der Hoffnung Erwins
Monolog hier vorerst beenden zu können.
Was heißt alles im Fluss ?
Na, die Formulare sind soweit ausgefüllt
und offenbar auch in Ordnung, bis jetzt
kam noch keine Nachricht, daß Angaben
unvollständig wären oder fehlen würden,
ab nächstem Jahr liege ich damit dem Staat
auf der Tasche. Und jeden Monat,
den die dann für mich blechen, geht mein
Besitzstand, Besitzstand hört sich doch
echt gut an, mehr und mehr in deren Besitz
über. Wenn dann jemand kommt und kräftig
Miete bezahlt muss ich raus. Dann heißt es
Koffer packen und ab, umziehen in
irgendein Kabuff, nach irgendwo,
in die Pampa, womöglich am Arsch der Welt,
wo halt gerade irgendetwas einfaches,
billiges frei ist, vielleicht sogar in ein
Mehrbettzimmer, mit irgendwelchen
schnarchenden und furzenden Verrückten.
Ja, mein Mäxchen, das macht dir zu
schaffen, das kann ich mir vorstellen,
bemerkte Erwin bedächtig.
Natürlich, was glaubst du denn. Gerade du,
der sich so schön eingerichtet hat.
Stell dir das doch mal vor, ohne Marta,
krank und abhängig. Ach was, für dich ist
das unvorstellbar. Max machte eine
wegwerfende Handbewegung.
Wir wollen den Teufel nicht wieder gleich
an die Wand malen, gelle, das Thema hatten
wir jetzt wirklich schon oft genug.
Du solltest dich nicht immer so von diesen
Horrorvisionen ins Boxhorn jagen lassen,
außerdem steht noch die Finnoption

im Raum, er hat sich schließlich oft genug angeboten und wie du so erzählt hast läuft es bei dem ja ganz gut. Oder vielleicht geschieht auch noch das erhoffte Wunder und ein unvorhersehenes Ereignis rettet dich, man weiß ja nie. Also besteht noch berechtigte Hoffnung, daß sich Alles zum Guten wendet.
Komm nimm einen Schluck, jetzt genießen wir lieber diesen schönen Roten, als uns runterziehen zu lassen, wer weiß wie lange noch, Prost mein alter Süffeler.
Damit war für Max klar, daß Erwin die Thematik auf die Nerven ging, was er auch verstand, und es besser war das Thema zu wechseln.
Er stieß mit ihm an und war gespannt wie der weitere Abend verlaufen würde.

21. Max, die Frauen und die Kränkung

Sie saßen sich ein paar Minuten schweigend
gegenüber, die Gesprächs- ging mit der
Essensverdauung eine Symbiose ein und
zwang sie kurz inne zu halten. Gerade als
Max mit einer Musikfrage aufwarten wollte,
kam ihm Erwin zuvor, indem er mit
schelmischem Gesichtsausdruck vorschlug:
Vielleicht solltest du dein Augenmerk mehr
auf die Damenwelt legen, du hattest es
doch immer gerne mit den Mädels zu tun.
So allein, das ist auch nicht gut.
Ich sehe doch wie du Marta immer auf den
Hintern schaust. Da ist doch in der Hose
noch was los. Bring deinen Hintern mal in
Bewegung und such dir Eine, am Besten
natürlich mit reichlich Kohle.
Gut und leicht gesagt. Meinst du die
stehen Alle bei mir Schlange und rufen:
Max nimm mich, nein mich, ich habe noch
mehr Geld !
Von was träumst du eigentlich !
Die riechen doch von weitem was los ist
und nehmen sich lieber einen Anderen,
einen mit gesichertem Einkommen, einen
Herrn Professor oder einen Herrn Erwin,
wo auch Asche ist, aber nicht mich, so
einen armen Tropf der zweimal wöchentlich
zur Dialyse muss, der krank ist, nur viel
Geld kostet und nichts zu bieten hat.
Also manchmal frage ich mich wirklich in
welcher Welt du eigentlich lebst,
entrüstete sich Max und lehnte sich mit
fragendem Blick zurück.
Daß es nicht leicht ist habe ich nie
bestritten, aber du hast es ja nicht
einmal ernsthaft versucht,
antwortete Erwin, boxte ihm dabei mal

wieder mit der Faust auf die Brust und lächelte ihm aufmunternd zu.
Natürlich wäre eine Frau nicht schlecht, klar, da hast du recht. Aber es muss halt auch passen und da sehe ich weit und breit nichts, fuhr Max nach einer kleinen Entspannungspause fort.
Na, da könnte ich dir aber schon eine Liste mit einigen interessanten Objekten machen. Ich denke eher, dein Problem ist, daß du zu wählerisch bist, hättest gerne Eine gebacken, Eine mit ausreichend Kohle, mit möglichst guter Figur, nicht zu dick, aber an gewissen Stellen doch wieder füllig, oben und hinten rum, dazu noch intelligent, die kein dummes Geschwätz drauf hat, den Maxi schön in Ruhe lässt, womöglich auch noch Schach spielen kann und dazu immer brav den Haushalt macht. Zu hohe, zu viele Ansprüche mein Maxilein, mehr Demut würde nicht schaden mein Guter. Marta ist auch nicht in Allem perfekt.
Aber in fast Allem, die würde ich sofort nehmen, erwiderte Max lachend und griff sich einen Zahnstocher.
Alleine wie die kochen kann, welch ein Gulasch, das war schon eine Wucht, absolute Weltklasse, schwärmte Max und rieb sich dabei demonstrativ den Bauch.
Ja, ja, aber dafür hat Marta auch ihre Mäckelchen mit denen ich leben muß. Die kann ganz schön nervig sein mit ihren Wünschen und Ansprüchen, das ist nicht immer einfach und führt öfter zu heftigen Disputen. Da frage ich mich manchmal schon was besser ist, zu zweit oder alleine bleiben. Man wird mit dem Alter auch zusehends kompromissunfähiger,

das stelle ich jetzt immer häufiger fest, das Nachgeben und Einsehen stellt sich nicht mehr so bereitwillig ein, da muß man sich schon zwingen und sich klar machen was und wohin man will. Deshalb kann ich dich ja gut verstehen, dein Zögern und Zaudern. Im Alter wird es eben immer schwieriger sich auf eine Beziehung einzulassen. Kurz nach der Scheidung, da hast du es vermasselt. Deine andauernden, wechselhaften Beziehungen, da hat man ja manchmal nicht mehr durchgeblickt. Da war schon die eine oder andere Dame dabei, die ich an deiner Stelle genommen hätte. Ja, du, sicher.
Aber ich, ich hatte ein Trennungstrauma. Schließlich wurde ich verlassen. Das hast du nie mitgemacht. Die einzige Frau die ich wirklich geliebt habe, hat mich verlassen. Was soll danach noch kommen ? Damit muß man zuerst einmal fertig werden, da bist du im Tunnel sage ich dir und vergleichst immer nur, da konnten doch nur vernichtende Kritiken kommen. Klar habe ich dabei den Frauen unrecht getan, heute würde ich das wahrscheinlich auch nicht mehr so sehen und so machen. Aber damals, damals war Alles Else und Else Alles. Und was habe ich das die Nachfolgefrauen spüren lassen und sie haben mir trotzdem immer verziehen,
die Namensverwechselungen, die wehmütigen Anwandlungen, wenn ich unbewusst von den Vorzügen meiner Ex-Frau zu schwärmen anfing, schlimm, schlimm. Ich habe es am Anfang mit mir selbst nicht ausgehalten, das weißt du doch nur zu gut.
Nun mal halblang, deine Else war auch kein Engel und hatte auch ihre Fehler,

das willst oder wolltest du nur nie sehen.
Es war ja nicht erlaubt auch nur dran zu tippen, jegliche Kritik an ihr verboten.
Die hätte dir schließlich auch noch eine Chance geben können, ja müssen.
Aber gleich Schluss machen, war das fair ? frage ich dich, nachdem du immer so schön brav warst. War das der Dank ?
Man muß doch nicht gleich mit dem erstbesten Spanier durchbrennen oder ?
Schon seltsam, dass deine Frauen alle ein Faible für Südländer haben, ist doch komisch oder, Luise mit dem Italiener, Else mit dem Spanier.
Wobei ich es dir leider wieder sagen muss.
Bei Else hast du die Sache verschnarcht, du alleine, einfach verpennt !
Ja, weiß ich ja, du mußt mich nicht immer wieder drauf stoßen und mit dem Finger in der Wunde herum bohren, das kannst du gut.
Ich war halt fest davon überzeugt, dass uns so etwas nie passieren könnte, war ja so ahnungslos damals und konnte die Zeichen nicht deuten, war blockiert, tausend andere Dinge gingen mir im Kopf herum.
Wie innig hat sich mich noch geküsst, damals, vor dem Abflug in diesen Sprachurlaub nach Spanien. Dieser Kuss, die Umarmung, so liebevoll, das kann ich mir heute noch, nicht nur in's Gedächtnis rufen, ich kann es fühlen, verstehst du, richtig fühlen. Wenn ich nur daran denke geht es mir durch und durch. Vielleicht schickt sie mir das auch aus dem Ort wo sie jetzt ist. Sie hat immer geglaubt, dass es ein Weiterleben gibt nach dem Tod, im Gegensatz zu mir.
Was haben wir darüber diskutiert !

Daß wir dann miteinander in Kontakt treten
könnten, es spüren würden. Manchmal kommt
es mir so vor, als ob sie doch Recht
gehabt hat.
Na, nun wollen wir mal nicht zu
sentimental werden, mein Mäxchen.
Ja, hast ja recht, lassen wir das.
Aber nur noch das Eine, dann können wir
das Thema beenden, nur damit du mich
besser verstehst. Es gab da nämlich noch
etwas, warum ich damals so geackert habe,
das habe ich dir nie erzählt.
Es ging mir auch um Wohlstand, profanen,
materiellen Wohlstand. Ich wollte Else
möglichst viel bieten, ihr die Welt zu
Füßen legen. Else an sich, was die
Beziehung, unsere Liebe, an sich betraf,
war sozusagen unverrückbar, eine feste
Größe, da sah ich keine Gefahr.
Nein, das materielle Glück spielte noch
eine Rolle, eine ganz große, eine
unbewusst aufgedrängte. Was mich nicht
ruhen ließ und umtrieb, war Mitleid und
damit eine Erniedrigung die ich nur schwer
aushalten konnte.
Was für ein Mitleid, was ist das denn
schon wieder für ein mieser Recht-
fertigungsversuch, mit was willst du mir
denn jetzt kommen, mit welcher billigen
Ausrede, das ist ja ganz was Neues, hä ?
Diese Gesten, diese Blicke, diese Fragen,
die mir von Anfang an zu verstehen gaben,
daß ich nur geduldet und nicht respektiert
bin, daß man mir das Töchterlein, ihren
Goldschatz, mit einem Sicherheitspaket
anvertraut hat, ich nur der Versorger
zweiter Klasse bin, sie immer noch da sind
mit ihrer schützenden Hand, ihrem dicken
Bankkonto, das hatte mich sehr,

bis ins Innerste, getroffen und mich stark verletzt. Kann man denn mit so etwas Geld verdienen und eine Familie ernähren ?
war eine der ersten Fragen als ich mich meinen Schwiegereltern vorstellte und mein Betätigungsfeld erklärte.
Weisst du was mein lieber Herr Schwiegervater an unserer Hochzeit gemacht hat ?
Er hat mich zur Seite genomen und mir bedeutet wie wichtig für sein Töchterlein ein gewisser Lebensstandard ist, den sie gewohnt ist, den sie auch nicht missen sollte und mir dabei einen schönen Scheck in die Jackentasche gesteckt. Daß, wenn ich mal klamm sein sollte, ich gerne auf ihn zukommen dürfe, kein Problem, er mir auch gerne einen kleinen Baukostenzuschuß zukommen lassen würde, als zusätzliche Mitgift.
Weißt du wie ich mir da vorgekommen bin ? Wahrscheinlich wie der letzte Dreck.
Ja genau, wie ein armseliger Bittsteller, dem man ein Almosen hinwirft. Ich bin mir in meinem ganzen Leben nicht so nutz-, so wertlos vorgekommen. Und dann immer diese heimliche Zusteckerei, Else hat vermutlich nie gewusst, daß ich das mitbekommen habe und wie mich das gekränkt hat. Hier mein liebes Kind, wir wissen doch wie es bei euch aussieht, nimm nur, uns tut es ja nicht weh. Und die scheinheiligen, ängstlichen Fragen erst: Na wie läuft es denn im Job, du hast doch noch Arbeit ?
Max du übertreibst, du hast neurotische Züge, was ist denn schon dabei, wenn man sein einziges Kind in guten Händen wissen will ? Du würdest oder hast sogar, genauso reagiert bei Luise,
jetzt mach aber mal einen Punkt.

Nein, so nicht, ich bin Alfonso gegenüber nie wie der großzügige Gönner aufgetreten und wenn, habe ich ihn das nie in so erniedrigender Weise spüren lassen,
da habe ich immer darauf geachtet,
nie ehranrührend. Ungeachtet dessen hatte ich auch nie die Mittel. Aber diese Erniedrigungen meiner Schwiegereltern und indirekt auch durch Else, die, wie selbstverständlich, mitgemacht hat,
die haben immer in mir gebohrt und mich zu Höchstleistungen angetrieben.
In was hat sich da mein Mäxchen nur hineingeärgert, schlimm, schlimm !
Ja, vielleicht hast du ja recht, aber einmal, einmal nur mit einem Koffer voller Scheine vor sie hintreten und sagen können, hier, schenke ich euch, zum Hochzeitstag oder so, ich weiß ja, daß ihr es nicht so Dicke habt. So einen Triumph, den wollte ich mir wenigstens einmal gönnen, das hätte mir gefallen.
Damit endlich Ruhe ist, verstehst du ?
Ja, ja, ist ja gut, das hättest du doch nicht fertig gekriegt, so bist du nicht gepolt, dafür kenne ich dich viel zu Gut mein Lieber, komm Schwamm drüber, lass uns nochmal nippeln.
Sie stießen an und tranken wieder einen ausgiebigen Schluck.
Welch eine blöde Familienscheiße, stöhnte Erwin, aber wie dem auch sei, daß es schließlich auseinander ging hing nicht nur damit zusammen, das willst du mir doch wohl jetzt nicht weißmachen wollen oder ?
Nein, das will ich ja gar nicht, du hast schon recht, ich habe es vermasselt und deshalb mache ich mir ja auch ständig diese Vorwürfe, zumal Else immer wieder

versucht hat mir die Augen zu öffnen.
Bevor sie in den Bildungsurlaub nach
Spanien startete, ermahnte sie mich noch:
Max, ich liebe Dich, aber wir müssen
reden, über uns und unsere Beziehung,
unbedingt, wenn ich wieder zurück bin,
ja, versprich mir das !
Du musst mehr Zeit für uns haben, dir mehr
Zeit nehmen und darfst nicht mehr soviel
arbeiten. Du willst doch auch, daß wir
noch lange zusammen glücklich sind.
Ja, mein Liebes ich verspreche es dir,
wenn du wieder da bist sieht es auch
arbeitsmäßig viel besser aus und dann habe
ich wieder mehr Zeit für die Familie und
unser Eheglück, war meine Antwort,
mehr als Alibi, denn als wirkliches
Versprechen.
Und gehalten hast du nichts, ich weiß,
ich weiß, mein Lieber, ich kenne deine
ganze Ehegeschichte nur zu gut.
Dann kam die Frankreichreise mit dem
bitteren Ende deiner Ehe, als Alles in die
Brüche ging und es aus und vorbei war,
kommentierte Erwin und stöhnte sichtlich
genervt.
Ja damals, die Frankreichtour,
setzte Max unbeirrt weiter fort und
schüttelte den Kopf. Ich komme über diese
Fehleinschätzung einfach nicht hinweg,
das kocht immer wieder hoch in mir und
wird mich wohl den Rest meines Lebens
begleiten, als mein Ehedämon. Ich habe
damals nur noch diese einmalige Chance
gesehen, war total verblendet, endlich das
ganz große Geld zu machen und dachte,
nur noch diese Hürde und dann zurück zur
alten Harmonie, Else wird schon noch
solange stillhalten.

Weißt du mein lieber Maxe, das erinnert mich irgendwie an deine Aktienspielerei, das ist wohl so in dir drin,
der Versuchung nicht standhalten können, nur noch einmal und dann ist Schluß und dann doch noch weitermachen, immer noch eins draufsatteln. Auch da hast du die Grenzen immer wieder neu verschoben, konntest nicht aufhören. Süchtig,
mein Mäxchen, das nennt man süchtig.
Ich bin mir nur noch nicht darüber im Klaren ob deine Arsch-Guckerei auch Sucht oder doch eher als harmlos einzustufen ist, sprach Erwin und sah ihn dabei prüfend an.
Nach einer kurzen Pause legte er Max aufmunternd, jetzt bübisch grinsend, die Hand auf die Schulter, hob sein Glas mit der anderen Hand und stieß mit Max's Glas, das auf dem Tisch stand, auffordernd an.
In ein Lachen übergehend, formulierte er den Trinkspruch: Auf die Frauen und den Suff !
Max lächelte gequält, hob ebenfalls sein Glas und ergänzte: und auf das gute Essen und ein langes Leben.
Jawoll, bestätigte Erwin und sie leerten das halbvolle Glas in einem Zug.

22. Max und Erwin feiern Abschied

Mein lieber Maxe, heute beackern wir aber wieder ein starkes Stück Problemscheiße, immer wieder dasselbe, die selbe Leier, komm lass uns mal eine andere Platte auflegen.
Ja, wo du recht hast, hast du recht, signalisierte Max Einsicht.
Platte auflegen, ein gutes Stichwort, mein Mäxchen.
Was will er denn hören, nenne er mir sein Wunschprogramm, mal wieder die alten Stones, Led Zeppelin oder Ten years after ? Komme er mir nicht mit Gesülze, von wegen Simon und Garfunkel oder noch schlimmer mit seinen französischen alten Onkels, Jaques Brel, Moustaki oder sonst was. Nein, Stones, Led Zeppelin oder Ten years after, sonst kommt Nichts in Frage, damit der Wein ein paar Umdrehungen mehr bekommt, entscheide er sich bitte rasch !
Pink Floyd, wenn schon die Richtung, dann Pink Floyd.
Schön, schön, er hat gewählt, damit kann ich gut leben.
Die habe ich leider nie live gesehen, man versäumt so Vieles und jetzt ist es zu spät, stöhnte Max wehmütig.
Ich aber schon mein Alter, in meiner Berliner Zeit. Fantastisch, ich sage dir nur absolut fantastisch waren die.
Da hatte ich mir gleich nach dem Konzert die Ummagumma zugelegt, die lege ich dir jetzt auch auf und dazu gibt es noch ein feines Fläschchen, aber diesmal nehmen wir einen Cote de provence. Den gönnen wir uns viel zu selten, dabei frage ich mich immer wieder, wieso eigentlich, ist doch auch

ein prima Tröpfchen ?
Wir, wieso wir, wer stellt denn hier den Wein auf den Tisch, du doch, du bist doch der große Kenner und Dekantierer ?
Ja soll ich dir das etwa überlassen, damit wir deine Supermarkt-Plörre saufen, hä ?
Und das in unserem Alter. Wenn ich mich umbringen will dann lieber gleich richtig. Ich gehe mal in den Keller und schaue nach was da noch so Gutes rum liegt.
Er ging, legte vorher noch die Scheibe auf und kam mit einem Cabernet zurück.
Ich habe mich ehrlich nicht getraut zwei Flaschen mitzubringen, so hat mich das Weib schon im Griff, unglaublich, bemerkte Erwin mit sich selbst hadernd und den Kopf schüttelnd zu Max.
Die Gute hat halt Angst um dich, daß du dich übernimmst, zu viel säufst und dich dann deine Pillen wegbeamen, wie Willy.
Ich habe keinen Wachhund zu Hause, wenn ich tot umfalle merkt das so schnell Keiner. Aber Anton sorgt schon dafür, daß ich immer schön clean bleibe und der ganze Giftdreck rausgeholt wird.
Wer verdammt nochmal ist Anton schon wieder, machen wir jetzt Rätselstunde oder was ?
Na, meine Dialysemaschine, die habe ich Anton getauft, was sonst, ist doch ganz einfach !
Aber ist doch schade, das gute Gesöff so raus zu spülen, dann behalte ich das lieber und lasse es durch meine sieben Mägen laufen, ich habe nämlich so viele, wie bei einer Kuh, statt widerkäuen widersaufen. Also mein Freund, jetzt süffeln wir zuerst mal die da und dann sehen wir weiter, ganz wie es uns gefällt,

uns alten Kerlen, gelle.
Max schnaufte tief durch und schaute Erwin beim Entkorken der Flasche zu. Die kurze Redepause war ihm eine willkommene Gelegenheit sich ein Bild von Erwins Befindlichkeit zu machen, seinen Trinkzustand einzuschätzen.
Er konstatierte, daß Erwin im Bereich des Überganges war, nicht mehr ganz nüchtern, aber auch noch nicht ganz voll.
So wie er.
Die beste Zeit war das, denn sie waren beide wohlig angenehm betrunken und noch genußfähig, das war entscheidend.
Erwins Aussprache war zwar schon ziemlich feucht geworden und auch seine Standfestigkeit hatte ein wenig gelitten, aber er war immer noch recht ruhig geblieben, hatte noch nicht getanzt und noch nicht gesungen. Ein Zeichen der Bestätigung für Max Einschätzung, daß die gute, ruhigere, Zwischenphase jetzt angebrochen war und hoffentlich noch lange anhalten würde.
Und nach den Pinkis hören wir die small faces, kam es von Erwin bestimmend.
Weiß denn mein Maxi noch wo wir die gesehen haben, hä ?
Ich weiß es nämlich noch ganz genau, wie wenn es gestern gewesen wäre.
Erwin war aufgestanden und stand gebeugt, selbstsicher grinsend, vor Max, dabei mit dem rechten Zeigefinger auf seine Brust tippend.
Nö, weiß ich nicht mehr,
kam es von Max kleinlaut, Erwin in Sicherheit wiegend.
Aber Max wusste doch !
Welch eine willkommene Gelegenheit Erwin

vorzuführen, die konnte er sich nicht
entgehen lassen.
Ja, hat denn der alte Kerl jetzt schon
kein Gedächtnis mehr, was ist los da drin,
alles leer oder was ?
Erwin's Finger war jetzt auf Max Stirn
gewandert.
Du glaubst doch nicht mit deinem
bescheuerten Kopfhämmern käme ich da eher
drauf. Weg mit dem Finger.
Ich weiß aber was du meinst.
Max stand auf und drehte den Spieß um.
Bei dir, ja bei dir funktioniert es nicht
mehr richtig im Oberstübchen.
Jetzt klopfte Max Erwin an die Stirn,
ein selten genug vorkommendes Ereignis.
Wir haben die small faces nie live
gesehen !
Was wir gesehen haben war was, na was, los
sag schon, mein überschlauer Gedächtnis-
künstler, kommt er da drauf oder nicht ?
Nie die small faces gesehen ?
Jetzt komme er mir nicht so !!
Nein, nie die small faces gesehen,
nie, nie !! beharrte Max.
Erwin runzelte die Stirn und schob das
Kinn vor, die Zähne mahlten, das war schon
mal was. Selten, daß er unsicher war,
aber das waren klare Zeichen,
Max hatte diesbezüglich genug Erfahrung.
Wirklich nicht ?
Nein, ich sage es dir doch.
Max wurde nun etwas lauter und bestimmter
im Tonfall.
Und was haben wir dann gesehen ?
fragte Erwin jetzt kleinlaut, mit
verkniffenen Augen und gerunzelter Stirn.
Ja überleg halt mal.
Max ließ Erwin genüsslich vor sich hin

grübeln.
Na gut, ein Tip !
Wo hat steve marriott noch mitgespielt, kommst du jetzt drauf ?
Ah ja, natürlich, du hast ja recht, eine kleine Verwechselung, na und.
Aber Humple pie war das doch auch nicht, zumindest nicht in Originalbesetzung.
Ja, jetzt kommen wir der Sache schon näher, das war eine Session mit Alexis Korner und der war nach drei Stücken schon so blau, daß er absichtlich die Saiten gerissen hat und nicht mehr spielen konnte oder wollte, wie man es sieht, so war das, erklärte Max, mit einer gehörigen Portion Stolz auf sein gutes Gedächtnis.
War da nicht auch der Heiner mit ?
Fragte Erwin zögerlich, noch ziemlich bedrüppelt. Man spürte seine Unsicherheit, die Niederlage wollte noch verdaut werden.
Ja, der war auch dabei.
Und hatte der da eigentlich seinen Führerschein noch oder war der schon weg ?
Ich meine da hatte der den noch, das mit Berlin kam danach.
Wie war das nochmal, wenn wir schon einmal dabei sind ? Hakte Erwin nach.
Max war sich zwar ziemlich sicher, daß Erwin die Geschichte noch gut im Gedächtnis war, wahrscheinlich suchte er jetzt nur eine Gelegenheit ihm auch einmal auf die Sprünge helfen zu können, um die Scharte von vorhin auszuwetzen, aber den Gefallen konnte ihm Max in diesem Falle wirklich nicht tun, also erzählte er knapp was sich zugetragen hatte.
Ja, der war halt so besoffen, daß er an der Ampel eingeschlafen war und dann da auch stehen blieb, trotz Hupen und Allem,

bis die Bullen kamen. Und dann war der Lappen wech. Hat ihn sehr getroffen damals, den Herrn Studiosus.
War aber ein feiner Kerl, ein richtig guter Kumpel, hat uns immer mitgenommen, als wir noch keinen Führerschein hatten, weißt du noch ?
Na klar mein Mäxchen, der hat uns manchmal sogar von zuhause abgeholt, aber meistens hat er sich erbarmt, wenn wir wieder mal nach einem Jugendtanz nicht wussten wie wir heimkommen sollten, sind ja damals oft genug getrampt oder gelaufen, in Eis und Schnee am Straßenrand fast erfroren.
Wenn ich nur daran denke wie wir mal die knappe 16 Kilometer des nachts im Winter heimlaufen mussten, in unserem modischen Dress, nicht in Schuhen sondern Schläppchen, die schon nach 500 Metern durchgeweicht waren, vor Nässe quietschen, so als ob man barfuß durch Schlamm waten würde, in den dünnen, engen Schlaghosen und außer dem durchsichtigen Rüschenhemdchen hatte ich nur mein schwarzes Stoffkommunionanzugssakko
und du diese hellbraune Löwenfelljacke an. Wir fühlten uns ja so stark,
so unangreifbar und wollten es an diesem Abend zwingen, wussten ja genau, wann der letzte Bus fahren würde. Aber heute sollte es sein, auf Teufel komm raus. Und warum, nur weil da, in diese Disco am Arsch der Welt, ab und an zwei vielverheißende Girlis zum abtanzen hin gingen, auf die wir so extrem scharf waren. Bei denen wir allerdings trotz vollem Einsatz,
im wahrsten Sinne des Wortes, nie zum Zuge kamen, was wir aber nie einsehen wollten.
Da hat uns unser überschüssiges

Testosteron ganz schön an der Nase
herümgeführt, so wie die beiden Ladys,
dabei waren die eh um Einiges älter und
hatten schon ihre Lover, die sich da aber
nie zeigen ließen. In dieser Nacht hat uns
unser Fahrservice schon arg gefehlt,
aber das war klar, denn das war nicht
Heiners Ausgehreich.
Und vertragen hat er überhaupt nichts,
der war immer so schnell voll, deshalb
wahrscheinlich auch der Lapsus in Berlin,
fügte Max hinzu und übernahm wieder das
Wort.
Ja der Heiner, der ist doch damals nach
dem Konzert verlustig gegangen,
stundenlang hatten wir den gesucht,
bis heraus kam, daß er eine Freundin hatte
bei der er untergekommen war ohne uns
Bescheid zu geben.
Sie nahmen die Gläser und nippten
gedankenverloren, jeder für sich in seiner
Nostalgiewelt behaftet, mit abwesendem,
versunkenem Gesichtsausdruck, an ihrer
roten Zeitreisenbefördernden
Sehnsuchtsdroge.
Von dem hattest du doch auch diese
komische runde small-faces-Platte,
wie hieß die nochmal ? durchbrach Erwin
die Gesprächspause.
Ogdens nut gone flag, kam es wie aus der
Pistole geschossen von Max.
Hast du die eigentlich noch ?
Ja klar, so was gibt man doch nicht her,
im Leben nicht. Aber die hatte ich nicht
von Heiner, die war von Joachim, hast du
das auch schon vergessen ? Mensch Erwin,
jetzt aber, sag mal, wirklich.
Mittlerweile war die Flasche fast leer
und aus dem Lautsprecher schallte es

shalla, lalla, le, yeah,
die small faces gaben Alles.
Die hatte ich doch dem Joachim abgeluchst, beim Karten spielen, da warst du doch dabei, das mußt du doch noch wissen.
Ja, ja ich weiß, jetzt kommt es mir wieder, bekannte Erwin geknickt,
daran kann ich mich noch dunkel erinnern.
Max klärte weiter auf, er merkte wie es in Erwins Oberstübchen rumorte und er verzweifelt versuchte die Fäden der Erinnerungsbahnen zu entwirren.
Der hatte eigentlich eher die Oberkrainer gehört. Wie und warum der sich die Platte zugelegt hatte ist mir bis heute ein Rätsel geblieben, so ein gutes, seltenes Stück. Und wie der die beim Kartenspielen so cool aufgelegt hat, aller Respekt,
da war ich von den Socken. Der wusste genau wie er uns imponieren konnte.
Ich weiß auch nicht, irgendwie war das schon seltsam, der Joachim und dann diese geniale Scheibe, das passte wirklich nicht zusammen, sinnierte Erwin.
Ja, echt komisch, aber dazu hat er nie was rausgelassen. Und erinnerst du dich noch, wie ängstlich der immer war ?
Wenn der nachts alleine heimgetrampt ist, hat der doch immer die Hosen so voll gehabt und drei Zigaretten auf einmal angemacht, hat Eine tatsächlich geraucht und die anderen Beiden in Mundhöhe neben sich her getragen, damit die Entgegenkommenden glauben sollten es wären drei Leute unterwegs, vor lauter Schiß er bekäme eine auf's Maul. Der muß doch irgendwann Krämpfe in den Armen gehabt haben.
Genau, schon verrückt auf was für Ideen manche Leute kommen, wenn ihnen das Herz

in die Hose fällt, bestätigte Erwin kopfschüttelnd.
Ja der Joachim, der hat dann so Eine geschwängert und musste heiraten.
Weil die Alten ihn gezwungen haben.
Gezwungen, das muß man sich mal vorstellen, empörte sich Max.
Und der Fred, der hatte auch immer gute Musik, ließ Erwin verlauten.
Stimmt, der hatte alle Platten von den Kinks, weiß ich noch, da war er immer so stolz drauf, hatte Beziehungen nach England und konnte sich da immer das Neueste besorgen !
Das war ein lustiger Bursche, manchmal aber auch saufrech, fuhr Max grinsend fort.
Ja, rotzfrech, das stimmt, das war der. Ich weiß noch genau wie der, ganz schön angeheitert, dann war er meistens so richtig beleidigend, mal so ordentlich Eine auf's Maul gekriegt hat.
Du meinst die Sache mit dem Auto, unterbrach ihn Erwin fragend.
Genau, da hat er die Quittung für sein Lästermaul bekommen, was macht der den Assi auch so an. Ausgerechnet diesen Fiesling mit den dicksten Ärmen weit und breit hatte der sich ausgesucht, ich weiß nicht mehr wie der hieß, und gemeint er könnte dem krumm kommen. Jedenfalls war dieser Bursche mit einer Schönheit, an der Fred gerade kräftig gebaggert hatte mit dem Auto, ein Mords Schlitten, unterwegs und da hat sich doch der Fred auf die Straße gestellt und den angehalten. Vorne saß dieser namenlose Unsympathling, mit noch so einer Arschgeige auf der Beifahrerseite

und hinten drin diese Puppe mit einer Freundin. Ja und dann, dann hat der doch angehalten, musste er ja wohl, hat die Scheibe runtergekurbelt und gefragt was der Fred will, ob er ihm gleich eine auf's Maul hauen soll oder ob er freiwillig das Feld räumt. Aber der Fred hatte in seinem Alkoholnebel gemeint er hätte die Sache im Griff, hat nur gelallt, Kurbel hinten mal runter, ich muß der blonden Schönheit etwas sagen, du dummer Wichser, ist echt wichtig. Das hat dann der Arsch auch tatsächlich gemacht, aber schon mit diesem fiesen Plan im Hinterkopf. Und Fred ist drauf reingefallen, hat seinen Kopf reingestreckt und den Mädels befohlen sie sollten aussteigen, was sie hier in dieser Karre mit den beiden Idioten verloren hätten. Sträflich fahrlässig war das, aber so war er, nicht zu bremsen, hat nicht gemerkt, in seinem Suff, was die Burschen im Schilde führten. Ja und dann hat der fahrende Assi blitzschnell die Scheibe hochgekurbelt und Fred war eingeklemmt, mit dem Kopf im Fenster von der Beifahrertür. Da hat er erst mal blöd geguckt, richtig blöd und war dann ganz schnell selbst am Arsch.
So mein Freundchen, jetzt zeig doch mal was du läuferisch so zu bieten hast. Große Sprüche klopfen kannst du ja, wie sieht es denn mit der Beinkondition so aus,
das wollen wir doch gleich mal testen.
Seid ihr verrückt.
Karin, sag den Deppen, das können sie nicht machen, los sag doch was.
Langsam fuhr der Wagen an, mit Fred im Schlepptau, keuchend, mit den Händen gegen die Scheibe trommelnd, zogen sie ihn mit.

He langsam ihr Beiden, ihr bringt mich um,
echt, das war doch nicht so gemeint.
Ich kann nicht mehr, wenn ich falle reißt
es mir den Kopf ab.
Hast du was gehört ?
Nö, irgendwo wimmert es so komisch,
sicher irgendein Tier. Komm, fahr einfach
weiter, geht uns nichts an.
Nein, halt, das, das könnt ihr doch nicht
machen, schrie Fred.
Speichel lief ihm aus dem Mund,
die Augen quollen hervor, Fred war fertig.
Ich, ich kann nicht mehr.
Hilfe, hilft mir denn Keiner ?
Du ich habe da so eine Fliege an meiner
Scheibe, ich muß die mal kurz wegmachen.
Blitzschnell wurde angehalten, die Scheibe
runtergekurbelt und mit einem Schlag gegen
die Stirn Fred auf die Straße befördert.
Da lag er jetzt, fix und Alle, wild mit
einer Faust fuchtelnd und mit der anderen
Hand seinen Hals massierend. Danach war
Fred längere Zeit ziemlich zurückhaltend.
Rache war natürlich ein Thema, aber die
Jungs waren zu gefährlich, eine Nummer zu
groß für ihn. Und die schöne Karin stand
nun mal auf dicke Autos und pralle
Geldbeutel, die war er eh los.
Erwin stand auf, ging im Raum auf und ab,
glitt dabei in mehr oder weniger
fließendem Übergang in's Tanzen oder
Torkeln über, je nachdem wie man es sehen
wollte und gab damit Max zu verstehen,
daß ihn das Nostaliegespräch nicht mehr
interessierte, abgehakt und fertig.
Die Übergangsphase war damit beendet.
Komm tanz nochmal den einbeinigen
Kasatschok, forderte Max und klatschte
auffordernd in die Hände.

Erwin drehte sich, hob das rechte Bein, neigte den Kopf, flatterte mit den Armen, sprang hoch und fiel hin.
Aber schon am Absturz war zu erkennen, daß es sich nur um einen harmlosen Bodengang handelte, ohne Probleme.
Jetzt lag er da, vor Max, und lachte.
Marta kam hereingestürzt, schaute entsetzt, die Hand vor den Mund gelegt, schüttelte den Kopf und stöhnte nur,
Oh Jesses, jesses, madre mia.
Max ließ sich von Erwin anstecken und lachte laut mit.
Zuerst war ihm ein gewaltiger Schreck in die Glieder gefahren, aber als Erwin so, wie ein Maikäfer auf dem Rücken, dalag und mit den Beinen und Armen zappelte,
quasi im Liegen lachend weiter tanzte, sah Max sofort, daß es Erwin gut ging.
Noch !
Marta zerrte Erwin am rechten Arm und wollte ihn hochziehen aber der rührte sich nicht und blieb einfach sitzen.
Oh, Madre mia, oh jesses, stöhnte sie, ziemlich verstört.
Nichts passiert Marta, nichts passiert, keine Sorge, Alles palletti,
ich komme schon alleine hoch. Mache uns lieber noch ein paar Schnittchen, so mit Leber- und Blutwurst, du weißt schon.
Nein, nein, Senor.
Marta winkte ab.
Senor hat wieder nicht Tabletten genommen und zuviel Wein getrunken, Doktor hat verboten. Und zu viel Wurst essen, auch nicht gut, soll nicht, nein, nein.
Marta komm, wir sind doch übermorgen weg und mein Freund und ich feiern Abschied, da kann doch so ein kleines bisschen

Völlerei und Süffelei nicht schaden,
das ist gut für die Seele, glaube mir,
viel besser als deine Pillen.
Ein kleines Leberwurstbrot für mich und
ein großes für meinen lieben, alten
Freund. Der lässt sich das einfach wieder
raus spülen, der hat es gut,
hat übermorgen wieder Nierenwaschtag.
Marta ging Kopfschüttelnd in die Küche.
Hast recht, ist doch ein gutes Mädchen,
bemerkte Erwin beim, recht mühsamen,
wieder auf die Beine kommen.
Max wollte ihm die Hand reichen,
aber Erwin lehnte unwirsch ab.
Ja stimmt, das ist sie wirklich,
wiederholte Max sehnsüchtig bestätigend.
Während sie die Brote macht, gehe ich uns
schnell noch ein Fläschchen besorgen,
flüsterte Erwin Max zu, wir haben ja
nichts mehr zum Nachspülen. Leg doch mal
was Neues auf, du kennst dich ja aus,
egal was, ich bin gleich wieder da.
Erwin war nur ein paar Minuten schneller
als Marta, aber es reichte um die leere
Flasche verschwinden und die Neue geöffnet
mit halb ausgeschenkten Gläsern auf den
Tisch zu zaubern, trotz mehrerer
Ausfallschritte.
Marta schüttelte nur den Kopf,
stellte die Brote hin und wollte gehen.
Marta, schau mal, da fehlen doch noch die
Gürkchen. Das mußt du doch jetzt aber
langsam wissen, zum Leberwurstbrot gehören
immer ein paar Gürkchen.
Madre mia, Gürkchen, stöhnte Marta, ging,
den Stoßseufzer an die Decke richtend,
in die Küche, brachte die Gürkchen und
legte noch eine Tube Senf dazu.
Das ist für dich mein Guter.

Erwin tippte auf die Senftube. Sie weiß, daß ich keinen Senf zur Leberwurst mag. Trotzdem legt sie ihn immer wieder dazu, Manches kapiert sie einfach nicht oder hast du das bestellt, läuft da doch was zwischen euch, hinter meinem Rücken ?
Aber egal, Hauptsache nachher kann ich ihr ein bisschen über den schönen runden, knackigen Hintern streichen.
Gelle, das gefällt meinem alten, geilen Sauhund, wenn man bei ihm, mit so Erregungsappetithäppchen, die Fantasie ein wenig in Wallung bringt. Ich weiß doch was ihm so den lieben, langen Tag im Kopf herumschwirrt. Komm, ein Hoch auf die Frauen die wir hatten, forderte Erwin schwer verständlich, während er noch am Leberwurstbrot herumkaute und sein Glas Max zuneigte.
Waren ja nicht so Viele, setzte er lachend und prustend hinzu.
Max fühlte sich so gut wie lange nicht mehr, es war einfach eine besondere Qualität mit Erwin, wenn es sich so traf wie heute, wenn sie die absolut gleiche Wellenlänge hatten und gut drauf waren.
Ach mein Guter, stöhnte Max wehmütig, wenn es nur noch lange so bleibt, hoffentlich haben wir noch ein paar Jährchen. Ich darf gar nicht daran denken, daß es schon bald zu Ende sein könnte, die Gruft kommt schließlich immer näher.
Erwin nickte bedächtig und stellte sein Glas wieder ab.
Dann standen sie wie von Fäden gezogen auf und fielen sich in die Arme.
Max drückte Erwin mit beiden Armen an sich, den Kopf in seine Schulter gebeugt.
Erwin strich Max zärtlich,

wie bei einem Kind, über den Kopf.
So verharrten sie mehrere Minuten und ließen ihr Gegenüber die tiefe Verbundenheit ihrer Gefühle spüren, gaben sich Kraft indem sie ihrer intensiven Zuneigung Ausdruck verliehen.
Wohlige Wärme durchströmte ihre Körper.
Dann nahm Erwin ihn bei den Schultern und sah Max in die Augen.
In spätestens 4 Monaten bin ich wieder da mein Freund, eventuell auch schon in 6 Wochen, mal sehen, dann machen wir eine grandiose Wiedersehensparty, du und ich, aber dann mit Feuer, einem richtig schönen Feuer, einem Frühlingsanfangsfeuer, mit gegrillten Lammkottelets, weil du die so magst. Und dazu saufen wir dann Bier, schönes frisches, gezapftes Bier vom Faß.
Max Gefühle schlugen Purzelbaum, er hatte alle Mühe sich einer Glücksgefühlsexplosion zu widersetzen, geschweige denn Worte zu finden.
Er nickte nur schwerfällig und tätschelte Erwin auf den Hals.
Dann setzten sie sich wieder.
Erwin goß nach und lehnte sich zurück.
Ja jetzt schau dir das an, da ist doch zu wenig drin in den Flaschen, das gibt's doch nicht, schon wieder leer, Beschiss, nichts als Beschiss, entrüstete sich Erwin.
Prost mein alter Süffelkumpan, auf uns.
Nasdrowje, antwortete Max, auf uns.
Erwin rülpste und klopfte sich auf die Brust. Verdammt gutes Tröpfchen oder nicht, was meint unser Maxilein, der König der Sommeliers ?
Max nahm die Flasche und studierte mühsam das Etikett.

Ja, sehr gut, 14,5 Umdrehungen, der geht gut ab, bestätigte Max.
Ich hole uns noch Eine, Eine geht noch, flüsterte Erwin augenzwinkernd.
Nein, es reicht, es ist genug, ich muß noch Heimlaufen.
Max merkte jetzt wie er Probleme beim Sprechen hatte, wie er leicht lallte und das besagte, daß er ganz schön einen im Tee hatte.
Gut, dann noch einen Nachhausetrunk, nur den Einen noch und dazu die passende Musik, das muß sein.
Erwin stand auf und torkelte Richtung Musikanlage. Mit großer Mühe gelang es ihm gerade noch unfallfrei eine neue Platte aufzulegen. Burnig down the house, drang es gewaltig aus der Anlage und Erwin kam wieder in seinen Schlender- Spring- Tanz- Rhythmus.
Max schaute belustigt zu und erfreute sich der guten Laune seines besten Freundes. Er sah wie Erwin zu einem Eckschränkchen hin tanzte, davor in die Knie ging und sich in Liegeposition brachte. Er öffnete liegend die Schranktür und kramte eine Flasche hinter Ordnern hervor. Dann richtete er sich mühsam wieder auf und nahm zwei Cognac-Gläser von der Vitrine.
Halt, nein ! rief Max, nichts Hartes, kein Schnaps, kein Cognac, kein Ouzo.
Erwin ignorierte Max, tat so als hätte er nichts gehört, stellte die Gläser auf die Tischplatte und goß aus, so gut es ging, auch etwas daneben, etwas viel daneben.
Schau dir die Farbe an, Erwin zeigte belustigt auf das Rinnsal, das langsam von der Tischplatte ran. Dann kam er schwankend, die Gläser jonglierend,

zu Max und hielt ihm ein Glas vor die Nase.
Aber dann ist wirklich Schluß,
nahm Max widerwillig, protestierend
den Cognacschwenker in Empfang.
Komm gieß mein Glas noch einmal ein,
mit jenem billigen roten Wein, sang Erwin
und brachte sein Glas in Trinkposition.
Nicht Kippen, bloß nicht kippen,
ermahnte er Max, ihn dabei streng ansehend
und genussvoll nippend.
Wir sind doch keine Barbaren,
immer schön mit Stil, jawoll.
Max nahm auch einen Schluck und spürte wie der Cognac brennend, aber wohltuend, den letzten Rest Leberwurstgeschmack abtötete.
So und jetzt noch die Stones, gute, direkt ins Blut gehende Hammermusik als Stimmungsinfusion, Sympathy for the devil oder stairway to heaven, was als Nächstes, sag an mein Freund ?
Aber Erwin, Stairway ist doch von Led Zeppelin du Döskopp, sag mal bist du jetzt blau oder was, von dem bisschen Alkohol ? das gibt's doch nicht.
Ja, ja ich weiß ja, von Led Zeppelin.
Also zuerst stairway, aber danach, hu, hu, hu, hu.
Erwin machte sich erneut auf den Weg zum Plattenspieler. Wo ist die Scheibe jetzt nur, muß ich suchen, auch das noch.
Dann lass halt, dann leg doch was Anderes auf, lallte Max, jetzt massiv den Alkohol spürend.
Nein, nein, kommt nicht in Frage.
Ah ja, da ist ja das Prachtstück.
So mein Mäxchen, Led Zeppelin, wie gewünscht und in voller Länge, was diese Radio-Fritzen ja nie fertig gekriegt haben

und wohl nie kriegen werden.
Was haben wir uns da immer drüber aufgeregt, beim Aufnehmen und Abhören der Cassetten. Über die Reinrederei, was war das nervig, kein Titel ohne irgendwelchen Furzkommentar oder über die unvermuteten Kürzungen, wenn die Radioschlaumeier einfach ihr unqualifiziertes Musikgeschmackfallbeil auf so einen von uns sehnlichst erwarteten, grandiosen Song herab fallen ließen.
Ja, da war die Aufnehmerei mit dem Cassettenrecorder noch eine echte Herausforderung, nicht so wie heute wo man sich Alles über's Internet besorgen kann. Die Platte ist übrigens noch aus dem Kohlschen Musikladen, hat ein Schweinegeld gekostet damals, so um die 16 DM. Aber Stairway war mir das wert, ist schon ein irre guter Titel, kommentierte Erwin.
Den habe ich natürlich auch auf Cassette, nur nicht vollständig. Aber die ist wech, ist mit meinem Koffer voller Musikzeugs in Spanien geklaut worden.
Ja wech mein Alterchen, bald sind wir auch wech und zwar wech für immer, verstehst du, nicht nochmal eine Chance, nein, für i m m e r , kam es wehmütig von Max in etwas lauterer Tonlage.
Vielleicht zum Teufel, to the devil, sympathy for the devil, hu, hu, hu, hu, brummte Erwin, dabei sich zum Plattenspieler schleppend. Mühsam legte er die Stones, dabei der Platte ein paar kräftige Kratzer verpassend, auf.
Im Zickzack schaffte er es dann gerade noch zurück und fiel zu Max auf die Couch. Jetzt lagen Beide mehr oder weniger auf der Couch und grölten im Refrain zu den

Stones.
Max war kurz davor ganz weg zu kippen, so besoffen war er lange nicht mehr, der Alkoholdämon hatte voll zugeschlagen und das Karussell in seinem Kopf in Schwung gebracht. Als das Lied durch war stieß ihm die Leberwurst auf und er beschloß sich jetzt sofort aufzuraffen, ohne wenn und aber.
So mein Lieber und jetzt noch die alten Stones, die frühen, wie wäre es mit Aftermath, das ist doch eines deiner Lieblingsalben oder sollen wir mal den Jimi auflegen, was hälst du davon ?
Nein, Schluß aus Erwin, es reicht, ich muß jetzt heim.
Ooch, keine alten Geschichten mehr, das ist aber schade. Ist mein Maxi fertig ?
Macht nichts. Gut, daß ich jetzt mal längere Zeit nichts von dir hören muß und mir in meiner Datscha in Spanien den Grint von der Haut brennen lassen kann.
Ja, mach das mal.
Die Leberwurst macht mir zu schaffen.
Max rülpste.
Du bist nichts Gutes mehr gewohnt, das ist es !
Na komm, noch ein kleines Cognäckelchen zum Aufräumen, das pustet dir den Dampf aus den Därmen und sorgt für eine ordentliche Verdauung, na wie wär's ?
Nein, bloß nicht.
Wieso nicht ?
Das ist Medizin !
Erwin wurde wieder lauter, stand auf und fuchtelte schwankend durch die Luft, stürzte auf Max zu, der auch aufgestanden war, hielt ihn fest und sah ihm in die Augen.

Gut mein Freund, dann geh halt heim.
Erwin ließ sich, freiwillig oder
unfreiwillig, so klar war das für Max
nicht mehr auszumachen, auf die Couch
fallen, hob die Hand und lallte weiter:
Also mein Lieber, laß dich nicht so fertig
machen von den Amtsfritzen oder was auch
immer kommt. Kopf hoch, es wird schon,
wir haben uns ja Gott sei Dank noch.
Dann sank Erwins Arm herab und sein Kopf
sackte zwischen die Schultern.
Max schwankte zur Tür und machte sich auf
den Nachhauseweg.
Am nächsten Tag war es ihm ein Rätsel wie
er den Weg überhaupt hinter sich gebracht
hatte, ohne Blessuren und ohne in
irgendeinem Vorgarten zu landen. Er konnte
sich nur noch an das Blinken erinnern.
Als er heim gekommen war sah er, daß der
Anrufbeantworter blinkte. Er versuchte
auch noch krampfhaft die Nachricht
abzurufen. Aber die Tasten waren so klein,
so unendlich klein geworden und sprangen
hin und her, unmöglich die Richtigen zu
treffen. So verwählte er sich ständig,
gab dann irgendwann entnervt auf und sank
vor dem Telefonschränkchen nieder.
Dabei fiel ihm das Kinn auf die Brust und
das Telefon aus der Hand. Das Klirren
machte ihn noch einmal kurz wach.
Wo, wo ? ist das blöde Ding. Ah, da liegt
es ja. Ah, es blinkt immer noch. Ja, jetzt
den Knopf drücken und dann den, geht doch.
Er hatte es tatsächlich noch hinbekommen.
Vati, hier ist Luise, kannst du bitte mal
zurückrufen, es ist dringend. Es geht um
Finn. Ich bin lange auf, du kannst es auch
spät noch probieren. Bis dann, Luise.
Seine Hand sank entkräftet mit dem Hörer

zu Boden.
Mein liebes Luischen, ich muß mich unbedingt mehr um sie kümmern.
Um was geht es, was hat sie gesagt, irgendwas mit Finn ?
Der gute Junge.
Meine Alterssicherung, aber nur, wenn es hart auf hart kommt, wenn sie mich rausbugsieren oder umbringen wollen.
Bis dahin schaffe ich das schon alleine, ich darf dem Jungen doch die Zukunft nicht versauen, aber wie er sich um mich kümmert, immer frägt und sich Sorgen macht, ach Finn, das tut so gut. Womöglich hat er seinem Stiefvater endlich mal eine aufs Maul gehauen, das wäre schön.
Bestimmt hat er das, was soll sonst sein ?
Er räkelte sich noch kurz um dann endgültig im Tiefschlaf zu versinken.
Morgens wachte er auf dem Teppich auf, von draußen schien schon das Tageslicht herein. Er raffte sich auf, spürte den stechenden Schmerz in seinem Schädel und wankte in Richtung Schlafzimmer.
Halt, vorher noch in die Küche, Aspirin einwerfen. Er nahm gleich zwei und ging zu Bett. Es drehte sich gewaltig in seinem Schädel und er fand nur noch mäßigen Schlaf.
Erwin und Finn tauchten immer wieder auf und forderten sein Erinnerungsvermögen.
Das wird wohl nichts mehr, sagte er zu sich selbst, mit geschlossenen Augen.
Ich sollte mich aufraffen und aufstehen, da muß ich jetzt einfach durch, man hat schließlich ausreichend Erfahrung mit so was, oft genug passiert.
Wie es Erwin wohl geht ?
Ob der noch weitergemacht hat ?
Egal.

23. Max und Finns Unfall

Das Telefon klingelte und riß ihn aus seinen Gedanken.
Auch das noch, das wird sicher wieder Luise sein, stöhnte Max. Aber es macht nichts, es hat ja eh keinen Zweck noch länger liegen zu bleiben, an schlafen ist sowieso nicht mehr zu denken. Außerdem ist es schon nach 10, Zeit dem Tag gegenüber zu treten.
Also stand er auf und trottete missmutig zum Telefon.
Gottlob wird morgen der ganze Mist wieder ausgeschwemmt, wie bei einer chemischen Reinigung, danach bin ich wieder clean, brummelte er dabei vor sich hin.
So gesehen war die Dialyse für ihn ein Akt der Befreiung, der Entschlackung, auch von selbst zugefügten, unnötigen Lustausschweifungen, wie gestern. Ein Trost und ein etwas fragwürdiger positiver Aspekt seiner Erkrankung, den er aber gerne für sich in Anspruch nahm.
Hallo Luise !
Wieso ich noch nicht zurückgerufen habe ? Weil ich zu müde war und eben erst aufgestanden bin, ganz einfach.
Nein, gestern Abend war ich nicht zu Hause, da war ich bei Erwin und danach war ich groggy.
Ja, auch zu besoffen, wenn du es genau wissen willst, na und ?
Erwin verreist und deshalb haben wir uns einen kleinen Abschiedsumtrunk gegönnt.
Ja, das musste sein.
Aber jetzt komm doch endlich mal zur Sache, was ist los, warum diese Hektik ?

Wieso soll ich mich hinsetzen,
was für schlechte Nachrichten ?
Sein Kopf spannte sich, eine schreckliche
Ahnung stieg in ihm auf und bemächtigte
sich Seiner.
Er setzte sich, wie befohlen.
Luise was ist passiert, was um Himmels
willen ist passiert ?
Die abendliche Nachricht des Anruf-
beantworters ließ deutlich vier Buchstaben
des Unglücks in seiner Erinnerung blinken.
Finn, was ist mit Finn ?
Es pochte in seinem Schädel, er spürte wie
sein Kinn sich versteifte, wie er kaum
noch Worte artikulieren konnte.
Speichel tropfte aus seinen Mundhöhlen.
Unfall ?
Was für ein Unfall, so rede doch endlich ?
röchelte er mühsam in's Telefon.
Maxs Kiefer hatte sich in einen Sack
Zement verwandelt, seine Zähne waren ihm
unheimlich schwer geworden und ein
Bohrhammer hämmerte mit unerträglichem
Schmerz erbarmungslos in seinem Kopf
herum.
Migräneblitze begleiteten das Kopfinferno
und fuhren durch den Kopf in seine Augen.
Er zitterte, der Hörer zuckte hin und her,
er musste ihn in beide Hände nehmen.
Ein Motorradunfall, von der Fahrbahn
gekickt, Unfallklinik, Intensivstation !
Bruchstückhaft registrierte er Luises
Unfallschilderung.
Sein Herz pochte heftig und sein Atem
wurde immer hektischer.
Mühsam den Hörer am Ohr haltend erwartete
er angstvoll weitere Details.
Und wie geht es ihm, er lebt doch ?

Sag doch, daß er lebt, wimmerte er in den Hörer, bitte sag es !
Keine Lebensgefahr !
Gott sei Dank.
Brüche, Blutverlust, Prellungen, vernahm er weiter.
Ob ich kommen will ?
Natürlich komme ich, welch eine Frage.
Er konnte jetzt wieder etwas ruhiger antworten und Luises Stimme wurde auch wieder vernehmlicher, klang wieder deutlicher und lauter durch den Hörer.
Sein Gehirn hatte den Dunst etwas gelichtet, das Rauschen verebbte langsam.
Nein, ich habe erst morgen wieder Dialyse.
Das wäre mir aber jetzt auch egal.
Ich mache mich gleich nachher auf den Weg.
Ob ich morgen nicht absagen will, ob es nicht zu stressig für mich wird ?
Nein, Absagen kann ich heute Nachmittag immer noch.
Sachen für Übernachtung, wieso das ?
Ich kann doch locker am selben Tag hin und zurück, oder ist da mehr, verheimlichst du mir was ?
Sein Puls beschleunigte sich und kam wieder auf Hochtouren, auch in Kopf und Gliedern nahm das Martyrium wieder seine Arbeit auf.
Du sagst mir nicht die ganze Wahrheit, da ist doch noch was ?
fragte er misstrauisch.
In seinem Innersten hatte sich jetzt erneut ein mächtiger Angstschwall zusammengebraut der zum Ausbruch drängte.
Nein, sonst wirklich nichts,
nur Knochenbrüche und Prellungen,
aber starker Blutverlust.

Luise bitte sei ehrlich, bitte, ich flehe dich an.
Aber der Hinweis war unnötig, er wusste, daß Luise nicht lügen konnte, zumindest ihm gegenüber. Er hatte sie oft genug bei ihren plumpen Versuchen ertappt, immer wieder. Und auch am Telefon hatte er ein Gefühl dafür bekommen, wann sie ihm nicht die Wahrheit sagte. Er schätze daher ihre Darstellung als wahrheitsgemäß ein.
Aber dieses Eine Mal sollte er sich irren.
Ja, natürlich bin ich aufgeregt, was denn sonst, Herr Gott noch mal.
Ja, ich nehme etwas zur Beruhigung, versprochen.
Was sind das für Knochenbrüche, wie stark ist der Blutverlust, bekommt er Blut zugeführt ?
Was heißt hier nachher, du kannst mir doch jetzt schon sagen wie es aussieht, wie soll ich das denn bis nachher aushalten, wie stellst du dir das vor, ich zermartere mir doch unentwegt das Hirn.
Also gut, wie du meinst, später mehr, im Moment stabil und keine innere Verletzungen, sagst du, das klingt bei allem Unglück immerhin ein klein wenig beruhigend.
Dann bis nachher, wir fragen gleich die Ärzte, ich will Alles ganz genau wissen, aus erster Hand, hörst du.
Max legte auf und stierte auf den Hörer. Es sägte und hämmerte immer noch in seinem Kopf. Fragen über Fragen drängten auf Antwort und ließen ihn nicht zur Ruhe kommen, verunsicherten und beunruhigten ihn.
Hält sie vielleicht doch etwas hinter'm Berg zurück ?

Warum Sachen zum Übernachten mitnehmen ?
Ist das ein Indiz, ein Hinweis sich auf
Schlimmeres gefasst zu machen oder nur
ihre übertriebene Fürsorge oder oder .. ?
Herr im Himmel, laß es gut werden.
Nicht Finn, bitte, bitte nicht.
Mach was du willst, aber nicht meinen
Finn, nimm doch mich, bitte, bitte, bitte,
kam es ihm schluchzend über die Lippen.
Seine Gefühle übermannten ihn.
Er stützte den Kopf in seine Hände und
weinte hemmungslos.
So saß er da, heulend wie ein Schloßhund,
die Hände um den Kopf, sich zitternd immer
wieder über das Gesicht, über die Augen,
durch die Haare streichend.
Er ließ Luises Worte vor seinem inneren
Ohr nochmals Revue passieren, versuchte
sich genau zu erinnern.
Vielleicht war es ja doch nicht so
schlimm, wie es ihm im ersten Schock
vorgekommen war, Luise hatte eigentlich
nur von Knochenbrüchen und Blutverlust
gesprochen, das konnte geheilt werden.
Aber konnte er ihr auch diesmal glauben,
hatte er nicht ein Zittern,
eine Unsicherheit in ihrer Stimme
feststellen können ?
Gewissheit, er brauchte Gewissheit und die
bekam er nur, wenn er schnellstmöglich in
die Gänge kam und sich auf die Socken
machte.
Mühsam verrichtete er in Rekordtempo seine
Morgentoilette, vermied dabei jeglichen
Blickkontakt mit seinem Spiegelgesicht.
Er wollte, er durfte auf keinen Fall jetzt
mit sich reden und vor allem, sich nicht
sehen, höchste Depressionsgefahr.
Er fühlte sich so schon beschissen genug,

auch noch vom Vortag, er hatte Nachwehen, einen gehörigen Kater.
Luise würde sehen was gestern war,
dafür hatte sie einen Blick. Aber das war ja jetzt wohl egal. Außerdem war es schön gewesen mit Erwin, er bereute nichts, außer dem Cognac vielleicht. Also brauchte er auch keine großen Täuschungsmanöver aufzufahren, Luise würde ihn entlarven und das wäre weitaus schmachvoller.
Aber für's Krankenhaus musste er zumindest kleidungsmäßig sein Outfit auf Vordermann bringen, nachlässig oder verloddert durfte und wollte er sich da nicht zeigen.
Er wählte seine Garderobe in Cord und als er dann einigermaßen hergerichtet war rief er ein Taxi, da Laufen heute absolut nicht drin war.
Nach 42 Minuten Wartezeit auf die nächstmögliche Abfahrt, saß er im Zug und kam pünktlich um 13:49 an.
Luise erwartete ihn auf dem Bahnsteig, sie trippelte nervös hin und her, Max sah sie schon von weitem aus dem Zugfenster.
Entweder ist sie hypernervös oder sie hat kalt, dachte er, als er ausstieg und heftig winkend auf sie zuging.
Sie sah ihn und kam ihm, verhalten zurückwinkend, entgegen.
Sich heftig umarmend begrüßten sie sich.
Max verlor keine Zeit, er konnte sich nicht länger beherrschen und musste sofort seinen Fragenkatalog abarbeiten.
Wie geht es ihm ?
Den Umständen entsprechend gut.
Was heißt den Umständen entsprechend, das kann viel heißen.
Vati, jetzt laß uns doch erst einmal zur Ruhe kommen, bat sie ihn eindringlich.

Komm wir gehen dort in das Cafe, dann gebe
ich dir einen genauen Bericht und wir
besprechen wie wir weiter vorgehen,
wir haben noch genug Zeit.
Max sah in ihre geröteten Augen und nickte
bedächtig zustimmend.
Luise umarmte ihn noch einmal und strich
ihm mit beiden Händen über den Rücken.
Komm jetzt, forderte sie ihn wieder auf,
wohlweislich nicht in sein Gesicht sehend.
Dabei löste sie sich, hakte sich bei ihm
ein und zog ihn mit einem Ruck an ihre
Seite.
Dann gingen sie schweigend, was Max sehr
schwer fiel, die wenigen Schritte,
zum Cafe. Er ließ sich von Luise auf einen
Platz, abgelegen in einer dunklen Ecke,
steuern.
Oh, Oh, schwante es Max, das verheißt
nichts Gutes. Sogleich war auch der
Hirnspecht wieder da und begann massiv in
seinem Kopf zu hämmern.
Spannungskopfschmerzen kamen auf und
intensivierten sich.
Luise fragte ihn was er möchte und Max
antwortete leicht genervt: Cappuccino, wie
immer, weißt du doch, welch eine Frage.
Jetzt komm aber endlich zur Sache,
wie lange willst du mich denn noch auf die
Folter spannen ?
Und laß das mit dem Ablenken, ich merke
doch, daß da noch etwas ist, wie sieht es
wirklich aus, wie geht es ihm, was gibt es
Neues ?
Vati, Finn lebt und das ist erst einmal
das Wichtigste.
Dann schluckte sie und stockte, suchte,
den Kopf zum Boden geneigt, die Hände
ineinander verkrampft, nach Worten.

Aber, aber … , weiter kam sie nicht, es blieb vorerst beim Versuch, sie brach in Tränen aus und suchte ihr Taschentuch.
Max fühlte sich wie auf dem elektrischen Stuhl, Folter, Seelenfolter.
Ein Flugzeug raste durch seinen Schädel und warf Nadelbomben ab.
Da war noch etwas, etwas Schlimmes, etwas das er womöglich nicht, oder zumindest nur schwer, ertragen würde.
Sie hatte ihn am Telefon nicht belogen, aber etwas verschwiegen, etwas Grausames.
Diese böse Ahnung wurde ihm binnen Sekunden Gewissheit.
Luise hatte weder seinen erbärmlichen Zustand erwähnt, noch hatte sie ihm bis jetzt offen in's Gesicht sehen können.
Untrügliche Zeichen der Gefahr.
Alles in ihm war in Aufruhr und gleichzeitig gelähmt.
Jetzt endlich raus damit, versuchte er sie mit fester Stimme aufzufordern.
Vor ihnen stand die Bedienung, schaute bedäppert und stellte die Getränke ab.
Max suchte hastig in seiner Jackentasche, fand das Portemonnaie und zerrte einen 10erSchein hervor, den er mit zittriger Hand und einem 'stimmt so' der Bedienung in die Hand drückte.
Ja, es ist so, daß, daß .. , Luise senkte den Kopf und stockte erneut.
Sie konnte jetzt nicht sprechen, unmöglich, ihr Gesicht zerlief in Wasser, löste sich förmlich auf. Die Worte kamen wie durch einen Wasserfall aus Speichel und Tränen.
Das linke Bein …
Oh, Vati, es ist so schlimm, es tut so weh.
Max riß die Augen auf.

Was, was meinst du damit, was willst du sagen, was ist mit seinem Bein,
sag es doch endlich ?
Max war unwillkürlich lauter geworden und damit hatten sie unbeabsichtigt die Aufmerksamkeit des anwesenden Publikums auf sich gezogen. Die Blicke waren auf sie gerichtet, für die restlichen Gäste waren sie damit von ihnen unbemerkt und ungewollt zu Schauspielern einer Tragödie geworden. An den Tischen waren die Ohren gespannt zu ihnen gerichtet, alle wollten an den Sensationsnachrichten teilhaben und das Drama in seiner nächsten Stufe genießen.
Amputiert,
sie mussten ihm das linke Bein abmachen, schoß sie die Worte Max entgegen, wie, um sich endlich von einer großen Last zu befreien. Dabei beugte sie sich zu ihm und legte ihm die Hand fürsorglich auf den rechten Oberschenkel. Sie saß da, sah ihn nun gefestigter an, als erwarte sie seinen Zusammenbruch, bereit ihn notfalls aufzufangen.
Ach du Scheiße,
entfuhr es Max und er sackte in sich zusammen, aber er fiel nicht. Wahrscheinlich weil er in seinem Inneren schon mit einer derartigen Schreckensnachricht gerechnet und sich unmerklich gewappnet hatte, jedenfalls war er selbst überrascht wie gefasst er jetzt immer noch war.
Das Rauschen in seinem Kopf hatte sich zwar in ein Dröhnen und Pfeifen gewandelt, aber sein Kreislauf hielt durch.
Er fühlte seine Hände nicht mehr,
Kälte hatte sich in seinen Gliedern

ausgebreitet, Eiseskälte.
Aber Vati, er lebt, er lebt und das ist das Wichtigste, hörst du. Alles Andere ist zwar auch schlimm, aber Hauptsache er lebt, sprach Luise eindringlich auf ihn ein.
Sie hatte jetzt seine Hände genommen und in ihre gelegt, dabei rieb und knetete sie abwechselnd von den Fingern bis zum Handgelenk. Max fühlte sich blutleer an, er saß da wie traumatisiert und vernahm ihre Worte nur dumpf durch den Schleier seines Kopfgedröhns.
Dann verharrten Beide ein paar Minuten wortlos in ihren Positionen, Else besorgt Max Reaktion abwartend und Max gefangen in seinen Angstvisionen.
Ja und jetzt, sein Geschäft, sein Beruf, seine Zukunft ? quoll es aus ihm heraus und sah sie dabei verängstigt mit weit aufgerissenen Augen, fragend an.
Sein ganzes Leben ist doch jetzt auf den Kopf gestellt, oh nein, mein armer Junge. Max schlug die Hände vors Gesicht.
Vati, wir werden sehen, wir helfen wo wir können. Es wird wieder ein Leben für ihn geben, zwar ein Anderes, aber eben ein Leben. Auch Andere haben so ein Schicksal gemeistert. Und Finn ist tapfer, willensstark, wie sein Großvater, sagte sie, nahm seine Hände vom Gesicht, sah ihn an, versuchte zu lächeln und tätschelte tröstend seine linke Wange. Der steht das durch, mit meiner und auch mit deiner Hilfe. Er braucht uns jetzt, so sehr wie niemals zuvor,
auch und vor allem dich. Hörst du !
Es ist wichtig, daß uns das bewusst ist. Wir müssen stark sein und ihm Alles geben

was wir ihm geben können, wir dürfen ihn
jetzt nicht hängen und mit seinen Nöten
alleine lassen, den armen Jungen.
Sie schaute nach unten, ihr waren wieder
die Tränen gekommen, wischte sich das
Gesicht ab und sah ihn fordernd an.
Mein Gott, hört denn diese Folter nie auf,
hat das denn nie ein Ende, gestern so ein
schöner Freudentag und heute so ein
schlimmer Unglückstag, der arme Finn,
er tut mir so leid, wimmerte Max.
Sie schwiegen ein paar Minuten und ließen
dem Publikum damit Zeit sich zu entspannen
um an ihrem Pausentee oder Kaffee
schlürfen zu können.
Langsam kehrte bei Max die Fassung zurück,
fühlte er wieder Leben in sich.
Komm, trink mal einen Schluck, dein Cuppu
wird ja schon kalt, du willst ihn doch
immer recht heiß, ermunterte ihn Luise.
Sie sah ihn milde an und strich ihm mit
beiden Händen zärtlich über die
verstoppelten Wangen.
Was habe ich doch für ein starkes Mädchen,
viel stärker als ich, befand Max
anerkennend.
Du siehst recht mitgenommen aus,
kam jetzt die erwartete
Zustandsbeschreibung von Luise.
Gestern mit Erwin gesoffen, vermute ich
mal ?
Ja, ein bisschen, gestand Max zögerlich.
Na, na, wohl schon ein bisschen mehr,
so wie du aussiehst, ich würde eher sagen
ein bisschen viel zu viel.
Vati das tut dir nicht gut, hör auf damit,
sprach sie auf ihn ein.
Ja, was weißt du denn, meinst du solche
Nachrichten tun mir gut,

was ist da wohl besser ?
Vati, das ist jetzt nicht fair,
du weißt, ich meine es nur gut, antwortete
sie und blickte ihn dabei sorgenvoll an.
Bei deinem Blutdruck und deinen Fettwerten
ist das nun einmal nicht gesund.
Ja, ich weiß ja, aber ich bin jetzt hoch
in den 70 und ich werde wohl wissen was
schlecht und was gut für mich ist.
Ich bin erwachsen weißt du ?
Max sah ihr in die Augen und seine innere
Stimme mahnte, mach langsam, jetzt keinen
blödsinnigen Disput anzetteln.
Er nahm ihre Hand und versuchte zu
lächeln.
Ja, Luise du hast natürlich recht, aber
manchmal hauen so alte Kerle auch mal über
die Strenge. Sei doch nicht so hart zu
deinem Vater. Erwin zieht sich jetzt
wieder für längere Zeit in seine Datscha
in den Süden zurück, da mussten wir doch
Abschied nehmen, wie es sich für so alte,
gute Freunde gebührt.
Solange es bei den Ausnahmen bleibt,
kommentierte sie knapp, begleitet mit
einem erleichternden Seufzer, dabei
verständnisvoll lächelnd.
Dann trat wieder eine kurze Gesprächspause
ein, man war ermattet und sammelte sich um
sich kräftemäßig auf die kommenden Stunden
einzustimmen, seelisch wie körperlich.
Max vor allem kam die Unterbrechung sehr
entgegen, er brauchte Zeit um das neue
Wissen einigermaßen zu verdauen. Es lag
ihm noch schwer im Magen und er würde
lange brauchen um damit fertig zu werden.
Luise hatte wohl bewusst Max dieses
Zeitfenster verordnet, denn sie suchte die
Toilette auf und verweilte ungewöhnlich

lange.
Max versuchte derweil seinen angekühlten Restcappuccino ohne irgendwelche ungewollten Fleckspritzer zu sich zu nehmen, was auch gelang und ordnete Gedanken und Gefühle.
Als Luise zurück war und sich gesetzt hatte nahm er den Gesprächsfaden wieder auf, es drängte ihn jetzt weitere Details zu erfahren. Er fühlte sich nun eher in der Lage das Thema mit weniger Emotionen anzugehen. Und wie nimmt es Finn, wie hat er reagiert ?
Natürlich war und ist er sehr fertig. Sie haben ihm direkt einen Psychologen zur Seite gestellt. Aber ich denke die beste Medizin kann nur von uns kommen.
Wir müssen ihm zur Seite stehen, ihn aufrichten, es liegt viel an uns.
Ja, da hast du wohl recht und deshalb genug der Worte, ich denke wir sollten jetzt fahren, befand Max und stand auf.
Luise kam der Aufforderung ohne Umschweife nach und sie verließen, von den Blicken des aufmerksamen Publikums verfolgt, ohne Applaus, wohl enttäuscht darüber, daß die Aufführung jetzt so abrupt geendet hatte, das Lokal und gingen zum Auto.
Anderes Thema, was macht dein Verhältnis zu Bernhard und wie sieht es mit der Jobsuche aus ?
Gleich zwei Fragen auf einmal und dazu immer die Gleichen, stöhnte Luise.
Also, Bernhard wohnt mittlerweile fast schon bei diesem blonden Gift und ist nur noch selten da. Das ist mir aber auch nicht unrecht, dann muß ich ihn umso weniger ertragen, Hauptsache er zahlt noch.

Jobmäßig sieht es weiter schlecht aus. Das Arbeitsamt schaut jetzt nach einer Maßnahme zur Weiterbildung. Ich bin aber trotzdem ständig am Suchen, es wird schwer, sehr, sehr schwer, das ist mir mittlerweile klar geworden. Andererseits ist es auch gut, daß ich noch keinen Job gefunden habe. Das lässt mir mehr Zeit mich jetzt in dieser neuen Situation um mein krankes Kind zu kümmern. Wer weiß, vielleicht ist das ja ein Wink des Schicksals, kam es ihr seufzend, über die Lippen.
Die Fahrt zum Krankenhaus erinnerte Max sehr an alte Zeiten.
Luise fuhr immer noch so hektisch, abruptes Abbremsen und plötzliche Manöver waren bei ihr normal und machten ihn nervös. Das war ihr Fahrstil, schon immer gewesen, von Anfang an und daran hatte sich offenbar nichts geändert.
Max legte dies als Unsicherheit aus und deshalb beschlich ihn immer ein ungutes Gefühl, besonders, wenn er als Beifahrer fungieren musste. Er erinnerte sich, daß Luise sich oft bei ihm beschwert hatte, weil Else immer nur hinten sitzen wollte, wenn sie als Beifahrerin fungierte. Ja wie soll das Kind denn Zutrauen zu sich selbst gewinnen, hatte Max in Richtung Else gepoltert, nimm dich doch ein bisschen zusammen. Dabei konnte er Else sehr gut verstehen.
Aber das war Erinnerung an eine andere Zeit, Scheidungszeit. Und jetzt, jetzt musste er gestehen, hätte er eigentlich doch auch ganz gerne hinten gesessen. Glücklicherweise hatten sie die paar Kilometer schnell zurückgelegt und Max war erlöst.

Sie gingen direkt zur Intensivstation.
Luise hakte sich bei Max unter, sie versuchte ihn offensichtlich noch ein bisschen vorzubereiten, ihn aufzubauen, ihm etwas Wärme und Zutrauen zu vermitteln.
Vati, du kennst das ja auf den Stationen, das ist nicht so schön. Allein der Geruch und erst recht der Anblick haben mich beim ersten Mal fast umgehauen, furchtbar, einfach furchtbar.
Max spürte wie Luise sich anspannte, sich versuchte einen Schutzpanzer anzulegen.
Das sollte ich auch probieren, dachte er und für einen Moment kam ihm wieder seine eigene Lage in den Sinn.
Auch furchtbar, konstatierte er !
Immerhin begann sich sein Kater jetzt langsam zu verdrücken.
Ja, ich kenne das, kein angenehmes Klima, bestätigte Max betroffen.
Luise drückte die Klingel.
Sie mussten ein paar Minuten warten,
die ihnen in ihrer Bedrückung und Anspannung sehr schwer fielen,
die jeder für sich versuchte möglichst seelenschmerzfrei zu überstehen.
Max schnaufte mehrmals kräftig durch.
Luise nahm ihn bei der Hand und er spürte wie verkrampft und zittrig sie war.
Endlich wurde geöffnet.
Guten Tag, ich bin Schwester Doris.
Wir schütteln keine Hände, ich muß sie bitten, das zu akzeptieren, wegen der Keime, wissen sie,
sprach sie gezielt Max an.
Luise war anscheinend schon instruiert.
Max nickte, stellte sich vor und zeigte Verständnis: Natürlich, das verstehe ich.

Sie wollen sicher wissen wie es um ihn
steht. Ich kann sie beruhigen, es geht ihm
soweit gut, sein Zustand ist stabil,
fuhr die Schwester ungefragt fort.
Sie können mit ihm sprechen, aber ich kann
sie maximal 20 Minuten zu ihm lassen.
Wird er bleibende Schäden haben, außer der
Amputation natürlich, ist sonst Alles
heil ? fragte Max, seine Besorgnis direkt
zum Ausdruck bringend.
Luise stand wie erstarrt neben ihm und
hielt sich ein Taschentuch vor den Mund,
ängstlich und mit bangem Gesichtsausdruck,
die Antworten auf Max's Fragen erwartend.
Es gibt ein paar angeknackte Rippen,
er hat starke Schürfwunden und an der
rechten Hand zwei gebrochene Finger.
Die inneren Organe sind nicht in
Mitleidenschaft gezogen.
Dann natürlich der Kopf, aber das ist nur
ein Trauma, das geht vorbei, keine
bleibende Verletzung. Der Aufprall muß
ziemlich heftig gewesen sein, informierte
die Schwester zusammenfassend.
Für weitere Auskünfte sollten sie am
besten den Stationsarzt fragen, ich kann
ihnen nur unter Vorbehalt Auskunft geben
und darf es eigentlich auch gar nicht.
Deshalb bitte keine weiteren Fragen an
mich. Haben sie schon mit dem Psychologen
gesprochen ? Fragte sie abschließend,
gezielt Luise dabei ansehend.
Luise schaute bedrückt zu Boden.
Das sollten sie unbedingt tun, das wäre
auch für sie ratsam, er kann ihnen
Hilfestellung geben für den Umgang in
solchen Fällen. Es ist nicht einfach einen
so jungen Menschen auf ein Leben mit einem
verlorenen Bein einzustellen.

Und bitte sind sie in ihren Gesprächen
immer optimistisch, nicht jammern, weinen
oder Schreckensszenarien verbreiten,
so in der Art:
Was soll jetzt nur aus dir werden ?
Also das müssen sie mir versprechen,
sonst kann ich sie nicht reinlassen.
Sie sah dabei mit prüfendem Blick in die
Runde.
Nein, natürlich werden wir das nicht tun,
sagte Max.
Aber er wird fragen und selbst zweifeln
und zagen, was soll ich dem armen Jungen
dann bloß sagen ? kam es spontan von Luise
an Max gerichtet.
Trösten und Mut machen. Sagen und zeigen
sie ihm auf wie schön das Leben ist, was
es für ihn noch zu bieten hat. Geben sie
ihm das Gefühl, daß er bei ihnen gut aufgehoben ist und eine lebenswerte Zukunft
hat. Wie gesagt, wenden sie sich an den
Psychologen, der hilft ihnen weiter.
Leicht gesagt, trösten und Mut machen,
dachte Max. Wo soll Finn denn hin ?
Er konnte ihm nichts bieten und Luise doch
auch nicht, bei den Verhältnissen.
Das wird schwer, mein armer Junge, aus was
soll der Optimismus denn genährt werden ?
Weit und breit keine gute Perspektive.
Und ich als alter Versager mittendrin in
diesem Dilemma, bald ohne Wohnung,
irgendwo abgeschoben im Niemandsland,
krank und verarmt. Max wurde es immer
schwerer ums Herz, er drückte Luise fest
an seine Seite.
Kopf hoch mein Mädchen, ich helfe dir,
wir müssen ihm jetzt ein freundliches
Gesicht zeigen, wir bekommen das hin.
Ja Vati, zusammen schaffen wir das.

Gut, ziehen sie das hier bitte über, dann dürfen sie rein. Ich gebe ihnen, wie gesagt, nach 20 Minuten Bescheid.
Bei Problemen drücken sie bitte die Rufklingel.
Es war ein größerer Raum den sie betraten, mit, Max schätzte flüchtig, 5 Betten.
Luise steuerte direkt auf das rechte Bett zu.
Da lag er, mit all den Schläuchen und Geräten, wie ein Astronaut.
Sie griff seine Hand und setzte sich neben das Bett.
Max ging auf die andere Seite und tat das Gleiche.
Finn drehte den Kopf jeweils im Wechsel zu ihnen und hauchte ihnen ein leises 'Hallo' zu.
Schöne Scheiße Opa, schöne Scheiße, druckste er zu Max geneigt, dabei kamen ihm die Tränen.
Max hatte Mühe, aber er biß sich auf die Zähne und ermahnte sich jetzt nicht seine Verzweiflung raus zu lassen.
Am liebsten wäre er schreiend aus dem Zimmer gestürmt und hätte mit den Fäusten irgendeine Tür oder sonst was traktiert.
Elend, nichts als Elend. Verstohlen sah er sich um. Gesammeltes Elend.
Das wird schon mein Junge, nur nicht verzagen, du lebst und das ist erst einmal die Hauptsache, wir kriegen das schon hin, sagte Max zu Finn gebeugt und tätschelte seine Hand.
Du hast noch soviel vor dir, schaltete sich Luise, in für Max überraschend, festem Ton dazu. Wir sind für dich da, egal was passiert, sei unbesorgt.
Finn neigte den Kopf zu seiner Mutter,

Tränen kullerten über seine Wangen, tropften auf das Leinen und bildeten einen immer größer werdenden Kreis.
Nein, nein, ich habe nichts mehr vor mir ! Wie soll ich denn mit einem Bein klarkommen, kann mir das mal jemand sagen ? Meine Zukunft, mein Leben, es ist doch Alles am Arsch.
Wut und Verzweiflung lagen in seiner mageren Stimme.
Junge, reg dich bitte nicht so auf, sonst dürfen wir nicht mehr kommen und das willst du doch sicher nicht, ruhe dich erst einmal aus und dann sehen wir weiter, versuchte ihn Luise zu beruhigen.
Glaube uns, wir finden schon eine Lösung, gemeinsam packen wir das. Schau, dem Opa geht es auch nicht gut, ist schwer krank und gibt nicht auf. Der könnte auch verzweifeln und verzagen und tut es nicht. Nein, kämpfen, kämpfen muß man, man darf nur nicht aufgeben, spach sie ihm Mut zu, dabei ihren mütterlichen Seelenschmerz nur mühsam in Schach haltend.
Sie strich ihm über die Wange, für einen Moment war es still.
Max stand auf und schaute ihm von oben in's Gesicht.
Ich werde immer vorbeikommen und nach dir schauen. Brauchst du irgendwas, können wir nächstes Mal etwas mitbringen ? Versuchte Max das Gespräch mehr auf eine sachliche Ebene zu lenken.
Meinen Kopfhörer mit dem Player, flüsterte Finn mit tränenerdrückter Stimme, den Kopf abgewandt.
Und ich spiele dir dann ein paar Oldies drauf, lauter schöne Sachen, dann wirst du schnell wieder gesund.

Willst du mich quälen Opa oder soll ich gesund werden, bloß nicht, nein Danke.
Max's Bemerkung hatte Wirkung gezeigt, Finn hatte wie erhofft spontan reagiert, immerhin, dachte Max.
Gut, dann gehen wir mal wieder, bevor wir rausgeschmissen werden, wir sind schon über der Zeit, bemerkte Luise über den letzten Dialog sichtlich erfreut und setzte hinzu: Du musst jetzt viel schlafen, ruhe dich aus, morgen bin ich wieder da, mit deinem Player, versprochen.
Und ich, sobald ich kann, morgen geht leider nicht, da habe ich wieder Termin, du weißt ja, das Waschprogramm, Übermorgen bin ich aber ganz sicher wieder da. Also mein Junge, sei tapfer und mache dir keine Gedanken, wir kriegen das schon hin, wir helfen dir, versuchte sich Max erneut in tröstenden Worten.
Du mußt mir versprechen, daß du bald wieder gesund wirst, ja, forderte Luise, strich Finn dabei zärtlich über die rechte Hand und gab ihm einen Kuß auf die Stirn.
Finn reagierte nach einem kurzen Zögern mit einem kraftlosen, bestätigenden Nicken.
Man merkte ihm deutlich an, daß er sich kräftig mühte den Beiden seine wahre Seelenlage nicht zu offenbaren, aber seine Augen sprachen eine andere Sprache.
Dann drückte Max zum Abschied noch einmal seine Hand, hakte Luise unter und beide gingen zur Tür.
Ach, entfuhr es Luise !
Dabei drehte sie sich hastig um und rief zu Finn: Das hätte ich ja jetzt fast vergessen, ich soll dir auch noch die besten Genesungswünsche von Bernhard und

Sonia übermitteln.
Auch das noch, als wäre man nicht schon genug gestraft, stöhnte Finn und wandte den Kopf ab.
Sie meinen es doch nur gut, sei doch nicht so abwertend.
Also, jetzt aber wirklich bis morgen.
Dann verließ sie winkend mit Max das Zimmer.
Luise blieb kurz stehen, sah über den Flur und mit einem Nicken zeigte sie Max, daß sie die Stationsschwester in's Visier genommen hatte. Max bei der Hand nehmend, steuerte sie zielsicher auf die Schwester zu, trat an sie heran und begann ohne Umschweife mit der Konversation.
Was meinen sie, Schwester Doris, er macht doch schon einen besseren Eindruck als gestern ?
Ja, es geht ihm schon viel besser, aber es wird dauern und Rückschläge geben. Die Psyche muß sich erst darauf einstellen. Es wird noch ein langer Weg. Wie gesagt, man muß jetzt abwarten und ihn unterstützen, wenn es auch schwerfällt.
Keine Sorge, sagte Max, wir sind für ihn da.
Er wird wahrscheinlich morgen, spätestens übermorgen auf die Normalstation verlegt. Nicht, daß sie erschrecken, wenn sie ihn hier nicht mehr antreffen, fragen sie vorher besser nach.
Sie kümmern sich doch und sagen uns direkt Bescheid sobald sich sein Zustand verschlechtert ? hakte Luise besorgt nach.
Da war sie wieder, die Angst, sie war wieder zurück.
Aber ja doch, wir versorgen ihn bestens und halten sie auf dem Laufenden,

seien sie dessen gewiss.
Wenn es an etwas fehlt melden sie sich bitte gleich, es soll und darf ihm an Nichts fehlen, fuhr Luise fort, kramte dabei hektisch in ihrer Tasche und fand schließlich einen 10er, den sie der Schwester zusteckte.
Nein, das kann ich nicht annehmen.
Doch, doch, nehmen sie nur, dann nehmen sie es als Spende für die Kaffeekasse.
Wenn sie unbedingt wollen, da besteht tatsächlich immer Bedarf, vielen Dank.
Beim rausgehen raunte Max Luise zu, nächstes mal zeige ich mich erkenntlich.
Was meinst du, was für einen Eindruck hat er auf dich gemacht, fragte Luise ?
Na ja, schwer zu sagen. Er wird sich zusammengenommen haben. Es ist ihm schon schwergefallen sich zu beherrschen, das hat man gemerkt. Aber ich möchte jetzt nicht Mäuschen spielen. Der arme Junge, er tut mir so leid. Wenn ich doch nur mehr tun könnte, jammerte Max. Er war kreidebleich und fühlte sich auch so, nämlich miserabel.
Vati, das Einzige was du, was wir, tun können ist ihm jetzt zu zeigen, daß wir ihn lieb haben und ganz und gar für ihn da sind, wenn wir das schaffen haben wir unser Bestes gegeben.
Hat sich eigentlich sein Kompagnon schon gemeldet, war der schon da oder weiß der noch nichts davon ? Lenkte Max ab um sich nicht noch weiterer Seelenqual aussetzen zu müssen.
Der ist auch völlig fertig, ich habe mit ihm telefoniert.
Hat er sich geäußert wie es weitergehen soll ?

Nein, das weiß er auch noch nicht, der war total aufgelöst. Er will erst mal sehen, daß der Laden weiterläuft, er muß ja Finn's Arbeit jetzt mitorganisieren und hat deshalb alle Hände voll zu tun.
Während der Fahrt zum Bahnhof versuchte Max noch einmal das Gespräch auf seinen speziellen Freund, den Kokser, zu bringen, aber Luise blockte ab.
Lass mich nur, ich bin da auf einem gutem Weg, das wird schon, sei unbesorgt,
wir haben jetzt, weiß Gott, andere Sorgen, war ihr ganzer, fast schon schnippischer, Kommentar.
Gut, sagte Max und strich ihr über die Hand, er hatte verstanden.
Der Zug war nicht so voll, er fand sogar zwei freie Plätze nebeneinander, genug Platz um sich rein fläzen und räkeln zu können. Aber nicht bequem genug.
Er testete alle möglichen Stellungen, aber irgendwie war es doch immer noch zu unbequem. Also zog er sein Jackett aus, knüllte es zusammen und schob es unter Kopf und Schulter. Er mußte noch mehrfach korrigieren, aber irgendwann schlief er, wider Erwarten, ein. Die Vortagsfete mit Erwin war wohl doch so anstrengend und damit ermüdend für ihn gewesen,
daß ihn selbst all seine Probleme und Grübeleien nicht von einem kurzen Nickerchen abhalten konnten.
Lautes Stimmengewirr und Getrampel riß ihn aus dem Schlaf, der Zug stand und Passagiere huschten an ihm vorbei, aber nicht heraus, sondern herein. Er schaute erschrocken aus dem Fenster und sah, daß er im Zielbahnhof war. Jetzt schnell raus, raus bevor der Zug weiterfährt.

Im Halbschlaf ergriff er sein Jackett und quälte sich durch die entgegenkommende Menge, sprang aus dem Zug (nur ein Tritt) und hörte schon den Pfiff und das Klacken der Zugtüren. Sein Herz raste, er musste sich setzen, Luft holen und sich sortieren. Rechtzeitig raus gekommen und nichts vergessen, gerade nochmal gut gegangen, stellte er erleichtert fest. Er hatte schon Mäntel, Schirme und Hüte im Zug vergessen. Mal mit Wiedersehensfreude, mal ohne. Es gab Menschen die konnten anscheinend Alles gebrauchen. Aber was soll's im Vergleich zu Finns Lage, ist das doch Pipifax, bedeutungsloses Zeug. Wenn er ihm doch nur irgendwie helfen könnte, aber wie ? Jetzt bloß nicht in Selbstzerfleischung versinken, wegen des verlorenen Geldes, sich bloß nicht wieder in so eine furchtbar depressive Stimmung hinein drängen lassen, versuchte er gedanklich direkt gegenzusteuern. Dieser Scheiß Aktienpoker, er hatte es noch nicht und er würde es wohl auch nie verwinden. Dafür sorgte schon der Dämon der Vergangenheitsbewältigung, aber jetzt musste er sich der Realität stellen und die sah ziemlich beschissen aus, gelinde ausgedrückt.
Mit Finn's Unfall war die vorletzte Bastion gegen die Amtsabhängigkeit gefallen und es blieb nur noch der Traum vom unverhofften Geldsegen als letzte Hoffnung.
Ein zugegebener Maßen ziemlich unrealistischer.
Blieben ihm also wirklich nur noch die paar Monate ?

Nur nicht dran denken, verdrängen, ja das war die Kunst, es zu verdrängen, in die Ecke zu stellen, ignorieren und zu Leben, einfach nur Leben, sorglos in den Tag hinein leben.
Warum konnte er das nicht, warum fiel es ihm so unheimlich schwer ein bisschen Lockerheit in sein Leben zu bringen, woher und warum immer diese Schwermut ? Warum nicht Leben wie die Südländer, unbeschwert und nur dem Jetzt, dem hier und heute verhaftet. Aber die hatten das wohl im Blut und brauchten sich nicht mit dem Schwermutsdämon auseinander zu setzen. Max hatte schon das Eine oder Andere probiert um die Dämonen einigermaßen in Zaum zu halten, von ganz befreien hatte er noch nicht einmal zu träumen gewagt. Autogenes Training lag ihm am meisten, Yoga nicht so. Aber der Haken war der, daß er es nur konnte, wenn er sowieso schon halbwegs gut drauf war. Er brauchte ein Mittel, das half, wenn er schlecht drauf war, er sich in richtig mieser Stimmung befand, depressiv war, darum ging es in erster Linie. Und diese Medizin hatte er noch nicht für sich entdeckt. Natürlich konnte er sich auch einmal besaufen oder einen Joint rauchen, aber das war keine Dauerlösung und vom Ergebnis her unter dem Strich doch arg unbefriedigend. Ab und an hatte er sich schon dazu hinreißen lassen, aber der Katzenjammer danach war immer noch viel größer.
In diesen Betrachtungen behaftet schritt Max gemächlich vor sich hin.
Als er zu Hause ankam schaute er als Erstes in den Briefkasten und stellte

überrascht fest, daß sich ein Brief darin
befand. Max bekam selten Post. Er fischte
den Brief mühsam mit den Fingern heraus,
dazu brauchte er keinen Schlüssel, der
Schlitz war so breit, daß er mit Geschick
fast jede Post mit der Hand herausziehen
konnte und sah direkt, daß er vom Amt war.
Sieh an, es tut sich was. Voller Neugier
riß er ihn beim Hineingehen auf und las:
Bitten wir um persönliches Erscheinen
am ….,
Ein Blick auf den Kalender, nächsten
Dienstag, gut, keine Dialyse, um 14 Uhr.
Persönliches Erscheinen unbedingt
erwünscht..
war unterstrichen und fett gedruckt.
Dann noch:
Sonst ist keine weitere Bearbeitung Ihres
Antrags möglich.
Scheint wichtig zu sein, raunte Max.
Es fehlt wohl noch irgendwas, womöglich
eine zusätzliche Auskunft, aber was ?
Er las den Brief nochmals mit aller
Sorgfalt durch.
Nirgends eine Aufforderung irgendwelche
Unterlagen nachzureichen oder zusätzliche
Nachweise vorzulegen, nur eine simple
Vorladung. Na, dann wird wohl nur eine
Unterschrift fehlen oder es handelt sich
um sonst irgendetwas Belangloses, aber ist
ja auch egal, man wird sehen, nur nicht
verrückt machen lassen, ich habe im Moment
schließlich genug anderen Seelenballast.
Eigentlich wäre heute Abend ideal um sich
mit Erwin zu treffen, um das Erlebte
aufzuarbeiten, sich Mut und Trost geben zu
lassen, genau so wie er jetzt bei Finn in
der Pflicht war.

Aber das war ja leider nicht möglich,
sein Freund Erwin war weg oder zumindest
so gut wie, also musste er wohl oder übel
alleine klar kommen. Wahrscheinlich ist es
sogar besser so, denn heute hätte er es
sicher nicht mehr nach Hause geschafft,
sondern wäre volltrunken auf Erwins Couch
eingeschlafen, gestand er sich, trotzdem
enttäuscht über die nicht vorhandene
Möglichkeit der Frustbewältigung, ein.
Außerdem hatte er morgen Dialyse-Termin,
auch darauf galt es Rücksicht zu nehmen,
wenn es auch schwer fiel.
So ein Mist aber auch, am besten man würde
verschwinden, einfach so, sich davonmachen
und Alles hinter sich lassen, fluchte er
vor sich hin.
Und Finn, den jetzt so zurücklassen und
noch mehr Schmerz aufbürden, wo es ihm
doch so schon so dreckig ging ?
Und Luise genauso ?
Nein, er musste das noch aushalten,
wenigstens das noch.
Danach vielleicht.
Alles Mist.
Es blieb ihm nichts anderes übrig als sein
größtes Kapital, seine Liebe,
zu verteilen, sonst hatte er nichts mehr,
konnte er nichts mehr geben.
Er saß auf der Couch,
grübelte und stierte vor sich hin.
Und dazu musste er sich jetzt gewaltig
zusammenreißen, er wurde gebraucht.
Es ging nicht um ihn, seine Probleme
mussten im Moment hinten anstehen,
sich als zu gering einsortieren,
es galt Finn wieder aufzurichten, ihm eine
positive Lebensperspektive zu vermitteln,

einer Herkulesaufgabe, der er und Luise sich stellen mussten, die ihnen das Schicksal zugetragen hatte.
Er stöhnte, stand auf, ging in die Küche und machte sich einen Tee. Dann versuchte er verzweifelt sich über den Fernseher zu zerstreuen, was ihm nicht gelang und ging mit seinem wütenden Hirn zu Bett, um sich jetzt erst richtig zu quälen und nicht einschlafen zu können, den Vorwurfslautsprecher als Dauerberieselung eingeschaltet, immer mit den gleichen Anklagen, den immer gleichen Dämonen, die ihn quälten.
Es war einfach aussichtslos, der Kopf hörte nicht mehr auf ihn.
Die bösen Geister tobten in seinem Hirn als hätten sie sich selbständig und zur Aufgabe gemacht, immer wieder ein glühendes Eisen in seine Wunden zu halten.
Es gelang ihm nicht sie loszuwerden, zweck- und hoffnungslos. Er startete ein neues Gedankenablenkungsmanöver.
Was wird dem Jungen jetzt wohl durch den Kopf gehen ?
Wie er seine Zukunft neu gestaltet ?
Wohl eher nicht, eher was er nicht mehr machen kann, wegen dem fehlenden Bein.
Wird er sich quälen, sich Vorwürfe machen und mit sich hadern ?
Wenn sie doch bloß in solchen Momenten bei ihm sein und beistehen könnten, dann würden sie reagieren und seine Ängste entkräften, gegenteilig argumentieren und ihm aufzeigen: Schau doch mal was du noch Alles machen kannst, fast Alles, wie mit zwei Beinen !
Ja, eben fast, würde es Finn herausschreien !

Aber da ist ja schließlich auch ein Psychologe am Werk, der wird schon wissen wie man die Sache angeht, beruhigte er sich.
Ja, immer den Spezialisten vertrauen.
Genau ! So wie damals, bei deinen Aktientips, spottete der Anlagedämon !
Scheiße, da war diese Stimme wieder.
Wie bei einem Schizophrenen. Vielleicht war er das sogar, war das Schizophrenie ? Das sollte er mal abklären. Eigentlich auch ganz witzig würde Erwin sagen, man kann sich dann schließlich sehr gut mit sich selbst unterhalten.
Also, was konnte er dem Jungen noch Gutes tun, versuchte er sich wieder abzulenken und auf Finn zu konzentrieren ?
Vielleicht einen bunten, extra schnellen Rollstuhl besorgen ? Max, lass diese blöden, sarkastischen Scherze, das ist schon kein englischer Humor mehr, das ist böse, ermahnte ihn spontan seine innere Gewissensstimme.
Ja, ist ja gut, war ja nicht so gemeint, ein herausgerutschter kleiner, nicht böse gemeinter Witz nur, besänftigte er sein Gewissen.
Also was tun ?
Schwere Frage, Musik schied aus, da war er selbst bestens versorgt.
Max musste grinsen, spontan kam ihm in den Sinn wie er ihn am Krankenbett noch etwas mit seinen Oldies foppen und aufrichten konnte.
Bücher las er nicht, eher Zeitschriften.
Aber wollte Finn nicht immer schon mal von ihm das Schachspiel lernen ?
Ja, genau, das war's doch. Er würde morgen, nein, natürlich nicht morgen,

übermorgen, ein Brett mit Figuren mitnehmen. Irgendwo hatte er sicher noch ein komplettes Set. Und dann ein Lehrbuch dazu, dann konnte er lesen und üben. Und wenn er darauf ansprang würde er ihm einen Schachcomputer kaufen, Super-Idee, er musste sich selbst loben. Man muß nur angestrengt genug nachdenken, sich eben Mühe geben, dann fällt einem auch etwas ein. Mit diesem Gedanken schlief er ein, zufrieden mit sich, nicht mit der Welt und schon gar nicht mit Gott.
Der nächste Tag verlief, bis auf das Toben der bösen Geister, ohne besondere Ereignisse. Nach der Dialyse war er mit Suchen nach seinem Schach-Set beschäftigt. Er fand es auch, aber der Zustand ließ sehr zu wünschen übrig, deshalb überlegte er was er tun sollte, neu kaufen oder doch erst mal mit diesen abgewetzten Figuren und dem ziemlich mitgenommenen Brett loslegen ?
Er entschied dies noch nicht zu entscheiden und beschloß am nächsten Tag noch nichts schachmäßiges mitzunehmen, besser erst einmal eine Zeitschrift kaufen, im Laden würde er schon etwas finden, mit dem Schach galt es sich vorsichtig heran zu tasten und dezent Finns Bereitschaft zu erkunden.
Am nächsten Tag im Bahnhofskiosk kaufte er dann ein japanisches Manga. Comics las Finn ausgesprochen gerne und das Heft gefiel Max auf den ersten Blick.
Eine gute Lektüre, auch für ihn,
auf der Fahrt.

24. Max und die Dame im Zug

Der Zug war dieses Mal ziemlich voll und da Max nicht reserviert hatte, musste er sich durch einige Abteile durchkämpfen bis er einen freien Platz fand, der allerdings noch durch einen Koffer im Beinbereich blockiert war.
Der Nebensitz, am Fenster, war durch eine ältere Dame belegt. Er fragte sie höflich ob er den Koffer in die Gepäckablage hieven dürfte und bekam die ebenso höfliche Antwort, daß er das selbstverständlich tun dürfe und es ihr fern lag einen Sitzplatz nur für den Koffer zu blockieren, sie aber nicht kräftig genug sei den Koffer hochzustellen und sie auch niemand diesbezüglich fragen wollte,
wenn sich schon niemand genötigt sah ihr Hilfe anzubieten. Von daher sei sie jetzt umso angenehmer überrascht, daß so ein Gentleman der alten Schule sich erbarmen würde.
Max hob den Koffer an und spürte sofort den Schmerz im linken Lendenbereich. Dieser verfolgte ihn schon die ganze Zeit, kehrte immer mal, meistens beim Heben, wuchtig zurück.
Verdammter Mist, fluchte er unhörbar und zögerte. Er wollte sich aber keine Blöße geben und führte die Aktion trotzdem durch, kam allerdings nicht umhin vor dem Setzen kurz inne zu halten und sich, mit schmerzverzerrtem Gesicht, die Lende zu massieren. Ein Reflex den er sich eigentlich ersparen wollte.
Oh, sie haben sich doch nicht weg getan ? Die Dame sah ihn mit besorgtem Gesicht fragend an.

Nein, nein, es geht schon, es ist nur wieder dieser Rückenschmerz, der kommt und geht, antwortete Max mit einem gequälten Lächeln.
Und das nur wegen dem blöden Koffer, das tut mir jetzt aber leid.
Nein, das braucht es wirklich nicht, nicht der Rede wert.
Na, na, mit so etwas soll man nicht spaßen. Haben sie die Schmerzen schon länger ?
Ja, ab und zu, meistens beim Heben.
Ah, ja, ließ sie nickend, mit wissendem Blick, verlauten.
Durch das Gespräch kam Max nicht umhin sie beiläufig zu taxieren. Er schätzte sie auf etwa 10 Jahre jünger als er und sein vorläufiges Urteil ergab die Einschätzung einer überaus imposanten Erscheinung.
Es war offensichtlich Alles dran und auch so verteilt wie er es gerne sah, durchaus nicht unattraktiv, befand er.
Sie nahm die Konversation wieder auf und fragte ihn nach seinem Reiseziel.
Oh, welch ein Zufall, der gleiche Zielbahnhof, dann müsste ich ihre Hilfe ja wieder in Anspruch nehmen oder wir suchen uns eine junge tatkräftige Kraft, sprudelte es lachend aus ihr heraus.
Reisen sie etwa auch zu dem Kongreß über Körper und Geist ?
Nein, ich reise zu meinem Enkel, antwortete er, in der Hoffnung damit hinreichend Auskunft erteilt zu haben.
Er spürte wie ihn die Befürchtung beschlich, sich hier eine Quasseltante eingefangen zu haben, die zwar gut aussah, ihn aber mit ihrem Dauergeschwätz bombardieren und nicht zur Ruhe kommen

lassen würde. Konnte es sein, daß jetzt die Bestrafung, in Form dieser, recht aparten, aber wahrscheinlich nervtötenden Dame, für seine Ausschweifungen mit Erwin über ihn kam ?
Wie schön, kommentierte sie Maxs Antwort. Sie haben einen Enkel, darf man fragen ….
Darf man schon, aber muß ich da wirklich antworten ? Ging es Max, schon jetzt leicht genervt, dazu immer noch mit dem Ballast der ziehenden Schmerzen im Rücken, durch den Kopf. Max du musst, du bist ein höflicher Mensch, mit Manieren und gut gesittet, wie von ihr festgestellt ein Gentleman, also gib immer schön Antwort. Wissen sie, daß so eine Aufgabe im Alter, eine Beziehung zwischen jung und alt, das Strömen der unterschiedlichen Kräfte…, fuhr sie erklärend fort ohne seine Antwort abzuwarten.
Max lächelte und stöhnte in sich hinein, Himmel hilf, noch mind. 1 Stunde bis zum Zielbahnhof, wie soll ich das nur aushalten.
Sie sind zerstreut, ich merke wie sie gedanklich abschweifen, unkonzentriert sind. Oder sind es noch die Schmerzen die sie quälen ? Aber das ist Alles nicht so schlimm. Da kann man Abhilfe schaffen, man muß zuerst den körperlichen Ausschluß vornehmen. Stehen sie doch bitte mal auf, ja, forderte sie ihn bestimmend auf.
Wie aufstehen, warum ? fragte Max verdutzt.
Ich werde sie jetzt untersuchen, vielleicht sind sie ja nur blockiert, sagte sie selbstsicher und taxierte seine Lende.
Max war perplex.

Du, du bist blockiert, aber in deinem Hirn und zwar mächtig, schimpfte er verärgert in sich hinein. Eine Ausrede, er brauchte jetzt dringend eine Fluchtausrede.
Entschuldigung, ich muß auf die Toilette, sagte er, stand hastig auf, drehte ihr den Rücken zu und verschwand in Richtung Bordbistro. Jedenfalls wo er es vermutet hatte. Er kämpfte sich durch das nächste Abteil, musste mehrere Personen bitten ihn durchzulassen, roch Tabaksqualm aus der Toilette kommen, musste Handysüchtige unterbrechen, stieg über Koffer, um Koffer herum und kam dabei nicht wirklich weit. Nur Menschen und Gepäck.
Er gab entnervt auf und entschloß sich, dann doch lieber die Dauerberieselung über sich ergehen zu lassen. Also zurück, durchatmen und aussitzen. Als sie ihn im Gang kommen sah, sprang sie auf und stellte sich ihm erwartungsvoll entgegen.
So leicht kommen sie mir nicht davon, sprach sie ihn freundlich aber selbstbewusst an.
Zieren sie sich doch nicht so, es ist doch nur für ihre Gesundheit. Sie werden sehen, sie werden sich direkt viel besser fühlen.
Mein Gott Weib, ich fühle mich gerade hundselend und meine Rückenschmerzen kannst du mir auch nicht abnehmen, also was soll das ? Hätte er ihr am liebsten entgegnet, blieb aber ruhig.
So jetzt stellen sie sich mal hier hin.
Max wurde genau postiert.
Er mußte vom Gang stehend sich zum Fenster beugen und abstützen.
Es galt Aufruhr unbedingt zu vermeiden, daher leistete er auch keinen Widerstand.
Er wäre sich zu lächerlich vorgekommen mit

der Dame auf dem Gang vor allen Leuten zu streiten. Diese Peinlichkeit wollte er sich unbedingt ersparen, deshalb machte er widerwillig mit und hoffte auf eine schnelle und möglichst publikumsarme Behandlung.
Aber so geht das natürlich nicht.
Sie nahm einen Arm, hielt ihn hoch und zog das Jackett darüber aus, dann den Anderen und Max stand im Hemd.
Das kann ja heiter werden, sich zum Affen machen lassen, aber es war zu spät,
der Zug war am Fahren, registrierte er resigniert.
So jetzt schauen wir mal.
Sie tastete in den Schulterpartien, befühlte seinen Nacken, seine Oberarme und ließ ab und zu so eine Bemerkung los, wie: dachte ich es mir doch oder ah, klar hier total verhärtet.
Dann drückte sie ganz fest mit dem Daumen in verschiedene Muskelpartien des Rückens.
Max war kurz davor zu schreien, er konnte sich gerade noch so beherrschen.
Ah, ja, das war zu erwarten, gut so.
Sie nahm ihn fest von hinten, griff mit beiden Armen unter seine Oberarme.
Dann zog und ruckte sie mächtig, daß es krachte.
Wie beim Chiropraktiker, möglicher Weise ist das ja ihr Beruf, ging es Max durch den Kopf.
Eigentlich müsste jetzt noch eine Nadelbehandlung folgen, Akupunktur.
Soll ich ihnen ein paar Nadeln setzen, das würde zusätzlich helfen ?
Bis wir da sind hätte das noch einen kleinen therapeutischen Zusatzeffekt.
Um Gottes Willen, nicht das auch noch,

durchfuhr es Max und antwortete daher direkt: Nein, nein, danke, ich fühle mich schon viel besser.
Er nahm schnell sein Jackett, streifte es über und schnaufte mehrmals tief durch.
Max fühlte sich befreit.
Erlöst, er war endlich erlöst.
Das Abteil applaudierte, zumindest die, welche interessiert zugesehen hatten.
Die Dame nahm ihren Platz wieder ein und auch Max setzte sich.
So das war der Körper, stellte sie zufrieden, ihn anlächelnd, fest.
Akupunktur wollen sie also keine, das ist aber sehr schade. Lehnen sie diese grundsätzlich ab oder nur, weil es ihnen hier im Zug zu unpassend erscheint ?
Ich habe noch nie eine bekommen, ich weiß nicht, gestand Max. Aber hören sie, ich möchte gerne noch ein bisschen schlafen, könnten wir damit die Konversation vorerst beenden.
Ja, natürlich, aber ich muß ihnen noch sagen, daß ihnen jetzt ihr Schlafversuch nichts mehr bringen wird. Denn es wird beim Versuch bleiben, wir sind in knapp 20 Minuten da. Die wenigsten Menschen können in dieser Zeit einen gesunden, erholsamen Schlaf herbeiführen. Wenn sie das lernen wollen, kann ich sie dabei gerne unterstützen. Es gibt da Anleitungen die helfen.
Max sah, daß er keine Chance hatte.
Nur noch die Zeit überstehen, diese paar Minuten noch, dann war es geschafft.
Könnten sie das bei mir auch machen, ich habe so ein Zwicken hier im Nacken.
Die junge Frau stand im Durchgang und sah fragend zu ihr.

Die Rettung, mein Engel.
Jetzt muß sie ran und dann ist Schluß,
dann nichts wie raus hier, obwohl,
eigentlich ist sie ja gar nicht so übel.
Frauen reden halt ein bisschen viel, das
kennt man ja, aber wundersamer Weise hatte
ihm die Behandlung wirklich geholfen, er
fühlte sich besser, eindeutig im Aufwind.
Nein, tut mir leid, dafür reicht leider
die Zeit nicht mehr und ich bin mit dem
Herrn noch nicht ganz fertig, tut mir echt
leid. Ich kann ihnen aber gerne meine
Karte geben, dann können wir in Kontakt
treten und sehen weiter. Sorry, wirklich.
Oh, das ist aber schade.
Sie streckte ihr die Visitenkarte hin und
Max war auf's Neue ausgeliefert.
Wir hatten vorhin von Schlaf gesprochen.
Die Zeit ist jetzt natürlich viel zu
knapp, leider, aber den Schlaf können wir
noch kurz streifen.
Darf ich fragen wie sie träumen ?
Haben sie intensive Träume, sind sie in
ihren Träumen sehr aktiv oder eher der
Passivere ?
Wie ist es mit Albträumen ?
Sind bestimmte Themen überlagernd und wie
ist es mit den sexuellen Phantasien ?
Bei der letzten Frage hatte sie sich näher
zu seinem Ohr geneigt und betont leise
gesprochen.
Jetzt sagen sie nicht sie hätten Keine,
setzte sie forsch hinzu und sah ihn mit
einem schelmischen Grinsen an.
Jetzt geht sie zu weit, das muß ich mir
nicht bieten lassen.
Er fühlte sich herausgefordert.
Los Max, jetzt mal raus mit der passenden
Antwort. Im Zeichen der Gesundung kannst

du deiner überbordenden Phantasie freien Lauf lassen, nur zu. Ich könnte ihr jetzt wohl jedmöglichen Unsinn erzählen, immerhin sehr reizvoll, vor allem wie sie reagieren würde. Da aber die Dame mittlerweile auf seiner Sympathiescala eine beachtliche Entwicklung genommen hatte, auch weil sie so originell war, verbat er sich weitere abstruse Überlegungen und beschloß ihr wohlwollend zu antworten.
Das müssten wir dann mal in einer Sitzung besprechen, sie können mir ja auch ihre Karte geben, dann melde ich mich und wir vereinbaren einen Termin.
Max würde sich das natürlich noch reiflich überlegen, aber im Moment, so aus dem Bauch heraus, schloß er ein neuerliches Treffen nicht kategorisch aus. Sie hatte Wirkung bei ihm erzielt, er spürte das. Der Liebesdämon war erwacht.
Oh, ja natürlich, gerne.
Hier bitte, ging sie direkt auf seine Antwort ein und überreichte ihm ihre Visitenkarte. Wenn sie aber schon in der Stadt sind können sie mich auch gerne an meinem Ausstellungsstand besuchen. Es gibt zu dem Kongreß Infostände und mich finden sie an Stand 17b.
Dafür wird mir leider die Zeit fehlen, aber über die Karte weiß ich ja jetzt wie ich sie erreichen kann.
Haben sie auch Enkel ? Wechselte Max jetzt gezielt das Thema um seine Neugier bezüglich ihrer familiären Situation etwas zu befriedigen.
Nein, ich habe nur einen Sohn und da sieht es schlecht aus mit Nachwuchs, der ist schwul, was will man machen,

Yussuf, so heißt er.
Und ihr Enkel und ihr Sohn ?
Mein Enkel heißt Finn und meine Tochter Luise. Einen Sohn habe ich nicht, zumindest von dem ich weiß, setzte er süffisant hinzu. Er war gespannt wie sie seinen kleinen Scherzzusatz auffassen würde.
Sie lachte.
Wie befreiend das wirkt, so ein richtig natürliches, spontanes Lachen, stellte Max erfreut fest.
Sie haben Humor, Männer mit Humor gefallen mir, schade, daß wir nicht mehr Zeit für eine weiterführende Unterhaltung haben, aber so ist das halt im Leben. Ein Kommen und Gehen.
Wirklich interessant, diese Frau, er war sehr beeindruckt. Zwar ein bisschen exzentrisch, aber auch gebildet und vor Allem lebensfroh, urteilte er.
Ein Blick auf die Uhr zeigte ihm, daß es nur noch wenige Minuten bis zu seiner Erlösung waren, die ihm jetzt gar nicht mehr so dringlich erschien.
Und da kam auch schon die Durchsage, der Zug würde pünktlich ankommen.
Er taxierte sie nochmals und korrigierte seine Schätzung, jetzt stufte er sie nur noch ca. 5-8 Jahre jünger, so um die 70, ein. Sie tauschten noch ein paar Nettigkeiten aus und Max half ihr wieder beim Gepäck, der Schmerz hielt sich dabei in Grenzen, die Intensität war nicht so ausgeprägt wie vor der Behandlung, da war sich Max sicher. Oder war das nur Einbildung, der jetzt als so überaus charmant beurteilten Dame geschuldet ?

Auf dem Bahnsteig reichte ihr Max die Hand
und bedankte sich in blumigen Worten,
er sprach von Wunderhänden,
für die erfolgreiche Behandlung.
Auf die Andeutung eines baldigen
Wiedersehens verzichtete er bewusst,
es galt sich zuerst im stillen Kämmerlein
zu vergewissern bevor er weitere Schritte
andeuten oder unternehmen würde.
Aber das war doch nicht der Rede wert,
nur eine Selbstverständlichkeit,
für die freundliche Unterstützung,
die Hilfe beim Gepäck, Kavaliere wollen
auch belohnt werden, nicht wahr, gab sie
mit einem charmanten Lächeln zurück und
verabschiedete sich.
Für einen kurzen Moment hatte Max den
Eindruck, daß sie zögerte, vielleicht auf
eine neuerliche Kontaktvereinbarung
hoffend, bevor sie ging.
Sie winkten sich noch einmal zu,
dann drehte sie sich um und verschwand in
der Menge.
Aus der Luise schnellen Schrittes auf ihn
zukam und Max den schmerzlichen Grund
seines Besuches wieder in's Bewusstsein
rief, damit die Zugdame vorerst
verdrängend.

25. Max, die Besuche bei Finn und die Dameninfektion

Sie fuhren diesmal direkt, ohne vorher einen Kaffee zu trinken, ins Krankenhaus. Luise hatte vorgeschlagen dort einen Kaffee während ihres Besuchs aus dem Automaten zu ziehen, sie wollte diesmal die Zeit optimal nutzen.
Finn war, wie angekündigt, auf die Normalstation verlegt worden, in ein 3-Bett-Zimmer. Er war blaß und sah mitgenommen aus.
Zur Begrüßung gab es Küsschen hier, Küsschen da und die üblichen Floskeln, Thema Zukunft und was sonst auch nur entfernt belastend empfunden werden konnte blieb ausgeklammert.
Noch, dachte Max, noch geht das.
Aber es würde, ja es müsste, bald zur Sprache kommen wie es weiter gehen sollte. Heute dagegen war man weiter bemüht die Welt rosig auszumalen.
Finn freute sich über das Manga und Max freute sich mit, er hatte Glück gehabt und die richtige Wahl getroffen.
Von dieser Zustimmung getragen leitete Max unvermittelt zu seiner Schachfrage über. Ob er jetzt nicht Lust hätte das Spiel zu erlernen, da er doch nun die nötige Zeit dazu hätte und es würde ihm sicher auch viel Spaß machen, da wäre sich Max sicher, er würde ihm auch gerne Hilfestellung geben.
Aber kaum ausgesprochen, wurde Max klar, daß es offensichtlich ein nicht gerade gelungener Animationsversuch war, denn er bemerkte wie Luise ihn befremdet ansah.
Die Wortwahl war wohl nicht ganz die Richtige.

Finn reagierte mit einem schwachen
Grinsen, dann kam die bissige Antwort.
Du meinst wohl jetzt hätten wir Zeit dazu,
die ideale Beschäftigung für einen
Einbeinigen was ?
Aber Finn, warf sich Luise dazwischen,
Opa meint es doch nur gut. Du wolltest das
Schachspiel doch immer mal lernen.
Nein Luise, lass mal, wenn er kein
Interesse hat, ist nicht schlimm,
er meint es ja nicht so.
Mir gehen im Moment so viele Dinge durch
den Kopf, ich brauche jetzt erst einmal
Zeit, Zeit um Alles klar zu kriegen.
Ich muß mein Leben, ohne, ohne …,
seine Augen richteten sich auf die Stelle
wo sich sein Bein befunden hatte,
die Tränen kamen, er stockte und konnte
nicht mehr weiter reden.
Eine Pause der betretenen Mienen fügte
sich an.
Es ist noch da, ich kann es noch spüren.
Aber, wenn ich hin greife ist da nichts
mehr, versteht ihr, nichts mehr, weg und
ich fühle es trotzdem, sagte er dann
leise, mit verzagter Stimme, legte den
Kopf zur Seite und schluchzte.
Luise und Max sahen sich betroffen an.
Luises Blick wanderte zur Decke,
sie verkniff den Mund und konnte sich
ihrer Tränen nicht mehr erwehren.
Max sah auf Finn und hatte einen Kloß im
Hals. Er wusste nicht was er tun sollte.
Er fühlte sich so furchtbar hilflos.
Ja Finn, das ist jetzt sehr, sehr schlimm
für dich. Aber es hat keinen Zweck,
du musst nach vorne schauen, du wirst
wieder gesund und das ist das Wichtigste,
Alles Andere wird schon wieder,

du darfst dich nur nicht unterkriegen
lassen, ermutigte ihn Luise, jetzt wieder
etwas gefasster, ihm dabei in die Augen
blickend und drückte seine Hand.
Finn nickte nur stumm und wischte sich die
Tränen aus seinem Gesicht.
Nicht den Mut verlieren mein Junge,
wir glauben an dich und helfen dir,
sind immer für dich da, unterstütze Max
aufmunternd.
Ich muß jetzt sehen, daß ich irgendein
unverfängliches Thema aufgreife um dem
armen Jungen aus seinem Tief zu verhelfen,
diese abgenutzten Floskeln wirken sicher
bald nicht mehr, raste es durch seine
Gehirnwindungen.
Seine Augen scannten Hilfe suchend das
Zimmer ab. Auf Finn's Bett fiel ihm dabei
das Manga-Comic in's Auge.
Soll ich für nächstes Mal wieder so ein
Exemplar mitbringen oder eher einen
anderen Comic ? fragte er und zeigte auf
das Heft. Natürlich, das war die Lösung,
er würde ihn jetzt in ein ausführliches
Geplauder über Comics steuern und damit
Finn über seine düstere Stimmung hinweg
helfen. Max wusste doch, daß Finn ein
ausgeprägtes Comicinteresse hatte, seine
Sammlung, von sicher über 100 Heften,
bewies dies hinreichend.
Nein, das Heft ist schon das Passende,
aber es gibt da noch so eine Serie,
da kannst du mir, wenn du willst,
das neueste Heft mitbringen, antwortete
Finn mit leiser, abwesend wirkender
Stimme. Dabei blickte er an ihnen vorbei,
wie in Trance, auf die Stationstür.
Warte, das schreibe ich mir auf,
unterbrach ihn Max, seine Freude über das

erfolgreiche Ablenkungsmänover mühsam unterdrückend.
Luise hast du zufällig einen Stift zur Hand ?
Sie kramte in ihrer Handtasche und förderte, mit nervöser Hand, einen Kugelschreiber hervor.
Max fand in seiner Jackentasche noch einen Zettel mit den Zugverbindungen und notierte darauf die Angaben von Finn.
Pro forma fragte er mehrmals nach, erkundigte sich nach Autor, Inhalt etc. um das Manöver möglichst lange am Laufen zu halten. Als das Comic-Thema durch war, leitete Max in das Thema Sport über.
Es gelang ihm immerhin Finn soweit zu interessieren, daß sie ein wenig über die aktuellen sportlichen Ereignisse und Entwicklungen plaudern konnten,
das half wieder ein bisschen abzulenken.
Finn war Handball orientiert, das war gut, denn dann konnte das Wort Fuß oder Bein keinen Eingang in ihr Gespräch finden, durfte auch nicht, musste unbedingt vermieden werden, das hatte Max wohlweislich bedacht. Bei dem Thema Fußball wäre das ungemein schwieriger gewesen. Handball war also kein Problem, wobei er doch einmal das Wort Fußabwehr gebrauchte. Max berichtete über ein Spiel und in irgendeinem Zeitungsbericht wurde ausgiebig die Qualität des Torhüters, insbesondere in diesem Bereich, erwähnt. Als das Wort aus seinem Mund floß zuckte es in seinem Hirn und er erschrak.
Wie würde Finn das auffassen ?
Er reagierte nicht.
Gott sei Dank, noch einmal gut gegangen, registrierte Max erleichtert.

Finn redete einfach weiter, Max Bemerkung
schien keinen Eingang in seinen Schmerz,
keine Assoziation mit seinem Unfall,
gefunden zu haben.
Da versucht man nun an Alles zu denken und
doch passieren einem solche Pannen, warf
sich Max vor und nahm sich in die Pflicht
noch konzentrierter die Gespräche mit Finn
vorzubereiten. Er wollte sich um Himmels
willen keinen Vorwurf machen müssen,
Schuld an einer depressiven Phase Finns zu
sein, einen Finger in seine Wunden gelegt
zu haben. Vielleicht sollte er es doch
noch einmal mit dem Schachthema versuchen,
nicht so plump wie vorhin, nächstes Mal
überlegter, intelligenter und mit mehr
Einbezug von Luise.
Er musste seine Überlegungen vertagen,
Luise zeigte mit einem Tippen auf die
Armbanduhr das Ende der Besuchszeit an.
Max verabschiedete sich von Finn, mit dem
Eindruck, daß er sich nun wieder etwas
gefangen hatte und sie ihn einigermaßen
ausgeglichen zurücklassen würden.
Auf der Rückfahrt kam kein Gespräch auf,
jeder musste den Besuch für sich verdauen.
Max sah sich während der Fahrt verstohlen
Luise von der Seite an, sein Mädchen
machte ihm Sorgen.
Sie schien ihm gealtert und wirkte
ausgezehrt, wie durchsichtig, diese
dünnen, schmalen Hände, ihre Finger,
knochig, umhüllt von Haut, die wie ein
weislicher schlaffer Überzug wirkte und
der faltige Hals, die müden Augen,
Tränensäcke hatten sich gebildet,
die Wangenknochen traten hervor.
Max musste den Blick abwenden, er ertrug
es nicht mehr, es wurde ihm immer

bewusster wie schwer auch Luise an diesem Schicksal zu tragen hatte.
Und die Seele erst, wie war es da bei ihr bestellt ?
Nur gut, daß man sich die nicht plastisch vor Augen führen konnte.
Sie ist zwar stark, das wusste Max nur zu gut, aber würde es letztlich reichen ?
So jedenfalls wurden Luises Grenzen wohl noch nie ausgelotet.
Das machte ihm Angst.
Und er, wie würde man ihn wohl beschreiben ?
War ihm das Leiden körperlich auch so stark anzusehen, sah er auch so mitgenommen aus ?
Der Wagen hielt, sie waren am Bahnhof, unbeholfen, noch mit seinen Sorgen und Ängsten im Hinterkopf, stieg er aus.
Luise stand sofort neben ihm.
Also Vati, bis morgen, sagte sie in gespielter Eile zum Abschied, gab ihm einen hastigen Kuß auf die Wange und umarmte ihn kurz. Sie wollte sich heute wohl möglichst schnell von ihm verabschieden, warum auch immer.
Aber Max zog sie fest an sich, seinem drängenden Tröstungsbedürfnis nachgebend.
Sie tat ihm so leid.
Wie dünn sie doch geworden ist, wirklich nur noch Haut und Knochen, stellte er dabei wieder besorgt, seine Betrachtungen untermauernd, fest.
Schön, daß wir uns nun öfter sehen, wenn auch der Anlaß beschissen ist, aber wenigstens das. Ich hab dich lieb, mein alter Daddy, sagte sie noch, löste sich von ihm, tätschelte ihm dabei die Wange und drückte seine Hand.

Dann stieg sie ein und fuhr winkend davon.
Max steuerte, in Gedanken versunken,
seinen Bahnsteig an.
Der Zug stand bereit und er stieg ein.
Das Glück war ihm diesmal hold und er fand
zwei freie, nebeneinander liegende Plätze.
Zufrieden setzte er sich und spürte wie
sich sogleich Müdigkeit seiner
bemächtigte. Er musste mehrmals gähnen,
also beschloß er es sich bequem zu machen
um ein wenig zu ruhen, knüllte deshalb
sein Jackett zusammen und benutzte es
wieder als verhindertes Kopfkissen.
Die Augen waren ihm kaum zugefallen,
da kam ihm die Zugdame in den Sinn,
sie drängte sich unwillkürlich vor sein
inneres Auge. Ihr Auftreten und ihre
Erscheinung hatten wohl nachhaltigen
Eindruck bei ihm hinterlassen.
Der Verliebtheitsdämon war am arbeiten.
Wo hatte er nochmal ihre Visitenkarte
hingesteckt ?
In die Jackentasche, kam die Antwort
prompt aus seinem Gedächtnis.
Er kramte das Jackett unter seinem Kopf
hervor und durchsuchte die Taschen.
Noch da, gut so, er war erleichtert,
er hatte sie noch als Option.
Ob er sie aber auch jemals nützen würde ?
Das konnte er jetzt noch nicht
entscheiden, das musste vorerst offen
bleiben, Hauptsache die Karte war da.
Er schloß wieder die Augen und lehnte sich
beruhigt in sein Provisorium, diesmal
versuchte er die innere Uhr auf ein paar
Minuten früheres Erwachen einzustellen.
Alles, nur keinen unnötigen Stress,
den habe ich derzeit genug, dachte er sich
und duselte in einen unruhigen Halbschlaf.

Pünktlich meldete sich seine innere Weck-Uhr. Prima, funktioniert doch, stellte er zufrieden fest, genug Zeit sich zu sortieren und dazu auch noch einigermaßen ausgeruht anzukommen, was will man mehr. Er streckte seine Glieder, nahm sein zerknülltes Jackett, schüttelte es kräftig durch, glättete die Falten provisorisch, zog es an und machte sich bereit zum Ausstieg.
Auf dem Nachhauseweg ging ihm die heutige Befindlichkeit von Finn nicht aus dem Sinn.
Es wird jetzt wohl öfter solche Tiefs geben, das war zu erwarten. Wenigstens konnten sie ihn im weiteren Verlauf ihres Besuchs etwas von seinen düsteren, peinigenden Vorstellungen ablenken und so sollte es auch weiter funktionieren.
Jeder auf seine Art, jeder mit seinen jeweiligen Stärken. Luise mehr körperlich, auf ihre mütterliche Art, indem sie ihn immer wieder streichelte, liebkoste und küsste. Max mehr geistig indem er versuchte ihn auf andere Gedanken zu lenken. Heute hatten sie gut zusammengearbeitet, Luise und er.
Aber wenn sie weg waren, wie war es dann ? Wenn er in ein Loch fiel und Keiner da war der ihn trösten, der ihm helfen konnte ?
Könnte er sich etwas antun ? schoß es Max spontan durch den Kopf. Dieser schreckliche Gedanke hatte bisher sein Hirn noch verschont, stand jetzt aber urplötzlich ihm Raum.
Könnte Finn wirklich soweit gehen ?
Kannte Max ihn überhaupt gut genug um das sicher einschätzen zu können ?
Mit Luise konnte er darüber unmöglich

sprechen, das war klar, es sei denn sie brachte die Frage von sich aus auf den Tisch. Ansonsten durfte er sich nicht einmal andeutungsweise in diese Richtung bewegen. Wie also sollte er die Frage einschätzen, bewerten, beurteilen? Zu wie viel Prozent konnte er ihn als suizidgefährdet einstufen?
Er merkte, daß er begann die Frage technisch anzugehen, wie er es als Analyst aus seinem Beruf her kannte, Selbstmordabsichten in Prozentkategorien zu denken, die Fakten auf den Tisch bringen, möglichst emotionsfrei, sachlich bewerten und entscheiden, gemäß seinem ZDF-Motto, Zahlen, Daten, Fakten.
Nein, in diesem Fall war diese Vorgehensweise unmöglich, schließlich ging es um Finn und nicht irgendein technisches Projekt. Er schämte sich überhaupt auf eine solche Idee der Beurteilung gekommen zu sein und auch nur ansatzweise darüber nachgedacht zu haben.
Kopf schüttelnd hakte er seine peinlichen Überlegungen als kleinen Rückfall, seiner früheren beruflichen Tätigkeit geschuldet, ab, ging weiter und ließ seinen Gedanken bezüglich der Einschätzung von Finn freien Lauf. Die Dämonen taten dabei das Ihrige, daher musste er seinen weiteren Nachhauseweg mehrfach unterbrechen um stehen zu bleiben, tief durchzuatmen und vor allem nicht dem rührseligen Schweinehund nachzugeben, der ihn herabziehen wollte in tiefe Schwermut.
Als er zu Hause ankam, war er zwar noch nicht fertig mit seiner Bewertung, aber als erstes, vorläufiges Ergebnis war er zu dem Schluß gekommen, daß Finn zum

Einen kaum eine Möglichkeit hatte, so hart das auch klang, aber wie sollte er das machen ? und zum Anderen, nein, er konnte sich das bei Finn auch nicht vorstellen, absolut nicht. So weit würde er nicht gehen, bestimmt nicht, dafür war er zu weich, nicht hart genug im Kern. Er würde Luise ins Mark treffen, das war Finn bewusst. Die Bindung zu seiner Mutter war sicher so stark, daß er es alleine deshalb nicht konnte.
Das beruhigte Max etwas.
Er dachte weiter darüber nach und suchte zusätzliche Bausteine zur Untermauerung seiner Einschätzung. So wie sich Luise immer über Finn geäußert hatte war sein Eindruck, daß Finn seiner Mama niemals ein Leid zufügen könnte und es auch nicht zulassen würde wenn es Andere versuchen sollten. Deshalb hielt Luise ja Max auch so an, kein Wort über Bernhards Aus- und Abschweifungen fallen zu lassen, geschweige denn sich über die Demütigungen auszulassen die sie zu ertragen hatte.
Sie wusste, daß Finn dann außer sich wäre und auf Bernhardchen losgehen würde.
Ach ja Bernhard, mit dem hatte er ja noch diese Rechnung offen, die Sache war noch lange nicht erledigt, noch nicht abgeschrieben, aufgeschoben ist nicht aufgehoben, wie man so schön sagt.
Bezüglich Rache und Bestrafung war ihm immer noch nichts eingefallen und jetzt hatte er auch keinen Kopf dafür um weiter darüber nachzudenken.
Wir werden den Finn schon wieder hochpäppeln, nahm er eine gedankliche Kurve und war wieder zurück bei dem armen Jungen. Jedenfalls hat er sich über den

Comic gefreut, das war schon mal recht positiv.
Und morgen wird er ihm das notierte Serienheft besorgen und seine Lieblingsschokolade mitnehmen.
Und übermorgen ?
Mal sehen !
Nix, mal sehen !
Aus Morgen wurde unerwartet Übermorgen.
Am nächsten Tag lag Max nämlich mit starken Gliederschmerzen zu Bett und konnte sich kaum rühren.
Er schleppte sich morgens zum Telefon und rief Luise an um seinen Besuch abzusagen.
Es gelang ihm das Gespräch kurz zu halten, was bei Luise immer sehr schwierig war.
Als sie endlich über ihre tausend Tipps und Ratschläge zum Ende kam, bat Max, ihn doch schnellstmöglich nach ihrem Besuch über Finn's Zustand zu informieren.
Abschließend ließ Max noch ausrichten, daß er morgen mit Sicherheit wieder fit wäre und kommen würde. Er würde seinen Körper kennen und war sich sicher, daß es morgen früh wieder vorbei sein würde.
Stöhnend ging er in die Küche, machte sich ein doppeltes Aspirin und legte sich wieder in's Bett.
Gegen Spätnachmittag rief Luise zurück, Max war gerade in der Küche und bereitete sich einen Ingwertee mit Schuß zu.
Sie teilte, beschwingt wie lange nicht, mit, daß der Besuch heute sehr positiv verlaufen war und Finn sogar auf Max's Schachangebot zu sprechen kam. Sie sollte ihm ausrichten, er hätte es sich überlegt und würde es einmal versuchen.
Sicher hatte seine liebe Tochter leicht nachgeholfen und Finn auf die Sprünge

gebracht.
Mein gutes Kind !
Max war hocherfreut, er fühlte sich gleich viel besser, das ließ er auch umgehend Luise wissen und daß er morgen ganz sicher kommen würde, das war jetzt schon absehbar. Mit Verweis auf seinen kalt werdenden Tee konnte Max das Gespräch beenden. Aus Langeweile machte er den Fernseher an, fand aber kein passendes Programm. Dann schlurfte er wieder in die Küche und überlegte ob er noch ein Medikament einnehmen sollte, befand aber, daß das nicht nötig war und er nach ausreichendem Nachtschlaf wieder fit sein würde, zumal ihn die guten Nachrichten sicher auch gesundheitlich beflügeln würden.
Mit der Zeitung unter dem Arm begab er sich in Richtung Schlafzimmer, legte sich in's Bett und nach kurzer Zeit befand er sich schnarchend, bedeckt mit der ausgebreiteten Tageszeitung, im Land der Träume.
Am nächsten Morgen ging es ihm, wie erwartet, wieder viel besser.
Die Reise konnte also stattfinden, diesmal mit dem alten Schachset im Gepäck.
Finn fragte Max direkt wie es ihm ginge und Max ließ ein 'fantastisch, wie ein Jungbrunnen' vernehmen.
Max schaute Finn verschmitzt an und fragte ob das ernst gemeint sei mit dem Schach-Lernen.
Ja, aber wenn du mich absichtlich gewinnen lässt werde ich sauer, das sage ich dir gleich, dann lassen wir es lieber,
war die prompte, klare Ansage.
Finn war diesmal von Anfang an in recht

stabiler Verfassung, das deutete auf eine gute Phase hin, sie hofften auf anhaltende Wirkung.
Max durfte ihm im Verlaufe des Nachmittags eine erste Schacheinführung angedeihen lassen. Er zeigte ihm den Aufbau des Spiels und erklärte ihm die Figuren.
Das reichte für's Erste.
Dienstag kann ich diesmal nicht kommen, da habe ich nämlich einen Arzttermin wegen meiner Hämorrhoiden, dafür aber Mittwoch, du kannst ja in der Zeit schon einmal mit dem Schach üben, ich bin gespannt über deine Fortschritte, ich erwarte dann ein heißes Match, vermeldete Max bevor sie gingen.
Den Arzttermin hatte er sich als Ausrede ausgedacht um jegliche Nachfrage, insbesondere von Luise, im Keim zu ersticken, denn der Amtstermin war natürlich
Top secret, absolute Geheimsache, davon durften die Beiden nichts erfahren, er wollte unbedingt jegliche Beunruhigung vermeiden, zumal in der derzeitigen Situation.
Max hatte sich im Zug noch einmal den Amtsbrief durchgelesen und vergewissert, vor allem hinsichtlich Ort, Termin und Zeit und daß er tatsächlich Nichts mitzubringen brauchte.
Von Finn und Luise gab es keine weiteren Nachfragen, daraus schloß Max, daß sie seine Hämorrhoidenlüge als plausibel befunden und akzeptiert hatten, er war beruhigt.
Die Fahrt zum Bahnhof verlief in ausgesprochen guter Stimmung, sie waren beide sehr angetan von Finns Entwicklung.
Mittlerweile hatte er auch die psychologische

Betreuung mehr angenommen, die ersten
Gespräche hatte er noch widerwillig
über sich ergehen lassen. Das konnten
sie aus ihren Nachfragen entnehmen.
Ermutigend, meinte Max zu Luise gewandt.
Ja, hoffentlich bleibt es so.
Die Verabschiedung ging flott von statten,
denn diesmal blieb Luise im Auto sitzen.
Max beugte sich zu ihr und sie gab ihm
noch einen schnellen Kuß auf die Wange,
anscheinend hatte sie es heute wirklich
eilig. Schade, denn er wollte sie die
ganze Zeit schon nach diesem Kongress der
netten Dame fragen. Er hatte lange
überlegt wie er es möglichst unverdächtig
anstellen könnte und gerade hatte er den
Mut gefasst, wollte sie so kurz, im
Verabschiedungsmodus befindlich, so
en passant, fragen ob sie etwas über den
Kongress wüsste oder in Erfahrung bringen
könnte. Als Grund hätte er ein Interesse
für gesundheitliche Stabilisierung durch
Alternativmedizin genannt, daß er schon
immer überlegt hatte sich eine Akupunktur
wegen seiner Rückenleiden angedeihen zu
lassen. Luise war technisch sehr begabt
und interessiert, insbesondere wie und was
das Netz an Informationen zu bieten hatte,
deshalb wäre es für sie sicher kein
Problem die gewünschten Nachforschungen
zum Ziele zu führen. Sie war seiner
Meinung nach ohnehin viel zu viel mit
ihrem smarten Phone beschäftigt,
aber jetzt ergab sich, aus seiner Sicht,
endlich einmal eine sinnvolle Gelegenheit
das Ding zu benutzen. Max hatte schon
mehrfach den Gebrauch in seiner
Anwesenheit verboten, musste aber,
zu seinem Leidwesen, immer wieder

Zugeständnisse machen. Jetzt konnte er auch einmal positiven Nutzen aus diesem 'Pieps-Ding' ziehen, wenigstens einmal. Er selbst wollte mit diesem ganzen, entnervenden Mist nichts zu tun haben. Das hatte er auch immer wieder lauthals und bei jeder passenden Gelegenheit seiner Familie gegenüber geäußert. Aber Luise ließ sich davon nicht beeindrucken, hielt sich zwar zurück, betonte aber ihm gegenüber immer den Segen, den diese Quatschmaschinen über die Menschheit gebracht hätten. Also war Luise bezüglich seiner Forschungsnachfrage der richtige Ansprechpartner, nur die Gelegenheit war jetzt leider verpasst und damit vorerst vertan. Selbst schuld, gestand er sich Achselzuckend, beim Betreten des Bahnsteigs, ein und steuerte die nächste Tür des bereits wartenden Zuges an.
Ich war einfach zu zögerlich, zu ängstlich, dabei gibt es doch keinen Grund dafür, es ist doch nur eine simple, unverfängliche Frage, haderte er mit sich. Über sich selbst lachend stieg er ein und nahm sich vor nächstes Mal die Frage schon bei der Ankunft, vielleicht sogar schon auf dem Bahnsteig, zu stellen. Aber sollte er überhaupt so lange warten, er könnte Luise doch beim nächsten Anruf mit seinem Forschungsauftrag überraschen.
Einen freien Platz suchend schaute er sich im Zug um. Was wäre, wenn sie mir jetzt wieder begegnen würde, könnte so ein Zufall möglich sein ? Interessante Frage, aber warum nicht, es gibt Dinge im Leben die glaubt man nicht. Ich kann ja mal schauen, wie es aussieht. Erwartungsvoll, angespannt, ging er im Zug auf und ab,

schaute sich die belegten Plätze an und
suchte nach ihrem Gesicht. Aber vergebens,
er fand sie nicht, auch nicht nach
mehrmaliger Überprüfung. Es wäre auch
wirklich zu schön gewesen. Einige
Toiletten waren besetzt, immerhin könnte
aus dieser Ecke noch ein Lichtschimmer
kommen. Aber wahrscheinlich war die Messe
schon zu Ende und sein Suchen daher
zwecklos. Und wieso sollte sie auch
ausgerechnet diesen Zug nehmen ?
Eine andere Möglichkeit kam ihm in den
Sinn. Wie wäre es, wenn er sie anrufen
würde, er hatte ja ihre Visitenkarte und
damit auch ihre Nummer und sie fragen ob
sie ihn noch einmal behandeln würde,
diesmal würde er sich auch gegen eine
Akupunktur nicht sträuben. Aber diesen
Kampf musste er noch mit sich austragen,
für diesen Schritt hatte er noch nicht
genug Mut gefasst. Er wollte sich lieber
zuerst vorsichtig, Informationen sammelnd,
herantasten. Die Erwartung sie hier
zufällig zu treffen war schon eine
wahnwitzige Idee, gestand er sich ein,
schloß daher die Suche ab und setzte sich
auf den nächsten freien Platz. Wie letztes
Mal zerknüllte er sein Jackett und legte
es unter den Kopf um wieder etwas zu
dösen. Aber es funktionierte nicht, seine
Gedanken hatten sich zu sehr an der Dame
festgebissen und kreisten um die weitere
Vorgehensweise. Und wenn ich sie doch
einfach anrufe, was hatte er denn zu
verlieren ? fragte er sich immer wieder.
Ich muss mir die Visitenkarte gut
aufbewahren, am Besten ich bringe sie in
meiner Geldbörse unter. Er zerrte das
zerknüllte Jackett wieder hinter dem Kopf

hervor und suchte in seinen Jackentaschen.
Aber die Taschen waren leer.
Konnte das sein ?
Hatte er womöglich in Gedanken die Karte sonst wo hingelegt oder hatte er letztes Mal eine andere Jacke an ?
Er grübelte, aber es fiel ihm Nichts ein, die Jacke war mit Sicherheit die Gleiche, also musste die Karte auch da sein.
Das hektische Suchen machte ihn zusehends nervöser. Er zermarterte sich das Hirn, es musste doch eine Auflösung geben, wo zum Teufel war die Karte abgeblieben ?
Ruhig, ganz ruhig bleiben und noch einmal genau nachdenken. Sein Blick wanderte aus dem Fenster nach draußen, er stierte in die vorbeirauschende Landschaft, so konnte er sich am besten konzentrieren.
Aber es fiel ihm auch jetzt nichts ein, keine Lösung und sein Ärger über sich selbst ließ ihn immer wütender werden.
Schließlich gab er entnervt auf und nahm sich erneut vor die restliche Zeit, wie gewohnt, für ein kleines Schläfchen zu nutzen. Als er so am Eindusel war kam ihm die Erleuchtung, wie aus heiterem Himmel. Die Sperre in seinem Gehirn hatte sich aufgelöst und für einfache Lösungen Platz gemacht. Natürlich, die Visitenkarte musste beim Zusammenknüllen und mehrmaligen Verlegen und Verschieben und neu Zusammenlegen des Jacketts herausgerutscht sein.
Damit weg und vorbei.
Wie es einem im Leben doch manchmal geht, seufzte er enttäuscht, aber dennoch zufrieden, wenigstens eine logische Erklärung gefunden zu haben und schlief, wider Erwarten, doch noch ein.

Der Zug kam pünktlich an und Max war bereits vor der Einfahrt auf dem Sprung, sein Schläfchen war diesmal extrem kurz ausgefallen. Der Kartenverlust machte ihm immer noch zu schaffen, er wollte und konnte sich noch nicht richtig damit abfinden. Überlegungen den Schaffner zu fragen oder die Bahn anzurufen ob man dergleichen im Zug, er könnte ja seine Fahrten benennen, gefunden hätte, verbannte er aus seinem Kopf,
das erschien ihm doch zu lächerlich. Nein, Luise musste ermitteln, das war jetzt die einzige, letzte verbleibende Möglichkeit. Auf dem Nachhauseweg waberte es in seinen Gehirnwindungen noch kräftig nach. Schließlich kam er verstört und müde vom Nachdenken zu Hause an. Nach einem kurzen Abendbrot suchte er das Bett auf und fand auch recht schnell in den Schlaf. Das Amt drang jetzt zwar immer mächtiger in seine Gedankenwelt ein, aber es war noch erträglich und nicht Schlaf störend oder verhindernd. Außer seinen nächtlichen Toilettenbesuchen verbrachte er eine ungestörte, wohltuende Nachtruhe.
In seinen Träumen bekam er immer wieder Visitenkarten überreicht.
Beim Frühstück las er den Amtsbrief nochmals in Ruhe durch, versuchte hinter und zwischen den Zeilen zu lesen, aber er konnte keine Auffälligkeiten entdecken, Alles schien ihm normal.
Aber diesmal, nahm er sich vor, würde er dem Herrn Krantel gegenüber forscher auf-treten, eine Behandlung wie bei seinem letzten Besuch würde er sich nicht noch einmal bieten lassen.
Der Nachmittag kam und er machte sich auf den Weg.

26. Max und der Sozialbetrug

Im Amt empfing ihn, wie erwartet, der
gleiche Sachbearbeiter wie letztes Mal,
der Herr Krantel.
Keine Angst, es geht nur um eine
Formalität, sagte dieser zur Begrüßung,
dabei linkisch drein blickend und bat Max
ihm zu folgen.
Diese Freundlichkeit gepaart mit solch
einem Gesichtsausdruck ließ Max stutzig
werden. Er ging missmutig, über den
Empfang grübelnd, hinter ihm her und nach
schier endlosen Gängen, Treppen und Fluren
waren sie am Ziel. Max war außer Atem und
musste unwillkürlich an Bergwandern
denken. Wenn ich das gewusst hätte, dann
hätte ich meine Wanderschuhe angezogen,
immerhin sportlich die Leute vom Amt,
da kann man sagen was man will. Wenn das
immer so ist legen die schon ein paar
Kilometer zurück, vielleicht gibt es ja
bei Beamten als Ausgleich auch eine
Treppen- oder Stufenzulage, daher
wahrscheinlich auch der Begriff der
Höherstufung, aufgemerkt. Na ja, auf alle
Fälle dürfen sie dafür lange und ungestört
ruhen, das ist ja auch ein ganz schönes
Privileg, lästerte Max vor sich hin.
Endlich blieb der Herr Krantel an einer
Tür stehen, öffnete, bat Max höflich
einzutreten und Platz zu nehmen.
Einen Moment bitte, ich bin gleich wieder
da, sie dürfen sich gerne setzen.
Dann wird es sicher dauern, kennt man ja,
Beamte und schnell, da prallen bekanntlich
zwei Welten aufeinander, erheiterte sich
Max wieder und nahm Platz.
Das Beamtenlästern hellte seine Stimmung

etwas auf, es fielen ihm immer neue Witze ein die er lustvoll mit der Person des Herrn Krantel kombinierte.
Belustigt sah er sich dabei im Zimmer um. Hm, niemand da, ich bin alleine im Raum, ein kurzer Blick auf den Schreibtisch könnte mir womöglich neue Erkenntnisse liefern, ging es ihm plötzlich durch den Kopf.
Aber der Herr Krantel erschien wirklich recht schnell wieder, jedenfalls bevor Max seine Entscheidung treffen konnte.
Ein neuer Herr vom Amt trat mit ein und stellte sich vor, allerdings war dieser noch nicht am Schreibtisch, da hatte Max schon den Namen vergessen.
Warum auch merken ? rechtfertigte er sich, die Sache ist sicher in ein paar Minuten gegessen und ich sehe den Menschen dann wahrscheinlich nie wieder.
Also sie haben einen Antrag auf Sozialunterstützung gestellt, im speziellen um eine Krankenkostenübernahme, ist das richtig ? fragte der Herr mit dem vergessenen Namen.
Ja, antwortete Max mit Nachdruck.
Gut, dann lese ich ihnen den Antrag nochmals vor, insbesondere geht es um den Missbrauchsparagrafen.
Wenn es sein muß, sagte sich Max, hat für mich ja eh keine Relevanz.
Er zeigte keine Regung und blickte stoisch vor sich hin.
Ist bei ihnen ja eigentlich nicht nötig, da sie ja alle Angaben wahrheitsgemäß gemacht haben oder ? Hakte der Amts- mensch, ihn dabei ernst anblickend, nach.
Wie meinen sie das ? fragte Max unsicher, das war ihm jetzt schon ziemlich

verdächtig und seine Gehirnwindungen begannen zu arbeiten, er wurde argwöhnisch.
Ja, wie wohl, daß ihre Angaben eben wahrheitsgemäß und vollständig sind, das ist doch so ?
Ja, natürlich, antwortete Max entrüstet und mit Nachdruck.
Gut, nachdem ich ihre ausdrückliche Bejahung vernommen und registriert habe, kläre ich sie jetzt über den Missbrauchsparagrafen auf.
Wenn sie wissentlich unwahre Angaben gemacht oder etwas verschwiegen haben fällt das unter versuchten Sozialbetrug.
Das kann zu einer Leistungsverweigerung, einer nicht unerheblichen Geldstrafe oder in schweren Fällen sogar zu Gefängnis führen.
Haben sie das verstanden ?
Ja, mein Gott, ja natürlich !
Was gibt es da zu verstehen, was soll das Ganze ?
Er wählte den energischen Tonfall, damit wollte er wieder mehr Dominanz zeigen, sich Respekt verschaffen. Wenn sie etwas im Schilde führten, sollten sie merken, daß sie mit ihm rechnen mussten.
Dazu kommen wir gleich !
Nur mit der Ruhe, immer schön ruhig bleiben, ließ der Namenlose vernehmen und streckte Max dabei, wie zur Abwehr, seine beiden Handinnenflächen entgegen.
Herr Amtsinspektor Krantel, sie haben das gehört ? machte der Namenslose weiter.
Ja, ich kann bezeugen.
Gut, dann fehlt nur noch die Unterschrift. Hiermit bestätige ich … usw., las Herr Namenlos vor und reichte Max das Dokument.

Max unterschrieb, er war mittlerweile für sich zu dem Schluß gekommen, daß es wohl nur dieser Formalität bedurft und er sich umsonst aufgeregt hatte.
Unterschreiben und dann schnell hier raus, war jetzt seine Devise.
War das Alles ? fragte er resolut und machte dabei Anstalten aufzustehen.
Noch nicht ganz, bleiben sie bitte noch sitzen, denn das ist besser für sie und uns, bedeutete ihm Mister unbekannt, frech grinsend.
Was führt der nur im Schilde, so wie der sich gibt, ist doch noch irgendetwas im Busch ? fragte sich Max, wieder unsicher geworden.
Ich teile ihnen hiermit mit, daß wir ein Verfahren gegen sie wegen versuchtem Sozialbetrug einleiten werden. Ob ihr Antrag dann noch genehmigt wird oder nicht können wir im Moment nicht beurteilen.
Max fiel die Kinnlade runter,
er war völlig perplex.
Sozialbetrug ?
Was soll ich ?
Rief er entrüstet aufbrausend.
Ja, guter Mann, sie haben uns Einkommen nicht deklariert. Sie glauben wohl auch auf den Ämtern sitzen nur irgendwelche Schnarchkappen die man hinten und vorne belügen und betrügen kann. Leute wie sie kommen mir gerade recht. Hier sitzen und so tun als wüssten sie von nichts, wie die Unschuld vom Lande. Sie sind ein Betrüger, ein Sozialschmarotzer.
Was fällt ihnen ein, das ist eine Beleidigung, das muß ich mir nicht bieten lassen, ich werde mich über sie beschweren.

Max ruckte aus seinem Stuhl und wollte einen Schritt nach vorne machen, aber der Herr Krantel hatte sich vor ihn gestellt und ihm den Weg versperrt.
Setzen, einfach setzen und ruhig bleiben, sagte der Namenlose mit fester, energischer Stimme.
Ein Irrtum, das Ganze kann nur ein Irrtum sein, ich bin kein Betrüger, das muss sich doch aufklären lassen, quoll es aus Max mit zittriger Stimme hervor. Sein Instinkt bedeutete ihm jetzt, sich zurückzuhalten, ihn beschlich eine böse Ahnung, die sich umgehend in Gewissheit verwandeln sollte.
Sie meinten wohl, sie könnten noch so ein kleines hübsches Sümmchen in der Schweiz verstecken. Aber wir sind auch nicht von gestern. Wenn jemand, wie sie, im Ausland gearbeitet hat, können wir uns diesbezüglich schlau machen, Abkommen, Computer, kurze Wege, moderne Kommunikation eben.
Max sank in sich zusammen, er fühlte sich furchtbar klein, wie geschmolzen.
Jetzt hatte er endgültig Gewissheit.
Natürlich, die Schweiz, an die Schweiz hatte er nicht gedacht, wie konnte ihm das nur passieren ! Die Schweizer Rente von 118 Franken, die er immer in der Schweiz auflaufen ließ und von der er ab und an, wenn er gerade einmal dort war,
ein kleines Sümmchen abhob, hatte ihm den Antrag verhagelt, das Genick gebrochen.
Habe ich vergessen, das müssen sie mir glauben, stammelte er verlegen.
Was bin ich nur für ein Depp, erging er sich in Selbstbezichtigung.
Ja, ja, vergessen, das kennen wir, setzte Mister Unbenamt seine Ausführungen fort,

die bei Max wie Anklagen widerhallten.
Wieder Einer, bei dem es auf einen Schlag
hell wird in seiner Erinnerung. Komisch,
vorher fällt denen nie etwas ein, immer
erst danach, immer das gleiche, traurige
Spiel. Verschleiern, entdeckt werden und
dann mit Entsetzen beteuern unabsichtlich,
vollkommen unschuldig in diese
Gedächnislücke hereingefallen zu sein.
Und jetzt, wie geht es jetzt weiter,
fragte Max, um Fassung ringend, kleinlaut,
sich seinem Schicksal ergebend.
Jetzt ?
Jetzt kommt normalerweise das Jammern und
Wehklagen. Aber das wollen wir uns besser
ersparen. Der Herr Krantel wird ihnen ein
Formblatt zur Deklaration mitgeben,
ansonsten ist ihr Antrag doch vollständig
oder könnte es sein, daß ihnen ihr
wiedergefundenes Gedächtnis noch eine
Lücke offenbart, ihnen sagt, daß irgendwo
noch so ein kleines undeklariertes,
vergessenes Sümmchen schlummert ?
Na, fällt ihnen auf die Schnelle
vielleicht doch noch etwas ein ?
Überlegen sie gut, bevor es endgültig zu
spät ist !
Nein, sonst ist nichts, antwortete Max
leise, schamvoll zu Boden blickend.
Gut, dann wollen wir das mal so glauben
und es vorläufig dabei belassen. Über das
Sozialbetrugsverfahren bekommen sie in
Bälde Nachricht. Man wird Ihnen mitteilen,
daß das Verfahren läuft und sie und wir
informiert werden wie es weiter geht, ob
und welche Sanktionen gegen sie verhängt
werden, wie ihr Antrag zu behandeln ist
usw. Dann werden wir wahrscheinlich einen
neuen Termin machen und uns hier wieder

sehen, fügte der Namenslose, nicht ohne Häme, hinzu, zeigte auf die Tür, ordnete demonstrativ seine Papiere auf dem Tisch und machte damit klar, daß die Audienz für heute beendet war.
Max stand auf, holte tief Luft und folgte schwerfällig dem Herrn Krantel, der schon die Tür offen hielt.
Wortlos gingen sie den Irrgarten wieder zurück, bis der Herr Krantel plötzlich an einer Tür halt machte und ohne zu Klopfen eintrat.
Max wollte folgen aber ihm wurde die Tür vor der Nase zugeschlagen. Also stand er davor, wie ein begossener Pudel oder besser wie ein armer Bittsteller und musste warten.
Die Tür ging wieder auf, der Herr Krantel drückte ihm ein gelbes Formular in die Hand und sagte nur:
Ausfüllen und schnellstmöglich wieder vorbeibringen,
ging an ihm vorbei und verschwand.
Max schaute verdutzt und besah sich das Formular.
Es handelte sich um eine Deklaration von Auslandseinkommen, wie angekündigt.
Langsam ging er, kopfschüttelnd, schwer getroffen, zum Ausgang.
Was ihm am Meisten zu schaffen machte, war der Ärger über sich selbst, über diesen dümmlichen, absolut unverzeihlichen Fehler, wie konnte er nur so versagen.
Er fühlte sich schuldig und hatte Strafe verdient, selbst die miese Behandlung konnte er jetzt verstehen und akzeptieren.
Ja, er stellte sich sogar vor,
wie er oder Erwin an der Stelle des Amtsmenschen Gericht gehalten hätten.

Erwin wäre zur Hochform aufgelaufen,
ein gefundenes Fressen wäre das für ihn
gewesen, nicht auszudenken, er hätte
getobt und sich sicher nicht beherrschen
können. Bei Max wäre es wahrscheinlich
ähnlich heftig ausgefallen, nur eben eine
Nummer kleiner.
Aber Max stand jetzt auf der anderen
Seite, saß auf der Anklagebank und hatte
sich selbst als Ankläger und Richter.
Wie konnte er das Auslandsguthaben nur
vergessen, war er schon so senil ?
Aber egal, versaut, er hatte es wieder
einmal versaut, wie so oft schon in
letzter Zeit. Dabei hatte er doch ein
recht erfolgreiches Leben als Selb-
ständiger geführt.
Wie passte das zusammen, wieso machte er
jetzt so einfache Fehler, wie konnte ihm
das nur passieren ?
Deprimiert kam er zuhause an.
Was sollte er jetzt bloß machen und vor
allem was tun, wenn der Antrag abgelehnt
würde ?
Aber können die das überhaupt,
die können Einen doch nicht einfach so
krepieren lassen ?
Oder doch, sogar noch dabei helfen,
wenn nötig, ganz legal, wie gewünscht,
die Gesetze gaben das ja jetzt her,
waren doch dafür angepasst worden.
Aus und vorbei !
War das das Ende, hatte er nur noch ein
paar Monate, ein paar läppische Monate,
konnte das wirklich sein ? fragte er sich
ängstlich immer wieder. Er zitterte und
fröstelte leicht, jegliche Energie war aus
ihm gewichen, ein alter Mann auf einem
Stuhl sitzend, dem Ende entgegen sehend.

Er hielt die Hände vor's Gesicht und
schüttelte immer wieder den Kopf.
Nein, gerade jetzt, wo er doch noch
richtig gebraucht wurde, jetzt doch nicht.
Er fuhr sich über die Wangen und spürte
die faltige Gesichtshaut, die wie ein
Putzlappen über seinen Wangenknochen hing,
übersät mit Stoppeln, befühlte seine
müden, wässrigen Augen, die feuchte Spuren
an seinen Fingern hinterließen,
strich sich über den Kopf,
mit den wenigen Haaren,
er fühlte sich krank und hundeelend.
Komm Max, nicht gehen lassen, rappel dich
auf, es hilft ja Alles nichts, befahl er
sich. Oder doch, ein schönes Süppchen mit
Huhn würde jetzt bestimmt gut tun.
Aber er konnte sich noch nicht aufraffen,
es war ihm Alles so schwer.
Es war nicht auszumachen woher,
war es nur Gliederschwere oder kam es mehr
von drinnen.
Aber was da drinnen ? Und wo ?
Das Herz, das Blut, die Leber ?
Bei Leber mußte er unwillkürlich Grinsen,
ein schwaches, mildes Grinsen, aber
immerhin ein bisschen Stimmungsaufhellend.
Ja, die Abende mit Erwin.
Das war meistens Schwerstarbeit für die
Leber.
Als Erstes mache ich mir einen starken
Kaffee, ja so mache ich das, dann geht es
mir bestimmt gleich besser und dann das
Süppchen, beschloß er, jetzt wieder
stimmungsmäßig etwas aufgehellter.

27. Max und die Herbstdämonen

Er schlurfte in die Küche und machte sich einen extra starken Kaffee, mit Milch und ohne Zucker. Sollte er einen Verstärker einbauen, Rum oder eher etwas Brandy hinzugießen, aus rein medizinischen Gründen ?
Aber wenn er dann wieder in dunklen Gedanken versinken würde, wäre das ein nicht zu unterschätzender Beschleuniger. Es war so schon schlimm genug, er durfte sich nicht noch eine Horrordröhnung leisten, wer weiß wie er dann reagieren würde.
Er blieb stark und schlürfte seinen Kaffee ohne Schuß.
Wenn er doch wenigstens zu Erwin könnte, bei dem würde er sich ausheulen können, das wäre jetzt Balsam für die Seele.
Seele wie Geist, das war das Stichwort !
Ja, wie Körper und Geist, sein Gehirn hatte ihm ausnahmsweise mal eine angenehme Assoziation zugeführt.
Er raffte sich auf, ging zum Telefon und rief Luise an.
Beim Arzt ? Wie es war ? Bei welchem Arzt ?
Du hattest doch heute einen Arzt-Termin, Vati, jetzt aber, willst du mich verscheißern oder hast du mich etwa belogen ? Setzte Luise misstrauisch nach.
Verdammter Mist, ärgerte sich Max, jetzt muß ich schnell und unauffällig die Kurve kriegen sonst bricht mein Lügenhaus krachend zusammen und das wäre nicht gut, gar nicht gut.
Ach so, ja, ja, natürlich, du meinst die heutige Untersuchung, stammelte er !

Nein, was sollte ich verbergen wollen,
das hatte ich nur schon wieder vergessen,
es ist Alles so viel im Moment.
Ich habe gerade ein kleines Nickerchen
hinter mir und bin noch nicht ganz da,
noch etwas wirr im Kopf, entschuldige,
versuchte er Luise zu überzeugen.
Die Diagnose ergab keine Hämmorhoiden,
nur Hautunregelmässigkeiten die einen
Juckreiz verursachen, dagegen hat man mir
eine Salbe verschrieben.
Hört sich doch gut an, gefiel sich Max mit
seiner Notlüge, sie scheint es zu
schlucken, jetzt aber schnell das Thema
wechseln. Am Besten direkt meine
Suchanfrage nachschieben und damit ihrem
Gehirn Beschäftigung geben.
Ich habe da noch eine Frage Luise,
bei euch war oder ist ein Kongress,
Körper und Geist, so oder so ähnlich heißt
der. Läuft der noch und wie kommt man da
an ein Ausstellerverzeichnis oder
Ähnlichem ? Warum erkläre ich dir morgen,
jetzt nicht, schau bitte einfach mal nach
ob du fündig wirst, du bist doch fit mit
dem Computerzeugs.
Erleichtert registrierte er, daß Luise
seinen Auftrag akzeptierte und Ruhe gab,
allerdings nicht ohne die üblichen
Abfragen.
Ja, ich nehme meine Tabletten,
ja, ich ruhe mich genug aus,
ja, ich nehme genug Flüssigkeit zu mir.
Also bis morgen.
Flüssigkeit, wieder so ein Stichwort !
Müsste ich eigentlich noch zu mir nehmen.
Er ging in den Keller, holte sich eine
Flasche Bier und stellte sie in den
Kühlschrank. Jetzt das Süppchen machen

und dazu das Bier oder danach, mal sehen.
Befriedigt sich so spontan aufgerafft und Luise den überfälligen Forschungsauftrag, trotz der vormittäglichen Stimmungskeule, endlich erteilt zu haben, wandte er sich der Zubereitung einer kräftigenden Nudelsuppe zu. Hoffentlich würde ihre Suche zu einem befriedigenden Ergebnis führen, dann würde er den nächsten Schritt, die Kontaktaufnahme, in Angriff nehmen. Das hatte er sich nun fest vorgenommen. Er schaute in die aufgeschäumte Brühe und musste lächeln, wie einem doch so ein weibliches Wesen sein Gefühlsleben durcheinander wirbeln kann, unglaublich. Seine Gedanken wanderten jetzt der ominösen Dame hinterher. Er ließ es gerne zu und dachte, hoffentlich hält das noch lange an,
das bekommt mir mit Sicherheit besser als diese trüben Existenzängste,
es galt lebensbejahende Gedankenfährten zu legen, sich positiv abzulenken.
Oder Suppe kochen, stellte er belustigt beim Löffeln der dampfenden Suppe fest, das ist auch Ablenkung, aber man kann ja nicht immer Suppe kochen, dagegen Musik hören, das kann man immer, das war sein Lebenselexir. Er brauchte jetzt eine schöne, passende melodische Musik um seine Fantasien bezüglich der Zug-Dame zu untermalen.
Aber die gute Stimmung hielt nicht lange, die bösen Amtsdämonen waren zu sehr im Aufwind, hatten einen guten Nährboden und waren ständig auf der Lauer.
Als sein Blick beim Auflegen von
Pink Floyd auf den Wohnzimmertisch fiel und er das auszufüllende Formular vom Amt

wieder vor Augen hatte, nutzte die
Amtsdepression sofort die Chance und
übernahm erneut das Kommando.
Natürlich hatten sie recht, ja, sie hatten
sogar vollkommen recht, wie konnte er nur
die Schweizer Rente vergessen. Nur er
selbst war der Schuldige, da gab es gar
kein drum herum reden. Jetzt stand er hier
und fühlte sich wie ein ertappter
Sozialschmarotzer. Es würde zwar niemand
mit dem Finger auf ihn zeigen und
tuscheln, auch, weil es niemand wissen
konnte und durfte, aber es nagte dafür
tief genug in ihm drinnen und das würde
wahrscheinlich noch eine ganze Zeit lang
so bleiben.
Wish you were here, drang es von seinem
Plattenspieler wohltuend in sein Ohr,
sein derzeitiger absoluter Lieblingstitel.
Ach ja, stöhnte er, wie der Titel doch
passt.
Mein guter Erwin, ich wünsche du wärest
hier, ich vermisse dich so.
Deine tröstenden Worte oder deine
Beschimpfungen, egal, Beides würde mir
helfen. Gerade jetzt wo ich so tief in der
Scheiße sitze, bist du nicht da,
mein Seelenbruder. Du machst dir jetzt mit
Marta bestimmt einen schönen Lenz und
genießt die Sonne, bei gutem Essen,
mit noch besserem Wein und das mindestens
die nächsten 4 Monate. Eine lange Zeit,
eine viel zu lange Zeit, für mich,
der sonst niemanden hat, bei dem er sich
so richtig ausweinen kann. Mir bleibt nur
dumm rum zu sitzen und zu warten,
zu warten auf dich mein Freund und sich
bis dahin selbst zu zerfleischen
und den Kampf mit den Dämonen alleine

zu bestreiten. Nein, das ist nicht gut, gar nicht gut.
Nur was konnte er tun ?
Er brauchte noch jemanden, neben Erwin, mit dem er reden konnte, das hatte ihm Erwin auch schon oft genug gepredigt und auf ihn eingeredet sich endlich eine passende Lady zu suchen.
Auch Luise hatte schon ähnliche Andeutungen gemacht, so wie letztens Bernhard, als er ihn verarscht hatte.
Luise hatte ihm diverse ältere Damen aus ihrem Umfeld versucht schmackhaft zu machen, aber er verbat sich jegliche Einmischung in sein Privatleben und bedeutete ihr, daß er durchaus selbst in der Lage wäre, falls es ihm danach sein würde, auf Partnerinnensuche zu gehen.
Er war dahingehend sehr empfindlich und vor Allem sehr wählerisch, er hatte seine klaren Vorstellungen, in jeder Hinsicht, auch der sexuellen.
Unwillkürlich drängte sich Martas Hintern, wie von Geisterhand vor sein Auge gezaubert, in sein erotisches Wunschschaufenster.
Ja, das wäre was, aber Marta gehörte zu Erwin, das war kein Thema und durfte nie Eines werden.
Nein, er musste die Einsamkeit auf andere Art besiegen.
Erwin würde immer wieder seine Ausflüge machen, zu recht, es sei ihm gegönnt, und er würde immer dumm rum sitzen müssen und warten. Nein, das durfte, das konnte nicht so bleiben.
An der Zugdame, da musste er dranbleiben, das war eine neue Perspektive, ein Lichtblick.

Die Suppe, das Bier, die Musik und die
Aussicht vielleicht doch bald mal wieder
mit einer Dame hier sitzen zu können,
drehten seine Stimmung zum Besseren.
Er vermischte die positiven Erinnerungen
an das weibliche Geschlecht mit der Vision
der neuen Eroberung in ein neues Kleid von
Möglichkeiten und seine Gefühlslage
steigerte sich fast schon in leichte
Euphorie. Gemeinsam alt werden und die
schönen Dinge in trauter Zweisamkeit
genießen zu können, dabei all den
Krankheitsmist und die Existenzangst
hinter sich zu lassen, das wäre schön.
Vor allem die Vorstellung wieder zu
reisen, mit der, seiner Herzensfrau,
ihr Orte zeigen zu können, die er für
eminent sehenswert fand und ebenso die
Erwartung von ihr an interessante Plätze
geführt zu werden die er noch nicht
kannte, befeuerte ihn. Erinnerungen
überschwemmten ihn mit Reiseerlebnissen,
auch erotischen.
Sich unter südlicher Sonne hinzugeben,
noch einmal erfüllenden Sex haben zu
können, strahlte jetzt einen immer
stärkeren Reiz auf ihn aus und nahm ihn
gefangen. Der Verliebtheitsdämon ließ die
Gelegenheit nicht ungenutzt und arbeitete
sofort auf Hochtouren, ließ ihm das
dezente, herbe Parfüm der Dame als sie ihn
behandelt und umarmt hatte wieder in seine
Nase steigen. Auch ihre weiblichen
Konturen spürte er wieder nachdrücklich in
seinen Rückenpartien und lösten starke
erotische Schwingungen aus. Er malte sich
allerlei aus, stellte sie sich nackt vor,
wie sie auf ihm sitzend ihren Körper im
sanften auf und ab,

zu leiser anregender Musik, rhythmisch,
lustvoll geniessend dem Höhepunkt
zustrebend, wiegen würde.
Max, du elender Sauhund, dir geht doch nur
wieder die Bumserei im Kopf herum,
von wegen reisen, das ist doch nur ein
billiger Vorwand, so oder so ähnlich würde
Erwin ihn jetzt zu Recht weisen.
Max mußte lachen.
Er würde ihm entgegnen, du hast gut reden,
du kannst jeden Abend mit deiner Marta
in's gemachte Bettchen steigen und dich an
ihr wärmen, körperlich wie geistig,
nicht wie ich.
Alt werden ist nicht schön, das wissen,
das kennen wir Beide, aber dazu noch
Alleine sein, die Einsamkeit spüren,
das kennst du nicht und kannst dir das
auch gar nicht vorstellen.
Ein großes Übel ist das, sage ich dir.
Wenn die trüben Tage kommen, sich früh
Dunkelheit ausbreitet, der Wald
durchsichtig wird und den Blick bis zum
Horizont freigibt, die Felder übersät sind
von schwarzen Krähen, die dann wirken wie
schreiende Boten der Vergänglichkeit,
pickend in letzten Resten von Saat, die zu
Frucht und damit zu Leben gedeihen sollte,
der Fuchs sich an verwesenden Teilen des
einst so pulsierenden Lebens von allerlei
Getier labt und sich in sein wärmendes
Erdloch verkriecht. Wenn du dich
verzweifelt wehrst, aber letztlich
vergebens, gegen den Novemberblues, der
täglich mehr und mehr Lebensgeist aus dir
herauszieht, der nasse Nebel sich über
deine Seele legt und nichts, nichts hilft,
du alleine zuhause sitzen und die
Seelenpein nur mit dir aushalten, ertragen
musst.

Gedanken sich deiner bemächtigen die dein Inneres schier zerreißen, Zweifel, Ängste in dir toben, sich ausbreiten, dich ständig fragen lassen, wie lange noch, wie lange noch kann und darf ich, ist es mir noch erlaubt, gnädig zugebilligt, von diesem sogenannten Herrgott, leben bleiben zu dürfen ?
Du angsterfüllt jedes echte und jedes vermeintliche Anzeichen, jeden Brief, jeden Anruf, zitternd entgegen nimmst, das Amt, die Obrigkeit könnte dir eine Mitteilung machen, die einen bevorstehenden Wohnungsentzug beinhaltet, du in und mit deiner Paranoia warten sollst, bis irgend so ein Amtsmensch kommt und dich sanft aber bestimmt zu den Assis abschiebt oder dir die Todesspritze verordnet, das ist wahrlich kein gutes Leben, das ist beschissen.
Tja mein lieber Erwin, das ist der Unterschied, der Kleine, aber Feine, zwischen deinem und meinem Dasein.
Aber kämpfen, ich werde kämpfen bis zum umfallen und noch ist es nicht soweit, jetzt geht es noch, ich habe noch Zeit, kein Grund sich verrückt zu machen, noch nicht, beruhigte er sich und versuchte sich gedanklich wieder der Dame zu widmen, um wieder, wie vorhin, einen positiveren Blickwinkel auf seine Zukunft zu bekommen.
Was war als Nächstes zu tun, was wenn Luise nichts raus bekam, wie dann weiter suchen ?
Seinen Kopf mit den Händen abstützend saß er grübelnd am Küchentisch.
Wie konnte er auch nur die Karte verlieren ! Wie dumm von ihm !

Aber das passte ja nur zu gut in das derzeitige Gesamtbild.
Alles ging schief, aber auch wirklich so ziemlich Alles, was er anfasste.
Anfassen ! Wieder so ein Stichwort.
Seine Hände befühlten die Wangen, dann strich er mit der rechten Hand prüfend über das Kinn und sein Verdacht bestätigte sich, denn intensiv spürte er das Stechen der Bartstoppeln.
Auch das noch, Rasieren, das hat gerade noch gefehlt !
Aber nicht heute, nicht jetzt, nicht vor dem Zu Bett gehen.
Nein, das wäre zu viel, jetzt noch den Spiegel zu ertragen würde er nicht schaffen, das konnte er sich jetzt nicht zumuten, sich selbst, dieser Versagergestalt in die Augen sehen zu müssen und dabei die bösen Geister zu wecken, die sich sofort freudig auf ihn stürzen würden. In seinem derzeitigen Zustand wäre er ein gefundenes Fressen.
Da bist du ja mein Freund, komm hör dir nur an, was wir zu sagen haben.
Immer wieder. Stell dich, rechtfertige dich, für den Mist den du gebaut hast.
Vorwürfe und keine Chance auszuweichen.
Zeitweise hatte er schon überlegt sich einen Bart wachsen oder sich rasieren zu lassen. Wobei er den letzteren Gedanken schnell als erledigt ablegte.
Die Vorstellung einen riesengroßen Spiegel und dazu irgendeinen dumm schwätzenden Barbier, der einem voll laberte,
vor sich zu haben, das war auch horribel, das wollte und konnte er sich nicht antun, beim besten Willen, so weit war er noch nicht.

Nein, morgen früh, frisch ausgeruht,
würde er sich stellen und die Inquisition
über sich ergehen lassen, dann hätte er
mehr Kraft dagegen halten zu können.
Abschließend dann noch ein gutes
Rasierwasser auftragen und wenn er dann
noch der Dame im Zug begegnen würde,
dann, ja dann !!
Wunschdenken,
es wurde nichts mit frisch und ausgeruht.
Am nächsten Morgen fühlte er sich wie
gerädert, wie zerschlagen.
Er hatte schlecht geschlafen und war
dementsprechend müde, somit wieder kein
guter Ausgangspunkt für eine
Spiegelauseinandersetzung.
Er nahm sich vor, unbedingt diesen, seinen
Wasseraugen auszuweichen und sich nur auf
den weißlichen Rasierschaum zu
konzentrieren, aber zwecklos, sie fingen
sich ein und Max ließ den Rasierer sinken.
Der erste Blick sagte ihm schon wie
erbärmlich er aussah, richtig häßlich und
verdorrt.
Und du da drinnen meinst ernsthaft du
könntest noch einmal eine Frau gewinnen
und etwas mit ihr anfangen, sie auch nur
einigermaßen zufrieden stellen ?
Sieh dich doch an, alter Zittergreis.
Aus, deine guten Jahre sind vorbei,
es kommen nur noch Schlechte, Miserable,
du bist nur noch Fallobst, das war's mein
Lieber, finde dich damit ab.
Er setzte den Schaber an, erwischte einen
ungünstigen Winkel und zog einen leichten,
Schnitt Richtung Ohr.
Langsam pulste das Blut rot aus der Wunde
und vermischte sich mit dem weiß des
Rasierschaums. Jetzt könnte ich in einem

Zombiefilm mitspielen, ohne Tomatensaft und Ketchup sehe ich genauso furchterregend aus mit meiner Blut-Schaummischung.
Er riß ein Stück Toilettenpapier ab und versuchte die Blutung zu stoppen.
Das Papier sog sich voll und legte sich klebend auf die Wunde. Er zog es ab und legte ein neues Stück auf. Das Ritual wiederholte sich 6-8 mal, dann war der Blutfluß endlich gestoppt. Schlimmer waren die Lippenschnitte, da floß das Blut nur so und war schwer zu stoppen, jetzt nur das nicht auch noch.
Schau mich an alter Mann, schau mir in die Augen, zwang ihn der Dämon erneut sich zu stellen.
Irgendwann kam Freund Hein aus dem Spiegel und nahm ihn mit, davon war er überzeugt. Seine Hülle würde dann wahrscheinlich zusammengesackt vor dem Waschbecken liegen, man würde ihn ein paar Tage nicht finden, auch nicht suchen, weil ihn so schnell Keiner vermissen würde.
Luise würde dann wohl irgendwann unruhig werden und jemanden losschicken. Man würde die Tür eintreten und ihn eintüten, der klägliche Rest der noch von seiner Hülle übrig sein würde, dann verbrennen, ein bisschen weinen, Luise wahrscheinlich etwas mehr, Finn sicher auch, Erwin würde schluchzen und dann würde er langsam in das unendliche Nirvana des Vergessens versinken. Und nicht nur würde, das wird, das ist Fakt, in nicht allzu ferner Zeit.
Aber vorher,
schleuderte er seinen Spiegelaugen trotzig entgegen,
vorher werde ich mir noch diese feine Lady

schnappen und noch einmal so eine richtig
heiße Nacht mit ihr verbringen,
Alles geben und zeigen was in mir steckt.
Da sagst du nichts, da bleibst du stumm,
du verdammter Dämon !
Langsam glitt der Rasierer durch das
Stoppelfeld, ein paar kleine Pickel
mitnehmend. Er wusch sich den Restschaum
ab und legte Rasierwasser auf. Es belebte
ihn tatsächlich und er fühlte sich besser.
Geschafft, mal wieder geschafft ohne sich
umgebracht zu haben, welch eine grandiose
Leistung am frühen Morgen.
Immer wieder eine neue Herausforderung,
sich selbst das Leben zu retten.
Und die Dame, die könnte, ja die müsste
ihn rasieren, das war es doch.
Die Lösung.
Ideal.
Mein Gott, und das fiel ihm jetzt erst
ein, wie dumm ist man doch manchmal.
Ja, die einfachen Lösungen.
Vielleicht würde sie sogar Schach spielen
oder hätte Lust es zu lernen.
Aber Frauen wollten gemeinhin lieber
Bridge oder so was Ähnliches spielen,
das kannte er so. Dann würde er sich halt
opfern und das Spiel eben lernen,
was macht man nicht Alles aus Liebe.

28. Max, Finn, die Resignation und das Rätsel

Na ja, der Tag geht jedenfalls schon mal recht gut los, stellte er, jetzt schon zufriedener, fest und beendete seine Morgentoilette.
Dann gab es ein schnelles, kleines Frühstück und danach war Zeit zum Aufbruch, zum Reiseantritt.
Im Zug war diesmal kein Sitzplatz zu kriegen, das kam selten vor. Er stand 20 Minuten bis zur nächsten Station und schnappte sich den erst besten Platz der frei wurde. Als er eingestiegen war, er war kaum im Zug, wanderten seine suchenden Blicke nach der Dame von Person zu Person, er konnte sich dem Drang nicht entziehen. Sein Umfeld hatte er schnell gescannt, allerdings ohne Erfolg.
Sollte er auch noch die restlichen Abteile durchgehen ?
Aber es ging um einen Kongress, da war die Wahrscheinlichkeit, daß sie dauerhaft die Strecke fahren würde unwahrscheinlich, besann er sich auf seine zurückliegenden Überlegungen und kam sich jetzt ob seiner Disziplinlosigkeit ziemlich blöd vor.
Hatte er sich so wenig ihm griff ? fragte er sich ärgerlich.
Luise würde ihn bestimmt ausfragen was das mit dem Kongress auf sich hat. Er hatte beschlossen es Luise so darzustellen wie es war. Vielleicht würde es ihr sogar gefallen und zusätzlich Auftrieb geben, wenn sie sah, daß sich ihr alter Vater noch einmal etwas zutraute,
jedenfalls konnte es nicht schaden,
zu diesem Schluß war er gekommen.

Kaum angekommen griff Luise auch prompt
seine Anfrage auf, sie war von Grund auf
sehr neugierig, in dieser Hinsicht gut
berechenbar. Max erklärte sich,
aber überraschender Weise kommentierte sie
das Ansinnen nicht sehr eifrig.
Daraus schloß Max, daß sie noch
unschlüssig war und erst noch nachdenken
musste, wie sie damit umgehen sollte.
Der Kongress war natürlich abgelaufen,
das hatte Luise ohne Probleme innerhalb
kurzer Zeit über das Netz ermittelt.
Sie versprach Max sich weiter zu kümmern
und zu forschen. Eine Freundin von ihr
kannte sich mit Esoterik sehr gut aus,
die wollte sie anzapfen, was Aussteller
und weitere Informationen betraf. Er
müsste nur noch etwas Geduld aufbringen,
sie würde auf alle Fälle am Ball bleiben.
Im großen Ganzen war Max damit zufrieden,
ja, guten Mutes, er fand die Aussichten
nicht schlecht.
Finn hatte diesmal nicht seinen besten
Tag, er war recht launisch,
richtig zickig und missmutig.
Alle Versuche ihn in eine bessere
Gefühlslage zu versetzen scheiterten
kläglich. Ihre Stimmung war deshalb
natürlich nicht zum Besten, als sie
enttäuscht die Klinik verließen, einzig
die Aussicht, daß es morgen besser sein
könnte baute sie etwas auf. Sie nahmen den
Besuchstag als einen der erwarteten
schlechteren Finntage hin. Da er keine
depressiven Anzeichen zeigte und nicht
weinte versuchten beide den Tag als
kleines Zwischentief abzuhaken.
Wie läuft es zuhause ? stellte Max auf der
Rückfahrt seine Standardfrage.

Unverändert, wie letztes Mal und bei dir, geht es dir gut ?
Du schienst letztens am Telefon recht verwirrt. Wenn man morgens beim Arzt ist, erinnert man sich doch Mittags daran, da habe ich mir schon ein paar Gedanken gemacht.
Du wirst doch nicht langsam senil werden ? fragte sie mit betont scherzhaftem Anschlag, sah beim Fahren zu ihm herüber und kniff ihn in die Seite.
Oder hast du mich beschwindelt und warst gar nicht beim Hautarzt, warum auch immer ?
Nein, nein, ich war nur vorher gerade eingeduselt und mit meinen Gedanken sonst wo, sagte Max, sich wieder über sich selbst ärgernd, daß er so unkonzentriert den Fehler gemacht hatte. Er musste ihr jetzt neues Futter als Erklärung geben.
Die Dame aus dem Zug ging mir nicht aus dem Kopf, die Behandlung hat mir nämlich echt geholfen, setzte er nach, begeistert über seine Schlagfertigkeit.
Wohl nicht so die Behandlung, eher ein bisschen verguckt, würde ich sagen.
Na, das kann ja heiter werden.
Dann war Redepause,
Max wollte nicht näher kommentieren und Luise stellte keine weiteren Fragen.
Die Verabschiedung war herzlich wie immer.
Im Zug döste er, schlief sogar ein paar Minuten, war aber wieder rechtzeitig zum Ausstieg wach.
Auf dem Nachhauseweg kam ihm unvermittelt das Amtsformular in den Sinn das er noch ausfüllen und abgeben musste.
Besser so schnell als möglich,
sonst quält mich das nur unnötig,

nahm er sich fest vor und zu hause ging er dann auch direkt die Sache an. Auf was sollte er noch warten, die Lage war eh beschissen und duldete keinen weiteren Aufschub, das hatte ihm sein letzter Kassensturz wieder drastisch vor Augen geführt. Der ergab eine Reserve für maximal 5 bis 6 Monate, dann war seine relative Unabhängigkeit im Eimer.
Die Uhr tickte unerbittlich und fraß weiter die Minuten seiner Freiheit.
In dieser Bestandsaufnahme war allerdings das Schweizer Geld nicht enthalten, deshalb war ihm ja der Lapsus auch passiert. Wie viel Fränkli waren das jetzt überhaupt auf seinem Auslandskonto ?
Er überlegte und rechnete.
All zu viel konnte es nicht sein,
bei seinem letzten Besuch in der Schweiz hatte das Konto einen Stand von 360 CHF ausgewiesen, das war vor ca. 4 Monaten. Um einen aktuellen Kontostand zu erfahren müsste er noch einmal in die Schweiz reisen, mehr als 900 CHF konnten es aber nicht sein, das war klar, denn rechnerisch ergaben 360 CHF und 4 Renten a 118 CHF summarisch 832 CHF. Damit konnte er ein paar Tage länger ohne Unterstützung auskommen, also nicht mehr als ein Tropfen auf einen heißen Stein, immerhin, Aufschub ist Aufschub.
Er trug einen Kontostand von 1200 CHF in das Formular ein, das war zwar um Einiges mehr als es tatsächlich sein konnte, aber er wollte jedes Risiko, auch wenn es noch so klein war, unbedingt vermeiden. Dann überlegte er voll konzentriert nochmal und nochmal ob er jetzt auch wirklich Alles vollständig angegeben hatte,

aber es fiel ihm beim besten Willen nichts mehr ein was er vergessen haben könnte.
Am nächsten Morgen ging er auf dem Weg zum Bahnhof an Ursula's Poststelle vorbei und gab den Brief mit dem Formular auf.
Auf keinen Fall wollte er einen direkten, persönlichen Kontakt zum Amt, dafür schämte er sich zu sehr. Wenn er nächste Woche keine Eingangsbestätigung bekommen würde, könnte er immer noch anrufen und nachhören.
Die Zugfahrt verlief normal.
Max hatte sich jetzt damit abgefunden, daß eine weitere Blicksuche nach der Dame keinen Erfolg haben würde und seine Suche, bis auf sein Näheres Umfeld, aufgegeben. Seine ganzen Hoffnungen basierten auf weiteren guten Nachrichten von Luise.
Auf der Fahrt zur Klinik erwähnte Luise die Suche nach der Dame nur kurz. Sie gab ihm eine knappe Wasserstandsmeldung, mehr nicht, es lagen keine neuen Ergebnisse vor, die Recherche war noch in vollem Gange.
Die restliche Fahrtzeit zur Klinik stand nur noch der Gemütszustand von Finn zur Debatte. Luise schien sehr besorgt, das spürte Max sofort.
Finn tut sich so schwer, sein neues Leben zu akzeptieren, das ängstigt mich, wir sollten überlegen ob und wie wir ihm dabei noch mehr helfen können, meinst du nicht ? fragte Luise bekümmert.
Ja sicher, nur was sollen wir machen, ich überlege auch schon die ganze Zeit, antwortete Max.
Ich denke wir sollten mal einen Termin mit dem Psychiater machen, das kann ja nichts schaden und wir erfahren mehr über Finns Zustand.

Ja, das könnte vielleicht etwas bringen, bestätigte Max.
Luise vereinbarte das Gespräch und sie bekamen auch direkt einen Termin.
Der Psychologe beurteilte Finn als recht stabil und meinte der Verlauf entspräche den ihnen bekannten Mustern.
Sie sollten sich keine Sorgen machen, derzeit gebe es wirklich keinen Anlass dazu. Es wäre völlig normal, daß nahestehende Personen sich leicht von Stimmungsschwankungen anstecken ließen, sie bekämen schließlich auch das meiste mit und ab. Man sollte das nicht überbewerten und nicht gleich das Schlimmste annehmen. Sie sollten ihn weiterhin in der bisherigen Art und Weise unterstützen und sich nicht verrückt machen lassen.
Das Gespräch sorgte für allgemeine Beruhigung, gab ihnen wieder mehr Zuversicht und ließ sie jetzt hoffnungsvoller seiner weiteren Entwicklung entgegen sehen.
Und Finn bestätigte bei den nächsten Besuchen die positive Prognose. Er machte einen zunehmend gefestigteren,
weniger launischen Eindruck auf sie, was auch der Arzt und die Physiotherapeuten bestätigten. Sein lange nicht gezeigtes Interesse am Schach war wieder erwacht und er forderte Max sogar öfter zu einem Übungsspielchen auf. Zu dem guten Gesamteindruck seiner erfreulichen Entwicklung passte auch, daß er sie bat die Häufigkeit ihrer Besuche zu reduzieren. Höchstens noch einmal die Woche sollten sie kommen und abwechselnd würde reichen, sie müssten sich nicht

immer zu zweit auf den Weg machen.
Luise und Max waren erstaunt und versuchten ihn umzustimmen, aber er setzte sich durch, was Beiden im Grunde genommen auch nicht ungelegen kam, sie hatten dadurch wieder mehr Zeit sich selbst zu widmen.
Damit traten auch wieder mehr die eigenen Interessen und Gemütslagen in's Blickfeld, Luise ihrer Jobsuche und der misslichen Ehesituation, Max seinen diversen Problemfeldern.
Mit dem schlechter werdenden Wetter waren auch die Dämonen wieder aktiver geworden und zwangen ihn immer öfter in herbstliche Depressionsphasen.
Herbstzeit, beschissene Zeit,
im Kopf so trübe wie draußen der Himmel, der doch zumindest ein bisschen blau sein sollte und nicht total grau. Die beste Zeit zu entfliehen, sich aus dem Staub zu machen, wohin auch immer, es wurde einem fast schon Nahe gelegt, ja aufgedrängt. Am liebsten natürlich in den Süden, so wie Erwin, der jetzt sicher im Garten, unter Olivenbäumen sitzend, der Sonne zublinzeln und auf das gute Leben anstoßen würde, während er hier mit seinem ganzen Frust auf das Todesurteil irgendeines Amtsträger warten musste. Hinsichtlich seines Antrags war eine Eingangs-bestätigung gekommen, mit dem Hinweis, ihm in spätestens zwei Wochen neue Nachricht über den Bearbeitungsstatus geben zu können, er möge bis dahin bitte keine Versuche unternehmen um Auskünfte zu bekommen, man würde nicht reagieren, der Antrag wäre in Bearbeitung.

Max's Stimmung war mit der Anzahl der
Sonnenstunden, wie im Gleichschritt,
gesunken, er hatte arge Mühe bei Finn
wenigstens ein kleines Maß an Freude und
Zuversicht zu verbreiten.
Finn's Programm wurde jetzt immer mehr auf
die Bedürfnisse des Alltags abgestimmt, es
erforderte seine ganze Energie, er musste
sich den unausweichlichen Anforderungen
des Behindertenlebens stellen. Dazu
gehörten erste allgemeine Instruktionen,
wie den Umgang mit Gehhilfen besprechen,
Berufsalternativen entwickeln und und und.
Luise und Max begleiteten ängstlich diesen
Realitätseinstieg, gaben ihr Bestes,
sprachen ihm immer wieder Mut zu und
forderten ihn auf zu kämpfen,
ja nicht nachzulassen.
Aber die brutale Alltagsrealität holte ihn
immer mehr ein und forderte seine
Akzeptanz, sowie auch die von Max und
Luise. Diese Zumutungen waren auch für sie
nur sehr schwer zu ertragen.
Besonders Luise wirkte überfordert und
stark angeschlagen.
Da Finn es sich von Tag zu Tag schwerer
mit dem Eingestehen seiner Situation tat,
war er in letzter Zeit oft deprimiert und
machte einen verzagten Eindruck. Er hatte
sich den Übergang in sein neues Leben wohl
leichter und einfacher vorgestellt.
Mittlerweile hatte er auch wieder Besuch
von seinem Compagnon gehabt und obwohl ihm
dieser recht einfühlsam anbot,
auch weiterhin in der Firma tätig zu sein,
ihm energisch zusprach nicht auszusteigen
und ihm einen Job im Büro oder im
Außendienst nahe legte,
traf es Finn bis in's Mark.

Aber es half nichts, das sagte auch der Psychologe, er musste an sein neues Leben herangeführt werden und es akzeptieren lernen, so schwer es auch fiel.
Luise und Max litten sehr unter dem neuerlichen Tief und sie versuchten ihn bezüglich der Besuchsregelung wieder umzustimmen, blieben aber erfolglos,
er war da stur.
Max's böse Geister bohrten unerbittlich, er wurde fast verrückt, seine Selbstzweifel und Vorwürfe zerfleischten ihn, er saß in einem tiefen Loch.
Dreckig, es ging ihm dreckig,
richtig dreckig.
Auch Luise war es aufgefallen und sie hatte schon, mit besorgtem Gesichts-ausdruck, gefragt ob es ihm nicht gut ginge.
Klar, daß sie merken musste wie er drauf war. Er konnte dann immer die Sorgen um Finn vorschieben, manchmal musste auch eine Grippe oder eine starke Erkältung herhalten.
Ob er nichts esse und ob er es nicht mal mit Schlaftabletten probieren wolle.
Es gibt da so Leichte, die machen auch nicht süchtig. Ich bringe dir mal ein paar mit, auf rein pflanzlicher Basis,
die musst du dann aber auch nehmen.
Du machst mir echt Sorgen, so mager und fahl im Gesicht wie du bist,
richtig krank siehst du aus.
Sie versuchte ihn aufzumuntern und lockte ihn mit Neuigkeiten über die Zug-Dame. Ihre Freundin würde ihr demnächst eine Liste der Aussteller zukommen lassen,
er müsste sich nur noch ein paar Tage gedulden.

Sie appellierte an ihn, sich zusammenzureißen, ihr und Finn zuliebe, daß er doch stark sein wollte, er es doch versprochen hatte und sie ihn doch so sehr brauchten.
Max versprach Vieles und dachte, rutscht mir doch Alle den Buckel runter, ihr wisst doch gar nicht wie es mir geht. Und bald gehen wird, wenn die Wohnung weg ist, nein, da mache ich dann doch lieber vorher Schluß.
Aber er wusste nur zu gut, daß er es nicht übers Herz bringen würde, es Finn und Luise einfach nicht antun konnte, zumindest jetzt nicht.
Es war eine schwere Zeit, er fühlte sich wie ausgesaugt und vollends seiner Lebensenergie beraubt.
Nicht einmal der Gedanke an die Zug-Dame konnte ihn aufmuntern, sein Interesse war stark abgeflaut und er war schon drauf und dran Luise zu bitten die Suche einzustellen, irgendwie war der Reiz abhanden gekommen, der Trieb nicht mehr da, nur Leere und Angst war noch in ihm.
Das Wetter tat sein Übriges, Nieselregen, der Himmel wolkenverhangen, Dunkelheit schon um 16 Uhr, wochenlang sonnenlos, eine schwere, eine trübe Zeit.
Alleine in seinem Wohnzimmer sitzend, allerdings nicht ganz alleine, denn er hatte ja diesen Blues, der all die trüben Gedanken mit sich brachte, quälte er sich durch die Abendstunden. Ab und zu auf und ab gehend, Erinnerungsstücke in der Hand wiegend, kam er sich so verloren,
so einsam vor, war fertig mit Gott und der Welt. Er konnte doch nicht schon wieder um 19 Uhr in's Bett gehen und sich vergraben.

Mit Schlafen war eh nichts zu machen,
trotz pflanzlicher Unterstützung,
die Nacht-Dämonen lauerten schon und waren bereit ihm erneut zuzusetzen mit den Verfehlungen seines Lebens.
Aber hier so einsam auf der Couch, die Decke anstarrend nur rumsitzen, war auch keine Lösung, er wusste, er kannte das. Und ihm war auch klar, daß, je mehr er sich gehen lassen, es um so schlimmer werden würde. Bis zum völligen wegdriften, er versunken in Selbstmitleid und Gleichgültigkeit, das Verdrängen nur noch mit der Hilfe von Drogen, Alkohol und Tabletten schaffen würde, dann wäre er am Ende, das wusste er und dagegen kämpfte er an, noch mit Erfolg, soviel Energie konnte er, trotz dem ganzen Mist, immer noch mobilisieren.
Er knipste das Fernsehen an, sicher heute das fünfte, sechste Mal, immer nach kurzer Zeit desinteressiert abdrehend. Politiker debattierten diesmal mit Journalisten und Publikum. Alles nicht so tragisch, jeder hat genug zum Leben, der Sozialstaat funktioniert noch. Alter, Pflege, Heim alles kein Problem. Nur 8,3 % würden den verlangten Tod beanspruchen. Das wäre viel weniger als man vermutet hatte.
Nur, nur, schrie Max in den Fernseher, ja und jetzt ?
Kommt jetzt ein Aufruf bitte Soll erfüllen und sich mehr umbringen ?
Ihr Sesselfurzer habt doch keine Ahnung !
Er trommelte mit den Fäusten auf das Sofa und schrie immer wieder,
ihr habt doch keinen blassen Schimmer,
ihr Deppen, richtige Deppen seid ihr !

In seiner Wut griff er einen Pantoffel und schmiss ihn gegen die Bildröhre.
Ohne Erfolg, der Apparat brummte weiter und zeigte die Werbe-Einblendung einer eleganten Senioreneinrichtung mit allem Pi pa po, Top-Ärzte, Top-Versorgung, Top-Pflege.
Max ließ sich auf das Sofa fallen, schloß die Augen und hielt sich ein Kissen vor's Gesicht.
Ich mag nicht mehr, ich kann nicht mehr, stammelte er verzweifelt vor sich hin.
Dann überkam ihn erneut eine plötzliche Wut die heftig ihren Ausbruch suchte.
Lasst mich in Ruhe ihr blöden, ahnungslosen Idioten, brüllte er und sprang auf, das Kissen dabei zornig auf den Boden werfend.
Aus dem Fernseher sprach ihn ein älterer Herr an doch einmal ihre fantastisch wirkende Dritte-Zähne-Haftcreme zu testen.
Max stierte auf den Bildschirm, kraft- und saftlos sanken seine Arme nach unten. Die Minuten vergingen und langsam kam er wieder zur Besinnung.
Wie weit ist es nur mit mir gekommen ? Jetzt werde ich schon wie Willy, verbittert, dauerwütend und ungerecht, was für eine verdammte Megascheisse !
Mit zitternder Hand suchte und fand er den erlösenden, den rettenden, Aus-Knopf.
Beruhigen, Max, langsam atmen und wieder beruhigen, sich bloß nicht weiter über diese Idioten aufregen und dann nicht noch so dumm sein und sich selbst wie Einer benehmen, redete er sich gut zu.
Er zitterte immer noch und sein Blut drückte sich kräftig pochend durch die Adern.

Ein Schnaps, jetzt brauche ich dringend einen Schnaps.
Er raffte sich auf, ging zur Vitrine und besah sich den Bestand.
Sollte er wirklich ? Fragte er sich zögerlich.
Es stand schon Einiges an Alkoholika bei ihm rum, aber bis jetzt war er noch stark geblieben, hatte er der Versuchung widerstanden. Erwin und er hatten die Alkoholthematik ausgiebig besprochen und sich auf eine einheitliche Linie verständigt, ja eingeschworen und die Alkoholwarnlampen eingeführt, die jetzt leuchteten, gegen den lockenden, gut zuredenden Alkoholdämon. Ab und zu gemeinsam einen über den Durst trinken, das war in Ordnung, ansonsten aber war strikte Zurückhaltung angesagt. Natürlich gab es die eine oder andere Ausnahme, das war klar, aber ebenso die große Linie, es galt kein Gewohnheitstrinker zu werden. Also, kein Schnaps, entschied er bedauernd und schloß die Bar.
Stattdessen Luft, jetzt muß ich raus an die Luft. Er zog sich an und ging durch die Straßen. Der Wind wehte ihm erfrischend um die Nase. Es tat gut und langsam kehrte auch so etwas wie Seelenfrieden zurück. Schließlich musste er über sich selbst lachen, wie konnte er sich nur so aufregen, so gehen lassen. Das war doch nicht seine Art, eigentlich war er von Natur aus ruhig und gelassen. Erwin hatte schon oft genug betont, so eine stoische Natur wie du müsste man haben, Nerven wie Drahtseile. Aber wie das heute über ihn gekommen war, schon seltsam, im Alter sollte es doch umgekehrt sein,

da sollte doch die viel beschworene,
glorifizierte Altersweisheit und damit
tiefe Entspanntheit, Gelassenheit,
Lockerheit einkehren, man eigentlich über
den Dingen schweben.
Oder konnte das sein, daß die Erfahrungen
des Lebens in der Summe im Alter
einhergingen mit Ausbrüchen solcher Art
und nicht zu dem in Aussicht gestellten,
friedfertigen Lebensende mit dem ersehnten
Seelenfrieden führten ?
Vielleicht ist das auch eine Erklärung
über die vielen älteren Wutbürger.
Sein Weg führte ihn automatisch an Erwins
Haus vorbei.
Wenn der Freund schon physisch nicht
anwesend war, so gaben ihm wenigstens Haus
und Umgebung das Gefühl einer gewissen
Geborgenheit. Es ließ ihn die Zeit des
Wartens besser ertragen. Er fühlte sich
verpflichtet zu wachen, zu bewahren, ihren
Treff wohlbehalten bis zu ihrem nächsten
Termin über die Zeit retten zu müssen.
Sehnsüchtig schaute er auf die Fenster.
Manchmal ging er in seiner Vorstellung
dann durch die Tür, umarmte Erwin, ließ
dessen Wärme, die er dann auch genau
spürte und vor Allem seinen Blick, der ihm
sagte wie freudig erregt er war, was er in
Worten nie fassen konnte, auf sich wirken.
Is nich, kann man nichts machen,
beschied er seine Gefühle.
Aber dafür umso mehr, wenn er wieder da
ist.
Ach Erwin, wenn du wüsstest wie ich dich
mag, wie ich dich brauche, deinen Witz,
deinen Schmäh, deine Freundschaft.
Als er sich entfernte und in die nächste
Seitenstraße einbog war er voller Wehmut

und Dankbarkeit, daß er diesen einen Freund noch hatte.
Er sah nicht mehr, wie in Erwins Haus die Wohnzimmerlampe anging. Das Fenster das er vorhin noch im Dunkeln angestarrt hatte lag jetzt matt leuchtend wie ein Leuchtturm in der Nacht.
Als Max wieder zu Hause war fühlte er sich müde genug um einen ersten Schlafanlauf zu nehmen. Er war optimistisch sich nun frei schlafen zu können und morgen bei Luise eine bessere Figur abzugeben, der nächste Tag war wieder einmal ein mittlerweile selten gewordener gemeinsamer Finn-Besuchstag.
Er schlief wie ein Murmeltier.
Sein Körper hatte wohl sehr viel Nachholbedarf generiert oder er war von seinen Seelenkämpfen derart entkräftet, daß er durchschlief und sich bestens ausgeruht fühlte. Zum Frühstück gönnte er sich zwei Scheiben Brot mit fetter Leber- und Blutwurst, dann noch ein schönes Stück Schwartenmagen mit einem Kümmelbrötchen, natürlich ein Ei, weich gekocht und abschliessend als Vitaminschocker noch selbst gepressten Orangensaft. Das war jetzt genau das Richtige, gab ihm Kraft und hellte seine Stimmung weiter auf.
Den Abwasch musste er verschieben, die Zeit war davon geeilt und er musste sich arg sputen um den Zug noch zu erwischen. Als er wieder an Erwins Haus vorbeikam hatte er das Gefühl beobachtet zu werden. Komisch, wie wenn jemand von drinnen nach ihm schauen würde. Es haftete regelrecht an ihm. Konnte man Blicke fühlen ?
Jetzt konnte er sich aber nicht weiter damit beschäftigen, er war in Eile und

musste die Schlagzahl im Schritt kräftig
erhöhen, der Zug würde nicht warten.
Bis zum Bahnhof verschwand das Gefühl
immer mehr, wie, wenn es mit der
Entfernung zusammenhing.
Wie wird es wohl auf dem Rückweg sein ?
Fragte er sich erwartungsvoll.
Er war gespannt, denn dann hatte er auch
mehr Zeit und konnte die Wirkung
überprüfen. Sein Eindruck beschäftigte ihn
während der ganzen Zugfahrt und hatte die,
eh selten gewordenen, Gedanken an die Zug-
Dame heute überhaupt nicht aufkommen
lassen. Er verglich mit gestern Abend als
er am Haus vorbeigekommen war, da war noch
nichts Ähnliches über ihn gekommen,
er konnte sich an keine derartige
Gefühlsregung erinnern. Vielleicht hatten
gestern die Dämonen aber auch Alles
zugedeckt und seine Antennen unbrauchbar
gemacht.
Bei Finn stießen sie auf weiteren Besuch,
ein alter Schulfreund war gekommen. Das
munterte Finn auf. Es hatte jemand an ihn
gedacht mit dem er nicht gerechnet hatte.
Wie schön, das gibt ihm sicher Auftrieb,
dachte Max.
Luise nahm den jungen Mann zur Seite und
besprach weitere Besuche mit ihm.
Ein netter Bursche, urteilte Max.
Vielleicht konnte sich Freundschaft
entwickeln, so wie bei ihm und Erwin.
Ach Erwin, immer wieder sein guter Freund
Erwin.
Er verlor sich in Gedanken und erst als
ihn Luise ansprach war er wieder im
Diesseits.
Sie waren sich einig, daß der junge Mann
Finn belebt hatte und er hoffentlich öfter

Zeit haben würde.
Als ihr Finnbesuch beendet war und Max sich in den Zug setzte drang sein morgendliches Gefühlserlebnis wieder in seine Gedankenwelt, es hatte bleibenden Eindruck hinterlassen.
Er versuchte erneut es wieder zu beleben um es genau analysieren zu können, aber es klappte nicht.
Mit Dösen, geschweige denn Schlafen war diesmal auch nichts, denn er war heute noch zu gut ausgeruht durch den tiefen Nachtschlaf. Oder war er doch zu sehr angespannt, zu neugierig wie es ihm auf dem Heimweh ergehen würde ?
Als er angekommen war und endlich die Straße erreicht hatte ging er betont langsam, blieb öfter stehen und horchte in sich hinein, suchte und wartete auf das Gefühl, aber es kam nicht, auch nicht als er vor dem Haus stand und auf die Fenster starrte.
Dafür gab es eine andere Entdeckung.
Es schien ihm, als ob die Vorhänge anders waren. Konnte das sein ?
Aber wie sollte das sein ?
Nein, das war unmöglich, sicher ein Irrtum, eine Sinnestäuschung.
Er konzentrierte sich und versuchte sich die Fenster in Erinnerung zu rufen,
wie sie sich bei seinem letzten Besuch im Dunkeln präsentiert hatten.
Die Vorhänge !
Komisch, waren da im rechten Fenster nicht Beide gebunden ?
Heute war ein Vorhang, der linke, ohne Band und hing schlaff herab. Konnte er sich so irren, war das letztes Mal auch schon so ?

Na, ist sowieso egal, was sollte,
was konnte er tun ?
Nichts, solange kein eindeutiger Hinweis
auf einen Einbruch vorlag und das war
nicht der Fall.
Er musste sich eben gedulden, wohl oder
übel warten bis Erwin wieder daheim war.
Der würde ihn dann wahrscheinlich
auslachen und seine Späßchen machen,
Sprüche und Häme über ihn auskübeln,
Senilität oder Sehschwäche
diagnostizieren, spotten, daß er blind wie
ein Maulwurf wäre oder ihn hochnehmen
indem er so etwas sagen würde wie:
das du nicht mehr durchblickst wusste ich
ja, nur das du auf fünf Meter kein
Scheunentor mehr erkennst ist mir neu.
Das musste er sich noch gut überlegen ob
er den Spott über sich ergehen lassen
sollte. Aber trotzdem, seltsam war es
schon und drängte nach Gewissheit.
Vielleicht hatte ihm einfach die starke
Sehnsucht nach seinem Freund einen Streich
gespielt, ihm eine Einbildung, eine Fata
Morgana vorgegaukelt.
Kopfschüttelnd ging er den Rest des Weges.
Es ist schon komisch wie abhängig man doch
von seinen Gefühlen ist, gestern so übel,
heute so gut, stellte er fest.
Jetzt trinke ich erst mal eine gute,
starke Tasse Kaffee. Es war gerade noch
die Zeit wo er sich eine Tasse erlauben
konnte, nach 18 Uhr war nichts mehr drin,
dann brauchte er erst gar nicht in's Bett
zu gehen. Er war oft genug in diese Falle
getappt und hatte sich noch ein Tässchen
aufschwatzen lassen. Besonders wenn er
eingeladen war und ihm der verlockende
Duft frisch gemahlenen Kaffees durch die

Nase zog und die Gastgeber nicht müde
wurden ihn zu animieren, ein Tässchen kann
doch nicht schaden, dann nimm doch einen
Espresso, der macht nichts glaube mir,
ich kenne das, bei mir ist es genau so.
Und immer war er dann hyper nervös
geworden, so daß an Schlaf nicht mehr zu
denken war.
Allerdings, jetzt war noch Zeit, ein Blick
auf die Uhr zeigte ihm 17:52, das war noch
im Limit.

29. Max und das Wunder

Als er gerade das Kaffeewasser aufgoß,
klingelte es an der Haustür.
Das Amt, ganz bestimmt !
Er zuckte zusammen, der Amtsdämon hatte
sofort die Gelegenheit ergriffen und einen
gewaltigen Angstblitz auf ihn
niedergelassen.
Wahrscheinlich habe ich wieder Scheiße
gebaut, mal sehen was diesmal ist, schoß
es ihm deshalb direkt durch den Kopf.
Aber um diese Zeit ?
Er eilte erregt zur Tür und öffnete ohne
vorher nachzusehen.
Für ihn war klar, es konnte ihn nur
irgendeine Amtsperson sprechen wollen.
Aber nein, es war Marta.
Ja Marta ?
Das ist jetzt mal eine schöne
Überraschung, entfuhr es Max total
erstaunt.
Sein Gehirn schaltete sofort und meldete
euphorisch die Beantwortung seiner
Vorhangsfrage.
Also doch, Max du kannst dir gratulieren,
gut aufgepasst, kam es irgendwo aus seinem
Hinterstübchen, unaufgefordert
eingeblendet in sein Bewusstsein.
Erwin ist zurück !
Welch ein Glück, Gott hatte ein Einsehen !
Wieso seid ihr so schnell wieder da ?
Bist du hier um mich abzuholen, will Erwin
mit mir auf seine vorzeitige Rückkehr
anstoßen, sicher soll ich mitkommen ?
schoßen die Fragen, freudig erregt,
nur so aus ihm heraus.
Aber komm doch erst mal herein, ich muß
mich nur schnell umziehen,

bin gleich fertig, solange musst du noch warten, so kann ich nicht mitkommen,
fuhr er aufgelöst fort und gab Marta einen Wink als Aufforderung einzutreten.
Erwin ist da, welch ein Glück, fantastisch, auch der Moment. Wie aus heiterem Himmel geschickt, jetzt konnte er seinen ganzen Seelenmüll bei seinem Freund abladen. Wie einem das Schicksal doch manchmal auch etwas Gutes tut, begeisterte er sich, fast schon euphorisch.
Marta zögerte noch, sah Max bedrückt an, äußerst bedrückt und trat dann,
den Blick auf den Boden gerichtet, ein.
Max sah erst jetzt, daß sie ein Kuvert in der Hand hielt.
Marta was ist, was bedeutet das ?
Es ist doch nichts passiert ?
Er spürte wie eine böse, düstere Ahnung in ihm aufkam und seine Glücksgefühle schlagartig zu Nichte machten.
Marta nickte nur kurz und hielt ihm das Kuvert hin.
Welch ein Irrtum,
schoß es ihm durch den Kopf, das Schicksal hatte ihm eine Unglücksbotin geschickt, die arme, unglückliche Marta war die Überbringerin einer Hiobsbotschaft,
einer grausamen Nachricht.
Noch war er gefasst, noch hatte er keine Gewissheit, noch konnte er die bösen Geister in Zaum halten.
Aus den Augenwinkeln besah er sich Marta etwas genauer und musste feststellen, daß sie dunkle Ringe unter den Augen hatte, das Gesicht eingefallen und aschfahl war.
Alt und verweint, in Trauer, tiefer Trauer.

Marta kam schwerfällig auf ihn zu,
hakte ihn selbstbewusst unter und führte
ihn zielsicher zu seiner Couch,
dabei drückte sie ihm das Kuvert in die
rechte Hand.
Sie bedeutete ihm sich zu setzen,
was Max auch ohne Gegenwehr tat.
Er war hilflos, ließ sich gerne von ihr
führen, wenn es nur zum Guten war.
Er hoffte immer noch. Ein Unglück, ja,
aber bitte doch nicht ganz so schlimm,
vielleicht war Erwin gestürzt, bei einem
seiner Tänze unglücklich gefallen,
mehr konnte und durfte nicht sein,
mehr war er nicht bereit zu akzeptieren.
Marta setzte sich neben ihn.
Dabei deutete sie mit dem Kopf nickend auf
den Umschlag in seiner Hand.
Max starrte auf das Kuvert und spürte wie
panische Angst ihn ergriff, wie die Angst
vor dem Inhalt sich seiner bemächtigte.
In einer Hand das Kuvert haltend versuchte
er mit seiner kraftlosen, schlaffen
anderen Hand den Umschlag aufzureißen.
Aber er zitterte zu sehr, legte die Hände
nieder und fing an zu wimmern.
Warum Marta, warum nur ?
Seine Zuversicht war jetzt ganz der
unausweichlichen Gewissheit gewichen,
trotzdem versuchte er immer noch dagegen
anzukämpfen, gegen das Unvorstellbare,
um es nicht Realität werden zu lassen.
Marta nahm wortlos das Kuvert und öffnete
für ihn.
Sie hielt ihm den Inhalt, einen Brief, vor
das Gesicht.
Unerbittlich sprangen ihm die ersten
Zeilen in die Augen.

Nein, so einen Brief wollte er nicht
lesen, nein, nein und nochmals nein.
Er war sich sicher, daß ihn das umbringen
würde, der Brief hatte Todesgeruch.
Es war ein typischer Erwin-Brief.
Dort wo normalerweise Ort und Datum stehen
musste, hatte Erwin 'Hölle' und 'der Tag
an dem mich der Teufel holte' eingetragen.
Max begann ängstlich, zitternd, Wort für
Wort, in sich aufzunehmen.

Mein lieber alter Freund,

ich habe es fast schon geahnt, daß du mich
trotz deiner Krankheit noch überleben
wirst.
Wieder eine deiner Frechheiten, so wie der
Fusel den du uns immer zumuten wolltest.
Aber keine Sorge, der hat mich sicher
nicht umgebracht.

Max legte den Brief zur Seite, ihm war
schwindelig, das Blut schoß gewaltig
pochend durch den Kopf, die Adern weiteten
sich, sein Herz raste.
Marta nickte ihm mehr auffordernd als
aufmunternd zu weiter zu lesen.

Wenn du diese Zeilen liest wird sicher
Marta bei dir sein.
Ich habe sie beauftragt dir diese
Nachricht zu überbringen.
Mir war klar, daß du sonst durchdrehen
würdest und das will ich nicht.
Nein, ich will, daß, wenn ich schon nicht
mehr leben darf, du wenigstens noch ein
paar gute Tage hast, mein lieber Freund.
Obwohl und das weiß ich, es Dir ohne mich
sehr schwerfallen wird.

So wie es mir schwerfällt zu gehen und dich zurückzulassen, meinen Seelenbruder, aber das muß wohl so sein und wird auch sicher seinen Grund haben.
Ich habe es geahnt, es lange schon gefühlt, daß es wahrscheinlich bald mit mir zu Ende gehen wird.
Mein Herz weißt du, es war einfach nicht für ein längeres Leben gebaut.
Schade, aber was will man machen. Als mich dann diese Attacke in Spanien traf habe ich vorsorglich Marta diesen Brief gegeben und sie instruiert. Ich hätte ihn gerne nach einer Genesung wieder zerrissen, aber jetzt ist es wohl doch anders gekommen.
Die nächsten Tage wird dich ein Notar kontaktieren und dir diverse Unterlagen übergeben.
Dabei sind Kennwörter von einigen Depots, insgesamt handelt es sich um geringfügig mehr als schlaffe 6,3 Mio., davon kann man ganz schön viel Bordeaux kaufen mein Lieber.
Tja, ich hatte gut angelegt und natürlich auch ziemlich viel Glück gehabt,
Glück das dir leider gefehlt hat.
Damit du verantwortungsvoll damit umgehst habe ich dir Marta zur Seite gestellt.
Über größere Ausgaben könnt ihr nur gemeinsam verfügen, das ist nur zu deinem Schutz, damit du nicht wieder auf so blöde Zockerideen kommst und Alles auf den Putz haust.
Marta gehört zum Abkommen, versorge und behandle sie gut.
Dazu ein kleiner Hinweis um jetzt schon deine Gelüste zu befeuern, sie mag es gerne von hinten, so wie du, das passt also auch gut !

Mir ist schon aufgefallen wie du ihr immer auf den Arsch geschielt hast, du elendiger Lustmolch, hast wohl gedacht ich merke das nicht.
Natürlich gehört zu deinem Erbe auch die Dependenz in Spanien, Carlos wird sich melden.
Übrigens hätte ich dich natürlich nie untergehen lassen. Ich hatte bereits die nötigen Vorbereitungen getroffen um deine monatlichen Behandlungskosten zu übernehmen.
Nur ein bisschen quälen wollte ich dich vorher schon noch, als Bestrafung für deine blöde Aktienspielsucht.
Ich hoffe, du kannst mir das verzeihen und auch, daß ich manchmal etwas grob zu dir war, es war nicht so gemeint.
Ich werde dich vermissen mein Alter,
du wirst mir sehr fehlen.
Wir hatten eine gute Zeit zusammen,
aber leider ist es nun aus und vorbei.
Genieße noch die dir verbleibende Zeit, ich warte auf dich und stelle schon mal einen guten Roten bereit.
Ich verbiete dir ausdrücklich dich hängen zu lassen und verordne dir täglich ein paar Stücke unserer Lieblingsmusik aufzulegen, dann werde ich bei dir sein und hier für dich den einbeinigen Kasatschok tanzen,

bis bald mein alter Süffelkamerad
dein Freund
Erwin

PS: Keine Beerdigung,
    nur verbrennen und wech.
Nur du und Marta dürfen mich begleiten.

Max bekam die letzten Zeilen nicht mehr
mit, eine Übelkeitswelle übermannte ihn
und er sank in der Couch zusammen,
Alles drehte und verdunkelte sich,
sein Bewusstsein verabschiedete sich in
ein dunkles Loch.

Wo bin ich, was ist passiert ?
Max sah sich fragend um.
Marta saß neben ihm und ein Arzt blickte
auf ein Blutdruckmessgerät.
Na, jetzt machen sie mal keine Sachen.
Sie sind umgekippt, ein Kreislauf-
zusammenbruch, an sich Nichts Schlimmes,
ich würde sie gerne zur Beobachtung
einweisen, vernahm er die Arztstimme,
dumpf aus einem Nebelschwaden.
Nein, kein Krankenhaus, auf keinen Fall,
protestierte Max und versuchte dabei einen
energischen, überzeugenden Eindruck zu
machen.
Nur, wenn sie mir versprechen, morgen
ihren Hausarzt kommen zu lassen und sie
nicht alleine bleiben, entgegnete der Arzt
ebenso selbstbewusst, dabei Marta
ansehend.
Marta zeigte ihr Einverständnis durch ein
bejahendes Nicken.
Nehmen sie diese Tropfen, je nach Bedarf,
aber zumindest in einer Stunde nochmals
20 Tropfen.
Am besten wir bringen sie gleich zu Bett,
ich habe ihnen eine Beruhigungsspritze
verpasst. Sie müssen jetzt schlafen und
erst einmal zur Ruhe kommen.
Max sah zu Marta.
Sie saß da, schaute ihn an, mit ihren
verheulten Augen und hielt seine Hand.
Es war also kein böser Traum.

Der Arzt und Marta hakten Max unter,
führten ihn in's Schlafzimmer und halfen
ihm in's Bett.
Er schlief sofort ein.
Als er erwachte sah er sich prüfend um,
Marta war immer noch da.
Es war also tatsächlich passiert, real und
damit kein Albtraum.
Erwin war tot, für immer wech.
Er hörte das Telefon läuten,
Marta bedeutete ihm liegen zu bleiben,
eine Männerstimme mit spanischem Akzent
begann eine Nachricht zu hinterlassen.